JANINE
MONTUPET

Un goût de bonheur et de miel sauvage

ROBERT LAFFONT

Couverture : Corbeille de fruits, Le Caravage (1573-1610).
Pinacoteca Ambrosiana, Milan ; © Scala.

ISBN 2-221-07697-4

A Bernadette et à Raoul

« La grandeur d'un métier est peut-être, avant tout, d'unir les hommes. Il n'est qu'un luxe véritable et c'est celui des relations humaines. »

A. de Saint-Exupéry, *Terre des hommes.*

« Les abeilles pillotent çà et là les fleurs, mais elles en font du miel qui est tout leur. »

Montaigne, *Essais.*

1

Elles avaient, un moment, cessé de parler et elles se regardaient, comme on se regarde quand on s'aime, plus avec le cœur qu'avec les yeux.

L'une était Mérotte, dont on avait, depuis longtemps, oublié qu'elle avait été baptisée Charlotte, et l'autre était Drina, rarement appelée Alexandrine.

Quatre-vingt-cinq ans la première, vingt ans la seconde. L'aïeule et son arrière-petite-fille.

Rien, dans leur physique, ne révélait leur parenté. Elles avaient pourtant quelque chose en commun, la jeunesse. Drina se le disait souvent, Mérotte avait dû achever le cycle d'une vie et en commençait une nouvelle, tout en elle était si vif, si joyeux...

Parfois, quand elles riaient ensemble, il était difficile, si l'on fermait les yeux, d'attribuer cette gaieté à l'une ou à l'autre.

Elles parlaient maintenant de la journée à venir : on y fêterait, précisément, les quatre-vingt-cinq ans de Mérotte... Mérotte qui, soudain, annonçait à Drina que, prendre une année de plus ne la réjouissant guère, elle avait décidé de célébrer désormais son anniversaire de mariage et non celui de sa naissance. Puisqu'ils tenaient, ceux qui l'aimaient, à lui faire une gâterie, voilà au moins un moment heureux à se rappeler. Et on commencerait aujourd'hui. Quand elle lèverait son verre de champagne, ce serait à son cher Félicien et au jour bienheureux où elle avait été unie à lui.

— Qu'est-ce que tu dis de ça, petite ?

Drina riait aussi. Et approuvait.

— Pour les pauvres malheureux que nous étions, cela avait été une si belle cérémonie. Ah ! si tu avais vu ça.

— J'ai presque vu, tu me l'as si bien décrite.

— L'histoire des paons aussi ?

L'histoire des paons aussi. Mais il y avait dans le ton de Mérotte un tel désir d'évoquer encore cet épisode... Alors Drina dit :

— Oui, mais je ne m'en souviens pas vraiment.

— Bon, j'ai le temps de te remettre la chose en mémoire avant que les autres arrivent. Parce que, si un jour tu te prends de curiosité pour le pays qui m'a vue naître, il faut que tu saches pourquoi on t'y dira : « Ah ! vous êtes des Leduc d'ici ? Ceux des paons ? »

« Les fameux paons de mon mariage...

« Au début, à ces oiseaux-là personne n'y croyait trop. On racontait bien que le cousin Bartholomé en élevait, sans que rien le prouve. Seul Roméo le charretier affirmait les avoir vus, en allant prendre un chargement à la tuilerie voisine de la ferme du cousin, mais il avait la réputation d'enjoliver, de faire des roses avec des orties celui-là, et ce qu'il disait être des paons n'en était peut-être pas. Des dindons sans doute, et encore !

« Bref, le Bartholomé, imagine-toi, c'en était un qui avait épousé une fille avec du bien, alors ils se cachaient de nous, ces riches, de peur qu'on leur en demande de leurs sous. Comme si c'était dans notre habitude. C'est rare, là-bas chez nous, les affamés d'argent jamais repus, mais ça existe, et eux, ils en étaient. Ils avaient donc, en plus, on le disait, une basse-cour de paons, au loin, sur les hautes terres, peut-être pour que dans le vent des cimes les roues de plumes leur dansent des révérences, va savoir...

« Et puis, la cousine était morte, malgré ses écus, et lui, le cousin, le voilà seul avec ses volailles d'extravagance. Il était arrivé jusqu'à nous qu'il restait des heures à regarder ses mâles faire leurs soleils et qu'il avait enterré sa femme avec une gerbe à z'yeux dans la bière, en éventail sur son vieux corps sec. On disait aussi qu'il ne tuait aucun de ses volatiles et qu'ils mouraient de vieillesse. Et, tout à coup, le voilà qui nous arrive, informé du mariage par Roméo le charretier monté jusque là-haut pour prendre encore une livraison à la tuilerie. Et il se présente en parent orgueilleux d'apporter trois de ses bêtes plumées, prêtes à être rôties !

« On en était aussi étonné que si le chien, qui aboyait après cet homme jamais vu, s'était mis à parler et à nous dire : " Et d'où il sort celui-là ? Et qu'est-ce que c'est que ces oiseaux dont on ne reconnaît pas l'odeur ? "

« Oui, qu'est-ce que c'était, au fait ? Et de quoi ils étaient morts ? De vieillerie ou du couteau ? Il laissait entendre, le cousin, du couteau. Mais on ne le croyait pas trop.

« Alors ? Il nous faudrait les manger ces inconnus suspects ?

« Pendant que mon père, le cantonnier, offrait le verre de bienvenue, les femmes, dans la cuisine, reniflaient les intrus. Ils étaient d'assez bonne apparence. Morts de vieillesse ou de maladie n'auraient-ils pas été décharnés ? " Eh ! On peut crever plein de graisse et même de trop de graisse ", disions-nous en continuant de les regarder bien en face. Pas un pouce de chair qu'on n'ait reniflé, mais sans en avoir de réponse.

« On pensa alors que cette réponse n'était pas à la cuisine, mais écrite sur la figure du cousin qui laisserait peut-être enfin un petit coin de son âme nous apparaître. Et on le lorgnait, l'œil en biais, faute de pouvoir le renifler aussi. Ah ! s'il était mort lui, tout d'un coup, on aurait su que c'était de sa vieillerie qui le faisait gris de peau, de poils, de dents et d'humeur, on n'aurait eu aucun doute... Et encore ! Parce qu'à son deuxième pastis ses bras et ses jambes, qui avaient paru tout rouillés à l'arrivée, voilà qu'ils devenaient ceux d'une marionnette. Et la voix, ravigotée de même, disait :

« — Mes paons sont les plus beaux ! Plus que ceux des voisins qui en tiennent basse-cour aussi là-haut ! Et c'est chez moi qu'il y a les plus grands éventails de plumes à z'yeux. On les regarderait, tout chaud de joie, jusqu'à ce que Dieu nous les ferme, nos yeux à nous !

« — Et vous avez tué trois de ces rois pour la noce, cousin ? Quelle bonté gracieuse, disait ma mère.

« Mais pourquoi *trois* ?

« Pourquoi cet énorme cadeau d'un qui coupait un sou en quatre et qui nous devait rien ? On en revenait toujours là.

« Que faire d'autre, alors, sinon les manger ? Qui oserait une telle offense envers un parent en refusant de fêter ces oiseaux comme il convenait ? Déjà, à voir nos airs de côté, le Bartholomé semblait se douter de quelque chose et il lançait des regards par-ci, par-là, qui étaient des semble dire : " Mais qu'est-ce qui vous prend de vous agiter de nord en sud et d'est en ouest ? Vous avez perdu quelque chose ? "

« Et il souriait ce vieux madré. On n'en tirerait rien de plus. On le coucha après une soupe au lard dont il se servit trois fois. Il prenait de tout trois fois. On aurait cru une pour chacune de ses bêtes.

« Ma mère, en conciliabule avec mon père, dans le secret de leur lit, décida de rôtir les oiseaux. On les jugerait à l'odeur.

« A l'odeur ? Mais qui chez nous savait celle des paons rôtis ? Qui en avait mangé de cette nourriture de roi ?

« Ma mère affirma qu'elle saurait. Une volaille même princière, après tout, n'est qu'une volaille, et ses fumets — même princiers aussi — on arriverait à les renifler, bons ou mauvais. On s'endormit sur cet oreiller rassurant.

« Le lendemain, mon Félicien avait bien tenté de se faire écouter. Des paons, il avait entendu dire... Mais ma mère lui rappela que c'était en arbres, plantes, fleurs et légumes qu'il était savant. Il n'insista pas. Qui oserait contredire sa future belle-mère à la veille de son mariage ?

« Quant à moi, à étudier le cousin Bartholomé en relevant parfois à demi les paupières, au bon moment, alors que l'éleveur de paons s'y attendait le moins, j'étais dans l'incertain : tantôt je le croyais envoyé du bon Dieu, tantôt du diable.

« Et on se mit les trois oiseaux à rôtir sur une broche œuvrée par Félicien. Une autre, prête depuis longtemps, était réservée aux chapons prévus avant l'arrivée du cousin. On verrait bien ce qu'il faudrait manger de tout ça. Vrai, on n'avait jamais entendu parler de noces de pauvres avec tant de richesses.

« On laissa les deux vieilles de l'hospice, la Marcelline et l'Angèle, invitées à tourner les broches, veiller sur nos bêtes, et, quand on revint de l'église, dès le bas de la côte, il nous arriva de bonnes odeurs, bonnes à nous faire monter en courant vers ces délices. Des paons morts de maladie n'auraient pas pu avoir ces fumets de paradis.

« On les mangerait donc.

« Et le Bartholomé souriait toujours à demi, comme depuis son arrivée. Demi-sourire économique qui pouvait vouloir dire ce qu'on voulait.

« Alors, on apporta les trois oiseaux à table.

« On les avait dressés sur un plateau de bois d'olivier que mon père tenait au sec, avec beaucoup d'autres pour le jour où, arrêtant de casser des cailloux, il nous taillerait des meubles. C'était un bonheur en réserve pour ses vieux jours.

« Les deux femmes de l'hospice avaient encore le goût de la fête dans leurs vieux cœurs et elles avaient entouré les paons de feuilles et de fleurs de pissenlits. Un plat superbe ! On le posa devant le cousin. A lui l'honneur de découper.

« *Découper ?* Ah non ! Il ne pouvait pas.

« — Parce que, voyez-vous, nous dit-il, celui-là, du milieu, le plus gros, c'est Jean-Baptiste, et celui de droite, Pierre et celui de gauche Paul.

« — Bon. Et alors ?

« Et alors ? Eh bien, ces oiseaux-là c'étaient les amis de toujours du cousin, ils s'étaient, chaque matin de leur vie d'oiseaux de princes, avancés au-devant de lui, faisant l'offrande de leurs roues et de leurs centaines d'yeux. Qui peut détailler ses amis en cuisses et en ailes, qui ? Pas lui, Bartholomé, Dieu garde !

« Et de nous en dire encore et encore sur le Pierre, qui venait le réveiller le matin, le Paul qui faisait la promenade toujours à sa droite, le Jean-Baptiste, roi de la troupe, marchant fier et en tête, et combien ils étaient magnifiques à voir perchés dans les arbres, ou allongés au soleil, les queues en traînes, pareilles à des pluies d'étoiles.

« Quelqu'un eut le courage d'interrompre cette messe de funérailles pour dire :

« — Mais vous les avez bien tués, *quand même* !

« Non ! Il ne les avait pas tués. On l'avait fait pour lui, un voisin.

« Alors, le Bartholomé nous dit, comme il nous aurait bénis, de découper et de manger, mais que lui, il nous regarderait en attendant le plat suivant.

« C'est là que ma mère décida de trancher net.

« Ma mère, penchée sur sa couture et sur ses petits points perlés, c'était à croire qu'en tirant l'aiguille elle avait vécu toutes les situations compliquées de ce monde et qu'elle y avait trouvé les bonnes solutions. En ce jour de mariage de sa fille, et en se demandant, de plus en plus, pourquoi ce présent royal du cousin à nous si pauvres, dont il ne pouvait rien attendre d'aussi royal en retour et, de plus en plus, aussi, ce qu'on risquait à se régaler de viandes trop mystérieusement arrivées sur notre table, pleines peut-être de terribles maladies à en exterminer une famille entière, ma mère, dans un geste grandiose, fit passer le plat au-dessus de nos têtes et de notre table à la cuisine, en disant :

« — Personne, cousin Bartholomé, en ce jour de fête, n'aura le cœur de vous manger, sous le nez, votre Jean-Baptiste, votre Pierre et votre Paul. Ah ! c'est le bon Dieu qui nous punirait de déguster ses apôtres !

« Et, aussi vite que les oiseaux princiers s'étaient envolés — aussi vite que s'ils avaient encore leurs ailes — arrivèrent, en remplacement, les lapins de garenne en paquets. Ma mère réussissait ces paquets-là comme personne.

« Il y eut un moment de silence. On crut que le cousin allait parler. Mais non, il nous regardait, juste avec l'air de dire : “ Faites comme il vous plaira. ” Et il se servit le premier de garenne. Il en reprit trois fois, selon ce qui semblait vraiment être sa manière. Il resta d'ailleurs trois jours chez nous. Le temps d'aider à finir les restes du festin.

— Et les paons ?

— Les vieilles de l'hospice les avaient emportés. On fit bombance là-bas. Personne n'en mourut. Au contraire, on fêta deux centenaires cette année-là. Mais on ne pouvait pas se fier aux estomacs de miséreux qui auraient digéré les cailloux de mon père. Nous, gâtés que nous étions des cuisines si soignées de ma mère, et délicats de goût, on aurait peut-être été indisposés car Roméo le charretier rapporta un jour, avec un chargement de tuiles, que les basses-cours de paons, là-haut, avaient été massacrées par une drôle d'épidémie et que, même, on avait brûlé jusqu'aux dernières belles plumes à z'yeux pour effacer toutes traces du mal avant de recommencer de nouveaux élevages.

« Ah ! ces oiseaux, ils en laissèrent des souvenirs autour de nous ! Et ils en firent danser des farandoles de parlotes ! Le pays entier, étonné des trois donnés à l'hospice, en supposa plus du double mangé au mariage. Qui enverrait des restes de pareilles volailles aux vieux indigents s'il ne s'en était largement repu avant ? Il y avait donc eu régal de paons royaux à la noce des Leduc. On en troussa des couplets à servir à ceux de notre famille à longueur d'année. Ma mère, à l'heure de la collation chez ses pratiques, s'entendait dire : " Venez donc manger un brin. Ah ! sûr, pas des paons rôtis ! " Et mon père, cassant sa pauvre croûte au bord d'un chemin, devait rendre un sourire au passant qui lui disait : " Eh ! Je parie que tu mâches là un blanc de paon ! " Même, quand il partit à la guerre, mon Félicien s'entendit claironner : " P'têt bien qu'ils nous serviront des cuisses de paon dans ce Nord où on va ! On en donne bien dans les hospices, ici ! " Et toi, si tu descends un jour vers Brignoles, petite, tu entendras sûrement un vieux qui saura l'histoire et te dira : " Vous êtes une Leduc ? Les Leduc des paons ? " »

Comme Drina riait, Mérotte ajouta :

— Tu ris, mais ma pauvre sainte mère ne riait pas, elle. Impossible de casser les pattes à la légende pour l'empêcher de courir, il aurait fallu avouer avoir permis aux vieilles de manger, au risque d'en crever, des volatiles morts on ne sait comment. Alors elle laissait croire que la noce s'en était régalée elle aussi, et encore plus, de ces maudits oiseaux.

— Mais le cousin, là-dedans ?

— Le cousin ? Celui-là, ce madré, il avait pensé à s'offrir trois jours de goûteuses nourritures de ma mère contre trois paons morts de mystérieuse maladie. C'était toujours ça de récupéré sur le mauvais sort jeté à ses volailles !

Lorsque Mérotte se tut, on entendit les oiseaux de son jardin qui, tout à coup, s'égosillaient. Petit intermède musical entre l'autrefois et le présent dans lequel on retombait.

Drina avait encore une trace de sourire aux lèvres et du rêve dans les yeux. Mérotte remit ses lunettes, enlevées pour raconter — peut-être afin d'estomper le décor qui l'entourait et mieux se croire ailleurs —, et le beau visage de la jeune fille, le grain de sa chair, son velouté, qu'elle vit dans leur plein éclat, lui donnèrent l'impression de se pencher vers une rose sauvage. La perfection physique de cette enfant la ravissait, et ressentir ce ravissement était, se dit-elle, une faveur du ciel. Elle eut alors l'un de ces petits soupirs de contentement qui lui étaient coutumiers, mais dont elle ne put jouir pleinement, un coup de sonnette énergique retentissait. La famille, que Drina avait devancée, arrivait.

Alors, dans l'entrée exiguë d'une modeste maison de la banlieue ouest de Paris, et parce qu'une vieille dame s'entêtait à ne pas vouloir aller habiter un quartier plus élégant et moins excentrique, enlevaient leurs pardessus de cachemire et leurs pelisses de vison ou de castor — avec un peu d'inquiétude, le chauffage avait toujours été ici fantaisiste et insuffisant — cinq illustres représentants de la gastronomie française débordant tous d'affection, de fleurs et de cadeaux.

Elle n'avait eu, la vieille Mérotte, qu'un seul fils, Mathieu. Il était mort depuis six ans maintenant, et sa femme, la toujours belle Carla, en garderait à jamais cette douce mélancolie dans le regard qui ajoutait à son charme. Leurs enfants, Ritzie et Alexandre — elle mariée à Emmanuel Donadieu, lui à Viviane Mazurier —, étaient aujourd'hui dans le plein épanouissement de leur quarantaine.

Ritzie avait perdu un petit garçon à sa naissance et n'aurait plus jamais d'enfant. Aussi Drina serait-elle non seulement héritière de *Villar et Leduc* l'un des premiers restaurants de Paris que dirigeaient son père et sa mère, mais aussi de *La Table des dames,* prestigieux relais de campagne appartenant à son oncle et sa tante.

Et Mérotte trottinait, faisait asseoir ses invités, ouvrait ses paquets, disposait ses fleurs dans des vases.

Elle disait, en riant :

— Vous avez bien fait d'être en retard, vous avez échappé à l'histoire des paons.

— Quelle version ? Le cousin découpait ou ne découpait pas ? demandait Alexandre.

— Tu sais bien qu'il n'a *jamais* voulu les découper... ni en manger, de ses sales bêtes.

Alors Emmanuel interrogeait son beau-frère, y avait-il goûté à ces volailles ? Ils convinrent que la chair en était sèche, dure et de goût fade. Seules les plumes...

— Ritzie, tu devrais en avoir, toi dans ton parc, de ces oiseaux-là, ce serait ce que les Américains appellent *finishing touch.*

— J'y ai pensé. Un blanc surtout, qui se pavanerait dans mon allée blanche.

Car Ritzie, la main verte de la famille, avait eu l'idée de ce qu'elle appelait ses jardins aux couleurs uniques. Il y avait le tout rose, le tout jaune. Le tout blanc avait sa préférence. Elle ajouta :

— Mais certains croient que les paons portent malheur et, surtout, ils réveilleraient mes clients par leurs cris perçants.

Mérotte, ses allées et venues terminées, disait à Drina :

— Ma petite, le vin est au frais sur le balcon, apporte-le donc.

Au frais sur le balcon ! Alexandre demandait, l'air réprobateur :

— Mérotte ! Quand te sers-tu donc de ton réfrigérateur ?

— L'été pardi ! Pourquoi je consommerais de l'électricité à peine à la fin de l'hiver pour fabriquer de la fraîcheur quand il y en a encore plein l'atmosphère ? Vous, les riches, comme vous ne comptez plus, vous ne réfléchissez pas non plus. Tiens, fils, verse-nous plutôt à boire. J'en ai envie de ce petit cassis depuis ce matin que je le vois de ma fenêtre se prendre froid pour nous faire le plaisir le plus grand.

Alexandre, désarmé, riait, buvait, promenait un regard circulaire dans la pièce, et s'informait :

— La tapenade, tu l'as mise où ?

— Sur le balcon, elle aussi.

— Et le pain ? Il vient de chez ton vieux copain le boulanger du coin de la rue ?

— D'où tu voudrais qu'il vienne puisque celui-là c'est le meilleur ?

— Il n'est pas sur le balcon lui, au moins ?

— Et zut !... Dis, je la plains, ta brigade. Pauvres d'eux ces petits qui t'ont sur le dos comme une arapède chaque heure de chaque jour.

Ils riaient tous maintenant et la regardaient, attendris, leur Mérotte qui inaugurait sa quatre-vingt-sixième année rutilante de santé et de gaieté.

C'était une petite vieille dame qu'un douillet embonpoint rapetissait encore. Pour se grandir un peu, elle se tenait très droite et pointait le dessus de la tête d'un chignon bien rond, bien blanc et d'humeur folâtre, y gagnant une dignité bon enfant et le joli geste d'une main experte à remettre fréquemment à leur place des épingles voyageuses. Elle avait le teint rose, beaucoup de dents et une vivacité noire et scintillante sous des paupières tombantes qu'elle plissait plus encore, rideaux aux trois quarts tirés sur des éclairs de malice dont elle tentait ainsi d'atténuer l'éclat « pour ne pas faire trop savoir que je vois encore tout ». Seules ses jambes la trahissaient : « Si longtemps vaillantes à me soutenir devant mes fourneaux, elles demandent grâce, les pauvres malheureuses. »

Mais ce qu'ils aimaient le plus en elle, ce dont ils étaient sûrs de se souvenir toujours, c'était sa façon d'embrasser si particulière. Elle posait ses lèvres sur leur joue, faisait sa grosse bise et la terminait d'un petit bruit de bouche qui s'apparentait à un léger cri d'oiseau. Inimitable, le baiser de Mérotte, et pourtant on s'y était essayé. « Montre-nous, tu t'y prends comment ? » Et elle répondait : « Mais je ne sais pas, ça se fait tout seul... Ce doit être mon cœur qui chante de joie. » Son rire aussi, aucun d'eux ne l'oublierait. C'était le même qu'elle avait dû avoir petite fille et qui continuait ses trilles joyeux.

On lui donna son verre de vin blanc. Ils avaient apporté trois bouteilles de champagne, mais elle n'en voulait qu'au dessert. Elle demanda les olives.

— Je les ai mises en bocaux moi-même, elles sont de chez nous.

« De chez nous ! » Ils étaient, ceux qui l'entouraient, nés à Paris, et elle, depuis plus de soixante ans, y habitait aussi. Mais elle continuait à dire « chez nous » en parlant de sa Provence, et on ne la contredisait jamais.

Ils auraient voulu lui épargner la peine de préparer ce déjeuner, l'inviter chez eux, la fêter avec tout ce qu'ils pouvaient lui offrir de meilleur, mais elle répétait chaque année : « Non, c'est vous qui venez chez moi. Et d'abord vous aimez être ici, ça vous repose de vos grands tra-la-la. » Là encore, on ne la contredisait pas. Et d'ailleurs n'avait-elle pas raison ? Ils étaient heureux de se retrouver dans la petite maison de Levallois au minuscule jardin et au perron branlant. Elle avait toujours refusé un appartement plus confortable. On lui en avait pourtant fait visiter une bonne douzaine. Elle disait d'eux : « Ils n'ont même pas de véranda ! » Parce qu'elle y tenait à sa véranda-salon où, ce matin-là, un pâle soleil tentait d'être à la hauteur de l'événement.

— Vous savez de qui il est ce bouquet de roses ? Devinez. De mon marchand de poissons !

— Il a toujours été amoureux de toi.

— Le pauvre, presque aveugle qu'il est maintenant à pas reconnaître une sole d'une limande, il ne me voit pas vieillir et tous les ans il me fait porter six roses et une douzaine d'huîtres. C'est pas gentil ?

C'était gentil, ils en convenaient en lui souriant.

Elle était toujours vêtue de noir, mais s'octroyait, disait-elle, la coquetterie d'écharpes ou de châles de laine blanche. Elle sentait bon son *Eau de Cédrat* de chez Guerlain dont Alexandre lui offrait un litre à chaque Noël. Et à chaque Noël elle lui disait : « Mais pourquoi tu le choisis si grand le flacon ?

Je peux à peine le soulever. Je sais que tu veux me donner ce qu'il y a de plus beau, mais j'ai des petites mains. » Et c'était vrai. Ceux qui l'aimaient avaient toujours été attendris à la pensée de ce que ces dix doigts, courts et potelés, auraient accompli pendant tant d'années. Elle avait, en ce moment, une façon bien à elle — presque une manie — d'aplanir fréquemment un pli inexistant de la nappe blanche et qu'Alexandre attribuait à une impatience de ses mains ne s'habituant pas à l'inactivité. Car ils étaient passés à table, avaient savouré le gigot à la provençale qui était de rigueur à chaque anniversaire. Alexandre avait découpé, disant, après avoir fait remarquer les couteaux usés tant ils avaient été aiguisés :

— Et où as-tu mis ceux que je t'ai offerts l'année dernière ?

— De côté, pour plus tard. Ceux-là sont encore bons.

Puis, il y eut l'île flottante que Mérotte seule pouvait, affirmaient-ils, faire flotter aussi droite et aussi fière qu'elle. Elle leur répondait : « Allez, allez, je sais ce que vous vous en dites, au-dedans de vous, de ma cuisine de bonne-femme », mais sans en penser un mot. Elle *savait* que ce qu'elle faisait elle le faisait bien. Elle savait aussi qu'à ce qu'ils cuisinaient, eux, elle ne s'y frotterait pas. Trop scientifique. En quelque sorte, ces deux-là, les grands chefs (coup d'œil à Alexandre et à son beau-frère Emmanuel), c'étaient des savants. Des savants qu'elle ne détestait pas asticoter :

— Servez donc le café, les garçons. Vous savez que j'aime le prendre à table... et les dattes aussi.

Alexandre apporta ces dattes farcies de pâte d'amande qui lui rappelaient sa jeunesse, car s'entêtant à refuser les colorants artificiels Mérotte les avait, comme jadis, teintées de rose et de vert avec des jus de betteraves et d'épinards. On retourna ensuite dans la véranda, et la vieille dame y poussa un soupir de satisfaction : ça s'était bien passé ! Ils avaient tout trouvé bon, ces délicats du goût. Constatation qui la fit rire doucement. Et ce petit rire de gorge aussi, qu'elle égrenait dans ses moments de bonheur, on savait qu'on ne l'oublierait jamais non plus.

Elle s'installa dans sa « guérite » d'osier. C'était l'un de ces sièges-abri en vogue au début du siècle, protégeant à la fois du soleil et du vent sur les plages ou dans les jardins. Enfant, elle avait admiré cette nouveauté dans le parc d'une grande villa voisine et parlé souvent de sa propriétaire, la marquise de Férial enfouie dans son « fauteuil à capuchon », comme une statue dans une niche. Alexandre en découvrant un, à Deauville, le lui avait fait livrer. On en était au troisième capitonnage intérieur, une cretonne à petits œillets roses voletant partout « comme dans les batailles de fleurs de chez nous », disait la vieille dame, le teint plus rose encore sous cette avalanche rose.

Alexandre et Viviane avaient disparu. Ils s'activaient sûrement à la cuisine, se dit Mérotte. Tout serait impeccable quand ils en sortiraient. Ces deux-là étaient des maniaques de la propreté et du rangement. On disait qu'il y avait une discipline de fer chez *Villar et Leduc,* et c'était vrai, mais ils commençaient par se l'appliquer à eux-mêmes. Alexandre avait dû tomber sa veste qui serait installée, sans faux plis, au dos de l'une des deux chaises de paille. Viviane aurait relevé ses manches, ôté ses bagues et mis un tablier. C'était toujours comme ça que ça se passait. Et jamais Ritzie et Emmanuel n'avaient réussi à les aider. Alexandre leur disait : « Ne bougez pas, nous faisons ça en cinq minutes. Tenez compagnie à Mérotte. » Alexandre aimait-il prouver que, tout grand chef qu'il fût, il savait encore laver des assiettes ?... ou montrer qu'il était chez lui ici parce qu'il s'était empressé d'acheter la maison de Levallois à la mort du propriétaire et avant qu'il ne vienne à l'idée de promoteurs de construire à sa place un immeuble de plus ?... ou voulait-il seulement lui éviter de la peine ? Il y avait longtemps que, résigné, il ne disait plus :

— Pourquoi te refuses-tu une femme de ménage ? Tu sais bien que nous te l'offririons avec joie.

— Je le sais, mais ma joie à moi c'est de ne pas être regardée sous le nez du matin au soir par une étrangère.

Et maintenant, le dos calé par un coussin, les pieds surélevés et posés sur un tabouret, Mérotte souriait doucement. Ritzie remarqua, une fois de plus, que ce sourire offrait le plus parfait accord entre les yeux et la bouche. Jamais les uns ne démentaient l'autre. Toute l'harmonie d'un visage était là. Née d'une harmonie intérieure. Et, se dit-elle aussi, ce n'est pas nous qui lui apportons du bonheur en étant près d'elle, il est en elle. Sa joie est constante parce que jaillie d'une abondance d'enthousiasme jamais tarie.

Comme Emmanuel se penchait vers sa femme pour lui demander à quoi elle pensait, elle répondit à mi-voix, s'apercevant que la vieille dame avait fermé les yeux et paraissait somnoler :

— Notre Mérotte est bourrée d'une réserve d'enthousiasme qu'elle n'arrivera jamais à consommer tout entière. Que n'en avons-nous autant qu'elle !

— Parce que tu trouves que tu en manques ?

Il avait parlé fort, malgré lui. Mérotte rouvrit les yeux et l'écouta dire à Drina :

— Tu as entendu ma femme ? Elle voudrait avoir encore plus d'enthousiasme qu'elle n'en a ! Mais où le mettrions-nous, Seigneur ?

Drina sourit à peine. Ses oncle et tante lui paraissaient bien trop enthousiastes, *tous les deux*. Elle aurait voulu plus de mesure dans leurs démonstrations. Démonstrations de quoi ? Elle n'hésitait pas à répondre : « De tout. » Elle détestait depuis quelque temps les trop grands étalages de sentiments.

Elle regarda son arrière-grand-mère comme si elle attendait qu'elle l'approuvât. Elle l'aimait. Elle lui devait les meilleurs moments de sa petite enfance. On la menait le jeudi à Levallois. Elle en gardait des souvenirs qui sentaient les gaufres chaudes, le sirop de groseille-framboise et, parfois encore, elle retrouvait la sensation, au bout des doigts, du gluant des dominos glacés au sucre vanillé des gaufres dévorées tout en jouant.

Si la famille avait eu l'intelligence de lui faire exploiter son sirop, Mérotte aurait été capable de faire fortune. C'était quelque chose de rare, voire de magique que cette concentration de parfums et de saveurs. Elle avait toujours supposé sa Mérotte un peu sorcière, jetant un sort à ces fruits rouges pressés dans une mousseline qui lui faisaient les mains saignantes. Cette vision l'avait longtemps hypnotisée et la poursuivait la conduisant, lorsqu'elle en buvait de ce sirop, à le croire élixir ensorcelant. Elle avait écrit, du temps heureusement bref où elle s'était crue poète, un bien mauvais sonnet à sa gloire. Elle éprouvait parfois du plaisir à s'en réciter le début en s'endormant :

Le parfum de la groseille
qu'apprivoise,
qu'ensoleille
celui de la framboise,
avant de le terrasser
puis, à son char, l'enchaîner. ...,

Elle aimait noter certains propos et remarques de Mérotte qu'elle craignait d'oublier, elle avait un cahier réservé à cet usage. En exergue, trois des expressions préférées de la vieille dame : « T'attends donc pas, ma fille, qu'un lapin te ponde un œuf », puis son correctif : « Et si je veux, de temps à autre, les voir bleues, moi, les tomates », mais surtout : « Ça, petite, il n'y a pas plus superbe, c'est des truffes au champagne ! »

Et tant de choses, pour Mérotte, pouvaient être des truffes au champagne. *Villar et Leduc,* le restaurant de son fils Mathieu, maintenant celui de son petit-fils Alexandre, en était, *La Table des dames,* le Relais de campagne de sa petite-fille Ritzie aussi. L'un à Paris, l'autre en Auvergne, prestigieux tous deux, étaient pour elle les plus belles de ces truffes nageant dans le plus grand des champagnes. Et la promenade de la veille ! Elle valait son pesant de truffes celle-là aussi ? Drina était arrivée le matin au volant de sa première voiture, une 201 Peugeot, proposer à Mérotte de l'étrenner. Toujours en communication directe avec ses anges protecteurs, Mérotte s'était écriée : « C'est le ciel qui t'envoie ! Je m'étais dit, en regardant la liste des choses que je veux faire avant de mourir : Voilà un jour gris qui serait bon pour aller à ce musée du Louvre voir *la Joconde.* A la fin j'en ai assez, quand ton père m'oblige à recevoir une journaliste étrangère, de m'entendre demander, entre mille choses, si je l'aime cette femme-là, Dieu sait pourquoi. »

On y était allé. Mérotte s'était installée dans la voiture avec une confiance admirable, parce que enfin son arrière-petite-fille n'avait son permis que depuis huit jours et affronterait, pour la première fois, la traversée de la place de l'Étoile.

Elles avaient, après s'être perdues quelque peu, découvert la belle Italienne.

— Eh bien ! Si je te disais qu'elle ressemble à la marquise de Férial, celle de la guérite ! Je l'aurais su, je ne serais peut-être pas venue, parce que la figure de la marquise je l'ai toujours dans l'œil, donc, je la connaissais presque, *La Joconde*, avant de l'avoir vue.

— Regardons un peu les autres tableaux, ceux-là tu ne les connais pas ?

Non, ils ne lui rappelaient personne, sauf peut-être cet homme-là, appelé *Connétable de Bourbon* qui avait « un petit air au père Rouquier, l'épicier. Si tu lui enlèves la barbiche et avec moins de cheveux, ça pourrait être lui ».

Mais elle était rêveuse.

— Tu penses à quoi, Mérotte ? Ce musée, ce n'est pas comme tu croyais ?

— Je vais te dire, petite, tous ces portraits de tous ces gens morts, peints par des artistes tous morts aussi forcément, ça me ravigote pas trop. Parce que ça en fait des morts...

— Mais les paysages ?

— Eh ! ils sont disparus aussi ! J'ai lu les dates des peintures, ça doit plus beaucoup exister ça non plus...

— Mais c'est beau... quand même ?

— Oh ! C'est beau, sûr, c'est beau...

Mérotte s'était tue une grande partie du chemin de retour — une retraversée de la place de l'Étoile réussie, parfaite — et devant chez elle, avait dit tout à coup :

— Un jour, une journaliste suédoise est venue me voir. Envoyée par ton père, comme d'habitude, parce qu'il leur raconte que je suis toujours en vie moi l'ancêtre, la vieille mère-cuisinière, etc. Bref, celle-là aussi est arrivée me poser un panier entier de questions. Je me souviens d'une, entre autres, pour me faire remarquer que ces belles et bonnes nourritures qu'on faisait, ton grand-père, ton père, ton oncle, et même moi autrefois, on devait les refaire et les refaire sans cesse puisque notre *art*, qu'elle disait, était à recommencer chaque jour.

— Et tu lui as répondu quoi ?

— Du diable si je m'en souviens ! Qu'est-ce que tu veux

répondre à des choses pareilles, si inutiles à dire ? Mais aujourd'hui, après *La Joconde* et tous ces gens morts qui nous regardaient passer devant eux, je lui répondrais que nous, nous tous dans notre profession, les uns après les autres, nous créons la vie. Tu saisis ? Notre *art*, comme ils disent, c'est la vie..., et moi, j'aime la vie.

— Mérotte, tu es une redoutable iconoclaste.

— Ça veut dire quoi, ce mot-là ?

Elle avait expliqué. Mérotte avait ri et ajouté :

— Le portrait que j'aimais, c'était celui de ton arrière-grand-père, mon Félicien. Quand on a cambriolé ma petite maison, une nuit où j'étais aux Halles, on me l'a pris. Ce n'est pas pour la valeur de cette vieille photo que j'avais fait agrandir qu'ils l'ont voulue, ces brigands, mais parce qu'il était beau mon Félicien et il leur aura plu... Dieu sait qui le regarde en ce moment... et, lui, qui on l'oblige à avoir sous les yeux !

On avait du mal à imaginer l'arrière-grand-père Félicien, le jardinier. Mérotte ne pourrait jamais apparaître autrement qu'en reine sans roi et même sans prince consort, chargée, emplie qu'elle était d'une personnalité à anéantir totalement celle de son compagnon... Et en souvenir duquel elle mettait en terre et en pot tout ce qui lui tombait sous la main de pépins, graines et noyaux. Ici, débutaient dans la vie de chétifs orangers, cerisiers ou avocatiers que la vieille dame berçait de l'illusion qu'ils iraient, plus tard, forcer leur croissance dans le jardin. Parmi cette vingtaine de pousses ingénues espérant le bonheur futur d'un parcours en plein air, tenaient tout juste la guérite et les six sièges d'osier réservés à la famille.

Et Drina ne quittait pas des yeux les mains croisées si sagement sur son giron, d'une Mérotte somnolente. Il faudrait avoir un moulage de ces mains-là, comme on en avait fait faire un de celles du grand-père Mathieu. Quelqu'un devrait y penser. Elle le suggérerait à sa mère un de ces jours. Elle les revit ces petites mains pressant leur mousseline pleine de framboises et de groseilles... Et elles avaient quatre-vingt-cinq ans ! On doit pouvoir mourir d'une minute à l'autre à cet âge-là. Alors, comme elle en avait le cœur serré et comme cette tristesse subite s'ajoutait à l'inquiétude et à l'angoisse qui ne la quittaient pas depuis qu'elle avait pris sa décision, elle demanda, sans trop savoir ce qu'elle disait :

— Tu en fais toujours de ton fameux sirop de groseille-framboise ?

— Pardi ! Quand viendras-tu goûter avec moi et en boire un verre ?

— Bientôt... Bientôt...

Alexandre s'impatientait. C'était toujours Viviane qui donnait le signal du départ ? Qu'attendait-elle ? Il lui avait pourtant dit qu'il voulait partir tôt.

Carla regardait le chignon de Mérotte et s'interrogeait. Quand la main dodue avait-elle cessé de replanter des épingles dans des cheveux noirs pour le faire dans des blancs ? Il lui semblait qu'elle était passée des uns aux autres presque sans transition. Il devait pourtant y avoir eu une période grise. C'était à la mort de son fils que Mérotte était soudain devenue une vieille dame. Personne ici, aujourd'hui, n'avait prononcé le nom de Mathieu. Mais Mathieu n'avait cessé d'être là, parmi eux. Sans lui il n'y aurait eu ni *Villar et Leduc,* ni *La Table des dames.* C'étaient ses idées, son travail, sa réussite qui avaient tout permis. Alexandre et Emmanuel étaient de brillants successeurs, Viviane et Ritzie les secondaient avec conscience et talent, mais sans Mathieu rien n'aurait pu être atteint aussi vite et à un tel degré de perfection. Alors, la toujours belle Carla sourit. Peut-être comme si son Mathieu était là et qu'elle lui envoyât ainsi une bouffée de tendresse.

Comme ils étaient tous maintenant aussi silencieux que les plantes en pot de la véranda, Emmanuel dit :

— Mérotte, vous devez être la seule, non seulement à Levallois, mais dans toute la région parisienne à faire encore la cuisine au bois !

— La seule à faire la cuisine au bois de *temps à autre*, par amour pour vous tous. Mais je me sers du gaz, comme les pauvres malheureuses d'ici qui n'ont que ça. Et aussi parce que, si ça chauffe pas comme j'aime, c'est plus pratique. Vois-tu, je me ménage, je m'économise, je veux voir les bébés de Drina. Arrivée si près, tout en haut du mât de cocagne, je vais pas flancher et redescendre sans avoir décroché le gros lot : embrasser mes arrière-arrière-petits-enfants.

Viviane regardait Mérotte, l'écoutait avec une attention affectueuse, mais s'occupait surtout d'Alexandre. Elle sentait monter chez lui cette nervosité qu'elle connaissait bien. Il n'était déjà plus ici, où tout commençait à lui peser et il avait hâte de partir. Il devait penser à cette nouvelle manière de préparer la sauce de ses asperges. Dès leur retour, elle ferait vite couler son bain à la juste température qu'il aimait. Et ils boiraient ensuite ce verre de champagne qu'ils prenaient les soirs où ils voulaient — et en avaient le temps — parler longuement. Moments qu'elle aimait plus que tout, où Alexandre était à elle seule. Et plus tard, ils descendraient aux cuisines. Rien ne pourrait être meilleur pour lui que de travailler à ses essais. Il oublierait peut-être, pendant quelque temps, sa grande déception.

Drina s'était levée. Elle avait un rendez-vous à trois heures, disait-elle.

Tous la regardaient, sans rien ajouter.

On l'embrassa. Elle partit.

Ils ne parlaient toujours pas. Mais chacun pensait à elle. Et elle était, depuis qu'ils avaient entendu la porte se refermer, plus présente, là, dans la véranda, parmi les plantes en pot, que lorsqu'elle y était vraiment peu d'instants auparavant. Alexandre, mélancolique, se souvenait... il l'entendait lui demander : « *Et, il était comment l'œuf ?...* »

L'œuf de Charles IV, pondu vers 1356, l'année où ce roi de Bohême et empereur d'Allemagne était en visite à Metz. En son honneur on avait embroché un bœuf farci d'un porc entier lui-même contenant une oie pleine à son tour de la poule dans le ventre de laquelle était l'œuf... Et la petite voix de Drina demandait : « *Alors, sorti de tous ces emballages, il était comment l'œuf ? A la coque ? Mollet ? Dur ?* »

Elle avait seulement sept ans ! Et à huit, ô vertu de l'hérédité, la voilà attrapant au vol l'histoire de la *caille de Talleyrand* — cuite dans une poularde de Bresse, elle-même introduite dans une énorme dinde berrichonne — et suggérant que les jus de dinde et de poularde conjugués nuisaient sans doute à la finesse et à l'authenticité de celui de la caille ! Superbe évolution de ses réflexions. A sept ans, elle ne parlait que de cuisson, à huit, elle abordait les saveurs !

Alexandre soupira. A ces coups de trompette annonçant un destin heureux pour son enfant, il avait cru...

Emmanuel se souvenait aussi. Il n'était pas si loin le temps où la petite Drina présentait les desserts, lorsqu'elle venait passer le mois d'août chez eux, à *La Table des dames*. De douze à quinze ans, elle s'était follement amusée à pousser la voiture des douceurs, à expliquer, détailler, et conseiller, à sa manière à elle, ce qui était devenu une promesse de joyeux divertissement pour les clients qui avaient déjà eu le privilège de l'entendre et une délicieuse découverte pour les non-initiés. L'infini de ses improvisations était stupéfiant. Et si un habitué lui faisait remarquer que, la veille, elle n'avait pas parlé de la même façon du *blanc-manger de pommes reinettes au caramel** elle répondait sans s'émouvoir : « Oh ! Si vous aimez la monotonie, monsieur, ce n'est pas à la *Table des dames* qu'il faut venir. » De *la crème brûlée à la cannelle et aux cerises confites**, elle n'hésitait pas à dire : « Vous allez trouver ça exquis, mais c'est bien meilleur encore barboté aux cuisines, emporté sur la troisième haute branche du figuier et savouré là-haut, en lisant un roman policier. » De la *tarte gratinée de poires au vin rouge** elle murmurait : « Avec une bonne part de ça le commis pâtissier prétend qu'il obtient un baiser de n'importe quelle belle fille du pays. Je crois qu'il se vante, parce qu'il est trop timide pour faire une chose pareille, mais c'est quand même la meilleure tarte aux poires du monde. »

Quand elle était moins en verve, elle se contentait d'énumérer les composants de chaque dessert. Et cela ne manquait pas non plus d'originalité. Certains avaient droit à une fantaisiste épopée du chocolat, d'autres à des descriptions

---

* Le lecteur trouvera en fin de volume la liste des chefs créateurs des mets qui sont suivis d'un astérisque. (N.d.É.)

lyriques de récoltes de papayes. On venait souvent raconter à Emmanuel « la dernière de votre jolie serveuse des desserts ».

Et puis, l'été de ses quinze ans, elle avait décidé de ne plus paraître en salle. Emmanuel supposait que certaines réflexions — d'hommes surtout — avaient dû l'intimider. Elle était déjà si jolie à l'époque qu'il était impossible qu'on ne la remarquât pas, et même trop.

Et, comme si elle avait deviné les pensées de son mari, Ritzie les continuait en se rappelant l'affaire du prince arabe qui avait demandé — et avec quelle insistance ! — la toute jeune fille en mariage. Bien qu'elle en ait ri, la chose avait dû la perturber. A cette époque-là, elle venait de beaucoup grandir après une mauvaise grippe et elle était déjà une longue et fine créature aux mouvements et gestes encore un peu maladroits et, comme si cette poussée de son corps l'avait laissée désorientée, elle avait parfois dans le regard une douceur interrogative et désarmante dont on se demandait à quelles questions non formulées elle répondait. « Elle paraît vivre avec les anges », avait dit le beau musulman. Et de la superbe chevelure qui atteignait ses reins, il avait dit aussi, plus prosaïque tout à coup : « Je paierais cet or-là son poids d'or. »

Quant à Carla, elle regardait une fillette de six ans, marchant Faubourg-Saint-Honoré, sa petite main dans celle de Mathieu qui disait : « Nous partons ma princesse et moi en expédition jusque chez notre voisin le *Nain Bleu*[1]. Nous allons y acheter une famille. Drina veut quatre bébés d'un coup. » Et l'une des vendeuses avait dû les raccompagner jusqu'au restaurant, parce que les poupées étaient presque aussi hautes de taille que l'enfant... Mathieu, aujourd'hui, dirait peut-être : « Laissez donc ma petite princesse vivre comme elle l'entend. J'ai assez travaillé pour qu'elle ait tout ce qu'elle veut dans la vie. »

La seule à voir la Drina d'aujourd'hui était Viviane, désormais mère d'une fille que trois années d'université améri-

1. Célèbre maison de jouets parisienne, située Faubourg-Saint-Honoré.

caine lui rendaient bien différente, à tous points de vue, de la douce créature qu'elle avait eu la faiblesse de laisser partir si loin.

Alexandre, impatient à nouveau de s'en aller et passant brusquement de l'*œuf de Charles IV* et de la *Caille de Talleyrand* au chétif pied de lavande en pot qu'il avait sous les yeux, avait tout à coup l'idée qu'un soupçon, un rien de parfum de lavande était sans doute, sûrement même, ce qu'il cherchait à ajouter à la sauce de ses asperges. Il lui fallait rentrer au plus vite essayer ça. Il tenta de presser le départ.

C'est alors que Mérotte intervint du fond de sa guérite. Elle dit :

— Maintenant que la petite est partie, vous allez me raconter ce qui ne va pas.

Ils se regardèrent tous les cinq, perplexes. Puis Alexandre demanda, ennuyé, mais s'efforçant de sourire :

— Pourquoi supposes-tu que quelque chose ne va pas ?

— Je ne suppose pas, je sais. Parce que à l'histoire des paons qu'elle connaît par cœur, ta fille, j'ai ajouté une suite qu'elle n'avait jamais entendue. Ni vous d'ailleurs... Je lui ai avoué que j'y avais goûté quand même à ces oiseaux. Eh oui, j'ai toujours été si curieuse de tout ! J'ai pas pu résister. Mon Félicien, qui me connaissait déjà mieux que ma mère, m'avait suivie à la cuisine et, pendant que je coupaillais un morceau d'aile, il m'a fait sursauter en venant me dire dans l'oreille : « Dix francs j'aurais pariés, dix francs j'aurais gagnés que tu allais leur dire un mot à ces bestioles !... » Bref, à apprendre, comme ça, tout d'un coup, ce que j'ai caché pendant soixante-dix ans, la petite aurait dû sauter au plafond et me demander, au moins, si j'avais trouvé ça bon. Mais rien ! Sainte Vierge, elle ne m'a même pas entendue. J'aurai pu lui dire : « J'ai failli en mourir empoisonnée », elle n'aurait pas bougé plus. Et pourquoi ? *Parce qu'elle n'a pas écouté.* Elle pensait à autre chose, et si fort qu'elle en était devenue sourde. Donc, elle était toute perdue dans une affaire importante, grave même peut-être. Alors je vous demande si vous savez ce que c'est.

Ce fut encore Alexandre, morose, qui avoua :

— On sait. On aurait préféré te le dire un autre jour. Enfin voilà : Après l'École de gastronomie Ritz-Escoffier, et après cette université de Cornell (État de New York) — à trente mille dollars par an, mademoiselle a décidé que, tout compte fait — justement ! — elle n'était pas faite, elle, pour les métiers de l'hôtellerie.

Il y eut un silence. Puis le petit rire de Mérotte :

— Bon, ça passera. Laisse-lui le temps de changer d'avis.

Mais, ce temps, on ne l'avait pas. Viviane le précisait, le second restaurant *Villar et Leduc* ouvrait dans trois mois à peine et on avait toujours compté sur Drina pour s'en occuper.

Alors Alexandre expliqua. Viviane avait eu l'idée, en héritant de son parrain le bibliophile, de trois mille ouvrages aux reliures de vieux cuirs marqués de superbes fers d'or, de créer avec eux le décor de *La Bibliothèque*, écrin parfait pour petits soupers de grand luxe et aux chandelles réservés aux sorties de théâtres. C'était là quelque chose qui manquait. On serait sûr de travailler à bureaux fermés. Pas plus qu'une quinzaine de tables d'un raffinement suprême et carte sublime qui feraient courir tout Paris.

« Et vous attendez de moi qu'à ce spectacle après le spectacle, je sois l'actrice principale ? Mon rôle ira-t-il jusqu'à sortir quelques trésors de leur vitrine pour les faire admirer à ceux qui sauront lire ?... A moins que je ne doive plutôt faire la lecture des bonnes pages de nos grands classiques ? » Voilà ce qu'avait dit Drina. Et Viviane se le répétait une fois encore, déçue, attristée. Comme les enfants, même les meilleurs pouvaient être cruels parfois...

Mérotte, un temps silencieuse, et intéressée semblait-il par les trois nouvelles feuilles de son oranger de quinze centimètres, dit tout à coup, doucement :

— Peut-être la petite est-elle amoureuse.

— Si elle l'était, nous le saurions, voyons !

Alors Mérotte rentra sa tête sous la guérite et murmura, pour elle-même :

— On ne saurait rien du tout. Et vous le savez bien.

Ils étaient maintenant sur le trottoir à se faire leurs adieux et Mérotte, de sa fenêtre, les regardait.

A côté de la Mercedes noire il y avait Alexandre et Viviane. Lui, bien bel homme dans son pardessus de cachemire beige. Mais elle, pourquoi son manteau avait le vison en dedans ? Pourquoi faire le contraire des animaux qui portent leur fourrure en dehors et qui doivent savoir, eux, le meilleur emploi des poils ? C'était la mode ? Bon...

Carla repartait avec eux. La toujours belle Carla. Vue d'ici, elle paraissait presque aussi jeune que sa fille Ritzie. Ritzie qui allait monter dans sa voiture et s'en aller avec son mari vers le plus beau, le plus célèbre Relais de campagne de France. Emmanuel, encore et toujours son amoureux fou, lui tenait la portière ouverte comme à une reine, sa reine, qu'il allait ramener dans leur château d'Auvergne.

Voilà ! Ils s'en allaient...

Des seigneurs étaient venus bien tendrement l'embrasser, des seigneurs étaient repartis. Qu'aurait pensé son Félicien de tout ça ?

Couchée dans son grand lit d'acajou d'époque Louis-Philippe — qui nécessitait un marchepied pour être atteint commodément —, calée par trois oreillers, son chignon déroulé en une petite natte aussi blanche que sa chemise de nuit, Mérotte reprit sa conversation avec elle-même là où elle l'avait laissée : « Que pensait Félicien des succès superbes d'Alexandre et Viviane dans leur *Villar et Leduc,* de Ritzie et d'Emmanuel à leur *Table des dames* ? Pardi, il remarquerait, comme elle, qu'il fallait vite s'occuper de Drina. Parce que c'était bien beau tout ça, mais le bonheur de l'enfant, c'était plus important que d'être les rois et les reines de la profession. Le bonheur de la petite, c'était dans son cœur qu'il était, et ils ne lui parlaient, tous, que de travail, de réussite. Ils oubliaient les sentiments. On ne lui en avait sûrement pas dit un mot non plus dans toutes ces écoles étrangères. Peut-être que la pitchoune ne savait pas assez ce qu'ils étaient. Il fallait lui expliquer, il fallait lui dire : « Petite, on ne doit pas craindre les sentiments. C'est beau les sentiments. Tu as l'air de te sauver devant eux comme s'ils allaient te mordre. Ils mordent pas, ils caressent. »

Puis elle raconterait l'amour de l'arrière-grand-père Félicien qui lui avait caressé son cœur à elle, autrefois.

Il y avait longtemps qu'elle avait pris l'habitude de s'adresser, comme ça, de loin, à ceux qu'elle aimait. D'entendre le son de sa propre voix lui faisait presque croire qu'ils étaient là, assis au pied de son lit...

Elle ferma les yeux, s'attrapa, se dit-elle, un pan de ciel bleu et une fougue de soleil parfumés de thym et de lavande pour se croire à nouveau chez elle, là-bas, et dit à Drina, qui avait sûrement un verre de sirop de framboise-groseille en main :

« Mon Félicien, c'en était un qui s'échinait à sortir de son cocon de jardinier et à se faire pépiniériste. Il avait les ailes pas trop dépliées encore, mais ça venait, ça venait, il en plantait de plus en plus des fleurs et des arbres chez les riches propriétaires des environs qui pouvaient s'offrir de la belle nature. Nous, on le voyait passer avec le charreton de ses livraisons. Et, comme notre bicoque était loin, après la sortie de la ville, en haut de la montée, il avançait à pied à côté de sa mule — pour lui faire la peine moins lourde — quand il nous envoyait son salut : " Bonjour la maison ! " Il avait une belle voix, le soleil l'avait chauffée et dorée, et, à son tour, elle vous ensoleillait le cœur. S'il chantait, sur le chemin — et souvent il le faisait —, on regardait là-haut un joli nuage dans le grand bleu du ciel et on se croyait dessus.

« Là où nous habitions ce n'était pas à nous, mais à la commune, mon père était le cantonnier et ma mère celle qui descendait en ville coudre chez plus riches qu'elle. Quand elle remontait de ses quatre journées chez la bouchère, elle ramenait sa paye et aussi trois livres de bœuf à braiser pour la daube. J'avais dans les quatorze ans et les doigts pas encore bien savants, mais frétillants d'envie de bien faire.

« Ce jour-là, quand j'avais commencé à l'entendre chanter, le Félicien, il était encore au bas de la côte et je roulais dans du persil haché et de l'ail en pommade les lardons pour la daube du lendemain qui serait dimanche. Et il arriva, le

Félicien, devant ma fenêtre quand j'avais fini de mettre en marinade. Je me disais que le parfum du vin me montait à la tête, mais si le bon Dieu avait, à ce moment, dépêché un ange pour me faire jurer ça, j'aurais dû avouer que c'était surtout le beau sourire d'un beau jeune homme qui me faisait les joues pareilles à des arbouses mûres.

« J'avais répondu à cette fleur de son cœur, mais à moitié à peine, en simple politesse, parce qu'à l'heure du bonsoir mon père me regarderait dans les yeux et je ne voulais pas devoir baisser les miens. Ça veut dire, ça, que je ne m'étais pas beaucoup tournée vers la fenêtre et vers Félicien. Aussi, c'est quand j'entendis s'éloigner, dans des grincements de tristesse, les roues, les sabots et les semelles, tous ferrés, de l'homme, de sa jument et de son chariot, que je me retournai.

« Oh ! petite, si tu avais été présente, tu aurais été surprise avec moi. C'était Félicien qui était encore là ? Non ! Pas lui, mais *un arbre* ! Dressé devant la maison de sa belle taille de jeune arbre, comme un jeune gars, long, mince et me saluant, dans la brise, de toutes ses branches !

« Il se tenait bien droit dans la gloire du soleil, un rien fiérot, un rien timide, mais solide, les racines en sécurité dans une caisse pleine de terre.

« Et pourquoi la visite de celui-là que personne n'avait invité ? Le Félicien l'avait oublié ? Il était tombé du chariot ? *Qu'est-ce qu'il faisait ici ?* C'est la question que posa mon père, le soir, en revenant de ses routes et de ses chemins.

« Ma mère avait toujours été peu parleuse, elle haussa les épaules. Et moi j'étais aussi pâle que la lune parce que dans la crainte. Je ne voulais pas que l'arbre s'en aille. Si mon père, qui aimait le devant de sa porte tout net et bien damé, le chassait comme chien errant, je savais que j'en aurais de la douleur. Je l'aimais déjà celui-là qui ressemblait tant au Félicien portant haut le front lui aussi, avec du mystère plein les feuilles, autant que mon jardinier en avait plein les yeux. Et puis ce devait être un arbre rare. C'était la première fois que j'en voyais un pareil.

« Le lendemain donc, c'était dimanche. Mes morceaux de bœuf avec échalotes, carottes, tomates, olives et bouquet garni enfermés dans la marmite en terre se mijotaient doucement, chauffés du dessus et du dessous, depuis bien avant le lever du soleil, quand je m'aperçus que j'avais oublié le zeste de bigarade ! C'était comme si j'avais oublié le respect que je devais à ma grand-mère. C'était elle, un jour, où elle faisait ses confitures d'oranges amères, qui avait eu l'idée de mettre la demi-peau de l'un de ces fruits dans la daube qui se mitounait sur le feu d'à côté. Chez nous, c'était sacré le zeste de bigarade — attention, petite, pas d'orange, de *bigarade* —, mon père en avait toujours l'offrande et croquait, avec une pensée pour la malice de la défunte, cet ajouté de délicatesse.

« Il était trop tard pour soulever le couvercle collé avec de la farine et de l'eau par ma mère. C'était déjà miracle que je n'aie pas oublié aussi les couennes qu'il fallait déposer dans le fond de la marmite et le quignon de pain dur qui, ramolli et imprégné de jus, servirait à lier la sauce.

« Les autres fois, gourmande que j'étais, je trouvais longues les six heures de cuisson, mais ce dimanche, à la pensée de ce qu'on me dirait en cherchant le zeste, je tremblais. Parce que je savais que j'avais eu la tête ailleurs à cause d'un arbre et d'un homme et que mon père le devinerait. Il aurait deviné les pensées des cailloux de ses chemins.

« Et l'arbre était toujours là. Il était comme quelqu'un qui attend, pas pressé, et même, il avait l'air de rire, après une bonne nuit passée dans la fraîcheur de la colline.

« Je dressai le couvert comme une qui irait à l'abattoir, et qu'est-ce que j'entends ? La petite chanson de Félicien ! Un dimanche !

« Et le voilà qui arrive et nous salue. Et voilà mon père qui lui lance :

« — Tu n'aurais pas perdu un arbre ?

« — Ô ! Je me le disais hier que je devais en planter dix, au castel, là haut, chez la marquise de Férial. J'avais dix trous et il y en a un qui est resté vide.

« — Et alors ?

« — Alors, je l'ai bouché.

« — Et cet arbre qui est là ?

« — Ah ! par exemple ! dit Félicien. Il est là ?

« — S'il te crève pas les yeux, fils, c'est que tu les as oubliés quelque part eux aussi.

« Il riait, le Félicien. Pas mon père, qui était comme devant un gros silex échappé à sa masse à lui dire : “ D'où tu sors, toi, et qu'est-ce que tu veux ? ” Il demanda, sans sourire :

« — Bon, alors tu en fais quoi de cet arbre ?

« — Oh ! je vais pas monter le mulet pour lui seul, et si, des fois, il vous faisait envie, je vous le planterai où il vous plairait de le voir donner de l'ombre.

« Mon père, je te l'ai dit, petite, avait toujours aimé son devant de maison aussi nu que le dessus de sa main. Mais ma mère, aux doigts piqués par les milliers de points qu'elle laissait derrière elle partout où elle passait et qui paraissait si souvent s'être cousu la bouche aussi, dit — ô miracle ! — qu'il était bien, juste là où il était, l'arbre, il aiderait à rafraîchir la cuisine les chaleurs venues. Félicien, déjà, s'enlevait la veste et se retroussait les manches, quand mon père lui offrit de partager la daube avec nous avant de se mettre à creuser la terre, parce que ma mère lui avait ordonné, d'un seul éclair du regard, de faire l'invitation. Ce jour-là, tout à coup, j'ai su que je n'avais rien compris à notre vie de famille, ce n'était pas les cailloux de mon père qui commandaient chez nous, mais les petits points perlés de ma mère.

« L'arbre devait turlupiner mon vieux, *il en oublia de demander le zeste de bigarade* ! Il regardait le Félicien avec l'air de penser à des tas de choses et il mangeait notre délice comme s'il avait été une purée de papier. Lui, le Félicien, disait :

« — Cette daube ! La meilleure ! Une daube du bon Dieu !

« Elle me fondait dans la bouche à moi aussi. Mais je ne pouvais guère avaler plus d'un morceau tant j'étais déjà repue d'un bonheur tout jeune, tout guilleret, qui courait au-dedans de moi comme un chevreau fou.

« Et ma mère, l'ancienne muette, parlait encore ! A Félicien demandant qui l'avait faite, cette daube du bon Dieu, elle mentait que c'était moi, rien que moi, et qu'avant deux ans je serai la plus fine cuisinière du canton. Ses yeux me disaient : “ Toi, tais-toi et laisse faire ce qu'il faut. ”

« On planta l'arbre. Il faudrait l'arroser et mon père s'enquit de l'eau. Le temps que le nouveau venu se fasse à sa nouveauté de vie devant notre maison, il aurait soif. Ma mère, cette fois encore, dit qu'on ferait face et mon père se tut.

« Un arbre en pleine terre, ce n'est pas comme un arbre dans sa caisse. Il ne vous regarde plus de la même manière. Ça y est, il est chez lui, et il commence sa vie cachée, celle des racines. Il s'en fait et s'en dit des choses, là, dessous nos pieds, dans le secret du plus sombre du monde ! “ Nous n'avons qu'à attendre que tout se soit bien accordé entre ce qu'on voit et ce qu'on ne voit pas ”, nous répétait Félicien.

« Et ma mère avait dit vrai, pour l'eau on fit face. La réserve de la citerne, bien répartie, un peu moins ici pour un peu plus là, et ça allait. Je la voyais, les seaux à la main, passer parfois devant ses haricots et ses tomates, honteuse de leur enlever l'eau de la bouche.

« Elle n'avait pas fini de m'étonner, la mère. Elle avait toujours refusé de s'occuper du linge de la charcutière — de celle-là, elle avait dit : “ Plus souvent que j'irai mettre mes mains dans les chemises d'une femme qui se les retrousse pour qui n'est pas le pauvre charcutier ! ” — pourtant, elle y alla. Pour les farcis. Parce que le Félicien venait saluer son arbre “ en passant ” et on rajoutait une assiette pour lui. De nos farcis, il disait aussi qu'il étaient du bon Dieu. Mais, pour eux, il fallait de la chair à saucisse, et nous étions pauvres. Alors ma mère se piétina sa fierté et offrit ses beaux petits points aux dessous d'une dévergondée, tout comme mon père allait empierrer les chemins de M. le Maire qui pourtant n'était pas dans ses idées en politique.

« Nos farcis ! Si tu les avais goûtés ! Tout d'un coup ma mère n'arrêtait plus de me raconter les secrets qui les faisaient aussi différents de ceux des autres familles d'ici qu'un morceau de pain dur d'une tranche de brioche fraîche. Elle me disait : “ Si je t'avais appris avant, tu n'aurais pas compris. Maintenant tu es prête. ”

« *Avant ? Prête ?* Elle voulait dire quoi au juste ? Je rougissais. Mais, au fond, je le savais qu'il se passait quelque chose en moi qui me faisait voir des couleurs, sentir des parfums, goûter des saveurs, entendre des musiques pour lesquels j'étais aveugle, indifférente, sans goût ou sourde hier encore. Crois-moi, petite, j'allais de découvertes en découvertes, et des choses et des choses me sautaient sur le cœur! Tout à coup, je me mettais à aimer que le soleil jette son or sur ma peau. Il y avait quatorze ans qu'il me caressait celui-là, et c'était seulement maintenant que je le sentais! Et je comprenais pourquoi. Sa chaleur me faisait penser à celle des yeux de Félicien. Et, si je restais longtemps assise sur notre banc, sous les feux du ciel, je me disais aussi que la bouche de cet homme me brûlerait peut-être de pareille façon. Alors, j'écoutais, comme en rêve, ma mère qui me disait : “ Tu croyais que je mettais la même farce dans les tomates, les courgettes, les oignons, les aubergines, ou les poivrons ? ”

« Je l'avais cru. Et j'étais honteuse de ne pas avoir senti que, parmi ces légumes bien rangés dans le grand plat et qui s'en iraient cuire au four banal, ce qui emplissait la tomate vidée de sa propre chair et bourrée d'une autre ce n'était pas ce qui emplissait la courgette ou l'aubergine. Alors, j'apprenais ce que mon père appelait encore les malices de sa femme : Une feuille de menthe ici, de la sauge ou du basilic là, une gousse d'ail ailleurs. “ Pardi, on ne coud pas du blanc avec du fil vert, ni du bleu avec du fil rouge ”, disait ma mère. Eh oui ! à chaque légume il fallait le seul assaisonnement qui l'ensoleillerait. J'aimais, maintenant, savoir dire : “ Ah ! je les sens sarriette et romarin hachés dans ce farci-là ! ” Et, un jour, je demandai :

« — Mais pourquoi tu te crèves les yeux à la couture et aux reprises au lieu de leur faire de ta belle cuisine, à ceux de la ville ?

« — Mon père avait dit : “ L'aînée au fourneau, la cadette aux reprises. ” Il fallait obéir. Après, j'ai continué, comme s'il était toujours là. C'est pour ça que pour toi...

« — Pour moi ?

« — Tu verras.

« Ce que je voyais, en attendant, c'était mon arbre. Cette année-là, il devait, avait dit Félicien, nous donner des fleurs.

« Il s'appelait Magnolia. Un joli nom, mais le matin, dès que j'ouvrais la fenêtre, je lui disais : “ Bonjour, Félicien ! ” Les oiseaux se l'étaient vite pris pour eux aussi. Et ils lançaient leurs chants d'amour dans le balancement des feuilles et des taches de soleil... comme moi.

« Planté à l'automne, il avait passé le premier hiver, si dur pourtant sur le haut de la colline. Les vents s'étaient dit que ce petit jeunot, on allait le plumer, pour rire un peu. Mais elles tenaient, les feuilles, solides, longues, avec une nervure tranchée ferme de bas en haut. Et elles résistaient plus encore parce qu'elles étaient groupées en bouquets ou, mieux, en compagnies de huit ou dix qui se soutenaient le moral. Puis le printemps arriva et Félicien me disait : “ Ah ! quand tu verras ses fleurs ! Il a pris le temps de se trouver à son aise chez vous et de vous les préparer superbes. ”

« A celles-là je ne pensais pas trop. J'étais déjà bien heureuse avec ce grand jeune arbre, si distingué qui me saluait, s'inclinait vers moi dans la brise comme si j'étais une reine.

« Mon père, lui, le regardait un peu de travers et critiquait : “ Il ne sait pas trop où il met ses branches, celui-là. Il va de ci de là, comme si le raisonnement lui manquait. ”

« Il n'avait pas l'air de s'adresser à moi, et je me demandais s'il parlait de l'arbre ou de Félicien. Il venait de plus en plus nous voir, notre pépiniériste. Il ne disait guère, maintenant, que c'était pour son magnolia qui poussait bien sans lui. Mais, quand il n'était pas chez nous, ou à son travail de serviteur de la nature, ce qu'il faisait, où ses longues jambes le menaient et vers qui, nous, là-haut, on ne le savait pas, on se contentait de prendre son sourire quand il nous l'offrait en chantant avec les mille choses que disaient ses yeux. Parce qu'il avait l'air, comme ça, d'arriver les mains vides, mais ce n'était pas, il était tout chargé, tout débordant du cadeau des plus belles histoires qu'il vivait chaque jour avec ses plantes et ses oiseaux. Tu le verras plus tard, toi aussi, il y a des gens qui viennent vers vous tout secs, sans un gramme de rien à vous offrir d'eux, et d'autres qui, même lorsque la nuit tombe et qu'ils devraient depuis longtemps être partis, sont encore là parce qu'ils n'ont pas pu déverser ce plein qu'ils avaient pour vous dans le cœur.

« J'aurais voulu voir le Félicien faire la magie de ses

greffes. Mais je ne pouvais pas aller chez lui seule, ça se faisait pas. Je regardais son couteau. Il me le prêtait, chaud encore de la chaleur de sa main. Et la mienne tremblait un peu. C'était avec une lame précieuse, en os, toute douce pour épargner de la douleur à la plante opérée, qu'il transformait les œuvres de Dieu. Et il disait que, pour plus de douceur encore, il la suçait avant de faire l'incision. J'avais envie de goûter cette lamelle, une envie qui me faisait rougir et regarder au loin, comme une qui serait soudain intéressée par autre chose, là-bas. Elles étaient belles et bonnes ces émotions d'amour que la brise du printemps apportait à une petite paysanne oubliée, perchée sur le haut d'une colline et à qui un homme avait offert un arbre pour lui dire qu'elle n'était pas si oubliée que ça.

« Et je devenais riche de ce que mon Félicien et ma mère me donnaient d'eux, de leur savoir, de leur tendresse. Mon cœur, ma tête, mes mains recevaient et gardaient.

« Pendant deux ans l'un m'apprit la nature, les plantes et les oiseaux, l'autre ce beau travail d'accommoder ce que donne la terre pour nous nourrir dans le plaisir. Ils se rejoignaient dans un grand désir de bien faire et nos familles se soudaient. Félicien, presque chaque jour de belle saison, nous arrivait les bras chargés des légumes de notre Provence. Quand il apportait les jeunes artichauts, il me montrait le beau vert-gris des feuilles et le violet de leurs pointes qui avaient pris sa couleur au lilas. Les plantes sont comme ça, elles se volent l'une l'autre un peu de ce que Dieu leur a donné... Il les avait cueillis, ses artichauts, tout luisants dans l'aube humide et rose. Ma mère les prenait dans son tablier replié et les emportait avec un sourire cruel. Pardi, elle allait les plonger, bien vifs, dans l'huile d'olive bouillante ! Et, comme elle leur avait laissé une petite queue, elle nous rendait, dans nos assiettes, des belles fleurs raides et scintillantes qui nous craquaient sous la dent dans le délice de leur parfum. Un parfum, qui nous faisait oser nous regarder en face, Félicien et moi, pour nous dire :

« — Ça sent comme si on y avait ajouté, c'est drôle, un peu de vanille.

« — Non, ce serait plutôt, comme un tout petit peu de semble-œillet...

« Mais ce n'était là que paroles pour nous dire que la vie était belle et l'amour plus beau encore. Et Félicien me regardait me rassasier de bonheur en souriant. Je savais qu'il me disait : " J'aime que tu manges ce que j'ai semé et récolté. " Alors, l'air était comme une soie, et moi, à le respirer, aussi douce qu'un plumage d'oiseau.

« Autant ma mère était devenue presque bavarde, autant mon père se taisait. Un grand coup de mistral avait tout retourné chez nous. Mais j'avais dans l'idée qu'il devait en dire et en dire à ses cailloux, le cantonnier. Si j'avais été la mésange bleue — c'était son oiseau préféré —, je me serais posée sur son épaule et j'aurais peut-être entendu : " Celles qui ont l'aiguille aux doigts et la tête penchée dessus, il ne faut pas les croire seulement occupées à rapetasser. Leur tête travaille autant que leurs mains. Voyez ma femme, elle ne s'arrête pas de penser au Félicien. Elle guigne son hectare de plantes, elle se voit déjà reine-mère de pépinière. Et, vu qu'il est orphelin son futur gendre, et sorti de l'Assistance publique, elle est sûre que ça ne contrariera pas cette belle famille-là. Ça ne viendra pas compliquer le déjeuner du mariage en discutant son prix, ça ne portera pas des robes plus riches que les siennes, ça n'enverra pas dire : " Je vous donne le plus beau gars du pays, mais votre fille, est-ce qu'elle est la plus belle ? " Il n'y a pas d'héritage à attendre de l'Assistance publique ? Mais puisqu'il se l'est fait tout seul son héritage, le Félicien, c'est pas meilleur encore ?

« J'avais quinze ans l'année où les premières fleurs devaient arriver. Félicien disait : " Avant, vers Pâques il nous les donnera d'abord en gros boutons blancs, pareils aux œufs revenus de Rome. "

« Puis on fut en juin 1913.

« Qu'il était beau ce printemps-là où les fleurs éclatèrent ! Parce qu'elles éclatent. De toute la force qu'il y a dans cette grande beauté à huit pétales de crème douce ! Ah ! c'étaient pas des petites fleurs de rien, c'était aussi large et aussi blanc que nos assiettes à soupe en grosse porcelaine, c'était ce que j'avais vu de plus beau depuis que Dieu m'avait mise sur terre. C'était aussi beau que mon amour pour Félicien. C'était mon amour en forme de fleur.

« Je regardais, sentais, rêvais. Je rêvais la nuit, je rêvais le jour, je marchais dans le bonheur et c'était un chemin où, parfois, le pied me manquait, où je faisais des choses comme je ne les avais jamais faites. Si je caressais le chat ou mettais des marguerites dans une cruche, je me regardais faire et, ça ne me fait pas honte de le dire, mes gestes je les trouvais beaux. Presque, je me serais crue belle. Et, peut-être, je l'étais.

« Alors Félicien est arrivé, il l'a cueillie cette première fleur du magnolia. Elle était là entre nous deux, comme une tendre amie... Qu'il sentait bon notre premier baiser.

« On nous maria à la floraison de l'année suivante. L'arbre était en explosion et aussi blanc que ma robe. J'avais voulu une couronne en feuilles de magnolia, et on me la passa, cette folle idée. Ma mère l'avait permise d'un signe de tête et d'un sourire. Et ce sourire, il était tout fier de dire : " Que ceux qui ne connaissent que la fleur d'oranger s'en viennent un peu voir chez nous celle du magnolia. " Presque, si elle avait été meilleure parleuse, elle leur aurait dit à ceux-là qu'il y en avait des comme nous qui pensaient que le blanc du magnolia était plus blanc encore que celui de l'oranger et que ce n'était pas parce que mon père cassait des cailloux tout au long du jour que nous n'aurions pas eu droit au plus beau des créations du Seigneur. Et il disait encore, ce sourire de ma mère, qu'elle la comprenait cette histoire entre un homme, un arbre et sa fille, et que ces trois-là il fallait les laisser vivre à leur idée. Ah ! combien de fois, plus tard, je me le suis dit qu'il s'en courait et s'en courait des farandoles de sentiments dans le cœur et dans la tête de ma mère — aussi longues les farandoles que ses fils à coudre — pendant qu'elle s'usait les yeux sur ses petits points perlés. Et moi, tout d'un coup, il me sautait sur le cœur que je n'avais pas su assez tôt comprendre les silences de ma mère. Et je le disais à Félicien que cette femme, toute muette qu'elle était si souvent, je croyais bien comprendre maintenant qu'elle n'était qu'amour. Et mon Félicien de me regarder alors comme si je lui montrais notre chat noir en lui disant qu'il était noir et de me répondre : " Pardi ! Rien qu'à la voir devant ses fourneaux et dans le fumet de ses sauces ou de ses farcis du bon Dieu, on le sait que ce qu'elle fait c'est aussi beau que des prières. "

« Félicien était venu habiter avec nous. Sa bicoque de jardinier, il n'avait pas eu le temps encore de l'agrandir pour deux. Il avait raison, il valait mieux planter. On construirait plus tard. »

« L'arbre fut, un jour, plus haut que notre maison. Il s'était dépêché de la dominer. Il savait.

« Il savait que la foudre tomberait ici et que s'il dépassait le toit c'est lui qui mourrait à notre place.

« Il ne faut pas voir la foudre tuer de son feu cruel l'arbre de son cœur, pour ne pas perdre sa croyance en Dieu.

« Si je n'avais pas été dans les bras de Félicien, qui sait, j'aurais peut-être injurié le Seigneur.

« Félicien avait mis sa main sur mes yeux pour que je ne voie plus le mort.

« Hélas, il ne le savait pas Félicien, mais moi je le savais qu'il allait mourir aussi. Parce que les fleurs de magnolia, les plus belles du monde, ont à peine le temps de respirer l'air de la terre, de boire un bol de soleil qu'elles sont déjà toutes brunes, brûlées par leur beauté et leur grand sourire blanc. Les voilà mortes comme il allait mourir aussi, aussi jeune, aussi superbe que son arbre, le Félicien, parti à la guerre le mois suivant.

« — Tu vois, petite, de ces choses il ne faut pas avoir peur de parler. Les sentiments, ça pousse comme les fleurs, et les fleurs tu les cueilles... Alors... »

Vers le milieu de la nuit, Mérotte s'éveilla et s'aperçut qu'elle avait commis une erreur. Elle ne devait pas dire la mort de Félicien. L'enfant ne savait pas encore que les peines, même les plus grandes, s'adoucissent un jour et que du bon et du mauvais de la vie Dieu vous faisait la grâce de ne vous laisser au cœur que la douceur du meilleur. Alors elle revint en arrière et arrêta l'histoire de Félicien en son plus beau, au moment de leur mariage et conclut : « Et maintenant, toi aussi petite, il est temps que tu aimes un homme, le *tien*, celui qui a été choisi pour toi et qui t'attend. »

*

Il fallait reparler de l'affaire. On le fit, Viviane, à nouveau enthousiaste — rien ne se fait jamais sans peine, n'est-ce pas ? — et à nouveau optimiste — il n'était pas possible que Drina s'entêtât à refuser un tel cadeau —, reprit dès le lendemain matin :

— Nous allons créer un décor sublime, un cadre magique pour mes petits soupers aux chandelles. Tu ne te rends pas encore compte, mais essaie d'imaginer : des murs tendus d'une soie d'un ton abricot — si flatteur au teint des femmes — et une vaisselle et une argenterie de rêve. Ce sera le prolongement magnifique, et du plus haut luxe, de *Villar et Leduc*. Ton père m'a voté le crédit que je demandais... Enfin, la banque a approuvé, et j'ai trouvé le décorateur plein d'idées qu'il me fallait, *tout*, absolument tout sera superbe et tu ne voudrais pas être la reine de cette petite merveille ! Je vois ça comme si j'y étais déjà... le genre, comment dire ?... Tiens, laisse-moi te lire ce passage d'un roman [1] que je viens de découvrir. Écoute : « Très peu de femmes pouvaient rivaliser avec la marquise d'Ateleta dans l'art de donner un dîner, son goût exquis se révélait dans les moindres choses, et elle était la souveraine arbitre des élégances de la table. Ses fantaisies et ses raffinements se propageaient chez toute la noblesse romaine. Cet hiver-là, elle avait introduit la mode des chaînes de fleurs suspendues d'un bout à l'autre entre les grands candélabres et aussi la mode du grêle vase de Murano, laiteux et changeant comme l'opale, garni d'une seule orchidée et placé devant chaque convive parmi le groupe de verres différents... » Non, non, ne me regarde pas comme ça, tu sais bien que je ne vais pas suspendre des chaînes de fleurs au-dessus des tables... je te donne seulement le ton, le départ des idées, la poésie de l'inspiration..., mais ce dont je suis déjà sûre en revanche, c'est que j'aurai du linge italien, précisément, de ce couvent de Florence dont les religieuses sont des fées, et des vestes, italiennes aussi, pour nos garçons, style Mao revu par Visconti, tu vois ce que je veux dire ? Avec ce col officier si seyant et deux

1. *L'Enfant de volupté* de Gabriele D'Annunzio.

rangées de boutons dorés gravés à notre chiffre. Je les ferai faire en velours rouge, d'un rouge un peu roux qui s'assortira à l'abricot des murs...

Et elle allait, elle allait... Elle parlait encore de ce même roman :

— Écoute ce que disait l'une des invitées à ces dîners de la marquise romaine, en trempant ses doigts dans un bol de cristal azuré bordé d'argent : « Toi qui es une grande innovatrice, tu devrais ramener l'usage d'offrir l'eau pour les mains après qu'on a quitté la table, avec l'aiguière et le bassin d'autrefois. » Ne ris pas, chérie ! Tu sais bien que je ne ferai rien de ce genre, mais je veux dire par là que j'aurai des trouvailles, du jamais vu qui ravira mes clientes. Rien, crois-moi, ne sera plus élégant que mes petits soupers aux chandelles parmi ma collection de beaux livres qui donneront ce ton à la fois intellectuel et si romantique...

« Une grande innovatrice des arts et rites de la table », voilà ce que voulait être sa mère, voilà le titre qu'elle attendait ingénument qu'on lui décerne, qu'elle quêtait. Et méritait d'ailleurs. Mais cette femme qui souriait, émue et exaltée à la fois, désireuse d'être, sinon remerciée, du moins comprise, espérant un : « C'est merveilleux tout ça, maman ! » avait entendu :

— Et moi, on m'habillera également de velours rouge... tirant sur le roux, avec boutons dorés et gravés ?

Le ton avec lequel elle avait dit ça était odieux. Il avait balayé du bleu joyeux des yeux de sa mère, comme un vent furieux, tout l'or qui y pétillait. Son père avait abaissé un instant ses paupières, signe qu'il s'efforçait de rester calme, signe qu'elle l'avait atteint lui aussi, puis les relevant, maître de lui, il avait, alors, entouré de son bras les épaules de sa femme, lui donnant ainsi sa protection, son approbation en disant :

— Nous reparlerons de tout ça plus tard.

Et son regard, plutôt que déçu ou mécontent, semblait dépourvu d'expression, c'était ce regard que connaissaient bien ceux de la brigade et des salles, il annonçait l'algarade, qui pour être reculée, n'en serait que plus vive. Puis ils étaient vite partis, tous les deux, parce que Maxime, le maître d'hôtel, était venu annoncer le désir du Président d'une table de huit couverts et qu'il allait falloir manœuvrer en finesse pour ne mécontenter personne et satisfaire l'homme le plus important de France. Elle entendait Maxime dire accablé : « Et juste ce soir où nous sommes pleins à éclater, juste ce soir ! », mais elle ne voyait que le bras de son père enserrer les épaules de sa mère. Il disait, ce bras : « Ne t'en fais pas, tu la feras *La Bibliothèque,* je suis là, moi, avec toi. »

Elle ne voulait pas gâcher leurs rêves, Dieu non, elle ne voulait rien de tel, mais elle ne pouvait pas tuer les siens. Et ils étaient si loin les uns des autres, leurs rêves...

Si elle tentait de savoir quand *cela* avait commencé, elle s'y perdait. C'était peut-être déjà inscrit, il y avait longtemps, dans le miroitement des trois petites russes[1] de cuivre pendues aux crochets toujours restés à la hauteur de sa taille à douze ans, même lorsqu'elle les avait utilisées l'année dernière encore. Peut-être cette année-là, précisément... Le grand chef lui disait autrefois : « Tu fais comme moi et, si tu ne comprends pas, tu lèves ta cuillère de bois pour dire : " Hep ! je n'y suis plus. Et je t'explique. " » Avant le départ pour Cornell, il avait dit : « Tu sais que tu en connais un bout, maintenant ! » Était-ce à ce moment-là qu'à regarder les casseroles de cuivre qui brillaient sur le mur elle avait soudain compris que cela l'intéressait moins désormais, beaucoup moins ?

Ce n'était peut-être pas venu d'un coup, peut-être une lente, insidieuse pénétration, comme une maladie qui se prépare. Elle écoutait la voix de son père, elle admirait ses gestes sobres, précis, rapides mais en spectatrice et non plus en fervente imitatrice.

Et avec sa mère ? Là, c'était plus net, et elle pouvait situer le moment exact du rejet, un beau matin de printemps. On livrait les fleurs de la journée. Leurs parfums très discrets ponctuaient ceux venus de la cuisine, ce mélange qu'elle avait toujours aimé de propreté parfaite — la propreté sent si bon — et de fumets savoureux. Tout cela, jusqu'à ce jour, avait été sa

---

1. Casseroles à haut bord.

vie même — il lui arrivait, quand elle était malade, couchée au troisième étage de l'immeuble *Villar et Leduc,* d'ouvrir la porte de sa chambre pour être rassurée, sereine, dans la bonne odeur de la maison qui montait jusqu'à elle — et soudain, l'envie d'autre chose, d'être ailleurs. Une étrange envie, presque un malaise. Et depuis? Depuis, *elle savait...* Elle savait qu'après l'École Ritz-Escoffier de Paris elle avait surtout souhaité l'université américaine pour gagner du temps. Et il lui était parfois arrivé, là-bas, de se demander ce qu'elle y faisait vraiment.

Jusqu'au jour de *la découverte.* A Cornell, ce matin d'automne doré tout exprès pour accompagner une telle révélation.

C'était à la rentrée de la troisième et dernière année, et les retrouvailles avec l'opulente, la majestueuse bibliothèque de Cornell, alors là, tout à coup...

Mais, maintenant, il fallait de l'aide pour faire admettre aux parents ce renversement de situation.

Qui? Mérotte? Ritzie? Carla.

Sûrement Carla, persuasive avec patience et douceur, tenace aussi quand elle pensait agir pour le bien.

Et Carla avançait à pas lents dans cette fin d'un jour d'automne, dans les douceurs de la nuit naissante et d'un été qui s'éloignait à regret... C'était, à Paris, sa saison et son heure préférées.

On l'avait déposée, comme elle l'exigeait, à cinq cents mètres du restaurant. Elle refusait d'être livrée directement de sa voiture au chasseur qui la livrerait, à son tour, à la dame du vestiaire, aussi accueillants, déférents et souriants ces deux-là fussent-ils. Elle voulait avoir le temps d'accomplir ses rites.

Il y en avait trois : Faire sa petite marche dans le Faubourg-Saint-Honoré en guettant l'apparition d'un angle de la marquise et son feston de fer forgé, si longtemps entêté à rouiller et à s'écailler, mais lisse et brillant désormais. Puis, découvrir l'auvent tout entier et constater, une fois de plus, que soixante-dix ans d'écart entre une vieille marquise de métal et de verre et une jeune porte de glace sans tain ne contrariaient pas une union harmonieuse. Vérifier, enfin — l'accident s'était déjà produit — que les deux noms accolés, *Villar et Leduc,* n'étaient éborgnés d'aucune de leurs lettres de cuivre rutilant. Elle avait insisté, autrefois, pour que la raison sociale de l'établissement soit inscrite à même la pierre de taille de l'immeuble, à l'abri de la vieille marquise, et non pas sur la porte en glace. Elle se félicitait encore de ce choix, qui, à l'époque, était apparu comme assez novateur.

Alors, satisfaite du parfait état des choses, elle, Carla, entrerait dans le restaurant que son mari, Mathieu Leduc, avait racheté à Bastien Villar pour en faire l'un des plus hauts lieux de la gastronomie française, le nourrissant de trente années de sa vie. Elle les avait données, elle aussi, ces années-là. Et, si c'était à refaire, voudrait-elle les revivre, absolument identiques ? Elle rejeta cette question qui n'avait pas, qui n'avait jamais à être posée.

Elle avançait toujours, sur un trottoir presque désert, offerte à la tendresse de l'air et au calme du soir. Calme retrouvé, après l'effervescence de la journée, dans ce que Mathieu avait toujours appelé « le plus beau village du monde » situé entre les places Vendôme, de la Concorde, de la Madeleine et Beauvau. Il ajoutait que l'obélisque était sa statue de la Liberté. Comme les émigrants arrivant à New York, il avait accosté, un matin, lui aussi, là où il voulait vivre et mourir. Ce qu'il avait fait. Avec obsèques à la Madeleine, puisque là avaient sonné, pendant une si grande partie de sa vie, les cloches de son église.

Il allait être neuf heures. Le bon moment pour entrer dans ce qui était, depuis cinq ans, le restaurant de son fils Alexandre et de sa belle-fille Viviane. Carla Leduc ne serait, ce soir qu'une cliente, certes privilégiée, mais sans plus. Elle s'interdirait la moindre inspection des cuisines, même camouflée en « petit bonsoir à la brigade ».

Elle donna au chasseur souriant un aussi souriant « Toujours fidèle, Marcel ! » et à la dame du vestiaire un amical : « Comment allez-vous, Lucie ? » Elle passa assez vite de l'un à l'autre, pour ne pas obstruer l'entrée toujours trouvée trop exiguë, mais s'accorda trois minutes pour écouter les réponses des deux employés avant de pénétrer dans la salle. Les saluts éclairs de ceux que Mathieu avait appelés les P.I.E.P. — personnalités importantes éternellement pressées — lui avaient toujours paru des plus grossiers. Mieux vaut ne rien dire si l'on n'a pas la courtoisie d'écouter ce que l'on vous dira en retour.

Maxime et Paul, les maîtres d'hôtel, n'oubliaient jamais pour qui, le premier lundi de chaque mois, la numéro 12 était réservée.

Elle était située, cette petite table, au fond de la salle et contre le mur. Observatoire parfait pour celle qui y serait assise, cible aussi de beaucoup de regards curieux. Carla acceptait l'avantage sans redouter l'inconvénient. Viviane l'en supposait d'ailleurs ravie, forte d'un argument infaillible et répété cent fois à son mari : « Si ta mère ne voulait pas voir et être vue, pourquoi viendrait-elle ? » Ce à quoi Alexandre répondait : « Pour nous, pardi ! Et aussi pour faire un bon dîner. » Rire de Viviane. Gentil ce rire, et même affectueux, autant que l'était le ton de la question, habituelle aussi : « Que va-t-elle préférer, ce soir ? Peut-être tes rougets. Elle les adore. »

Carla savait, en pénétrant dans la salle comble — beaucoup de réservations étaient faites trois semaines ou un mois à l'avance —, l'apparence qu'elle offrait aux clients de *Villar et Leduc* qui levaient tous, ou presque, leurs regards vers elle à son approche. L'apparence que lui avait renvoyée, peu de temps auparavant, le miroir de sa chambre : une dame d'un certain âge, longue et mince, vêtue d'une robe de lainage bleu marine de coupe sobre, gantée de blanc, nu-tête et avec, dans le regard, la première pointe du plaisir que la soirée lui promettait.

A l'époque où Carla avait commencé à se préoccuper vraiment d'élégance, certaines traditions étaient encore respectées. Sortir sans chapeau ou les mains nues *ne se faisait pas,* porter du bleu, dit marine, avant l'arrivée du printemps et au-delà de la fin de l'été, non plus. Fidèle encore à la plupart de ces lois, Carla mettait la robe de ce soir pour la dernière fois cette année. Quant à ses longs gants de suède immaculé, peut-être un peu démodés aussi, il y avait maintenant plus de vingt ans que la maison Hermès, sa voisine, lui en fournissait douze paires par an, six blancs pour la belle saison, six beige chamois pour l'hiver. Carla, autrefois, avait expliqué cette nécessité à un Mathieu souriant et approbateur. Un Mathieu qui, depuis sa réussite, aurait voulu pour lui et ceux qu'il aimait ce que le luxe parisien offrait de plus raffiné. Il revenait souvent de son « petit tour d'élégance » dans le Faubourg-Saint-Honoré, et qui était le plus droit chemin compris entre la place Vendôme et la place Beauvau, le pas alerte, l'œil ébloui et rarement les mains vides, il disait : « Voir tant de belles choses me donne de la voile, et me gave le cœur. Je suis entré chez Lachaume dire bonjour à ses fleurs. Cela sentait les plus odorants jardins du monde, et la jeune vendeuse, la brunette, si timide pourtant, m'a offert un œillet rouge sombre pour ma boutonnière. J'ai navigué jusqu'à la place Vendôme dans le vent parfumé de mon œillet. Je m'imaginais être l'homme le plus riche du monde et je t'ai choisi là quelques joyaux. Un rubis, surtout, couleur sang de fraises et de framboises. Je l'ai beaucoup regardé ce bijou, aussi gros qu'un œuf de caille, j'ai conversé avec lui à travers la glace et s'il y a — je le crois — quelque chose de mystérieux, de magique, à l'intérieur des choses, il a dû comprendre ce que je lui disais. Et c'était de m'attendre. Je ne peux pas encore l'acheter, alors qu'il reste là, en vitrine, œil étincelant et superbe, à lorgner le vert-de-gris, si superbe aussi, de la colonne et de son empereur. Je voudrais que tu ailles voir cette pierre rouge flamboyer dans le soleil. Napoléon, là-haut, a dû en être ébloui, comme moi. C'était un instant de beauté parfait. »

Elle ne l'avait pas eu, bien sûr, ce rubis. Mathieu, qui n'avait jamais dû en soupçonner la valeur, l'avait, heureusement, assez vite oublié, même si, ce jour-là, il avait tout mis à sa couleur et à celle du bronze de la colonne Vendôme, de la décoration des fleurs des tables à sa conversation. Il avait dit au peintre Chagall, venu dîner : « Il y a chez Boucheron, en ce moment, un œil incandescent qui darde sur l'empereur des regards assassins. L'un de vos personnages volants a dû arriver, en allant un peu tournoyer là-haut, à écouter ce qu'ils se disent tous deux. »

Chagall avait été de leurs amis. Mathieu avait acheté une de ses œuvres à un moment où il n'était pas souhaitable de le faire, vu l'état de leurs finances après les nouveaux aménagements des cuisines, mais il n'avait pu y résister. Il disait : « Regarde-les ces deux-là qui flottent, aile contre aile, dans ce ciel d'un bleu de bonheur, c'est toi et moi. Et tu voudrais que je les laisse passer ? Mais ce serait ne pas comprendre que cette toile a été peinte *pour nous* et nous seuls !... Tiens, c'est comme si je n'avais pas su voir que l'établissement de Villar m'attendait, se languissait de devenir *Villar et Leduc.* » Et il l'avait acheté, son tableau, dans une galerie du Faubourg, sans même en parler à Chagall, sinon plus tard, beaucoup plus tard, « parce que tu le sais, il est fini ce temps de légende où les artistes payaient une tranche de rosbif avec un nu ou un paysage. J'aurais eu bonne mine d'aller quémander un rabais ! Est-ce qu'il m'en a jamais demandé un, lui, ma duchesse ? ».

Ma duchesse... Il avait entendu un ancien de la brigade dire à un nouvel arrivé : « M. Leduc, propriétaire et chef, nous l'appelons Monsieur, et elle, Madame, eh bien, c'est... notre duchesse. » Parmi ceux qui la voyaient s'avancer vers eux, s'il y en eut, ce soir, de plus particulièrement observateurs, peut-être saisirent-ils, à ce moment très précis, l'éclair de tendresse qui traversa le regard de violette célèbre tout autant que le surnom de *duchesse,* Mathieu l'avait si souvent appelée ainsi...

Et, si Carla savait quelle apparence elle offrait, elle se doutait aussi des commentaires que suscitait son apparition, murmurés par ceux qui la connaissaient depuis longtemps. Si longtemps ! Elle entendait presque le : « Mais quel âge a-t-elle donc ? — Au moins dans les soixante ans ! Oh ! Oui, au moins. » Autrefois, lorsqu'elle entrait dans la salle du restaurant, elle devinait aussi ce qui se murmurait, en déclinaisons de louanges. Disait-on, maintenant, qu'elle avait été belle ? C'était pour Mathieu qu'elle avait été heureuse de l'être, pour lui seul. Et si à nouveau, à cet instant, l'une des élégantes clientes plus observatrice qu'une autre, ou plus sensibilisée par son âge à elle, put surprendre l'éclair de tristesse qui pâlit l'éclat du regard, le fit virer au mauve, crut-elle que l'étonnante personne qui s'asseyait, et retirait lentement ses gants blancs, souffrait, comme elle, de ne plus avoir ni trente, ni quarante, ni même cinquante ans ? L'idée l'effleura peut-être alors que des femmes de cette qualité ne devraient pas vieillir, idée qu'elle rejeta aussitôt pour s'enorgueillir de ce que de telles femmes vieillissent aussi parfaitement, passent, en quelque sorte, d'une vie à une autre avec autant de superbe. Elle reçut, de l'admirable exemple qui s'offrait ainsi à elle, un regain de vitalité qui lui fit vider son verre de champagne avec enthousiasme. Le bonheur, ce devait être de ne rien regretter.

Et Carla ne regrettait rien... si ce n'était de vivre, désormais, sans le mari qu'elle avait adoré. Encore était-il si présent dans son cœur qu'en apercevant leur fils se diriger vers elle, crut-elle, une seconde, le voir arriver. Ce grand et bel homme en blanc, si à son aise dans le vêtement immaculé paraissant avoir été moulé sur lui, c'était...

Non. C'était Alexandre.

Il s'avançait vers sa mère, vers sa blondeur toujours vivante sans artifice. Différente seulement. De l'argent, maintenant, se mêlait à l'or. Autrefois, lorsqu'elle venait l'embrasser, avant qu'il ne s'endorme, ce halo lumineux l'émerveillait, et, quand il s'éloignait, la chambre était soudain sombre malgré l'éclairage de la lampe. Il aimait qu'elle n'ait jamais changé de coiffure. Qu'elle ait gardé ses cheveux longs, retenus en un simple chignon torsadé sur la nuque par les peignes anciens d'écaille blonde que son père lui offrait. Elle avait les plus beaux ce soir, incrustés de petits saphirs.

— Tu es splendide, maman.

— Toi aussi, mon fils.

Ils se souriaient. Ils avaient des sourires identiques. Des dents à dévorer la terre entière, plus de dents, semblait-il, que les autres et dont l'émail avait toujours victorieusement soutenu la comparaison avec le blanc de leurs tenues. Car, bien qu'elle n'ait jamais travaillé ici aux cuisines, Carla, dans la salle, avait aimé être vêtue de blanc, elle aussi. Des robes de toile de lin ou de soie l'été, de fin lainage l'hiver et de grande sobriété. Elle n'avait jamais voulu imposer la vue du même tailleur de Chanel ou de la même robe de Saint Laurent que la leur à des clientes. Mais ces couturiers lui créaient ses « housses de luxe », parce que « la simplicité demande autant, sinon plus de talent que la complexité », disait Mathieu en concluant : « en cuisine aussi ». Et il n'appelait pas vraiment cela du luxe.

« C'était, disait-il, le devoir d'être en harmonie avec la beauté du décor dans lequel ils évoluaient. » Il avait toujours voulu offrir d'eux à leur clientèle une apparence digne de la perfection de leur restaurant. « Fais durer tes uniformes au maximum », recommandait-il parfois. Peut-être pour se rassurer, avait-elle pensé, lorsque l'exorbitant des dépenses nécessaires à la somptuosité de leur cadre l'effrayait.

On savait qu'Alexandre Leduc n'apparaissait dans la salle qu'en fin de soirée. Et il y eut à son arrivée inattendue comme un arrêt du temps où ceux qui les entouraient concentrèrent leur attention sur la « duchesse » et son fils. Alexandre ressentit alors, plus encore qu'à l'habitude, combien ce rien de fierté un peu hautaine, si personnel à sa mère, s'alliait avec bonheur au lumineux de sa chevelure et à la beauté de son visage si jeune encore. Il ne l'embrassa pas. Les effusions familiales ne leur avaient jamais paru souhaitables devant leur public. Il ne lui baisa pas la main non plus, geste incompatible, pensait-il, avec sa tenue de travail. Une si parfaite complicité entre eux, une telle densité d'affection, n'avaient nul besoin de se manifester par des gestes. Mais il fallait la pratique éprouvée de ce qu'il est convenu d'appeler le monde, pour permettre à ces deux êtres se faisant face, autant d'aisance, d'élégance dans l'attitude. Tous, autour d'eux, eurent alors le sentiment de voir là de grands acteurs dans l'une de ces scènes où le génie des protagonistes s'exprime par la plus superbe des simplicités de jeu.

A l'autre extrémité du restaurant, Viviane regardait aussi. Elle attendait son tour d'aller saluer sa belle-mère. Elle n'avait pas suivi son mari. Ils ne se déplaçaient jamais ensemble en salle, ou, du moins, pas dans la même direction. C'était Mathieu qui avait dit — entre tant d'autres choses — à Viviane jeune fille, lors de sa présentation à sa famille et aux principaux collaborateurs, et en lui parlant du métier : « Le moins d'agitation possible, le service doit être d'une efficacité calme, sereine, ouatinée, désincarnée presque... Tenez, un bon exemple, avez-vous vu, petite, ce beau vieux film, *La Belle et la Bête* ? Oui ? Alors, rappelez-vous, la Belle entre dans le palais de la Bête et ce sont des bras tendus, jaillis des murs, sans appartenance apparente à des corps, qui lui servent son dîner.

Des bras seulement, voilà le service parfait !... A condition, bien entendu, que les têtes pensantes qui les actionnent ne soient pas trop loin d'eux ! » Viviane avait pris le temps d'une respiration — courageuse — pour contredire le premier restaurateur de Paris, donc du monde, parce que ces bras l'avaient terrifiée. Mais elle avait su, aussi, comprendre ce qu'il voulait lui dire et l'avait exprimé avec intelligence et clarté.

Mathieu s'était alors tourné vers son sommelier :

— Albert, si le ciel t'envoyait la plus jolie bru que tu puisses rêver et qu'en plus, quand elle ouvre le bec, tu t'aperçoives qu'elle chante juste, qu'est-ce que tu ferais ?

— J'irai quérir, monsieur, un dom ruinart rosé.

— Cours-y, mon fils, et viens trinquer avec nous.

Albert avait souvent dit, plus tard, n'avoir hésité qu'une seconde entre le dom pérignon et le dom ruinart rosé, parce qu'à regarder la future Mme Alexandre on ne pouvait que penser rose.

Douceur rosée, veloutée, satinée de la carnation de Viviane. Dix-huit ans avaient passé depuis sans la ternir. Alexandre citait sa femme et sa mère comme les plus séduisantes preuves que la bonne cuisine ne vous épaissit ni ne vous enlumine si elle est appréciée sans excès. Viviane, en effet, n'avait ni grossi ni rougi. Et on savait, depuis longtemps aussi que, si elle était pétrie de pétales de roses et de lait en forme de statue de Tanagra, c'était autour d'une armature d'acier. Cette délicate créature pouvait abattre une besogne qui eût terrassé deux fois plus haut et plus large qu'elle. Elle ne venait pas d'une famille du métier, la jolie Viviane, mais elle s'y était rondement mise à la restauration, faisant mentir un mandataire qui, un matin où Mathieu avait emmené sa belle-fille aux Halles, avait dit : « Elle a tout d'une friandise à poser sur un rond de papier dentelle, cette petite dame ! »

Alexandre s'était éloigné assez vite du long pas élégant qui s'accordait à sa minceur, à la régularité de ses traits, à son teint bronzé et à ses cheveux grisonnants. Les clients, qu'il n'irait saluer que plus tard, ne devaient pas prendre ombrage de cet aparté avec la nouvelle arrivée, fût-elle sa mère.

Viviane, elle, avait l'habitude de faire fréquemment des

apparitions dans la salle, préparant, en quelque sorte, la venue de son mari. La jeune femme prit la chaise laissée libre à côté de sa belle-mère et mit sa main sur la sienne. Légère et affectueuse caresse. La main de Viviane était à la fois douce, ferme et jolie, comme elle. Celle de Carla avait été belle, l'était encore, mais lasse, un peu. Et ces deux mains de femmes, fines, soignées, aux annulaires discrètement scintillants, posées l'une sur l'autre et sur la blancheur damassée de la nappe à côté du luxueux couvert, symbolisaient cette longue alliance qui les avait faites, comme le disait Drina, vestales du temple *Villar et Leduc.*

Remontant des mains aux visages, aux sourires, aux regards qui s'accordaient, on devinait entre belle-mère et belle-fille une complicité née, peut-être, ce soir de la contemplation des compagnes de ceux qui les entouraient, et du sentiment d'être différentes de ces femmes venues de milieux si divers et dont elles avaient la vague conscience de n'appartenir tout à fait à aucun. Leur univers, à elles, était à la fois proche et éloigné de celui de tous ces gens. Où était-il vraiment?... La main de Carla se dégagea et se posa à son tour sur celle de Viviane, en tapotements joyeux :

— Ma chérie, je meurs de faim!

— Ah! tant mieux, parce que je crois que ce soir *il* se surpasse.

Elles se sourirent de nouveau, heureuses, l'une d'être la mère et l'autre la femme de celui dont dépendait le bien-être — mieux encore, le moment de bonheur — de ceux qui les entouraient.

Carla était habituée à la qualité de leur clientèle, Viviane pas vraiment. La venue d'une personnalité au plein de sa vogue, ou d'un membre du gouvernement, l'émoustillait encore.

— Ce soir, nous avons...

Mais Carla n'avait pas écouté, soudain préoccupée et regardant autour d'elle :

— Il y a quelque chose de changé ici? Quoi donc?

— Ah! Vous avez vu? Eh bien, ce sont les éclairages qui ont été transformés. Je me demandais si vous alliez vous en apercevoir, et ce que vous en penseriez. Est-ce mieux ? Vous aimez ?

Carla rassura. Elle aimait. C'était parfait. Et elle le dit avec conviction, par deux fois, mais s'entendit à peine répondre. Elle était tout à ce décor qu'elle n'avait pas encore pris le temps de redécouvrir ce soir, elle était maintenant, ayant effacé ceux qui l'entouraient, dans cette cantate d'ors, de mille chants d'or et de leurs reflets, dans cette joie toujours renouvelée que lui donnait la vue des laques de Dunand — immenses panneaux posés sur les deux murs pleins qui se faisaient face. Sur les autres, troués de fenêtres ou de portes, des miroirs surmultipliaient jungle, hommes et bêtes, sous des ciels en gloire. *La Chasse*, créée en 1930 par Dunand, pour le fumoir du paquebot *Normandie*, était là intacte, vivant dans sa douce polychromie sur fond de soleils jamais couchés. Et les nouveaux éclairages, plus savants que les anciens, ajoutaient une richesse supplémentaire. Ils révélaient mieux, sous les verts, les bruns, les rouges et les fameux blancs — mêlés aux coquilles d'œuf que l'artiste y avait écrasées et incorporées — le support doré qui les magnifiait en des transparences de féerie.

Carla eut un petit soupir heureux. Mathieu avait eu là ce qu'il voulait. Et ils avaient évolué, elle et lui, dans cet univers magique, émerveillés, à chacun de leurs réveils, de le retrouver là les attendant. Son regard cessa de suivre le vol de cet oiseau blanc, là-haut, fuyant le chasseur et redescendit vers Viviane dont elle se dit soudain que pour elle cela devait être différent. Ce décor, elle l'avait reçu en héritage. Un bonheur, certes, mais qui n'égalerait jamais celui d'avoir eu l'idée de rechercher et d'amener là cette giclée d'ors à laquelle aucun client, aussi insensible fût-il à la beauté, ne pouvait rester indifférent.

Avait-on privé Alexandre et Viviane de la joie de créer eux-mêmes tout en les privilégiant tellement par ailleurs ? Cette pensée l'effleurait pour la première fois. Elle réprima un sourire. « Idée extravagante de riches, de trop nantis », aurait dit Poloche, avec mépris. Poloche dont, précisément, Viviane demandait des nouvelles.

— Elle va bien. Elle a eu cinquante ans la semaine dernière et, comme toujours, après s'être promenée par-ci par-là, elle dort dans la voiture en m'attendant.

— On ne peut rien lui faire porter ? Un dessert ? Un quart champagne ?

— Rien. Tu la connais.

— Elle... n'évolue pas ?

Carla rit. Un rire, se disait Viviane, tout de douceur et de sérénité.

— Elle pense, au contraire, que c'est nous qui n'évoluons pas.

— Elle *tient* donc toujours ? demanda la jeune femme, avec incrédulité, cela fait plus de cinq ans maintenant.

— Elle tiendra longtemps encore. Je n'ai jamais vu plus têtue.

Et Viviane était sûre qu'il y avait de l'admiration — peut-être inconsciente — dans la voix de Carla.

Le « cas Poloche » était une distraction sans cesse renouvelée.

La Polonaise, Elvira Rudilenskaïa, dite Poloche, avait décidé de résister à l'attrait de la cuisine française, pour ne pas avoir à souffrir d'un changement cruel de régime alimentaire le jour où elle regagnerait son pays. On doutait qu'elle veuille retourner à Varsovie, mais on faisait comme si on y croyait. Entrée au service de l'une des familles au faîte de la gastronomie française, Poloche vivait de pain bis, de légumes crus ou cuits à l'eau et de yaourts. Aucune des tentations auxquelles on l'avait soumise, souvent avec traîtrise, n'était venue à bout de sa résistance opiniâtre, nourrie, elle, d'une force de caractère et d'une volonté redoutables. Femme de chambre, dame de compagnie, chauffeur et — s'il le fallait un jour — infirmière, Poloche était, depuis cinq ans, le chien de garde de Carla. On disait qu'elle aboyait, et même, aurait mordu, si on menaçait d'attaquer sa maîtresse. Toutefois, Poloche avait été victime d'une folle passion non combattue — l'affirmant sans danger en cas de retour chez elle — pour une Rolls née en 1939 et acceptée par les Leduc en échange de la grosse ardoise d'un client. La voiture était restée au garage depuis la mort de Mathieu et, à la stupéfaction de tous, lorsqu'il avait été question de la vendre, Poloche avait proposé de la conduire : « Madame Carla y serait à son aise et à son avantage. » On avait regardé et écouté avec étonnement la Polonaise qui s'était expliquée. Elle n'avait pas seulement été professeur de français, autrefois, à Varsovie, elle était aussi mécanicienne. Les Rolls Royce, elle connaissait. M. l'ambassadeur, chez qui elle avait travaillé en Amérique, avant de venir en France, en avait une et elle l'avait conduite et entretenue.

« On peut essayer », avait dit Alexandre, ajoutant : « Elle t'irait bien, maman, cette voiture-là ! »

Depuis, le trio Carla-Poloche-Rolls ne s'était jamais disjoint. Poloche disait *elle* en parlant de sa maîtresse ou de sa voiture, ce qui créait parfois des quiproquos.

Viviane partie, ce fut Maxime qui vint prendre la commande. Il était d'une taille moyenne, mais une prestance superbe le faisait paraître presque grand. Son costume, d'un bleu sombre, était de coupe irréprochable. Alexandre était aussi exigeant que son père sur la tenue de tous ici, et malheur à qui eût pénétré dans la salle avec un cheveu ou une imperceptible tache sur son vêtement et des mains peu soignées. Maxime était celui qui passait le personnel en revue avant l'entrée dans l'arène. Il avait encore plus de rigueur pour lui-même et il se présenta devant la duchesse dans sa parfaite et élégante netteté. Le mois précédent, Paul s'était occupé de Carla. Les deux maîtres d'hôtel se partageaient le plaisir d'approcher leur ancienne patronne. Ils étaient chez *Villar et Leduc* depuis plus de dix ans, dont cinq l'un et six l'autre sous son règne. Mais aucun d'eux ne lui parlerait ce soir du passé le premier. Un long séjour en Angleterre, dans les établissements les plus sélects, avait légèrement amidonné leur affabilité française et leur interdisait tout ce qui eût pu paraître trop familier dans leur attitude. Ils étaient la perfection du bon ton, parvenus au plus près d'une courtoisie assez distante, « princière presque », se dit Carla en souriant. Et elle sentit alors une bouffée d'affection monter en elle. Elle avait appris à apprécier cette maîtrise de soi, ce contrôle constant de sa personne sans lesquels l'exercice du métier de maître d'hôtel ne saurait être. C'était Ritzie qui lui avait cité un jour ce passage d'un roman[1] de Henry James : « Homme du monde, lord Mellifont l'était presque autant que son maître d'hôtel..., foncièrement homme du monde comme tous les maîtres d'hôtel. »

Visages sereins et souriants, Carla et Maxime se regardèrent un bref instant. Il suffit à leur faire savoir qu'ils étaient satisfaits l'un de l'autre. « Elle est toujours aussi royale », pensait-il. « Vous voilà au sommet », eut-elle envie de lui dire. Et tous deux planèrent, le temps de quelques battements de leurs cœurs attendris, à de hautes altitudes dont ils redescendirent pour s'attendrir encore — à nouveau chacun pour soi — dans un bref survol de ce qu'ils avaient vécu ensemble et s'étaient apporté réciproquement. Qui, là autour d'eux, se dit Carla, saurait jamais de combien d'efforts, de peines et de patience est fait ce que nous avons réalisé au coude à coude, cette luxueuse et douillette ambiance dans laquelle tous baignaient ici et que la moindre fissure dans une organisation et une réglementation draconiennes eût, à l'instant, détruite.

Maxime s'informa de Mme Mérotte. Le bel âge de la grand-mère de M. Alexandre et son étonnante verdeur comptaient parmi les fiertés de la maison, car tous savaient que la vieille dame entretenait l'un et l'autre par un coup de fourchette qui eût fait honneur à beaucoup. Puis il demanda aussi des nouvelles de Poloche. Il la devinait dévorant son sandwich au concombre assise sur un banc des Tuileries ou sur le rebord d'un bassin de la place de la Concorde. Il risqua un « Ah ! elle est peut-être dans le vrai, il y a des jours où je me le demande... »

— Maxime ! Quelque chose ne va pas ?

— Je vieillis, madame. J'en ai parlé à monsieur Alexandre. Mais il ne veut pas m'entendre pour le moment.

Elle nota, une fois de plus, que Mathieu avait été *Monsieur*, et que leur fils serait toujours, pour ceux qui avaient travaillé avec le père, *monsieur Alexandre*. C'était dans l'ordre.

Elle fit son menu, elle ne prendrait que du *foie gras confit aux*

1. L'image dans le tapis.

*artichauts poivrades** afin de pouvoir s'octroyer en dessert l'*aumonière au coulis d'abricot** dont elle avait envie ce soir. Maxime approuva, lui fit un petit salut qui était la plus belle démonstration prouvant qu'il y avait un abîme entre obséquiosité et urbanité et qu'un maître d'hôtel digne de ce nom savait, autant que son chef, napper... d'un autre petit coulis, de déférente amitié celui-là, le respect dû à la duchesse. Un chef-d'œuvre de bon ton. Elle se demanda un instant si, lorsque sa commande serait passée aux cuisines, on spécifierait à qui elle était destinée avec ordre de la soigner particulièrement. Mathieu, autrefois, avait interdit cette manière d'agir et répété cent fois que l'on devait tendre à la perfection pour *tous*, sans aucune exception. Nul doute qu'Alexandre n'ait donné les mêmes consignes.

Elle tenta de deviner qui, de la brigade, allait s'occuper de son foie gras. Le petit Joachim, dressé par Mathieu, devait être chef de partie aujourd'hui, elle aurait aimé savoir s'il était toujours heureux ici... et le beau Roland ? Alexandre lui passerait-il ses nombreuses aventures sentimentales aussi bien que Mathieu ? Ils étaient un peu ses enfants ces jeunots, mais elle s'interdisait de poser à leur sujet des questions qui eussent pu laisser entendre qu'elle se croyait encore maîtresse ici. Elle avait failli, un jour, demander la composition et le comportement de la brigade actuelle et s'en était voulu. C'était avec des erreurs de ce genre que l'on perdait la confiance de ses enfants, car Alexandre était d'une susceptibilité que le temps n'arrangeait guère. « Montre-m'en un, de grand chef, qui ne soit pas un écorché vif », disait Drina. La pensée soudaine de voir, tout à l'heure, sa petite-fille, lui fit trouver la soirée plus belle et désirer encore plus la venue de son dîner.

Et Albert, le vieil Albert, ancien sommelier de Mathieu arriva à son tour. Une grande dame américaine avait dit un jour à Mathieu : « Votre *vinier*, je l'adore ! » Le surnom de *Vinier adoré* lui était resté. Il en riait. Il riait moins de ses varices qui le torturaient. Il les traitait par l'indifférence absolue et s'avançait allégrement vers la duchesse de la démarche que l'on eût pu supposer à l'échanson de l'Olympe. Mais elle savait tout de lui et même de quelle jambe il souffrait le plus ce soir, elle connaissait ce tic, presque imperceptible, difficile à réprimer quand « ça le tirait à gauche », comme il l'avouait si l'on parvenait à le faire parler de lui. Nous sommes de bons comédiens, se dit Carla attendrie, une salle de restaurant est notre scène, la grande cuisine française se joue à longueur d'année et dans beaucoup de théâtres à la fois.

Elle eut pitié du vieil homme, ne voulut pas le tenir là, debout, plus longtemps qu'il ne fallait. D'ailleurs, elle le savait aussi bien que lui, seul un jurançon convenait à son foie gras. Elle savait aussi qu'elle ne résisterait pas à un demi-verre — vraiment, un demi à peine pour le plaisir final et complet — de madère Malvoisie 1934. Albert approuva, satisfait, et son approbation était en forme de bénédiction joyeuse. Lorsqu'il revint, déboucha son jurançon et en goûta une gorgée, les deux rides qui encadraient sa bouche humide se relevaient avec gaieté, et les petits yeux aussi noirs que des olives mûres brillaient autant qu'elles.

— Il n'est pas mal du tout, dit-il.

Ce qui voulait dire : parfait.

Albert devait prendre sa retraite dans un an. Mais abandonner sa cave à un autre lui était aussi impossible à envisager que de s'expatrier ou de changer de femme. Plus même, peut-être.

Carla ne cédait pas à l'envie de se faire servir l'une des créations de son mari reprises par son fils et elle se demandait ce qu'Alexandre en pensait. Qu'elle agissait ainsi pour ne pas le peiner en préférant les classiques de la maison à ses trouvailles, ou voulait tester son talent ? Et elle fut convaincue, ce soir-là, une fois de plus, non seulement de ce talent, mais qu'il n'y manquait guère pour égaler le génie de son père. Même limpide netteté, mêmes saveurs rares, souvent inédites parfois osées, explosant sans jamais se heurter. Elle soupira... Que de souvenirs ! Combien de fois, lorsqu'elle assistait aux essais de Mathieu, s'étaient-ils aperçus l'un et l'autre avec intérêt, et parfois étonnement, du point final atteint par une saveur en heurtant une autre et de leur arrivée toutes deux à un certain seuil qui ne devait pas être dépassé. Ils avaient eu, jadis, entre tant d'autres, une histoire de coriandre et épices diverses qui n'avait pas abouti et dont ils s'étaient longtemps souvenus. Ils s'étaient livrés une nuit entière à leurs tentatives, goûtant, goûtant et goûtant encore, jusqu'à ce que sursaturés, épuisés, après avoir bu chacun un grand verre d'eau, ils aient eu l'envie de vérifier si leurs lèvres, leurs bouches, étaient encore odorantes de tant de parfums... Elle avait participé avec fougue à leurs expériences, elle en était enluminée de bonheur, joues brûlantes, cheveux écroulés sur ses épaules, et Mathieu lui avait dit, soudain penché vers elle : « C'est le pain chaud que tu sens... Je t'aime... Viens... »

— Le madère Malvoisie 1934, l'année de mes quatorze ans, m'a toujours attendrie, mais cela suffit, dit-elle à Albert qui lui en proposait encore.

Elle était émue. Trop. Pourtant, n'était-ce pas ce qu'elle revenait chercher ici, ses émotions d'autrefois ?

Comme elle se ressaisissait, Maxime lui apporta une enveloppe à son nom contenant un billet plié en quatre disant : « N'oublie pas de monter me voir avant de partir. Si tu n'as pas encore savouré ton dé à coudre de madère, fais-le, j'aimerais assez que tu sois en pleine forme pour m'écouter. Parce qu'il y a longtemps que je ne t'ai pas cassé tes jolies petites oreilles... si pareilles aux miennes ! » Et la signature, un grand D, s'accompagnait de deux cœurs dessinés en rouge sous lesquels on avait rajouté et souligné : « J'ai des choses graves à te dire. »

Carla sourit. Elle se réjouissait à la pensée d'aller retrouver sa petite-fille, mais elle n'avait pas encore épuisé les plaisirs du dîner. Il lui restait à savourer son café et la fin du spectacle qui se donnait autour d'elle. De ce double jeu de ceux qui recevaient et ceux qui étaient reçus, elle avait encore envie, besoin même.

Elle ne s'inquiétait pas au sujet de Drina. Sans doute voulait-elle encore s'en aller à l'autre bout du monde.

Elle promena sur la salle aux murs d'or son regard de violette avec une acuité savamment dissimulée. Il y avait beaucoup d'Américains dans la salle. Trop ? Mathieu se l'était souvent demandé. Elle s'intéressa à une table de gens de Boston, ou de New York, ou peut-être de Washington, mais sûrement pas de l'Ouest. Elle avait appris à identifier depuis longtemps les visiteurs d'outre-Atlantique. Elle pensait, bien qu'elle n'ait fait que trois courts séjours aux États-Unis, savoir l'essentiel sur l'éducation — ou son manque ! — et le comportement des principaux spécimens de presque tous les États de la Confédération. Elle prêta l'oreille. Non ! Elle s'était trompée, ses voisins venaient du Sud. Sans doute de l'Alabama : élocution lente, traînante, mais allure distinguée et élégance bostonienne. Là-bas, comme ici, l'apparence se standardisait et pouvait, un instant, égarer. Elle en parlerait avec Drina et lui dirait qu'il y avait eu ici ce soir un couple venu, à coup sûr, de Montgomery (Alabama), Drina rirait, prétendrait que les Américains c'était elle qui les connaissait, ne les pratiquant pas dans les restaurants de haut luxe parisien, mais dans les universités et mieux encore dans ces camps de vacances où en se faisant dévorer par les moustiques, grignoter par les fourmis, perforer par les tiques et, surtout, en tentant d'éviter la morsure de ces redoutables serpents de rivière du Sud, les mocassins verts, et de ceux, à sonnettes, de l'Arizona, on absorbait la vraie Amérique. Et non pas en se demandant si la cliente sophistiquée de *Villar et Leduc* avait acheté son sac d'Hermès dans la Cinquième Avenue à New York, dans Rodeo-Drive à Beverly Hills ou simplement Faubourg-Saint-Honoré à Paris.

Le couple américain s'en allait, et Maxime s'approchant, elle lui demanda, à voix basse : « D'où étaient-ils ? — Des États-Unis, bien sûr, madame ! » Elle fut déçue, Maxime n'avait pas cherché à en savoir plus. Il est vrai qu'il paraissait fatigué. Il faudrait en parler à Alexandre. La discipline de fer qui régnait en salle et aux cuisines, comme du temps de Mathieu, exigeait peut-être des cadres plus souvent renouvelés. Elle soupira. Éternel souci d'avoir à rechercher les meilleurs de la profession, puis, les ayant, s'y attacher, en faire des membres de la famille ou presque, et devoir, un jour, s'en séparer. Elle regretterait Maxime, bien qu'il ait moins de finesse que Paul. Celui-ci aurait su déceler d'où débarquaient les élégants Américains de la table 6. Autrefois, il leur arrivait de parier, elle et lui, sur l'origine de certains clients sans se permettre de leur poser la moindre question. Mathieu disait alors, mi-bougon, mi-amusé : « On voit bien qu'aucun de vous ne s'en ira les étudier d'encore plus près ! Quand je pense qu'il faut que nous nous envoyions, à nouveau, un Paris-New York et retour, une partie de ma brigade et moi, pour aller, dans quinze jours, faire un anniversaire digne de lui à ce richissime... comment s'appelle-t-il donc celui-là ? » Il adorait paraître oublier, ou confondre, les noms de ces messieurs les milliardaires d'outre-Atlantique, voire d'Europe, qui le suppliaient d'aller mettre ses casseroles au feu chez eux.

Le café était excellent. Là non plus la discipline ne se relâchait guère. Découvrir la moindre défaillance ici l'eût attristée. Mathieu aurait donc pu dire ce soir encore, comme lorsqu'il faisait éteindre les fourneaux, autrefois : « Eh bien, les amis, ce n'était pas si mal que ça ! » Elle ferma une seconde les yeux. L'entendre, l'entendre encore !...

Une jeune et jolie dame fut dans son champ visuel lorsqu'elle releva ses paupières. Et le monsieur qui l'accompagnait digne d'elle. Elle était sûre qu'ils étaient mariés. Elle s'était rarement trompée, même s'il n'y avait pas d'alliance aux doigts. Pas plus d'un an ou deux de vie commune, ces deux-là ! Ils avaient encore des choses à se dire, et n'avaient cessé de le faire toute la soirée. Les couples las, mornes, silencieux l'avaient toujours attristée. Et Dieu qu'elle en aurait vu ! Mais ces beaux jeunes gens-là, contents de leur dîner, quel plaisir de les regarder, de bénéficier de ce temps de leur bonheur dont ils autorisaient la vue aux autres ! Elle était toujours satisfaite que ceux qui venaient ici s'en aillent heureux. Les regardant quitter leur table et s'éloigner — ils étaient aussi beaux debout qu'assis —, elle leur souhaita, en une pensée joyeuse, une superbe nuit et beaucoup d'autres ! Réussir une vie à deux était une œuvre d'art, la plus belle, peut-être.

Elle se leva enfin, hésita à remettre ses longs gants, y renonça et traversa la salle, presque vide maintenant, tenant au bout de son bras baissé ces deux petites choses blanches qui l'escortaient. « Elle est royale ! » dit Albert à Maxime, qui hocha la tête, convaincu.

Ce fut seulement à ce moment-là qu'elle aperçut Akira Satomi et sa fille Sadako. Ils avaient dû arriver pendant qu'elle parlait au maître d'hôtel, et elle ne les avait pas vus s'installer à la table 9. Toujours aussi minutieusement élégants tous deux et paraissant sortir à l'instant de leur suite du Ritz. Il lui sembla, alors, que rien n'était changé. Mathieu allait venir dire bonsoir au milliardaire japonais et lui annoncer : « Albert vous a préparé un château yquem 1893 qui va vous enchanter. » Akira Satomi ordonnerait d'un signe à sa fille : « Note, Yquem 1893. » Elle revit l'enfant tirer de son sac le carnet noir où elle enregistrait le nom et le millésime de chaque cru auquel elle devait goûter, religieusement, sous le regard attentif de son père, la valeur d'une cuillère à soupe... Akira avait peu vieilli, et Sadako devait bien avoir vingt ans maintenant. Écrivait-elle toujours sur le petit carnet noir ? Elle était devenue une bien belle jeune fille qui, disait-on, dirigeait seule le vignoble reçu en cadeau pour ses vingt ans. On disait aussi qu'elle y réussissait une étonnante imitation japonaise de Sauternes. Cela aurait amusé Mathieu de savoir que ses sublimes châteaux Yquem, Climens ou Rieussec avaient éduqué, ici même, la plus célèbre et la plus séduisante propriétaire de vignobles nippons.

— Madame, vous devriez, disait Sadako, avec cet étrange, ce mystérieux sourire qu'elle avait déjà enfant, venir nous voir et goûter nos vins qui en seraient grandement honorés.

Pourquoi pas ? Montrer le Japon à Poloche ! Carla promit d'y penser.

Sur la porte de l'appartement niché sous les combles de l'immeuble *Villar et Leduc* et que Viviane avait installé pour sa fille, un grand écriteau de carton. En son centre, un discret : Alexandrine, et autour, formant couronne, une cinquantaine de « do not disturb », « no molestar » et autres « ne pas déranger » dans presque toutes les langues terrestres, rapportés par Drina de ses voyages ou dérobés par ses amis pour elle dans les hôtels où ils passaient. Aux visiteurs, n'osant pas franchir ce barrage, la jeune fille avait dit longtemps : « Allons, allons, *tout ce qui est excessif est inexistant,* et on peut entrer chez moi sans frapper. » Mais elle avait franchi, depuis deux ou trois ans déjà, ce qu'elle appelait le stade infantile des citations et rejetait aussi celles de Talleyrand, bien qu'elle gardât un reste d'affection pour : « Le champagne, c'est la civilisation. »

— Enfin te voilà ! Mais tu avais donc commandé toute la carte !

Ce qui était reposant avec Carla — entre mille autres choses —, se disait Drina, c'était son indulgence. Elle pouvait regarder le désordre colossal de la pièce où elle venait de pénétrer, sans paraître le remarquer. Il y avait des Himalaya de vêtements sur le lit, sur chaque siège. Et au sol, en un tapis hirsute, paires de chaussures, livres — beaucoup de livres —, cannes de golf et chapeaux, dont un de cow-boy ayant appartenu à John Wayne, papier d'authenticité plastifié collé dans le fond.

Carla avait tranquillement déplacé un tas de pantalons de jeans et, ayant ainsi récupéré un fauteuil, attendait.

— J'ai entrepris un rangement général... Trois ans hors de la maison, ça compte, il faut tout remettre en place... dans son cœur, sa tête... et ses placards, disait Drina en riant, mais sérieuse soudain elle demandait : Ils t'ont parlé de quelque chose, en bas ?

— Non.

La jeune fille frottait la parfaite arête de son petit nez, en rougissait le velouté, avant de dire :

— Dans cette affaire, je vais perdre mes plus belles plumes. Ce que vous aimez en moi, ou plutôt ce que vous espérez de moi va disparaître... Pourquoi souris-tu ?

— Je ne souris pas, je te regarde avec tendresse.

— Ne me regarde pas comme ça parce que je vais te faire du mal, d'ailleurs, autant que je le fasse tout de suite. Voilà, vous attendez, toi la première, que je prenne votre suite. Et moi, je ne veux pas. Ou, plutôt, *je ne peux pas* travailler ici, aider à créer, au premier étage, un deuxième restaurant de super-luxe. Je ne suis pas faite pour ça, pour votre grande cuisine, vos grands décors et vos grandes spécialités. On retrouvera en haut les mêmes clients qu'en bas, peut-être seront-ils pires avec cette attraction des livres du vieux parrain. Et moi, ces clients-là ne m'intéressent pas. Tu ne dis rien? Ça ne t'anéantit pas que l'arrière-petite-fille de Mérotte, la petite-fille du sublime Mathieu Leduc, la fille de l'aussi sublime Alexandre, ne veuille pas tenter de se rendre digne des gloires de la famille et trahisse grands-parents, père, mère, oncle et tante, tous dans la profession?

— C'est ton droit. On ne peut obliger personne à faire ce métier-là. Nous n'avons pas chez nous de vocations forcées. Je pense que ni un peintre, ni un musicien, ni un parfumeur-créateur, ni un poète, ni un chef de cuisine ne peut s'astreindre à faire ce qu'il ne sent pas...

— Alors, tu vas m'aider?

— Quand j'aurai compris ce qui t'arrive.

— Comprendre ce qu'on me propose? D'être une jolie jeune fille bien habillée, bien courtoise, bien attentive à servir des gens fort capables de savourer les géniales créations paternelles sans elle et les sourires qu'elle s'accrocherait pendant des heures. Et tous les soirs la même chose!...

— Je ne te demande pas ce qui t'est offert... Je te demande ce qui se passe pour que tu rejettes ce qu'il semblait que tu aimais... puisque tu as accepté les études qu'on te proposait.

— Qu'avez-vous supposé que j'aimais? Vivre en cuisine ou en salle à longueur d'année comme toi, Ritzie ou ma mère?

— Comme nous, oui..., disait doucement Carla, dans un petit soupir.

— Mais ce ne sera jamais *comme vous*. Vous vous êtes, par amour, immolées à vos maris-génies et superstars, vos maris dont nous pouvons bien dire que sans vous ils n'auraient jamais atteint leurs prestigieuses hauteurs. Vos efforts, vos luttes, votre courage et vos talents mis à leur service, oui, cela aura été beau... et superbes vos ascensions et vos consécrations communes. Mais à moi, que proposez-vous? Une place bien douillette pour ronronner et m'endormir au faîte de votre gloire?

— L'ascension, comme tu dis, ne s'arrête jamais, tu le sais, et qui n'avance pas...

— Ces petits pas-là ne sont pas exaltants. Je veux créer moi aussi.

Dirait-elle maintenant avoir senti qu'elle était faite pour écrire en pénétrant, ce fameux jour d'automne doré, dans la bibliothèque de Cornell ?

C'était en voyant les traductions anglaises des œuvres de tant de gloires françaises des fourneaux que, frappée par la multitude d'écrits sur la gastronomie, elle s'était soudain dit : « Voilà ce que j'aimerais faire, moi aussi, mais différemment : être l'une des romancières de cette profession. » Il lui était apparu que, si l'on avait beaucoup parlé technique, on avait négligé le romanesque. Pourquoi Balzac et Zola avaient-ils oublié cette profession-là ?

Écrire, elle aimait ça depuis si longtemps. Mais étaient-ils prêts, dans la famille, à recevoir un tel aveu ? Et ne lui ferait-on pas remarquer que tenir son rôle aux petits soupers de *La Bibliothèque* n'empêcherait pas sa vocation de s'épanouir. Peut-être même ne raterait-on pas l'occasion de lui dire que vivre ainsi parmi les livres ne pouvait que l'aider !...

Elle regardait Carla, si belle encore, si tendrement belle avec de l'amour plein le visage, plein les mains, plein le cœur. Si ce n'était pas à elle qu'elle parlait, ce ne serait à personne. Alors elle lui dit tout ce qui lui gonflait le cœur depuis son retour de l'université. Elle voulait écrire, d'abord, mais elle voulait vivre aussi, tenter de vivre en dehors de cet univers de l'hôtellerie, univers superbe, mais « carcéral » — elle prononça ce mot en baissant un peu la voix.

— Voilà !... Seulement je ne crois pas que tout ça plaira à mon grand chef de père. Tu le connais, ton fils, il ne faut ni le contredire ni le contrarier. Il n'aime que les bonnes nouvelles, et, pour lui, avoir une fille romancière en herbe n'en sera pas une. Tu sais combien il est facile de lui faire de la peine. Sa super-sensibilité, tu l'assois sur dix coussins de plumes posés sur le fameux petit pois et elle hurle qu'elle a mal aux fesses. Et ma mère arrivera alors avec ses pansements de bonnes paroles, me dira que j'assassine l'auteur de mes jours qui ne pense qu'à mon bonheur. Et puis, il faut bien que je l'avoue, je parle, je parle comme ça, *mais j'ai peur*, j'ai peur du grand Alexandre, j'ai peur de travailler avec lui. Cette discipline de fer qui règne ici partout, elle ne s'adoucirait pas pour moi, au contraire, pour l'exemple à donner. Je n'ai jamais craint grand-chose, mais ça, ça me fait trembler. Je crois que j'étais plus courageuse autrefois. Tu te souviens de ce que j'ai osé lui dire, un jour, au grand chef? Qu'il devrait, comme Napoléon sur ses drapeaux, faire broder *Valeur et Discipline* sur les torchons de sa brigade. Il avait à peine ri. Et je tremble déjà à me demander comment il réagira. *Il va me dire quoi ?*

— Te dire, je ne sais trop. Ce qu'il va penser, je crois le savoir, c'est qu'il lui faudra attendre que tu changes d'avis, que tu redeviennes raisonnable. Je l'entends très bien appuyant sur le « raisonnable ».

Drina contempla sa grand-mère avec une perplexité respectueuse. On croyait l'anéantir et elle riait. Mais soudain elle vit ses traits tirés et son visage pâli.

— Tu es fatiguée, je vais te remettre entre les mains de ta Poloche. Tu as raison, il faut réfléchir encore avant de parler à ton fils. Mais ne crois pas que la nuit va effacer ce qui bout en ce moment dans ma tête.

— Je ne crois rien, ma chérie.

Poloche attendait, ronflant, droite et raide sur son siège, mains sur le volant. Elle dit pourtant :

— Je ne dormais pas. Je reposais mes yeux.

Elle jaillissait de la voiture, ouvrait la portière, aidait Carla à s'installer et marmonnait : « Vous grelottez ! Mettre une robe si légère quand les feuilles commencent à tomber et que le soir est traître, c'est stupide... Mais ce ne serait pas plutôt une mauvaise nouvelle, ou même une catastrophe qui vous font trembler ? Ces choses-là aussi donnent des frissons, surtout quand on n'a plus vingt ans. » Oh, elle ne demandait pas à savoir ce qu'on ne voulait pas lui dire, elle voulait juste être sûre que ce n'était pas à Drina qu'il serait arrivé quelque chose ! Elle n'aurait pas rapporté un sale virus, au moins ? Non, non, *Moj Boze*. Pas *ça* ! Pauvre petit ange innocent qu'était cette enfant, pas le... non ce n'était pas ce qu'elle voulait dire. Mais là-bas, aux États-Unis, les jeunes vous attrapaient du streptocoque pour un oui ou un non. Les deux fils de M. l'ambassadeur n'en finissaient jamais avec leur *strep*.

— Je suis fatiguée. Nous parlerons à la maison.

— A la maison vous aurez un bain chaud, une bouillotte dans votre lit et l'infusion.

La revanche de la Polonaise était d'avoir introduit *ses* plantes dans la forteresse de gens qui disaient tout savoir de ce qui s'avale, mais en ignoraient parfois l'essentiel.

— Allons voir la tour Eiffel, Poloche.

— Vous n'êtes plus fatiguée ?

Difficile, se disait Carla de faire comprendre le plaisir reposant de se promener dans Paris la nuit, à l'heure où autrefois Mathieu et elle faisaient le point de leur soirée, récapitulaient les erreurs et les réussites aux cuisines et en salle, notaient ce à quoi il faudrait remédier dès le lendemain, pendant qu'à leur porte Paris était si beau, mais qu'ils avaient alors trop sommeil pour aller jouir de cette beauté. Elle avait toujours aimé ces illuminations terrestres sous le regard sérieux des étoiles.

Et Poloche aussi aimait la nuit sur la ville et conduire dans les éclaboussements de lumière que la sombre Phantom III traversait souveraine, impassible. Elle ajoutait cependant, pour l'apaisement de sa conscience :

— Un détour d'un quart d'heure ! Mais puisque *vous* le voulez.

La tour Eiffel vivait son époque mordorée. Il y avait, dans ces éclairages teintés de rose, comme une aurore en pleine nuit.

— C'est beau, n'est-ce pas, Poloche ?

C'était beau, Poloche en convenait. Et d'autant plus beau ce soir, qu'aujourd'hui étaient partis pour ses trois filles des stéthoscopes et des bistouris — les aînées préparaient leur médecine et la cadette était en chirurgie — et que le cœur de l'exilée se gonflait de joie à cette pensée. Alors, peut-être pour la première fois depuis son arrivée en pays de surabondance, la Polonaise ne se lança pas dans l'infini calcul des sommes fabuleuses perdues en illuminations excessives.

— Oui, c'est beau, murmura-t-elle, mais si bas que Carla ne l'entendit pas.

Poloche voulut néanmoins rattraper son quart d'heure de retard et accéléra le retour. Et Carla sentant soudain sa fatigue se dit : « Plus d'indépendante duchesse maintenant. Une frêle et pauvre femme d'un certain âge prise en mains — celles de Poloche étaient solides, carrées, déformées, sans doute par des rhumatismes, à la fois redoutables et bienfaisantes — et ramenée au bercail, décrétée épuisée parce que victime d'une famille dévorante et du goût trop prononcé pour une cuisine de peuple décadent et suralimenté. »

Se laisser faire. Sage solution, la seule possible d'ailleurs. Se laisser coucher et border.

Elle se retrouva détendue, sereine, dans les draps fins et tièdes. Heureuse et bien disposée pour choisir les pensées qui la mèneraient doucement au sommeil.

Elle souleva à peine les paupières en voyant entrer Poloche, sa tasse d'infusion fumante à la main — *on* ne consentirait jamais à se plier au raffinement du petit plateau d'argent et du napperon de dentelle — et, les yeux mi-clos, atténua ainsi l'effet de la masse qui s'avançait vers elle, ces quatre-vingts kilos trapus, emballés dans une cuirasse de laine brute et rêche, crochetée main. Avec bonnet assorti dont on supposait que Poloche devait l'enlever, au moins pour dormir, mais qui, de la journée, ne quittait pas sa tête.

Sur un « Que Dieu veille sur vous ! », la Polonaise se retira. Elle avait compris qu'il n'y aurait pas de bavardage ce soir. On ne pouvait guère, n'est-ce pas, digérer des nourritures trop riches et garder l'esprit clair.

Carla, bien au contraire, se souvenant de son dîner avec bonheur et dans une béate digestion, accordait une pensée attendrie à son ange gardien et bourru qui s'en allait, de son pas de gendarme affectueux, s'octroyer sa petite gâterie avant le sommeil. Un thé à sa façon, la dernière infusion du sachet qui *devait servir six fois* comme en Pologne aux temps les plus durs et ne donnerait qu'une eau chaude, vaguement colorée. Alors, extraites de leur enveloppe de papier, les feuilles épuisées seraient mises à sécher avant d'être déposées dans la boîte en fer où elles attendraient de servir à bourrer des poupées et des pelotes à épingles en tissu.

Dans la cuisine, Poloche prête à céder à la tentation, prête à mettre un sucre entier dans son semble-thé, se contint et le coupa en deux. Il suffisait, pour rester incorruptible, de penser, par exemple, aux deux vieilles de la rue Sobieski décousant les pelotes à épingles qu'elles venaient de recevoir d'elle en ce soir de Noël pour tenter d'en extraire un souvenir, un rêve de thé...

Dans cette maison, on était bon, généreux, on avait rempli le placard d'une pauvre exilée d'au moins deux livres du meilleur Darjeeling venu tout droit des Indes, mais que savait-on, ici, de la misère, que savait-on de ceux qui vivent de pain et de soupe... quand ils avaient la chance d'en avoir ?

Tout à fait éveillée — elle aurait dû résister au plaisir de laisser fondre dans sa bouche une truffe de chocolat avec ce mélange colombie-arabica savamment dosé —, Carla choisit de penser à ce temps à la fois si lointain, et si proche pourtant, qui avait amené sa famille là où elle en était arrivée : à Drina qui en refusait l'héritage. Drina qui, quoi qu'elle en dise, ne savait pas trop ce qu'elle voulait... en attendant d'être amoureuse. En attendant l'homme auquel « s'immoler », comme elle disait.

1920-1935

L'une s'appelait Charlotte Leduc, l'autre Julie Florac. Elles étaient arrivées à Paris, dès la fin de la guerre. La première était de Brignoles, dans le Var, la seconde d'Aubenas, dans l'Ardèche.

Ni l'une ni l'autre ne connaissaient la ville.

Ni l'une ni l'autre n'y avaient d'amis.

Elles auraient dû, sabots et coiffes échangés contre galoches et fichus — et bourses bien plates — éprouver l'angoisse du lendemain. Mais elles étaient là parce que Dieu le voulait, aussi avaient-elles, toutes deux, fait résonner sans crainte ni timidité leurs épaisses semelles de bois sur les pavés parisiens et gagné les Halles sans attendre.

Leur instinct les avait incitées à aller vers cette ville dans la ville, riche de tous les trésors donnés par la terre. C'était auprès des hommes et des femmes qui s'employaient à nourrir ce monstrueux Paris qu'il leur fallait vivre désormais. Certitude, née de la croyance que là où convergeaient tant de bons produits des provinces de France, là serait le meilleur pour elle. Et si serein et si résolu était leur regard et si propre et avenante leur apparence qu'elles n'eurent guère besoin d'insister pour se faire embaucher par les premiers auxquels elles proposèrent leurs services, à la fois sûres et fières de leur ardeur à l'ouvrage, de leur bon vouloir et de leur probité.

Elles auraient pu se déclarer fines cuisinières, elles étaient réputées pour leur savant tour de main, mais, informées de ce qui plaisait ici, elles avaient craint de ne pouvoir contenter les Parisiens, amateurs de ces cuisines « blanches » au beurre et à la crème, avec des daubes ou des potées.

Elles devinrent serveuses dans des cafés-restaurants, petits établissements qui, aux Halles, ouvraient leur porte dès la tombée de la nuit et la fermaient en début de matinée après le départ des derniers commerçants, acheteurs, portefaix, mendiants et bourgeois noctambules.

Puis — et là encore leurs destins furent parallèles — l'une et l'autre, un matin, décidèrent de cesser de servir chez les autres et de commencer à travailler pour elles. Les deux dernières marchandes de soupe des Halles cédaient marmites, foyers à trépieds et emplacements. Elles acquirent ces fonds de commerce du plus bas de l'échelle, seuls à portée de leurs bourses.

Tous, autour d'elles, avancèrent que les deux vieilles qui se retiraient, ne leur laissant que des courants d'air et deux marmites en fonte aux culs usés, avaient eu bien de la chance de trouver des jeunesses, venues de pays de grande innocence, capables de donner chacune vingt fois cent sous pour avoir le droit de vendre une bolée de soupe aux plus miséreux des Halles. Elles n'en entendirent rien. Elles avaient, après avoir entouré leur taille de grands tabliers blancs, enserré leurs cheveux sous des bonnets de toile qui couvraient leurs oreilles et sans doute les leur bouchaient aussi. Et elles souriaient au-dessus de leurs marmites, dans la vapeur odorante de leurs soupes, avec le visage aussi serein qu'à leur arrivée, deux ans auparavant.

Telles étaient Charlotte Leduc et Julie Florac, venues de Brignoles et d'Aubenas, et qui, sans s'être jamais rencontrées, peut-être même pas aperçues, se faisaient concurrence parmi le menu peuple des Halles qu'elles nourrissaient. Leurs destins si semblables — et elles ne savaient pas encore à quel point ! — ne différaient que par les dates. Charlotte était arrivée ici en 1919 et Julie en 1920.

Quelques semaines après l'ouverture de leur petit commerce, elles étaient célèbres dans tous les pavillons et rues couvertes y menant. Charlotte trônait au milieu des légumes, Julie parmi les volailles. Elles occupaient à peine deux mètres carrés chacune, entre amoncellements de carottes et de navets, ou cageots de poulets et de dindes.

Les vieilles qui les avaient précédées s'étaient satisfaites de servir un brouet sans saveur ; elles offrirent, ces jeunes femmes aux joues fraîches et aux regards pétillants de vie et de bonne humeur, des soupes succulentes. Elles étaient gourmandes et n'envisagèrent guère de ne pas aller au-devant de la gourmandise des autres. Alors, dans cet univers en grand tumulte où vacarme et agitation ne cédaient en rien aux fortes odeurs et aux éclatantes couleurs, leur renommée s'imposa. Et vint le jour où coururent, volèrent sous les charpentes de M. Baltard les joyeuses annonces : « La soupe de la Mère-Ju est prête ! » ou : « On sent d'ici le fumet de celle de la Mérotte ! » Et le petit peuple de la misère se précipitait vers elles, avec son bol, sa gamelle ou son assiette.

Mère-Ju et Mérotte, c'est ainsi qu'elles furent baptisées à peine installées, et c'était là signe de leur adoption par tous. On les aima. Et comment aurait-il pu en être autrement ? Dans l'effervescence, la cacophonie et la bousculade des Halles, elles restaient sereines et souriantes, louche en main penchées au-dessus de leurs marmites. A seulement les voir, on sentait déjà monter sa faim. Ces proprettes en grand tablier, manchettes et bonnet de toile blanche, c'était comme la table mise qui attendait ses pauvres habitués.

Mérotte était brune, Mère-Ju blonde. Mérotte avait l'accent de sa Provence, Mère-Ju celui, plus rugueux, avec roulement de *r* de son Auvergne. Toutes deux assez rondelettes, ne serait-ce que pour démontrer, s'il l'eût fallu encore, la bonne qualité de leurs bouillons.

Ce fut Mérotte que l'on vit s'arrondir d'autre façon la première. Plus de doute, un mari que l'on n'avait jamais aperçu existait quelque part. Et un matin, après trois semaines d'absence, revint une jeune maman portant fièrement la panière dans laquelle dormait un petit gars aussi charnu et aussi brun de cheveux qu'elle.

Il ne fallut pas longtemps avant que Julie n'en fasse autant. Ce fut une fille. Et où était le mari de celle-là, lui aussi ? Mais les soupes continuaient à être bonnes et chaudes aux ventres, pourquoi eût-on posé des questions auxquelles ces mignonnes ne paraissaient pas avoir envie de répondre ? On savait seulement que Mérotte habitait une bicoque dans la commune de Levallois et Mère-Ju le quartier de Montparnasse.

Elles arrivaient chaque nuit, dans leur charrette tirée par un âne et brimbalant les soupes préparées chez elles et les berceaux.

Et on les retrouvait unies sur le choix du boulanger, seul capable de pétrir « comme au pays » et à qui elles confiaient le soin de les fournir en gros pains de ménage pour tremper leurs soupes. Elles auraient pu se rencontrer dans sa boutique, pendant les deux années où elles s'ignorèrent, n'étant guère curieuses l'une de l'autre, apparemment du moins. Cela ne se fit pas. Elles devaient se connaître, un jour, mais pas encore. Et en tout cas pas chez leur boulanger commun. Celui-ci livrait directement aux Halles, à l'une, trois, à l'autre quatre miches, qui, découpées en tranches et grillées, étaient ainsi prêtes à être déposées au fond de chaque récipient tendu puis recouvertes de deux louches de soupe, en échange de cinq sous.

Quatre miches à Mérotte, trois à Mère-Ju. Cela voulait dire que la première comptait au moins une trentaine de clients de plus que l'autre. Cela voulait dire, côté volailles : « Pourquoi, alors que ma soupe aux choux est aussi bonne, peut-être même supérieure à la sienne, ai-je moins de pratiques qu'*elle* ? » Cela voulait dire, côté légumes : « Je suis la meilleure. » Et cela se transforma, inévitablement, en guérilla —, petites fusillades de remarques aigrelettes alternant avec une canonnade parfois meurtrière. On marquait les points.

Tout aurait pu aller longtemps ainsi. On aurait continué à entendre : « Il y a quelque chose de plus, dans le goût comme dans le velouté de la soupe de la Mère-Ju », ou : « On aura beau dire, celle qui nous tient le mieux au corps, c'est celle de la Mérotte ! », si le destin n'avait décidé de remettre sa machine en marche et de s'occuper, à nouveau, de ces deux existences si semblables et qu'il paraissait avoir un peu abandonnées à leur routine.

Tout commença, en ce jour de décembre 1922, par un sournois et glacial courant d'air que Mérotte accusa de refroidir ses tranches de pain grillé dressées en pyramide dans une corbeille d'osier faisant pendant à la marmite de fonte.

L'œil des habitués était fait à la panse noire de cette marmite, aux incandescences du charbon qui la léchait, au doré du pain et à quatre taches blanches. Une cinquième, inattendue, les surprit ce matin-là chez Mérotte. En plus du tablier, des manchettes et du bonnet de toile, une serviette, immaculée elle aussi, maintenait désormais la tiédeur du grillé. Et c'était là un raffinement, un luxe même, offerts aux miséreux tendant leur écuelle. Il en arriva un écho aux oreilles de Mère-Ju. Elle n'avait comme linge blanc sous la main que l'un des langes propres de son bébé. Elle en couvrit, elle aussi, sa montagne de pain grillé. Un autre écho avertit la Mérotte de la chose. Elle commenta d'une voix joyeuse :

— Voilà donc le pain de Mère-Ju aux parfums de sa pisseuse !

Commentaire qui traversa le pavillon des légumes pour atteindre, à belle allure, celui des volailles où, le temps de poser sa louche, Julie Florac, décidée à en découdre enfin, était en marche vers Charlotte Leduc.

Mais l'altercation, voire la bataille que certains espéraient, n'eut pas lieu, Julie avait fait vingt mètres à peine qu'elle était stoppée par un coursier envoyé de l'hôpital où son mari venait de mourir.

Mérotte attendait, sourire aux lèvres, la venue annoncée de sa rivale. Elle reçut la nouvelle de la mort de Saturnin Florac avec une incrédulité attristée. Encore une tardive victime des Boches ? Et gazé, celui-là aussi, comme son pauvre Félicien qui s'était éteint dans les mêmes souffrances l'an dernier. Voilà qui changeait tout ! Mérotte posa sa louche à son tour et marcha vers Mère-Ju. Deux veuves de guerre ! Il était temps de signer l'armistice ici aussi, et elle alla au-devant de celle dont le destin ressemblait étonnamment au sien. Ceux qui entouraient Julie Florac secouée de sanglots s'écartèrent, la laissèrent s'avancer et prendre la jeune femme dans ses bras en lui disant :

— Vous aussi, ma pauvre !

Dès lors, fut révélé le mystère qui entourait la vie des marchandes de soupe : Félicien Leduc et Saturnin Florac, tous deux à Verdun, tous deux gazés, avaient traîné d'hôpitaux en hôpitaux jusqu'à ce qu'à Paris, au Val-de-Grâce, un médecin ait tenté, sur ces victimes des vapeurs d'ypérite [1], un traitement nouveau laissant quelque espoir de survie. Nombre de malades ainsi soignés n'étaient pas obligés de séjourner à l'hôpital. Ils pouvaient mener une vie presque normale dans leur famille, tout en venant, chaque semaine, recevoir les soins nécessaires. Félicien et Saturnin étaient de ceux-là. Mais cette thérapeutique demandait un long traitement et une surveillance régulière. Il leur fallait donc vivre à Paris. C'est alors que Charlotte et Julie, jeunes mariées, décidèrent de *monter* rejoindre leurs époux.

Il y avait eu le temps de l'espérance. Les deux hommes avaient pu vivre en famille et voir naître leur enfant. Il y avait eu aussi le temps de l'angoisse, le traitement agissant de moins en moins.

Félicien mourut. Comme, sous son grand tablier, sa robe avait toujours été noire, comme elle sut cacher sa douleur, rares furent ceux des Halles qui comprirent que quelque chose de grave avait pâli le visage et rougi les yeux de leur marchande de soupe. Et, maintenant, c'était au tour de Julie, qui sanglotait toujours dans les bras de Charlotte. On vint prévenir cette dernière que son garçon s'éveillait et pleurait. On proposa de le lui amener là. Elle accepta. Elle avait lu dans le regard de Julie qu'elle était celle qui pouvait le mieux comprendre sa peine et ne voulait pas la quitter.

Un vieux célibataire, Félix Robillard, ex-capitaine au long cours, était client des deux marchandes de soupe. Il achetait son déjeuner chez Mérotte et son dîner chez Mère-Ju. Et il regardait, ce matin-là, ces deux femmes dans la peine, à la fois attristé et inquiet. Pourvu qu'elles n'abandonnent pas leur commerce ! Il avait réglé sa vie sur lui et déplorait déjà d'avoir à se contenter, le dimanche, d'un café crème et d'un croissant au bar-tabac le plus proche.

---

1. Gaz de combat utilisé par les Allemands et qui tenait son nom de la ville d'Ypres où il avait été employé pour la première fois.

Comme il regardait toujours les jeunes veuves, il se disait aussi que le positif de ce malheur serait d'avoir enfin fait signer la paix à deux personnes qu'il jugeait estimables. Ce fut à cet instant qu'il découvrit que les ennemies d'hier se tenaient, toujours embrassées, devant la boutique du marchand de volaille nommé *Breda*.

Pour avoir été capitaine au long cours, Félix Robillard, n'en était pas moins un passionné d'histoire. *La paix de Breda !* Il jeta un coup d'œil autour de lui, qui apprécierait la chose ? Ni les marchands de volailles groupés là et apportant du café aux deux femmes, ni ceux accourus du pavillon des légumes, ni les curieux qui se pressaient devant ce spectacle du malheur. Alors il garda pour lui le plaisir de savourer qu'il pourrait bien sortir, de cette paix-là aussi, de grandes choses.

On amenait son fils à Charlotte Leduc. Elle le prit dans ses bras. Julie Florac se retourna vers le berceau de sa fille et la montra à sa nouvelle amie :

— Elle s'appelle Carla.

— Le mien, c'est Mathieu.

Les accords passés entre les deux ex-belligérantes furent immédiats. Mérotte s'était dit que des projets en forme d'espérance de revenus supplémentaires atténueraient l'angoisse de Julie, seule comme elle, désormais, pour élever son enfant. Aussi demanda-t-elle un matin :

— Les nouvelles gueules de nos pratiques ne te donnent pas des idées ?

Julie sourit.

— Oui, peut-être.

Aux portefaix, miséreux et clochards tendant leur écuelle, s'étaient ralliées depuis quelque temps des dames marchandes de légumes et de fruits, de volailles et de fromages qui dépêchèrent leurs commis, un pot à la main. Ces opulentes personnes, en robe d'épais drap de laine ou de toile solide, semblaient apprécier ces soupes dont on parlait beaucoup. Elles avaient commencé par dire, pour ne pas avoir l'air : « C'est bon chaud, et consommer sans devoir s'éloigner du carreau fait gagner du temps. » Puis, on entendit que « ça n'était vraiment pas mauvais et même assez savoureux. De plus, ces jeunes femmes étaient si propres et si dignes d'estime ». Très vite, les envoyés des dames-marchandes, et aussi des messieurs, furent les premiers dans la file. Ce fut désormais un fait établi : il était difficile de trouver aussi bonne soupe dans les restaurants alentour. Et, on le voyait, celle du jour s'écoulait tout entière et celle du lendemain était donc de grande fraîcheur. Il arriva qu'une, puis deux serveuses de bistrots, vinrent aussi s'approvisionner. « Eh ! c'était du temps de gagné en cuisine ! » disaient-elles.

Les deux victorieuses continuaient à sourire et à servir : une tranche de pain grillé et deux louches de bouillon et de légumes. Pour cinq sous. Et elles réfléchissaient.

Mère-Ju était d'un naturel moins optimiste que Mérotte. Et Carla, qui avait en ce moment une bronchite, toussait beaucoup. On n'est pas très entreprenant dans ces conditions. Alors, ce fut Mérotte qui développa son idée. Il n'était pas astucieux, selon elle, de servir des nourritures identiques, ou presque. En adoptant chacune une spécialité, en changeant avec les saisons et — qui sait ! — tous les mois, ou toutes les semaines, en inaugurant peut-être même *les soupes du jour,* on risquait de doubler la recette puisque la clientèle s'étendait et, partie des plus pauvres, atteignait les plus riches.

— Tu fais *les pois au lard,* je sers *la maraîchère,* tu suis avec *la soupe aux herbes,* je reviens *aux choux,* et tu repars avec la citrouille ou l'oignon. Tu en dis quoi ?

Julie disait que c'était risqué, Charlotte persistait à penser qu'on ne risquait rien à essayer. Alors Mère-Ju, convaincue et même aventureuse soudain, ajouta : « Un bon bouillon de carcasses d'oie aussi, peut-être ? »

Elles tentèrent la chose. Cette ère nouvelle, à ses débuts, ne manqua pas de perturber les habitués de chaque ancien camp. Une intruse, munie d'une marmite et de son trépied, essaya de profiter des hésitations de certains pour imposer un retour aux choux. Mais les associées ne lui laissèrent pas le temps de culotter son chaudron et la renvoyèrent aux fourneaux de la Soupe populaire dont elle avait cru pouvoir s'affranchir. On ne sut jamais ce que Mérotte et Mère-Ju avaient insinué sur cette éphémère concurrente. Des bruits coururent, non confirmés. Le père Robillard riait dans sa barbe. Ces deux-là, il leur faisait confiance, et, si toutes les payses de Brignoles et d'Aubenas leur ressemblaient, on ne devait pas s'embêter par là-bas. « La paix de Breda » donnait, comme il l'avait prédit, de grandes choses. Les menus, désormais renouvelés, le comblaient. Il envisagea même, au prochain 1er Mai, d'offrir un bouquet de muguet à ces jeunes dames. Il fit, un dimanche, où il trempait avec mélancolie un croissant dans son café crème au bar du coin, le point de sa semaine de bombance. Il avait eu, grâce à ces bienfaitrices, une série de soupes superbes : fèves à l'os de jambon, garbure, parmentière aux herbes, poireaux-pommes-de-terre au lard fumé. Et, lorsque Mérotte, ayant innové une onctueuse tomates-haricots blancs d'Arpajon, frotta son pain d'ail, Julie créa une purée de châtaignes dont le grillé était enduit de graisse d'oie. Inoubliables souvenirs.

Les patrons des cafés-restaurants où les deux commères avaient été employées vinrent offrir leurs fourneaux. Elles refusèrent d'alléchantes propositions. Elles tenaient à leur liberté. Et elles aimaient l'atmosphère des Halles et ces heures de folle activité dans la bousculade, le bruit et la gaieté. Car personne n'avait de temps à perdre en tristesse pendant ces nuits et ces matinées d'effervescence où chacun vivait intensément au milieu du plus grand rassemblement de nourritures qui existât dans l'univers. Elles se sentaient chez elles au milieu des légumes, des volailles et du plus bruyant des tumultes, toujours sereines et avenantes, la marmite devant elles et le berceau derrière, protégé par un rempart de caisses vides.

Les informations sur la croissance de leurs héritiers voletaient dans l'air des pavillons. On sut la première dent percée par Mathieu et que seul le lait coupé d'eau convenait à Carla. On avait vu les bébés sagement immobiles, on vit bientôt les petites têtes se redresser, les bras et les jambes s'agiter. Mathieu fit un jour ses premiers pas tanguant entre deux rives de navets et de carottes. La couleur définitive des yeux de Carla fut découverte et admirée, un beau matin de printemps, par une plumeuse de volaille qui en propagea la singularité. Du pavillon des fleurs, deux ou trois bouquetières vinrent avec des bottes de violettes, « pour comparer ». Et ces bonnes fées en tabliers gros bleu et fichus de laine, les mains rouges et rongées à botteler des milliers et des milliers de roses, de mimosas ou d'œillets, prédirent avec gloussements joyeux, qu'à des yeux pareils aucun homme ne resterait insensible.

Elles étaient devenues plus qu'amies. Elles étaient sœurs désormais. Et cependant, si Charlotte avait dévoilé tous les mystères de ses recettes, Julie, c'était sûr, gardait pour elle le secret qui avait toujours — Mérotte en convenait honnêtement — fait sa soupe aux choux, sinon *supérieure,* du moins *différente* de la sienne. Et à la façon qu'avait la Provençale de dire *différente,* on voyait qu'elle ajoutait à ce mot quleque chose de plus et qui pouvait se traduire par *supérieure.*

— Du basilic, non ? Alors, des gousses d'ail ? Bon, tu fais revenir tes oignons !

Mère-Ju hochait la tête, souriait et affirmait leurs recettes identiques, vraiment. Alors Mérotte n'insistait pas. Qui n'en avait connu de celles-là ne voulant pas dire leurs *vraies* formules ? Elles n'étaient pas mauvaises femmes pour ça, ces cachottières et il fallait les comprendre, *elles ne pouvaient pas,* c'était plus fort qu'elles, elles se seraient étranglées à dire le petit rien qui changeait tout et que, peut-être, elles avaient juré à leur mère ou grand-mère de ne jamais révéler.

A quelque temps de là, Julie refusa le surnom de Mère-Ju, elle redevint Julie. Elle avait un galant. Elle épousa le bougnat Sébastien Morasse qui tenait son café-bois-et-charbon, boulevard du Montparnasse, non loin de l'endroit où elle logeait. Il n'était plus très jeune, mais bon, généreux, d'humeur joyeuse, il aimait aussi Carla. On ne se perdit pas de vue. On déjeunait le dimanche chez l'une ou l'autre.

Julie accoucha, une nuit, d'un enfant mort-né. Sébastien vint prévenir Mérotte que sa femme allait passer et la demandait.

Julie confia Carla à sa seule amie. Et elle eut la force, avec un pauvre sourire, de murmurer :

— J'y mettais aussi des châtaignes... grillées et écrasées... dans ma soupe aux choux...

MM. Haussmann et Baltard avaient voulu une grande facilité de circulation des marchandises dans leurs Halles, et l'air aussi y circulait fastueusement. Les vents s'insinuaient là avec une traîtrise vengeresse, comme s'ils étaient jaloux de tout ce que la nature envoyait ici de richesses dues à la terre, à l'eau, au soleil et dont ils n'avaient pu contrarier l'éclosion. Les hivers étaient durs. Sur sa coiffe de toile blanche, Mérotte attachait un fichu de laine noire et, malgré leurs mitaines, les mains gonflées d'engelures tenaient moins solidement la louche. Mais le sourire était toujours là, sous un nez en rougeoiements de petit phare joyeux.

Mathieu et Carla, serrés l'un contre l'autre, partageaient le même nid construit par Pauvre-Sébastien qui ne pouvait se faire à la perte de sa Julie, une sorte de caisse rembourrée de couvertures et d'édredons. Une marchande de légumes acceptait de la garder dans sa boutique, avec la marmite, pour éviter des allers et retours quotidiens dans la charrette.

Les enfants traversaient Paris allongés sur deux coussins de crin, tenus bien au chaud par les seaux de soupe bouillante mijotée à Levallois et qui iraient remplir la marmite. Ils s'intéressaient à cette ville retrouvée chaque nuit. Elle était pour eux ruissellements de lumières, bruits étranges et successions de rencontres fascinantes. Tout cela leur devint si familier qu'ils s'étonnaient du moindre changement survenu sur leur parcours. Pourquoi, ce soir, le marchand de marrons, dont ils ne voyaient jamais, sous le réverbère et sous son énorme chapeau-champignon, qu'une partie du visage barbu, n'était-il pas là, au coin de la grande rue que Mérotte appelait *Delopéra* ? Pourquoi, celui qui levait ou abaissait son bâton blanc pour faire arrêter ou avancer Coco n'était plus le gentil aux longues moustaches qui leur disait en riant : « Bonsoir *Lesmarmottes* » ? Et pourquoi, si c'était les oiseaux qui faisaient marcher — Mérotte l'avait dit — les aiguilles de la grosse pendule, celle juste avant le palais des rois, pourquoi on ne les voyait jamais, ces oiseaux ? Mathieu avançait — sûr de lui — que, la nuit, ils dormaient Carla avait envie de répondre que les aiguilles bougeaient même si les oiseaux dormaient, mais c'était Mathieu qui savait, alors elle se taisait. Elle ne voulait pas le fâcher, elle avait besoin qu'il lui tienne la main au moment de passer sur le pont où l'on ne devait pas se pencher hors de la charrette pour voir l'eau noire en dessous, parce qu'il ne fallait pas y tomber. Il y avait, là en bas, des poissons aussi gros que la marmite de Mérotte et qui se nourrissaient de petits enfants, Mathieu en avait vu un, peut-être même deux. Et, dans la nuit et les lumières, il y avait aussi Théophile-le-maraîcher-d'Nanterre. Tout à coup, on savait que c'était lui qui vous fonçait dessus. On entendait, comme un tonnerre, les sabots de son *Pèrelavictoire,* alors, on avait juste le temps d'écouter Mérotte dire : « Malheur le voilà ! », et le tombereau de choux arrivait à toute allure. Du fond de la charrette, on voyait cette terrible menace verte. On savait, aussi sans se retourner, qu'à ce galop Théophile-le-maraîcher-d'Nanterre avait perdu au moins une vingtaine de choux qui roulaient comme des balles et qu'il y avait toujours, alors, sortis de la nuit, ceux que Mérotte appelait les *oubliésdubonDieu,* pour se précipiter les ramasser. « Eh ! il peut bien faire cette aumône, celui-là qui a autant de pièces de cent sous qu'il y a de pavés entre Levallois et les Halles ! » Mais elle s'énervait lorsque le Théophile lui criait : « Bonjour Belle-Sousoupe ! J'aurais-t'y droit à un petit sourire, sous ces étoiles qui chantent là-haut pour les amoureux ? »

Gagner à la course, Coco ne le pouvait pas, aussi Mérotte disait :

— Mathieu, tu as envie de faire pipi, on s'arrête.

— Non ! J'ai pas envie.

— *Tu as envie.*

— Pourquoi moi et pas *elle* ?

— Parce que toi, c'est plus facile.

Alors Carla disait :

— Je veux bien descendre.

Mathieu serait content. Il lui sourirait et ne mangerait plus seul ses berlingots.

L'arrêt pipi n'était pas toujours suffisant pour se laisser distancer par le marchand de choux, mais le plus souvent ça marchait, et Mérotte faisait « ouf! ». Mais, si le Théophile attendait, lui aussi, la remontée de Carla dans la charrette, Mérotte ne décolérait pas et, feignant d'ignorer ce qu'elle appelait « les bêtises de ce gros bêta » lancées du haut de ses choux, elle disait aux enfants :

— Petits, regardez bien ses mains, à celui-là, c'est pas des êtres humains qu'il a au bout des bras, c'est des animaux sauvages tout noirs et tout velus. Sûr qu'il ne les passe jamais à l'eau ! Regardez bien, vous en aurez des comme ça si vous ne vous lavez pas quand je vous le dis.

Et Mathieu et Carla levaient la tête vers Théophile, assis là-haut sur ses choux verts, effrayés par ces deux *bêtes* qui en dirigeaient une troisième.

— Le cheval est beau, lui, murmurait Mathieu.

— Oui, maugréait Mérotte, mais on ne devrait pas avoir le droit de tenter le monde avec un beau cheval et des milliers de pièces de cent sous... et j'aime mieux m'entendre appeler Mme Sousoupe plutôt que de devenir une Madame-champ-de-choux. J'ai pas envoyé aux pelotes un ex-capitaine au long cours pour accepter ce dégoûtant.

Arrivés aux Halles, on ne craignait plus les Théophile ni les poissons voraces. On était heureux dans le grand bruit, les grandes lumières et sous les édredons rouges. Avant de s'endormir, on avait droit d'étrenner la marchandise qui maintenant fumait dans la marmite sur le feu. On la mangeait dans les écuelles de bois que Pauvre-Sébastien avait taillées, juste à la bonne dimension pour des petites mains, et avec les noms écrits dessus, en rouge pour Mathieu, en bleu pour Carla. Parce que Pauvre-Sébastien savait tout faire, quand il ne pleurait pas en disant : « Ma Julie, ma Julie que j'aimais tant ! »

Après, quand Mérotte avait dit : « Ces ventres bien rondouillards, bien chauds de soupe s'en vont au dodo ! », on regardait encore un peu, les yeux papillotant, ces gens qui couraient, se bousculaient, criaient devant les montagnes de carottes, de navets et de pommes de terre. Si grandes, les montagnes quand on s'endormait pendant que Mérotte chantait : « Chaude la bonne soupe, chaude ! », si petites, quand on se réveillait au point du jour et que la marmite, presque vide, était raclée par les plus pauvres des pauvres, ceux qui n'avaient pas même un sou à donner pour une louche de bouillon.

Puis venaient le printemps et l'été.

Du pavillon odorant des fruits arrivaient souvent aux

enfants des offrandes de pommes, de fraises, de cerises, de pêches ou d'abricots dues à ces dames des Halles, attendries. L'une d'elles, un jour, donna à chacun un pot de confiture de mirabelles. Carla voyait dans le sien l'or du soleil venu jouer avec celui des fruits. Mais Mathieu goûtait déjà joyeusement. Et, comme la petite fille riait à le voir en mettre autant sur son visage et ses cheveux que dans sa bouche, il intensifia son badigeonnage. Carla, soudain, cessa de rire et dit, avec gravité et conviction : « Tu es beau ! »

Mérotte, découvrant soudain les méfaits de son fils, entendit ce compliment. Elle aussi dut trouver plein de grâces cet angelot au teint mat et aux boucles brunes enduits d'or liquide. Et, que Carla fût séduite autant qu'elle ne l'étonna point, l'enfant la surprenait souvent par la maturité de son esprit, la sagesse de son comportement et l'originalité de ses réflexions. De cette journée de soleil et de confitures dorées, il resta acquis que Mathieu était beau, comme s'il avait fallu ce présent d'une marchande de fruits pour que l'on en fût convaincu. « C'est drôle, disait parfois Mérotte, j'en ai eu une illumination, grâce à la petite. »

A l'automne 1925, on pensa à l'école. Carla, sage et tranquille aux côtés de Mérotte, avait jusque-là aidé à mettre les tranches de pain dans les écuelles, les bols ou les soupières. Pas Mathieu, dont les vagabondages inquiétaient. Mais s'occuper des petits au plein du deuxième flot de clients était difficile. Félix Robillard se proposa : « Ce serait un service à lui rendre, cela le ferait marcher et le distrairait », disait-il. Restait le problème des jeudis. On le résolut par le catéchisme, étonné d'ailleurs que les enfants en parlent avant même qu'on le proposât, étonné aussi par leur bonne volonté et leur patience car il arrivait que, ayant dormi aux Halles, ils attendent parfois deux bonnes heures l'arrivée de M. l'abbé. Et Mérotte ignora longtemps que, assis tous deux sur la première marche de l'escalier de bois menant aux orgues, Mathieu et Carla avaient découvert la musique.

Bien qu'il fût en grande familiarité avec les cloches de Saint-Eustache, rien n'avait laissé prévoir à Mathieu ce qui un matin tonna au-dessus de lui — venu, semblait-il, de ces tuyaux serrés là-haut les uns contre les autres — et entra en lui, le souleva, le fit léger, si léger et pourtant plein à en éclater d'un étrange bonheur. Carla avait levé les yeux, elle aussi, vers là-haut et il lui demanda doucement :

— Tu entends comme moi ? Tu *peux* entendre comme moi ? C'est pour toi *aussi* ?

Elle ne comprit pas, ne répondit rien, mais mit sa main dans la sienne. Deux mains brûlantes et qui tremblaient un peu. Ils restèrent ainsi muets, extasiés dans ce qu'ils ignorèrent longtemps être le prélude du *Requiem* de Mozart.

Le soir, alors qu'ils étaient couchés dans leurs lits jumeaux, Mathieu dit encore :

— Tu crois que *ça* venait du ciel ? Peut-être... les anges ?

Peut-être. Elle ne savait pas. Puis Mathieu se tut et disparut tout entier sous ses couvertures. Comme elle s'était mise à dire sa prière à voix haute, il la fit cesser.

— Tais-toi... J'en ai encore dans la tête..., *j'en entends.*

Elle se contraignit au silence et resta éveillée auprès de lui. Mérotte lui avait dit un soir où il avait de la fièvre : « Je vais faire mon dîner en ville et je reviens vite. Reste auprès de Mathieu sans bouger pour qu'il n'ait pas peur et, s'il a soif, passe-lui le verre d'eau. »

Elle attendit comme cette nuit-là, longtemps dans le noir de la chambre, sans doute avait-il encore de la fièvre. Elle ne s'endormit qu'après lui.

L'église n'était pas toujours gonflée de musique. Les jeudis muets, Mathieu était triste et, si Carla riait parce que M. le curé racontait de bonnes histoires à ceux qu'il appelait ses petits oiseaux, Mathieu donnait des coups de pied dans les chaises. Et puis, un jour, ils firent tous deux l'escalade des vingt-huit marches de bois qui menaient *là-haut*, et celui qui faisait chanter les grands tuyaux les autorisa à s'asseoir sur la première marche d'en bas et à écouter sans faire de bruit.

Vivre entre Levallois et les Halles devenait difficile et fatiguait les enfants. Mérotte abandonna marmite, trépied et renommée, ne gardant que tablier, manchettes et bonnets. Elle s'en servirait désormais pour exercer le métier de cuisinière en extra. Elle avait déjà occupé plusieurs de ses dimanches ainsi et avait des demandes pour des dîners en semaine. Elle continuerait à cultiver ses légumes et à élever ses poules. On ne manquerait de rien.

Elle aimait son jardin et sa bicoque. De hauts immeubles ne cessaient de se construire dans la plus grande partie de Levallois, mais pas encore dans son quartier, où plusieurs modestes terrains de culture se contentaient de rester ce qu'ils étaient. Son propriétaire, « petit vieux bien propre et bien aimable », passait, ponctuellement, le premier jour ouvrable de chaque trimestre, encaisser son terme et repartait satisfait après avoir accepté un verre de sirop de groseille-framboise fait avec les fruits dont Mérotte disait à son visiteur que la terre de Levallois leur était favorable, à condition d'y ajouter non seulement l'eau et le fumier, mais aussi l'affection.

— Voyez-vous, monsieur Soubeyran, animaux, plantes et fleurs ont besoin d'affection, autant que les hommes.

M. Soubveyran en était persuadé et même assez prêt à en demander un peu, lui aussi, de cette affection-là, à la courageuse petite femme qui faisait un si excellent sirop. Il lui arriva même de rêver voir ses pantoufles mises au chaud, l'attendant près du foyer dans l'accueillante cuisine. Mais il ne lui semblait pas, hélas, que sa locataire fît les mêmes rêves.

Aussi vétuste et sans confort qu'elle fût, cette maison de quatre pièces avec son jardin était un luxe. Le seul que se permit Mérotte grâce à sa pension de veuve de guerre et à l'aide obtenue par la reconnaissance de Carla et Mathieu — enfants de pères morts au champ d'honneur — comme pupilles de la Nation.

Le dimanche, Félix Robillard et Sébastien Morasse venaient, chacun à leur tour, respirer l'air de Levallois. Si Mérotte avait des extra en ville, ils veillaient sur les enfants. Si, par chance, elle était au repos, on faisait un bon déjeuner et un bon dîner tous ensemble. Et, comme il arrivait à bicyclette, si le temps était mauvais, Sébastien — ou Félix — partageait la chambre de Mathieu et ne repartait que le lendemain.

Sébastien s'occupait surtout de l'enfant de Julie dont il

était arrivé à se croire le père. Il lui taillait toutes sortes d'objets en bois qui la ravissaient.

Félix enseignait à Mathieu les mers, les océans et l'infinie variété des bateaux qui les sillonnaient.

Mais l'église de Levallois n'avait pas d'orgues, et les enfants y allaient sans plaisir.

— Il y a aussi des gens qui font de la musique dans les rues, dit un jour Carla.

Mathieu haussa les épaules. Pourtant, il voulut bien, un matin, accompagner Mérotte au marché pour voir cet homme et cette femme qui jouaient du violon.

Ce n'était pas aussi beau qu'à Saint-Eustache, mais tout de même...

— Et ils sont là souvent, et pas seulement devant le marché, dit Carla.

Pour être sûr de ne pas les manquer, Mathieu les interrogea sur leurs habitudes : où et quand jouaient-ils ?

L'homme que ces deux admirateurs en herbe amusaient leur dit :

— Regardez la vitrine du fleuriste, juste là derrière vous, notre nom est écrit dessus. Elle, ma fille, c'est *English* et moi je suis *Spoken*. Et partout où vous verrez écrit *English Spoken* vous saurez que nous allons venir, à un moment ou à un autre.

Ils ne se lassèrent pas vite d'attendre leurs deux violonistes. Un marchand de meubles, découvert à Neuilly, et dont la belle vitrine s'ornait des noms de leurs artistes, intrigué par les longues stations devant chez lui de ces deux enfants, arriva pourtant à les convaincre de renoncer à leurs espérances.

— D'abord, ce n'était pas aussi beau qu'à Saint-Eustache, conclut Mathieu.

Carla devinait sa tristesse et lui donna les six dragées qu'elle conservait dans un morceau de « papier de soie ». Mathieu les aimait plus que tout. Et plus encore pour les regarder et les caresser que pour les croquer. Il disait : « Mais comment *ils* peuvent faire ça ? » Qui savait faire des choses pareilles, si douces quand vous les frottiez contre votre joue, si fines, et qui sentaient bon si doucement aussi ? S'il arrivait qu'il en mît une dans sa bouche, il la suçait longtemps jusqu'à ce que l'amande ait perdu son enrobage de sucre. Alors il la mangeait. Mais il était rare qu'il sacrifiât l'une de ces merveilles qu'il conservait dans une petite boîte en bois. Une fuite d'eau dans le toit inonda un jour la chambre des enfants, et les dragées de Mathieu fondirent. Après la perte de Saint-Eustache, ce fut son deuxième gros chagrin et qui le rapprocha plus encore de Félix Robillard et des bateaux.

Aussi fulgurante qu'aux Halles, la renommée de Mérotte dépassa Levallois, gagna Neuilly et se serait étendue jusqu'à Paris si ce nouveau cordon-bleu l'eût voulu. Mais la sagesse lui faisait modérer ses ambitions. Ce qu'elle faisait, Mérotte voulait le faire au mieux. Pour cela, le temps ne devait pas compter, et il lui en fallait d'ailleurs aussi à consacrer aux enfants et à l'étude de ce qu'elle appelait « la cuisine parisienne ».

Elle avait commencé sa nouvelle carrière en proposant les spécialités de sa Provence — daubes, farcis, beignets et oreillettes — et vite admit leur insuffisance, même en y ajoutant des bouillabaisses de toutes sortes. Les Français du Nord, c'était net, préféraient la blanquette de veau à l'aïoli. A Félix Robillard, dont la culture historique l'impressionnait parfois, elle demanda de lui dénicher, parmi les ouvrages d'occasion qu'il manipulait sur les quais, un bon livre de cuisine pas trop savant et pas cher. Et le hasard voulut que, pour vingt-cinq centimes, le capitaine trouve le cahier d'une cuisinière nommée Zélie — en place, autrefois au 23, rue de l'Assomption, Paris, XVIe — et qui lui fut vendu, non pour ce qui y était écrit à l'encre violette et d'une plume respectant pleins et déliés, mais pour les pages vierges restantes.

Qui avait été cette Zélie ? Mérotte se le demanda souvent et, peu à peu, cerna le personnage : un cordon-bleu précis, minutieux même et de grand bon sens. Les remarques et réflexions notées fréquemment en marge des recettes, pour les rectifier ou les améliorer au cours des ans, disaient l'amour porté au métier.

Ce qui dans ce recueil amusait Mérotte, c'étaient les fréquentes annotations au crayon, d'une écriture fine, resserrée, difficilement lisible parfois et qui étaient à la fois les pensées de

Zélie et un reflet de la vie qu'elle menait dans cette rue du quartier grand bourgeois de Passy. En marge de la purée Soubise, on déchiffrait : « Ne réussit pas à l'estomac de Monsieur. Ne pas en servir les jours où Monsieur parle à l'Assemblée. » Ou, concernant le bavarois aux fraises : « Donne des aigreurs à Mme la douairière. » Ou encore, après la dernière ligne détaillant une longue exécution de petits pâtés de viande : « Entrée préférée de Mlle Juliette, à mettre à ses menus d'anniversaire ». Ou enfin, concluant les deux pages d'une confection très élaborée de lièvre à la royale, quatre remarques, réparties sans doute sur quatre années et toutes datant de l'époque des chasses : « Essayez d'obtenir du garde des bêtes moins déchiquetées par les plombs » ; « Madame a trouvé la chair du râble trop sèche » ; « Madame voudrait plus de liant à la sauce » ; « Madame demande que l'on augmente le temps de marinade. »

De toutes ces réflexions, Mérotte tirait une conclusion dont elle se félicitait de se l'être appliquée à elle-même : Ne pas travailler à demeure en maison bourgeoise. Parce qu'à ce 23, rue de l'Assomption, qu'aurait-elle dû supporter ? Un maître à l'estomac délicat, une douairière acariâtre, une maîtresse jamais satisfaite. Il lui semblait entendre, à lire ces pages, les récriminations d'une famille difficile. Seule la jeune Juliette paraissait avoir été heureuse de ses petits pâtés chauds. Aussi se représentait-elle Zélie faisant front avec philosophie et bonne humeur. Une note suivant la recette de la tarte à la rhubarbe la mettait en joie : « Peu appréciée par la famille, à garder pour les menus d'enterrement ou d'échec de Monsieur aux élections. »

— C'est stupide ! commentait Félix Robillard. Dans ces moments-là, on a besoin du réconfort de la gourmandise.

Mérotte répondait :

— Mais non. Réfléchissez donc un peu ! Vous avez perdu quelqu'un de cher, ou votre place de député, vous êtes triste et, à voir ceux qui vous entourent reprendre du dessert, vous allez les croire indifférents à votre peine. Cette Zélie avait le cœur aussi chaud que ses petits pâtés et elle avait compris que, de la tarte à la rhubarbe, personne ne s'en resservirait au deuxième passage du plat. C'était de la grande délicatesse de sa part.

— Vu sous cet angle, évidemment, ronchonnait l'ex-capitaine. Et il ajoutait, le regard un peu torve : C'est drôle que vous compreniez tout chez les autres et pas que je voudrais tant vous voir devenir Mme Robillard !

Grâce aux recettes de Zélie et avec la même ardeur apportée à mettre ses soupes au point, Mérotte maîtrisait les spécialités proposées à ce qu'elle appelait ses « maisons d'un soir ».

Elle faisait son marché aux Halles, où on accueillait ses visites, désormais fréquentes, avec une affabilité, voire une amitié, qui lui rappelaient le bon temps de la grosse marmite en fonte. Ah, pour la regretter on la regrettait ! Et celle qui lui avait succédé n'avait pas tenu six mois. Après les soupes de la Mérotte, les siennes étaient de l'eau de vaisselle, pour rester poli. D'ailleurs le temps de ces marchandes était fini, maintenant on mangeait des « sandevitches ».

Elle fit, très vite, l'acquisition d'un triporteur pour ne plus « se casser les bras » avec les cabas trop pleins et attraper la mort à attendre des tramways trop lents à venir. Il avait fallu vendre Coco pour cet investissement, Carla pleura. Et aussi Mathieu, mais caché au plus profond de la cave — derrière le tas de charbon — initié depuis peu, par Félix Robillard, à cette dure loi qui interdit aux vrais hommes de montrer leur chagrin. Le tricycle équipé d'une haute et large caisse où on pouvait se tenir assis fit vite oublier le petit âne qui, d'ailleurs, entamait une carrière de monture pour enfants en forme de sinécure au Jardin d'Acclimatation voisin.

A nouveau moyen de transport, nouveau costume de route. Mérotte inaugura, pour plus de commodité, la jupe-culotte des élégantes dames cyclistes de l'allée des Acacias. Sébastien et Félix étaient partagés entre réprobation et admiration. Cette Mérotte ne cesserait de les étonner. Ils ignoraient qu'elle se demandait souvent, et avec un peu d'effroi, ce que diraient ceux de Brignoles s'ils la voyaient pédaler en pantalons de vieux tweed — elle achetait tout d'occasion — dans ce Paris qu'ils auraient dit de perdition et qu'elle appelait, elle, de liberté et où rien ne lui paraissait impossible.

Tout cela était d'ailleurs secondaire. Ce qui comptait, après la bonne santé des enfants, c'était son métier.

Elle admit un beau matin, et sans fausse modestie, être désormais une cuisinière parisienne. Grâce à Zélie avec laquelle sa collaboration était parfaite. A l'encre rouge — apportée par Sébastien — elle annotait à son tour les recettes de son maître. Félix Robillard affirmait qu'il faudrait au moins un Champollion pour déchiffrer ce chef-d'œuvre de commentaires lorsque Mathieu ou Carla en hériteraient et qu'il ne resterait plus un seul centimètre carré de papier inutilisé. Et Mérotte inscrivit ses réflexions comme si elle s'adressait à Zélie, parlant d'ailleurs à haute voix en faisant marcher sa plume. Si Zélie avait noté : « Bon poids pour un " poulet, de grain " : de 600 à 900 grammes, mais le " poulet reine " de 1 à 1,600 kilo, est souvent supérieur », elle répondait : « Après expérience, ai préféré un "poulet reine " de 1,200 kilo, une merveille ! » Et si Zélie faisait suivre sa recette de crosnes du Japon à la crème par un « crosnes *très* frais, indispensable », elle renchérissait à l'encre rouge : « Pardi ! Les légumes, c'est comme les poissons, ça se mange aussitôt pêchés. » A Félix Robillard et Sébastien Morasse qui lui disaient un jour, à ce propos, qu'elle avait l'exagération bien méditerranéenne, elle avait répondu : « Dimanche prochain, je serai de repos. Après les communions, c'est toujours comme ça, il y a un creux, mes pratiques ont trop dépensé. Alors je serai là et nous ferons une expérience qui vous convaincra. »

Ils vinrent. L'affection qu'ils portaient tous deux à Mérotte les incitait à l'indulgence, mais ils la trouvaient encline à couper les cheveux en quatre depuis qu'elle était cordon-bleu.

Comme ils étaient, néanmoins, assez émoustillés à leur arrivée ce jour-là, elle dit en riant :

— Eh là ! Ne croyez pas que je vais vous servir des truffes au champagne !

Elle proposa, en guise d'apéritif, de leur faire goûter deux sortes de petites pommes de terre nouvelles. Les unes achetées aux Halles quinze jours auparavant, les autres récoltées tout juste dix minutes avant d'être mangées. Dix minutes exactement, le temps de les arracher à la terre du fond de son jardin, de les rincer et de les jeter dans la casserole d'eau bouillante sur grand feu.

Installés à table, ils eurent, dans deux corbillons et sous serviettes, à leur gauche les plus anciennes, à leur droite celles qui venaient à peine de voir le soleil. Entre elles, une salière de gros sel, du sel marin du Midi, le plus blanc, le plus pur, cristallisé à merveille, « le seul qui soit du vrai sel », précisait Mérotte.

Et maintenant, il fallait croquer, après avoir salé, en picorant tantôt à droite tantôt à gauche, lentement, en savourant, pour saisir la différence. A moins d'avoir un palais en vieux cuir, c'était un plaisir raffiné de la sentir, de la définir cette différence.

Eh bien, ils devaient, en effet, l'avoir en vieux cuir leur palais ! Ils ne sentaient pas grand-chose. « Je dois me faire vieux », dit tristement Félix Robillard. « Et moi, j'ai dû trop boire. Quand on tient un bistrot... », soupira Sébastien.

Malgré un déploiement touchant de bonne volonté, ils trouvèrent celles de droite aussi savoureuses que celles de gauche. Sauf que celles-ci, à la réflexion, seraient peut-être... mais non, vraiment non... Ah, ils ne savaient plus !

Alors Mérotte appela les enfants, leur montra les deux corbillons et demanda ce qui venait du jardin.

Ils ne se trompèrent pas et désignèrent les pommes de terre nouvelles les plus nouvelles. Mais finirent aussi les autres. Ils étaient toujours affamés.

Sur le chemin du retour, bicyclette contre bicyclette, Félix disait à Sébastien, parce que cette histoire le travaillait et qu'il s'était toujours cru assez gourmet :

— Et si — on peut supposer sans offense — et si elle s'était, un rien, moquée de nous ?

— Qui sait ? répondit Sébastien, perplexe.

Il avait envie d'une bière fraîche. On ne buvait pas assez chez la Mérotte, sans la vexer, il faudrait qu'il lui fasse accepter quelques bouteilles.

— Pourtant, continuait Félix, obstiné, sa daube provençale si bien marinée, si... si surfine, je la *sens* complètement, alors pourquoi, dans cette histoire de pommes de terre, je n'ai pas senti aussi ?... Je me demande, ajoutait-il, toujours tracassé et assis maintenant à la terrasse d'un café, devant un demi — parce que Sébastien n'en pouvait plus de soif et qu'il avait fallu faire une halte —, je me demande si, dans ces histoires de goût, en cuisine, c'est pas tout pareil aux histoires de femmes. Imagine-toi que, dans mon jeune temps, j'étais amoureux d'une petite. Ah, dès que j'étais près d'elle, il me montait aux narines un parfum, un parfum ! Je ne pouvais pas dire quoi vraiment, c'était si délicat, si fin, tiens, aussi fin que ce soupçon d'odeur de la terre qu'on ne voyait pas et que le vent parfois, en mer, nous apportait. Eh ! je ne sais pas, peut-être on rêvait qu'on la sentait, cette terre ! Un jour, je te parlerai plus de ça... Bref, ce qu'elle sentait, elle, ma petite, c'était du très, très délicat aussi, suis-moi bien, pas du parfum en flacon, non c'était *elle*, elle seule, sa peau ou ses cheveux, tu vois ce que je veux dire ?... Et puis je l'ai laissée, dans un port, quelque part, cette fille, c'est loin tout ça, et un autre l'a eue. Et à cet autre, qui avait dû l'abandonner à son tour, j'ai parlé un soir, Dieu seul sait où, dans quel port et devant quelle bouteille... Je lui ai parlé de cette délicatesse d'odeur de la petite, qu'elle seule avait et personne d'autre. Crois-moi si tu veux, lui, il ne l'avait *jamais* sentie...

— Moi ce qui m'étonne le plus, disait Sébastien, rêvant devant un deuxième demi, c'est les enfants, ils ont su, eux.

Avec sa troisième bière, tirée chez lui dès son arrivée, Sébastien, en se mettant à rire tout à coup, dit à Félix, qui avait accepté un dernier verre avant de regagner sa rue Rambuteau :

— Et si tu avais raison, s'ils s'étaient, tous, foutus de nous, la Mérotte, les deux mioches... et les pommes de terre ?

Félix hochait la tête : le parfum de la peau de cette fille, autrefois et le vent qui apportait, comme en rêve, l'odeur de la terre, et le goût surfin de ces légumes qui viennent juste de voir le soleil, tout ça, c'étaient des délicatesses qui rôdaient par-ci par-là, les uns les attrapaient au passage, les autres pas... qui sait, c'était peut-être une grâce de Dieu, une grâce d'un instant. Et il n'était sans doute plus capable de la mériter.

On oublia vite cette expérience Le malheureux Sébastien

était tombé dans l'escalier de sa cave et s'était cassé les deux jambes. « *Les deux* d'un coup. On n'avait jamais vu ça », disait-il, presque avec fierté.

Félix s'installa à son chevet dès le retour de l'hôpital, et Mérotte venait, trois fois par semaine, cuisiner soupes, daubes et pot-au-feu pour le blessé et son infirmier qui la regardaient travailler aussi sereine et précise qu'à son habitude, mais, leur semblait-il, de plus en plus autoritaire. « C'est ce métier qui le veut, se disaient-ils. Les cuisinières sont comme ça, à force de faire subir tout ce qu'elles veulent aux viandes, aux poissons et aux légumes, elles vous triturent l'homme aussi. » Ce genre de réflexion leur venait si Mérotte avait dit : « Vous ne pourriez pas aérer cette chambre... et changer de serviette de toilette plus souvent... et ne pas laisser traîner vos verres et vos bouteilles partout ? »

Le 20 décembre 1927, Mérotte avait conduit les enfants voir les vitrines de Noël. On alla embrasser les parrains. Arrivé au carrefour Vavin, on crut qu'il y avait, là aussi, des grands magasins illuminés, peut-être même un vrai spectacle.

Il y en avait un, en effet. Mais pas celui auquel on pensait. Il s'agissait d'un restaurant. On disait que c'était le plus vaste de France et qu'il ouvrait ce soir ses portes pour la première fois au public. On voyait son nom, *La Coupole,* briller de partout.

Il faisait très froid, il y avait du verglas. Mathieu et Carla, éblouis par les illuminations, assourdis par le vacarme des klaxons et les cris de la foule, ne savaient plus où ils posaient leurs pieds. Il fallait les empêcher de tomber à chaque pas. Le café de Sébastien était juste en face de ce monstre — hurlant et crachant mille lumières en même temps qu'il engloutissait tant de gens — et dont on disait autour d'eux qu'il était unique au monde. Confirmation donnée par un Sébastien abattu. Si maintenant tous les commerces atteignaient des dimensions pareilles, qu'allaient devenir les petits comme lui ?

— Mais c'est un restaurant. Vous n'êtes qu'un café !

— Lui est restaurant *avec* bar et café, et en terrasse encore ! J'aurai bonne mine en face de ces richards. Dites un peu, combien vous croyez qu'ils ont prévu de bouteilles de champagne pour leur inauguration ? Mille cinq cents, pas moins !

— Vous avez la fièvre, dit Mérotte, indulgente.

Sébastien était pourtant frais comme l'œil et savait ce qu'il disait. Il tenait l'information d'un garçon d'en face venu se désaltérer chez lui pendant la mise en place de l'énorme réception et qui avait tout décrit des cinq mètres — cinq ! — de hauteur de la salle avec des peintures partout faites par ceux qui vendaient leurs œuvres des fortunes... et c'était pas seulement mille cinq cents bouteilles de champagne, mais dix mille canapés, peut-être même au caviar et trois mille œufs durs qui attendaient les invités... Certain qu'il y aurait le président de la République et tous les ministres. Combien de garçons de café pour servir ? On ne pouvait pas les compter, il en circulait au moins une centaine... Bien sûr, on pouvait être fier de son Auvergne, c'était des pays les patrons d'en face..., mais pour arriver à dormir à côté d'eux ce soir, et quand on avait deux jambes cassées !...

Les enfants regardaient, nez collés contre les vitres glacées.

— Tu crois qu'ils en mangent des truffes au champagne dans ce plus grand restaurant du monde ? demanda Carla.

Et Mathieu affirma :

— Pardi !

Sur le chemin du retour le petit garçon interrogea Mérotte :

— Pourquoi tu n'étais pas là-bas, toi, ce soir avec tous ces gens ?

— Et pourquoi l'aurais-tu voulu ?

— Parce que c'est le plus grand restaurant du monde et que tu es la plus grande cuisinière du monde,

— Viens que je t'embrasse, toi.

— Quand je serai grand, c'est un restaurant comme ça que j'aurai, dit Mathieu, en réajustant son béret que sa mère avait dérangé en le serrant dans ses bras.

A quelque temps de là, Carla demanda à Mérotte :

— Mathieu dit que tu vas te marier avec Sébastien ou avec Félix, c'est vrai ?

— Qui donc lui a raconté ça ?

— Lui tout seul. Mais l'épicière aussi.

— Et elle dit quoi encore, celle-là ?

— Qu'il faut que tu choisisses. Parce qu'on ne peut pas avoir deux maris.

Ce soir-là, alors que les enfants achevaient leur dîner, Mérotte annonça :

— Il est temps que nous parlions un peu tous les trois du Félicien. Parce que je ne veux pas vous laisser penser que, si on a été la femme de ce Félicien-là, on peut être celle d'un Félix ou d'un Sébastien. Ces deux braves, on en fera des oncles — on a toujours besoin d'oncles —, mais pas des pères.

Ils étaient là, les deux oncles, aux côtés de Mérotte le jour de la première communion de Mathieu.

Admirant son fils dans le costume d'Éton qui lui avait coûté une bonne partie de ses économies, Mérotte ne cessait, les mains jointes, de dire :

— Beau comme un Jésus !

Haussant les épaules, Mathieu déclarait qu'il en avait assez, lui un garçon, d'entendre ces bêtises qui étaient affaires de filles et que c'était plutôt à Carla qu'il fallait dire qu'elle était belle.

Si Mathieu qui savait tout la trouvait belle, se disait Carla, c'est qu'elle l'était. Elle voulut alors lui offrir ce qu'elle possédait de plus précieux, ce qu'il convoitait depuis Noël, sa trousse d'écolière avec un compas plus perfectionné que le sien. Elle le déchargea aussi de la corvée de cirage des chaussures, affirmant qu'elle aimait faire reluire le cuir jusqu'à ce qu'il devienne aussi chaud que luisant et elle s'ingénia, le soir, lorsqu'il fallait éplucher les légumes, à aller plus vite que lui pour avoir presque fini, alors qu'il commençait à peine. Il accepta, avec beaucoup d'autres encore, ces marques d'adoration.

Félix et Sébastien venaient toujours à Levallois le dimanche. Il y avait longtemps qu'on ne s'occupait plus de ce que pouvaient en penser les épicières et les crémières. Mérotte avait d'autres préoccupations, elle parlait d'aller montrer les enfants aux parents, à Brignoles, dès qu'elle aurait économisé le prix du train. Mais, en avril 1931, elle reçut une lettre lui annonçant la mort subite de sa mère. Le cœur, disait-on. En décembre de la même année, le père s'en alla aussi. M. le curé écrivait qu'il ne s'était jamais remis de la disparition de sa femme, qu'il avait pris froid, un soir d'orage et qu'il manquerait bien à la commune. Mérotte pleura, mais en se cachant des enfants, qu'elle emmena à l'église prier pour un Papé qui avait fait de si beaux chemins sur la terre qu'il devait en damer d'encore plus beaux dans le ciel, et pour une Mamé qui recousait sûrement, là-haut aussi, les ailes des anges tant elle maniait bien l'aiguille. Carla, le soir dans ses prières, ne manquait pas d'avoir une pensée admirative et affectueuse pour d'aussi valeureux grands-parents. Mathieu, lui, parut douter de leurs occupations célestes. Il avait l'esprit ailleurs. Il s'éveillait et s'endormait en pensant au plus grand paquebot du monde que la France avait mis en chantier. Mérotte disait que, tout compte fait, elle préférait la vieille casquette de marin de Félix à celles des petits voyous du quartier et elle laissait l'ex-capitaine faire nager des bateaux dans la tête du petit.

Dès 1931, le maître et l'élève se passionnèrent pour la réalisation de ce navire gigantesque dont la Compagnie générale transatlantique poursuivait la construction,

Félix, depuis longtemps déjà, disait à Mathieu :

— Reconnais-le avec moi, notre *Île-de-France,* même quand il fait la traversée de l'Atlantique en 160 heures n'est plus dans la course. Les Allemands, déjà eux, comme s'ils n'avaient pas perdu la guerre, et déjà la tête haute, ont leur *Bremen* qui a barboté le ruban bleu au *Mauretania* des Anglais. Nous, là-dedans, on n'existe plus, nous qui vendions *aux enchères* les places sur le *France* hier encore ! Ah, ça m'a torpillé le cœur une chose pareille ! Mais à la Compagnie générale transatlantique, ça a dû torpiller aussi parce que, je le sais maintenant, ils se ressaisissent. Et leur *T6* — on le baptisera plus tard — je te jure bien que ce sera le plus grand de tous. Le plus grand du monde. Tu sais de combien on dit que sera sa longueur ? *Trois cents mètres !* Et sur trente-cinq de large ! Moi, des chiffres pareils, ça me fait tanguer. On avance déjà dans les combien il pèsera ce monstre, tu vas pas me croire ! Dans les 28 000 tonnes, et il atteindrait la vitesse de 28 à 30 nœuds ! Malgré toutes leurs histoires d'argent, de banques, de vote de crédit de l'État, enfin ça va y être : la mise en cale est décidée et on va poser la première tôle.

Félix avait un ami qui travaillait à Saint-Nazaire-Penhoet et qui le renseignait sur la marche de la construction. Aussi arriva-t-il un dimanche, à Levallois en s'écriant, avant même d'avoir dit bonjour :

— La quille est en place depuis hier !

Ce qui tracassait Mathieu c'était le nom. On ne savait pas encore comment s'appellerait le plus grand navire de commerce jamais mis à l'eau dans le monde ! C'était difficile de rêver de quelqu'un qui n'a pas de nom. Enfin, le 18 octobre 1932, huit jours à peine avant le lancement, on sut qu'il serait baptisé *Normandie.*

Pendant que Carla jouait encore avec les meubles de poupée sculptés par Sébastien, Mathieu et Félix voguaient déjà entre Le Havre et New York.

Le lancement de la coque devait avoir lieu le 29 octobre. On entendait dire partout que, pour qu'un tel monstre puisse glisser jusqu'à l'eau, il faudrait traiter la cale avec 52 tonnes de graisse, paraffine, suif, huile, savon. On croyait rêver. Félix obtint de Mérotte d'emmener son fils assister à l'événement qui avait lieu en présence du président de la République, avec Mme Albert Lebrun comme marraine.

Ce fut superbe. Au signal du clairon, on coupa le ruban tricolore retenant la bouteille de champagne, et, devant les milliers de spectateurs, le monstre glissa enduit de son colossal amas de lubrifiants... Et cette masse mise à l'eau — la plus lourde de tous les temps —, en prenant contact avec la mer, engendra un véritable raz de marée.

Mathieu, désobéissant à Félix, s'était avancé au-delà des limites permises. Et il ne savait pas nager ! On le repêcha. Il se jura d'aller, dès le lendemain, à la piscine municipale la plus proche apprendre à flotter lui aussi. Félix qui avait eu la peur de sa vie lui ouvrit un crédit de vingt francs pour des leçons particulières et accélérées. Mais le retour en train n'avait pas suffi à sécher la vareuse de ratine. On dut tout avouer, et les « deux fous » furent mis au lit avec grogs et bouillottes. Ils s'endormirent ayant encore dans l'oreille le chant de *La*

Marseillaise, le mugissement des sirènes des remorqueurs et les hourras de la foule. Et ce n'avait été là que le lancement de la coque. Que serait-ce lors de la mise en service du navire ? Ils en rêvèrent pendant les trois années d'aménagement et de décoration du plus grand et du plus beau paquebot du monde.

Mathieu, revenu sur terre et pourvu de son certificat d'études, entrait comme apprenti pâtissier chez *Rebattet, ancien Rumpelmayer,* Faubourg-Saint-Honoré. Mérotte voyait plus d'avenir dans la restauration que dans la marine et Mathieu et Félix pensaient : gagnons du temps laissons grandir le géant des mers, nous verrons après.

En 1935, Mathieu, alors commis chez Latinville, place Saint-Augustin, savait faire la pâte feuilletée, la pâte à choux, de jolis petits fours et bien d'autres douceurs, lorsque le *Normandie* fut achevé à Saint-Nazaire. Deux jours avant son voyage inaugural, Mérotte reçut une lettre de son fils l'informant qu'il s'était fait engager comme mousse de sonnerie — ce qui, à terre, voulait simplement dire groom — et qu'il s'embarquait pour New York le 29 mai.

« Ce vieux fou, ce traître de Robillard » — et c'était là les appellations les plus douces employées par Mérotte — avait présenté la candidature de son pupille, non seulement pupille de la Nation, mais encore beau garçon et pâtissier émérite, quand il avait appris que l'un des mousses, victime de la rougeole, ne pourrait endosser son uniforme rouge !

— Pardi, il a dû se trouver assez rouge comme ça ! Ah, si tu ne saisis pas cette aubaine, petit, elle ne se représentera pas deux fois ! Cinq jours d'absence seulement, le Ruban bleu au bout du parcours et des souvenirs impérissables à raconter pendant trois générations. Enfoncé Verdun, enfoncé l'armistice, la plus grande gloire de la France sera le *Normandie* !

Flanquée de Carla en larmes — parce que Mathieu allait être puni ? parce que Mathieu partait au bout du monde ? —, Mérotte atteignit Le Havre trois heures à peine avant le départ du paquebot.

Les deux complices comptaient sur sa venue : Il fallait

sa signature au bas de la demande d'enrôlement du mineur Mathieu Leduc, désormais mousse de sonnerie à bord du *Normandie* pour le voyage inaugural Le Havre-New York.

Elle la donna.

Elle s'était résolue à accepter ce départ sur le dernier argument que le capitaine au long cours avait avancé, en désespoir de cause et sans trop croire à sa valeur : Il y aurait, à bord, M. et Mme Albert Lebrun. Mathieu allait voyager avec le président de la République ! Peut-être même le servirait-il ? N'évoluaient-ils pas des soutes aux ponts supérieurs en parlant aux mécaniciens comme aux plus nobles passagers ces mousses de sonnerie dans leur habit rouge, avec calot rouge aussi, attaché sous le menton par une jugulaire dorée ? N'étaient-ils pas, pour tout dire, indispensables ? Et puis, le vieux fou l'avait affirmé, il y avait aussi à bord de ce paquebot, officiant dans la plus belle cuisine du monde, des chefs prestigieux et des pâtissiers de renom. Réflexion faite, on verrait au retour. Cinq jours pour aller, cinq jours pour revenir, ce n'était pas l'Atlantique à boire.

Mi-juin, en effet, Mathieu regagnait la maisonnette de Levallois. On y avait appris entre-temps, et commenté, le triomphe de ce *Normandie*, sa gloire d'avoir gagné le Ruban bleu. Mathieu, encore ébloui, se drapait dans cette aventure superbe. Oui, oui, il avait vu le président de la République, lui avait même parlé. Il avait vu aussi New York et la statue de la Liberté offerte par la France. Il rapportait mille histoires et des cadeaux à se croire à Noël chez les Rothschild. Parce qu'il était riche désormais.

Riche ?

Il fallut quelque temps à Mérotte et à Carla pour comprendre d'où leur Mathieu tenait ces billets verts — des dollars, disait-il, que toutes les banques ici lui échangeraient contre des billets français — et ces cadeaux déversés d'une valise, en vrai cuir, achetée là-bas aussi.

A l'origine de cette fortune, une idée de la Compagnie générale transatlantique. Et il racontait : « La C.G.T. était sûre, à quatre-vingt-dix-neuf pour cent, que son *Normandie* arriverait à New York plus vite que le paquebot italien *Comte di*

Savoia qui détenait le Ruban bleu. Elle avait donc préparé des cadeaux-souvenirs à distribuer aux passagers. Surtout à ceux de première classe qui auraient les plus beaux. Il y avait des médailles commémoratives, des cendriers, des puzzles, des maquettes, cent et une choses plus belles les unes que les autres entreposées en cale dans des caisses et des caisses au cas où.

— Et comme on l'a eu, ce Ruban bleu, nous, tous les mousses de sonnerie, plus une partie des stewards, avons été désignés pour distribuer aux passagers ce qui prouverait qu'ils étaient « chevaliers du Ruban bleu ». Notre maître d'hôtel principal, qui pourtant ne se permet jamais une plaisanterie déplacée, disait : « C'est tout pareil aux présents que les marins apportaient autrefois aux Indiens des Amériques et, Dieu me pardonne, je me demande si les Sauvages étaient aussi sauvages que les passagers. » Parce que, vous les auriez vus, ces gens si riches, ils voulaient tout, mais *tout* ! Nous n'avions pas assez de mains pour les contenter ! Et ils resquillaient. Ils disaient : « Moi je n'ai rien eu ! » alors qu'ils avaient déjà été servis trois fois au moins. Ah, il fallait les avoir à l'œil ! Et puis, les Américains se mirent à sortir leurs billets verts, et ceux d'Europe des billets de toutes les couleurs. Nous, mettez-vous à notre place, on donnait, et on empochait. Aucun règlement ne nous interdisait les pourboires. Et ce n'était que le commencement. Après, oh après, ça a été de la folie.

Le regard de Mathieu, à cette évocation, brillait plus encore. Puis, il alla chercher une boîte qui avait contenu des biscuits avant d'être pleine de billets de banque d'Europe et d'Amérique et la présenta comme le saint sacrement.

Alors on vit Mérotte, se lever, toute pâle et dire :

— Ça, mon fils, tu me le feras pas croire. Tu ne me feras pas avaler que cette fortune, c'est seulement des pourboires. Déjà, tu te moques de moi en me racontant que les cuisines de ce *Normandie* ont plus de soixante mètres de long... avec des fourneaux de dix-sept et une pompe à moteur pour l'huile et le vinaigre des salades et que vous avez embarqué 70 000 œufs... Qui a jamais vu 70 000 œufs ailleurs qu'aux Halles ? Et encore ! Mais que tu aies, aussi, gagné plus de vingt mille francs... vingt mille, Dieu du ciel ! *vingt mille* ! en distribuant des... des jouets à ces gens de la haute, je ne le croirai jamais. Jamais.

Et, rouge soudain, autant qu'elle avait été pâle, Mérotte fit mettre sa veste et son béret à son fils et annonça qu'on allait, de ce pas, voir le commissaire de police qui donnerait son avis sur cette affaire. Elle en tremblait, Mérotte. Elle s'efforçait de parler avec calme, mais les mots claquaient dans le silence de la cuisine où cette explication avait lieu et ils restaient suspendus dans l'air, accusateurs. Et Carla pleurait, sans bruit, persuadée que Mathieu n'était pas un voleur, et qu'il y avait seulement là un mystère effrayant qui les dépassait tous. Puis le garçon, soudain, se mit à dire en souriant :

— Eh ! bien qu'on y aille chez le commissaire. On verra bien.

— Oui, on verra, lui dit sa mère en le regardant droit dans les yeux et en ajoutant : Nous, les Leduc, n'avons jamais dérobé un sou à personne. Ah, je le savais que cette histoire de bateau, le plus grand du monde, que vous dites, ne pouvait pas être une bonne chose pour des gens comme nous ! Et elle marmonna encore : Dix bouchers, dix pâtissiers, deux cents employés aux cuisines ! Pas un seul mandataire des Halles — les hommes les plus malins qui soient ! — ne le croirait.

Mérotte se vantait d'être en relation avec M. le commissaire. Elle avait accepté de faire le déjeuner de la première communion de son fils, n'avait pas voulu être rétribuée pour ce petit service accordé à qui veillait sur son quartier, donc sur sa famille — assez prête à voir le policier en ange Gabriel protégeant Levallois — et avait ainsi eu l'honneur de déjeuner à sa table ce jour-là. Avec cet homme de bien, on saurait ce qu'il en était de cette vilaine affaire. Et, si son Mathieu devait être puni, même de prison, il le serait.

Cette journée devait marquer pour Mérotte et pour Carla la naissance d'un Mathieu qui se révéla bien différent de celui qu'elles avaient connu jusqu'alors. Dès l'entrée dans le bureau du commissaire, c'est lui qui expliqua tout, et avec une autorité et une assurance qu'on ne lui soupçonnait pas. C'était donc vrai, on apprenait sur les paquebots, au milieu d'un océan, à bien parler, à bien se présenter, bien se tenir? Si le grand-père du petit avait su des choses pareilles, qu'est-ce qu'il en aurait pensé, Seigneur! Et, soudain, Mérotte entendit le cantonnier lui dire — il avait toujours été si plein de bon sens: « Et pourquoi, justement sur ce bateau où on lui apprenait à être un homme, pourquoi tu voudrais qu'on lui ait permis de voler? » Et elle alla même jusqu'à se dire, émue, attendrie: « Vrai, s'il pouvait le voir, en ce moment, sûr qu'il serait fier de son petit-fils. » Car Mathieu racontait, à nouveau, l'arrivée du *Normandie* à New York, la victoire, et cette affaire des objets-souvenirs du Ruban bleu que sa mère ne pouvait croire. Il avait un petit sourire, à la fois affectueux et indulgent pour elle et expliquait, d'homme à homme, comment il avait fait fortune en quelques heures.

— Je suis venu ici, monsieur le commissaire, parce que vous seul pourrez faire admettre à ma famille que je ne suis ni un menteur ni un voleur. Vous avez suffisamment entendu parler de ce qui s'est passé à bord, vous avez lu aussi, sans doute, les articles de tous ces journalistes, au moins une quinzaine, qui étaient avec nous et je sais que vous me croirez, bien que cela dépasse, vraiment, ce que l'on peut croire.

Il souriait, ce nouveau Mathieu, détendu, sûr de lui et Carla, assise sur une chaise dans le fond de la pièce et ne le quittant pas des yeux, subjuguée, écoutait:

— Voyez-vous, monsieur le commissaire, j'ai vite compris que c'était la chance de ma vie, parce qu'on était en pleine folie et que, sûrement, cette aventure ne se présenterait pas deux fois. Il fallait penser vite, avoir des idées pour satisfaire ces passagers bourrés de champagne — ils n'arrêtaient pas d'en boire à la victoire! — et qui étaient comme des enfants à vouloir rapporter chez eux tout ce qu'ils pourraient nous arracher. J'ai vu un Américain, milliardaire — oui, monsieur, nous savions qui il était —, ayant déjà deux médailles commémoratives dans sa poche, me tendre un billet, *un billet de cent dollars,* pour en avoir deux supplémentaires! Il disait qu'il avait quatre fils et qu'il lui en fallait une pour chacun. D'ailleurs monsieur le commissaire, je sais où il habite en ce moment, ce M. Graham. Au Ritz. Un coup de téléphone, et il confirmera ce que je vous dis, j'en suis sûr. Oui, je vous en prie, faites-le.

On le fit. M. Graham n'était pas là, mais sa femme, qui parlait français, confirma en effet. Alors on vit Mérotte redresser le buste et reprendre courage. Non seulement son Mathieu était un honnête garçon... qui avait voyagé avec le président de la République, mais encore il connaissait des milliardaires habitant le premier hôtel du monde ! Peut-être même que cette histoire de pompes à huile et à vinaigre pour la salade était vraie ! Et plus fort encore, voilà que M. le commissaire disait à Mathieu :

— Passez donc ce soir à la maison. J'ai quelques amis qui viennent prendre un Pernod, *Normandie* les passionne, tout comme moi, et vous nous raconterez vos belles histoires.

Mathieu avait promis à Carla de l'emmener au cinéma. Elle allait lui dire de ne pas renoncer à cette invitation pour elle, mais il acceptait déjà, et elle l'approuvait. Elle ne connaissait personne dans le quartier, ou même aux Halles, qui ait ainsi été invité à boire un Pernod avec un commissaire de police, et chez lui encore !

Elle guetta son retour. Il rentra tard. On l'avait gardé à dîner et il avait dû y raconter mille choses qu'il n'avait pas dites ici, pensant peut-être qu'on ne le croirait pas. Elle s'en désolait. Elle s'avouait même qu'elle était jalouse de ces gens à qui il avait dû tant et si bien parler. Elle voulait savoir quelles étaient ces idées qu'il avait eues pour gagner plus d'argent encore que les autres mousses et qu'il avait évoquées au commissariat, mais sans y revenir.

Mathieu avait certainement bu plus que le Pernod annoncé et il était très gai et même légèrement ivre quand il revint, mais, devina Carla, grisé autant par son aventure à bord du *Normandie* que par l'alcool. Et qui ne l'aurait été ? A l'écouter encore parler de l'arrivée à New York et de la victoire du Ruban bleu, elle se sentait elle-même exaltée, joyeuse, à la fois au bord du rire et des larmes. « Tout ce qui lui arrivera, toujours, je le ressentirai autant que lui. *Parce que je l'aime.* »

Ils étaient assis sur une marche de l'escalier qui en

comptait dix pour atteindre le perron de la maison. Ils étaient dans l'ombre bleue et étoilée de cette nuit de mai qui sentait le lilas de Mérotte, ce lilas blanc dont elle était fière, le seigneur du potager, souverain étonné de dominer son peuple de fanes de carottes et feuilles de navets. Et Carla avait envie — une envie qui la faisait trembler — de prendre la main de Mathieu dans la sienne, mais elle se contenait, elle sentait qu'elle risquait de détruire ce moment de grâce où il parlait pour elle seule. Elle sentait aussi qu'il devait ignorer combien elle l'aimait. Elle était sûre qu'il aurait dit alors : « Cesse tes bêtises » ou : « Tu n'es pas folle ? » Elle avait encore dans l'oreille, et qui lui broyait le cœur, ce qu'il avait dit en lui offrant son cadeau d'Amérique : « J'ai cherché un jouet, une poupée indienne, mais je n'en ai pas trouvé, tu garderas ces perles pour plus tard, quand tu seras grande. » Ce collier, elle l'adorait et le détestait à la fois.

Grande, elle l'était autant que lui, et par la taille et par le cœur, mais pas plus qu'il n'aimait lui voir porter des chaussures à petits talons quand ils sortaient, il ne lui octroyait des sentiments d'adulte. Pour lui, elle avait toujours huit ans. Avec un soupir muet — Mathieu avait l'oreille si fine —, elle l'écoutait :

— Les idées que j'ai eues, les voilà : Il fallait penser aux secondes classes. Celles-là n'avaient pas droit aux mêmes souvenirs que les premières et non seulement elles en avaient envie, de ces médailles commémoratives ou de ces belles maquettes du bateau, mais, en plus, avec ça, elles pourraient faire croire avoir voyagé en première ! Autre chose aussi : ce que l'on donnait aux secondes classes, livres, broches, agendas, boîtes d'allumettes, ceux des premières en voudraient aussi, pour collectionner, parce qu'ils étaient tous fous de collections. Alors, en faisant vite, en courant de droite et de gauche, en passant d'un pont à l'autre avant les copains, en mettant un steward ami dans la combine, j'ai fait une belle récolte. J'avais dû prendre une sacoche pour mettre mes billets, mes poches n'y suffisaient plus. Et puis j'ai eu, tout seul aussi, l'idée des menus.

Il en restait qu'on jetterait, je les ai fait signer au chef, il riait, et il signait en me disant : « C'est peut-être ma façon de passer à la postérité. »

Ah, ces menus, j'en ai distribué pour au moins deux mille francs !... Et après ? Oh ! après, vrai je n'avais pas prévu ça, après ça a été le pillage. Les passagers se sont servis eux-mêmes. Ils ont pris beaucoup de choses et surtout de l'argenterie, les couverts marqués au nom de la Compagnie. Pas tout, bien sûr, pas les douze mille couteaux, quinze mille cuillères et quatorze mille fourchettes, mais ils puisaient là-dedans...

— Et on les a laissés faire ? Tu les as laissés faire ?

— Même des policiers de New York, montés à bord pour les vérifications d'identité, n'ont pu empêcher les barbotages. Tout le monde riait, chantait, buvait !... On ne savait plus où on en était, alors, les petites cuillères on s'en foutait un peu. C'est seulement quand j'ai vu ces sauvages découper les tapisseries des fauteuils que j'ai réagi... Là, c'était plus de la cueillette de souvenirs, c'était du sabordage, et j'ai appelé à l'aide.

— Mais c'étaient des gens... riches ?

— La richesse, ça ne permet pas d'acheter ce qui est dans les musées. Et notre *Normandie*, c'était le musée de la France... Tu comprends ?

Elle comprenait. Et comme elle aurait voulu qu'il l'embrasse ! C'était exactement le meilleur moment pour un baiser entre le plus beau, le plus intelligent gardien de musée flottant et elle qui, par chance, s'était inondée d'eau de Cologne juste avant de descendre au jardin... Mais Mathieu n'y était pas dans ce jardin, il était maintenant à Hollywood, il disait, soudain rêveur :

— Il ne faudra tout de même pas que tu croies que tous volaient. Les belles dames américaines, les grandes actrices de cinéma — il y en avait au moins quatre ! — elles s'en fichaient pas mal de ce genre de souvenirs ! Ah, si tu les avait vues ! Elles étaient plus belles encore que sur l'écran. Leurs visages, crois-moi, étaient... tiens je peux pas mieux te dire, blancs, roses et lisses comme des perles, des merveilles ! Et leurs yeux ! Et leurs dents ! j'ai jamais rien vu de pareil d'aussi près... Parce qu'on se battait, entre nous, pour leur porter un télégramme dans leur cabine ou leur plaid sur le pont... Un jour, j'ai offert une rose à Marlene Dietrich. Elle était dans l'une des plus belles suites du bateau, la *Rouen*, un vrai appartement, grand comme une maison et meublé comme un château... Je m'en souviendrai toute ma vie, c'était le matin, on revenait de promener les chiens, j'étais le plus âgé et aussi le plus grand des mousses, et je tenais en laisse les quatre barzoïs — c'est le nom des lévriers russes — d'une princesse, russe aussi. La princesse qui, à me voir avec « ses enfants », m'avait embrassé, comme ça, devant tout le monde, en me disant que ses chiens m'adoraient... Elle m'avait laissé la trace de son rouge à lèvres sur la joue droite. Alors Marlene Dietrich m'a embrassé aussi et elle m'a dit en riant : « Parce que la joue gauche est jalouse. » Ah ! cette femme, quelle merveille !

— Et où tu l'avais prise, cette rose ? Il n'en pousse pas en mer ?

— Il y en avait des centaines, des milliers peut-être, dans une pièce spéciale sur le pont 1 où trois femmes et deux hommes n'ont fait que des bouquets et des surtouts de table depuis le départ jusqu'à l'arrivée à New York. Tu ne peux pas imaginer dans quoi nous vivions, en plein milieu de l'océan et de toutes ces richesses...

— Vous viviez au paradis. C'est toi qui le dis.

Aimer tout ce qu'il aimait, c'était facile à dire. Mais quand il s'agissait d'aimer Marlene Dietrich, ces princesses russes et toutes ces femmes aux visages de perle...

Le lendemain, Mérotte fit ce que l'on pourrait appeler amende honorable. Une manière à elle d'enchaîner sans perdre la face. Soit, son fils n'avait pas volé, mais il n'y avait guère lieu de le féliciter d'avoir profité de la bêtise de gens riches qui n'avaient plus notion de la valeur de l'argent et à qui il fallait des jouets comme aux enfants. Et cette fortune, si vite gagnée, n'était pas de bonne moralité. Pour avoir le dixième de ce que Mathieu avait amassé en quelques heures, il lui avait fallu faire soupes sur vol-au-vent en économisant sou à sou pendant quinze ans. On se demandait où le bon Dieu portait ses yeux et ses oreilles pour permettre ces choses. Mais, puisque le monde allait ainsi (elle soupira) il fallait aller comme lui. Aussi sortit-elle de son emballage le sac à main, en vrai cuir, que Mathieu lui avait acheté à New York. Elle l'avait emporté au commissariat de police, au cas où il aurait fallu tout rendre. C'était un sac superbe. Elle n'avait jamais rêvé d'en avoir un semblable. Brun-roux, luisant à briller même dans la nuit et avec tant de compartiments — neuf, elle les avait comptés deux fois —, fermés par des glissières appelées fermetures Éclair[1], une invention de ces Américains sûrement. Ce sac, on pouvait mettre toute sa vie dedans !

Ah, le petit avait su deviner de quoi elle avait envie depuis longtemps sans le savoir ! Alors, devant les deux enfants, elle mit un mouchoir bien plié dans une poche, son porte-monnaie, la clef de son armoire à glace dans une autre, son livre de messe dans la plus grande, puis s'arrêta, les yeux humides : c'était la plus belle chose jamais possédée, ce cadeau, mais elle ne savait plus quoi mettre dans tant de poches qui s'ouvraient et se fermaient si bien. Et elle regarda Mathieu et Carla avec un petit sourire qui disait : « Aidez-moi. » Ils l'aidèrent, lui apportant un peigne, un flacon échantillon d'eau de Cologne et deux tickets de métro.

Pour montrer qu'elle avait enfin admis cette extraordinaire aventure, Mérotte dit à Carla :

— Maintenant tu peux, toi aussi, porter le cadeau de mon fils.

Carla entrouvrit le col blanc qui éclairait sa robe de lainage brun et mis au jour un rang de petites perles de culture. Mais elle ne savait plus, depuis la veille au soir, si elle devait se réjouir ou non d'avoir autour du cou le rappel constant de l'existence des belles dames du cinéma d'Hollywood, que Mathieu admirait tant. Comment faisaient-elles, celles-là, pour avoir des peaux aussi belles, aussi irisées que ces perles ? Il faudrait, dès ce soir, interroger Mathieu.

Hélas, ce fut Lucien, ami et voisin, qui vint demander un récit du voyage. Encore un, comme le commissaire, à vouloir

1. Invention canadienne.

s'approprier des détails qu'on ne penserait pas à donner ici! Alors Carla ouvrit la fenêtre qui lui livra la même nuit que la veille, les mêmes senteurs du lilas blanc, et elle écouta.

Mais, échangés aussi sur la troisième marche de l'escalier, les propos qui parvinrent jusqu'à elle brisèrent la beauté de cette nuit. Stupéfaite et les joues en feu, elle entendait :

— Sur le plus beau paquebot du monde, il y avait des femmes qui s'embarquaient juste pour le plaisir. *Le plaisir*, tu comprends? L'amour, qu'elles comptaient faire avec des hommes qu'elles ne connaissaient pas avant de quitter Le Havre. Alors, elles les aguichaient, ces messieurs et elles allaient dans leurs cabines ou ils venaient dans les leurs. Tu veux que je te dise ce que c'était *le Normandie*, comme *l'Île-de-France* avant, ou tous les autres, des *paquebots d'amour*. Oui, mon vieux. Ah, ce qui s'y passait la nuit et même le jour, si tu avais vu! Et pas seulement dans les cabines, jusque dans les canots de sauvetage arrimés sur les ponts. Ils s'aimaient là-dedans, sous les bâches! C'était à croire qu'ils ne pensaient qu'à ça... Et à manger et boire, bien sûr.

— De véritables cochons, alors! disait Lucien.

— Non, corrigeait Mathieu, rêveur. Et il ajoutait : Il ne faut pas dire ça, parce que c'était beau quand tous ces gens si élégants, si soignés, riaient, chantaient, s'amusaient comme des fous, c'était la belle vie.

— Quand même...

— Quand même quoi? Mais tu aurais fait pareil, mon vieux, et bien content qu'une belle dame pomponnée et parfumée accroche sa petite culotte en soie à la poignée de la porte de sa cabine pour te dire qu'elle t'attendait.

— Ça alors! *Leurs culottes?*

— Pas toutes, non, pas toutes, mais il y en avait une qui faisait ça, je te le jure, pour prévenir que la voie était libre... et on entrait.

— *On*? Toi aussi?

— Et pourquoi pas moi? J'allais sur mes seize ans... Beaucoup m'ont dit que j'étais le plus beau des mousses de sonnerie qu'on ait jamais vu! Enfin... elles me racontaient ça pour rire un peu, tu vois ce que je veux dire?

Non, Lucien ne paraissait pas voir vraiment. Il demandait, haletant :

— Et c'était comment... dans la cabine ?

— Comment ? Le paradis, mon vieux et même encore mieux, le super-paradis.

Ce mot, se dit Carla, lui serait désormais difficile à entendre, sans avoir envie de pleurer, de crier ou d'aller se jeter dans le puits au fond du jardin. Et ces garçons qui riaient, qui riaient... Il lui semblait que c'était d'elle qu'ils se moquaient, assis tous deux sur ces marches d'escalier et sous le lilas blanc là où, hier, Mathieu avait peut-être pensé à l'embrasser, sans l'oser.

Elle ne put, se déshabillant en pleurant toujours, s'empêcher de regarder sa culotte de coton Petit-Bateau et qui, jusqu'à ce soir, était le plus parfait, le plus confortable des dessous. Elle n'aimait que cette marque-là et, bien que ce fût un luxe d'en porter, disait Mérotte, on lui en achetait trois par an. Il lui fallut, soudain poussée par une force inconnue, voir de quoi ce petit morceau de tissu blanc avait l'air pendu à la poignée de la porte. Et ce qu'elle vit la fit rire, malgré elle. Est-ce que ces femmes du paquebot étaient folles ? Peut-être, balancé sur les vagues de l'océan, empli de champagne et de nourritures de luxe n'était-on plus soi-même.

Elle pleura, toute la nuit crut-elle, bien qu'elle ait eu de longs moments de sommeil entre deux crises de désespoir.

Cet épisode amena dans sa vie un changement qui lui parut de première importance. Elle décida qu'en entrant dans sa quinzième année elle se devait d'abandonner ses dessous d'enfant. Elle rayait une époque. Elle était désormais une jeune fille. Elle acheta deux ensembles — chemise et culotte — de jersey de rayonne rose bordé de valencienne mécanique, rose aussi. Elle ne les porta d'ailleurs pas, le confort de son linge de coton s'étant révélé irremplaçable. Elle se sentait toutefois rassurée et satisfaite de les sentir, cachés au fond d'un tiroir, à portée de main, si besoin était.

Mérotte eut vite fait de découvrir le secret de Carla. Elle attendit un moment favorable pour en parler. Il se présenta lorsque la fillette décida de compléter sa ressemblance avec les passagères du *Normandie* en coupant ses cheveux. Toutes les actrices de cinéma portaient les leurs à hauteur de nuque. Les longs démêlages seraient ainsi évités. Carla tenta de présenter la chose sous cet angle. Sans succès.

— Viens un peu ici, petite, et dis-moi ce qui se passe en ce moment dans ta tête. Ta pauvre tête que tu veux tondre.

Il y avait, dans le brun si chaud des yeux de Mérotte, douceur, tendresse et quelque chose en plus qui interdisait de mentir. Alors Carla, sans cacher deux violettes en émoi, dit haut et clair :

— C'est parce que je l'aime.

Mérotte ne demanda pas qui, bien sûr.

— Comme si je ne le savais pas ! Mais je ne vois pas pourquoi se couper les cheveux pour ça ! Au contraire, bécassine que tu es.

Et comme elles ne se quittaient pas des yeux, quêtant chacune ce que l'autre avait dans le regard et dans le cœur, elles virent naître les larmes qui noyèrent les sourires tremblants qu'elles s'offraient mutuellement. Alors, d'un même élan, elles s'étreignirent et pleurèrent un bon coup. Un gros chagrin, thésaurisé depuis longtemps, dissimulé sous une courageuse belle humeur quotidienne étouffant un refrain désespéré : « Mathieu reparti, où voir luire le soleil ? » Puis, tout ce que l'une et l'autre savaient de la vie, à la fois merveilleuse et horrible du jeune homme sur le paquebot, elles se le dirent, confrontèrent leurs renseignements, leurs craintes et leur impuissance à empêcher quoi que ce fût. Face au monstre terrifiant qu'était ce plus grand vaisseau du monde porteur sur mer de toutes les turpitudes de la terre, elles étaient peu de chose. Mathieu, emprisonné et ballotté sur l'océan, n'était plus à elles. Elles soupirèrent. Et Mérotte se reprenant la première, affirma :

— Il nous faut penser à son avenir. Et c'est un bel avenir. Tu as entendu ce qu'il a dit ? Ils sont à l'école pendant au moins trois heures par jour. On leur apprend à devenir de grands maîtres d'hôtel.

— En promenant les chiens des passagères des premières classes !

— Qu'est-ce que tu me racontes là ?

— Vous ne le savez pas qu'il a fait ça ? Moi, il me l'a dit. Et si c'est ça apprendre à être un grand maître d'hôtel ?

— Il le fait lui tout seul, ou ils le font tous ?

— Tous. Ils commencent leur journée en tenant les chiens en laisse, et ils courent avec eux sur les ponts.

— Alors c'est qu'ils prennent de l'exercice avant l'étude. C'est sûrement bon pour eux. Le père Robillard nous l'a dit, le commandant du bateau est un homme extraordinaire. Il sait tout, ce seul maître à bord après Dieu, comme on dit, donc il sait ce qu'il fait. Il faut avoir confiance. Et toi, tu vas me faire le plaisir de les garder, tes cheveux. Ça m'étonnerait beaucoup qu'il y ait une femme, une seule, sur ce *Normandie*, qui en ait d'aussi beaux, d'aussi blonds, d'aussi longs, d'aussi lourds que les tiens. Du vrai miel, et le miel, ma fille, a toujours attiré l'homme. Qui n'aime pas le miel, dis-le-moi ?

« Bon, ça c'est une chose, et l'autre c'est que tu me fais de la peine quand tu crois que ça me fatigue de te le brosser, ton miel. C'est mon meilleur moment de la journée quand tu es assise sur le tabouret, que je te démêle et qu'on se démêle aussi ce qui nous trotte dans la cervelle. Et ce qui me trotte le plus, je peux bien te le dire, c'est que tu deviennes un jour tout à fait ma fille en épousant mon Mathieu. Seulement ça, il ne faut pas qu'il le sache. L'homme, tu verras plus tard, on doit lui laisser toujours croire que c'est lui qui a les idées. Un jour, mon fils aura celle de t'épouser, alors, toi, tu feras comme si ça t'étonnait, tu feras aussi comme si tu étais obligée de réfléchir et tu lui diras oui enfin, pour notre bonheur à tous les trois.

— Et s'il ne l'a jamais, l'idée ? Entouré qu'il est de femmes aussi belles que des perles et qui montent à bord avec leurs fourrures, leurs diamants, leurs chients, leurs culottes en dentelle et leurs idées de les accrocher à la porte de la cabine...

— Ça, ma fille, ce temps de dévergondage, c'est la gourme. Tu ne sais pas ce que c'est ? C'est ce qu'il faut jeter de la vie d'un jeune homme. Et où mieux la jeter, cette gourme, qu'au plus profond de l'océan Atlantique ? Une fois là, on n'en entendra plus parler, crois-moi.

Carla n'en était pas si sûre.

Les cuisines du *Normandie* mesuraient bien soixante-trois mètres, les fourneaux électriques dix-sept et comptaient trente foyers et trente-deux fours. A sa dixième traversée, Mathieu se proposa pour remplacer l'un des commis-pâtissiers que l'on opérait à bord d'une appendicite. Des salons, des salles à manger, il en verrait partout — même s'ils n'étaient jamais aussi grandioses, aussi beaux que ceux du *Normandie* — mais des cuisines pareilles, les plus vastes du monde, son destin, il le sentait, ne lui en offrirait pas deux fois.

Il avait retenu les leçons sur le comportement des mousses en rouge. Devaient courir avec eux, en tous sens, à travers ponts, passerelles et coursives, le meilleur de la politesse et des bonnes manières françaises, « le fin du fin du savoir servir », disait le maître d'hôtel principal. Celui des premières classes, ce prince des hautes fréquentations qui avait les bottins mondains d'Europe et d'Amérique dans la tête.

« Ici, pour apprendre, c'est mieux encore que si tu étais au Ritz de Paris », disaient aussi les stewards. Et ils savaient de quoi ils parlaient parce qu'ils étaient les meilleurs stewards du monde. La Compagnie générale transatlantique avait recruté le dessus du panier pour son géant des mers. Et ils affirmaient, ces seigneurs du grand service, que le savoir-faire français était supérieur à l'anglais. « On n'a plus de roi chez nous, petit, c'est vrai, mais être en république ne veut pas dire oublier Versailles. Et ce que je te dis là, c'est un souverain, un vrai, qui me l'a dit, ici même, parlant à ma personne. »

Mais, plus beau encore que de servir dans toutes les règles de l'art les passagers les plus illustres, les plus riches, les plus puissants, serait de servir la grande, la belle, la première cuisine du monde qui se faisait ici, entre le ciel et la mer, mieux que partout ailleurs.

Alors — porté par des ailes d'ange ? — Mathieu Leduc entra dans les cuisines du *Normandie* comme on entre dans une cathédrale, avec respect, émotion, mais aussi avec confiance, convaincu et fier de la toute-puissance de l'art culinaire français.

D'une seule glissade longue, longue, presque infinie, il arriva soudain au milieu exact des dix-sept mètres de fours.

Il était près de cinq heures, les plaques de fonte n'étaient pas encore rallumées, mais gardaient un peu de leur tiédeur du matin. En posant la main sur elles, et le roulis aidant, Mathieu les sentait vivantes, en orgueilleuse attente des casseroles et poêlons où, à leur contact, allaient s'élaborer des merveilles.

Il était debout, tout en rouge encore, venu aux ordres du chef pâtissier qui le ferait habiller désormais de blanc. Il était là à rêver, heureux et fier, quand il reçut le plus magistral coup de pied de sa vie, accompagné d'un sonore :

— Qu'est-ce que tu fous ici, toi ?

Il convint, revenu de sa surprise et de son émotion que, sur le plus grand paquebot du monde et dans les plus vastes cuisines connues à ce jour, les coups de pied se devaient d'être superbes aussi.

Il compta sur ses doigts ce qu'il allait avoir ici pendant des années, voguant entre l'Europe et l'Amérique sur le plus beau navire que les eaux aient porté :

1. Une formation exemplaire donnée par une brigade célèbre et un chef prestigieux ;
2. Une éducation parfaite, langue anglaise comprise ;
3. Une cohabitation avec les plus grands de ce monde.

Et il admit que tout cela valait bien de supporter les humeurs de ses supérieurs.

2

Alexandre avait téléphoné à Mérotte :

— Tu connais la dernière de ma fille ? Elle veut *écrire.*

— A qui ?

— *Des livres !*

— Comme Mathieu et comme toi ? Comme vous tous dans la cuisine ? Quel mal y a-t-il à ça ?

— Pas des recettes et des conseils, des romans.

— Mais c'est plus beau encore ça, mon fils !

Alexandre avait raccroché, résigné. Vexé aussi un peu. Et à Drina passant à cet instant, il lança, d'un ton sec :

— Peut-être condescendras-tu à tenir le vestiaire pendant deux ou trois soirs ? Lucie a la grippe, et je ne peux enlever aucun garçon de la salle où il en manque déjà deux, grippés aussi.

Bien sûr ! Et cela lui rappellerait le bon temps d'autrefois où Lucie la cachait derrière des manteaux pour qu'elle puisse regarder qui arrivait et, même, jeter un petit coup d'œil dans la salle.

Mais sa réponse joyeuse n'avait pas déridé son père. Il lui en voulait toujours. « Laisse-le digérer sa déception, essaie de te mettre à sa place, il comptait sur toi, il est si fier de l'héritage qu'il te laissera... et que tu dédaignes. » Sa mère avait raison. Et à la voir triste elle aussi, Drina avait failli céder. En fait, elle avait cédé à moitié et promis d'aider à l'ouverture de *La Bibliothèque* et à ses premiers mois de lancement.

Le vestiaire n'avait pas changé depuis que Mathieu en avait trouvé l'élément décoratif quand, recherchant toujours les portes du fumoir *du Normandie* pour compléter *La Chasse* de Dunand et après avoir appris — avec désespoir — qu'elles étaient la propriété d'un M. Chow, tenant restaurant chinois à New York, et tenant aussi, et férocement, à ses portes, il avait découvert, en compensation, une paire d'appliques de Lalique, provenant du grand paquebot. Deux cascades de perles de verre de trois mètres de hauteur diffusant un éclairage d'une douceur laiteuse. On croyait pénétrer dans une grotte magique.

La grotte magique était toujours là et, cachée derrière le rideau de velours gris argent, la rangée de portemanteaux.

Le tabouret où elle s'asseyait jadis n'y était plus, bien sûr. Ni le trou, presque invisible, dans le rideau souvent changé. Elle avait dû y coller son œil pour la dernière fois l'année de ses douze ans, l'année où le charme avait été rompu. Par sa faute, Lucie n'y était pour rien, Lucie était toujours dans son rêve, mais la petite Drina en était sortie.

Cela avait été une aventure belle et triste. Elle avait commencé ce fameux soir où elle avait osé se glisser dans le restaurant à l'heure du dîner. L'envie lui en était venue, tout à coup, et l'avait fait descendre de l'appartement, au troisième étage de l'immeuble. C'était défendu, elle le savait, et, si Lucie ne l'avait pas poussée sous les manteaux dans le fond de la penderie, sa mère ou son père l'aurait aperçue et réprimandée.

— Reste là, assieds-toi par terre, cache-toi derrière les fourrures et ne bouge plus.

Le lendemain, récidivant, elle s'était offert le tabouret et, avec son couteau suisse, elle avait fait une fente dans le rideau. Et c'était ce soir-là que Lucie avait commencé à raconter lorsqu'une dame jeune, belle, élégante, était arrivée accompagnée d'un monsieur un peu plus âgé — pas trop —, aussi beau, élégant et distingué qu'elle. Lucie avait murmuré, en accrochant le manteau de soie de la splendide cliente :

— Regarde-les bien ces deux-là, ne les quitte pas des yeux.

Le couple disparu, Lucie avait ajouté :

— C'est lord Walter Falsdone, marquis de Shesbury et sa

femme, Orietta. Dès que j'aurai le temps, je te raconterai leur histoire.

Les clients ne cessaient d'arriver et de donner leurs vêtements à une Lucie à l'œil brillant qui continuait à dire, entre haut et bas, dès qu'elle rangeait un pardessus ou une fourrure :

— Ah, je suis contente qu'il y ait M. et Mme de Shesbury ce soir, tu vas adorer leur histoire. Et, à la première accalmie, elle avait dit, extasiée :

— En ce moment ils sont assis à table, face à face. Lui, le marquis, regarde Orietta avec tout l'amour du monde dans les yeux et il lui dit : « *Vous êtes le beau Cygne des Shesbury, le fier oiseau de notre blason. Vous êtes mon Orietta, ma vie, mon amour. Croyez-vous maintenant que je saurai vous aimer comme vous le voulez ?* » Et elle lui répond : « *Oh ! Oui Oh ! Oui !* »

— Comment tu sais ça ?

— Pardi, c'est dans le livre. Je le connais par cœur. Il s'appelle *Cœurs ennemis.* C'est le plus beau de Mme Delly.

— Qui c'est Mme Delly ?

— La plus grande romancière de tous les temps.

— Mais... Pourquoi, toi, tu peux savoir que la dame et le monsieur que tu m'as montrés, c'est *eux ?*

— Parce que dès que je les ai vus un soir ici, *je l'ai su !* C'est comme ça que je les imaginais, elle, la plus belle de toutes, lui, si grand seigneur, si royal. Et ils s'aiment à la passion... maintenant. Parce qu'ils ont eu bien du mal avant. Tant de gens méchants étaient jaloux d'eux, du bonheur qu'ils pouvaient avoir, et ils faisaient tout, ces traîtres, pour que le beau marquis de Shesbury et la belle Orietta ne puissent pas accorder leurs cœurs. *Cœurs ennemis,* comme je te dis que ça s'appelle. Ce soir, par exemple, *lui,* et *elle* dînent ici. Forcément, puisque c'est l'un des plus célèbres restaurants de Paris et qu'ils sont, eux, les plus grands seigneurs qui soient. C'est normal.

— Mais c'est pas *vraiment* eux ?

— Qui le dit ? Tu veux que je te raconte comment je suis *presque* sûre que ce sont eux ? On a le temps, la salle est pleine maintenant et personne ne va partir avant au moins une heure. Voilà : il n'y a pas que le marquis et la marquise de Shesbury qui viennent ici. Je t'en montrerai d'autres des aristocrates de Mme Delly qui aiment *Villar et Leduc.* Mais le plus extraordinaire, ça a été l'arrivée du comte et de la comtesse Ormanoff, des Russes. Des Russes d'avant, du temps des tsars. Eux, leur histoire ça s'appelle *Esclave ou Reine.* Serge Ormanoff, gentilhomme slave — on dit boyard, là-bas — fier, dur et terrible, se fait donner en mariage la petite Lise qui a quinze ans, si jolie et si frêle. Et elle est malheureuse, au fin fond de la Russie, dans un château perdu dans les neiges, avec cet homme orgueilleux qui refuse d'être asservi par l'amour, qui lutte pour ne pas l'aimer. Et elle, autre complication, veut garder sa religion à laquelle elle tient plus qu'à la vie. Lui, le comte est orthodoxe — tu sais ce que c'est ? C'est la religion des Russes — alors elle, douce et fragile, elle résiste tant qu'elle peut. Il lui interdit d'aller à l'église catholique, elle y va quand même. Ses femmes de chambre — elle en a au moins six ! — sont affolées, elles disent : « Il va la tuer ! » et elles pleurent. Elle, la comtesse, ne pleure pas, elle dit au comte : « Vous pouvez faire de moi ce qu'il vous plaira, je suis trop faible pour me défendre, mais je souffrirai tout plutôt que de commettre une faute envers Dieu. » Alors il l'attrape par le poignet, juste là où elle a le beau bracelet de diamants qu'il lui a offert — pour tenir son rang, c'est comme ça chez ces gens-là — et fou de rage, il serre tellement que la chaîne entaille la chair si délicate de la comtesse et laisse une grosse cicatrice. Eh bien, tu me croiras si tu veux, quand elle est arrivée ici, celle qui ressemble tant à la comtesse Ormanoff que j'en suis restée bleue, quand elle a enlevé son vison blanc, qu'est-ce que j'ai vu sur son poignet ? *La marque ! La marque du bracelet !* Je te jure, j'ai cru m'évanouir.

— Mais comment tu savais que c'était *elle* ?

— Toujours pareil, j'ai la description dans la tête, je la connais par cœur. Alors, quand j'ai vu entrer cette dame, je me suis dit *c'est elle* !... C'est la comtesse Ormanoff ! Elle aurait dû, aussi, avoir dans ses beaux cheveux aux reflets roux une étoile en rubis..., mais ça, n'est-ce pas, les modes changent, tout ne peut pas être pareil...

— Et tu crois qu'elle a encore mal à son poignet ?

— Oh ! non, le comte l'a tellement embrassée après, là où

il l'avait blessée, qu'elle est guérie, elle a seulement la marque... mais c'est une marque d'amour..., tu comprends ?

La petite Drina comprenait. Éblouie.

Et chaque soir c'était la surprise. Qui viendrait ?

Leur préférée était Myrtô, une superbe jeune Grecque, qui avait épousé, dans les dix dernières pages du roman *L'Exilée,* le non moins superbe prince hongrois Arpad Milcza.

— Tu as vu la longue natte de ses cheveux si blonds ? Le prince veut toujours qu'elle se coiffe comme ça, parce qu'elle venait de faire sa tresse pour la nuit quand le majordome du palais est venu lui dire que le petit prince Karoly, né du premier mariage du Magyar — les Magyars c'est les Hongrois —, était très malade. Une terrible fièvre qui défigurait, laissant des marques horribles sur le visage... si on n'en mourait pas. Et elle, Myrtô, n'a pas une seconde hésité à venir soigner l'enfant ! Elle, si belle, qui pouvait, comme ça, perdre toute sa beauté d'un seul coup ! Alors le prince a dit : « Non ! Pas vous. Oh ! Non, pas vous ! » Et elle est allée quand même auprès de Karoly. Dès cet instant, le prince l'a adorée. Et en souvenir de cet instant, il aime qu'elle se coiffe comme ça et il l'appelle : « *Myrtô, ma lumière !* »

— Ceux qui sont ici ce soir, le marquis et la marquise, ils sont contents, *Villar et Leduc* leur plaît ? Mon père ira leur dire bonsoir ? Qu'est-ce que tu crois qu'ils ont commandé ?

— Oh, le marquis et la marquise de Shesbury mangent à peine !

— Tu le sais ? On dit quoi dans le livre ?

— Mais rien ! On ne s'y occupe pas de nourriture. C'est... comment t'expliquer ? Ce serait trop vulgaire, jamais on ne raconte qu'on mange. Tu comprends, on ne parle que des cœurs, des âmes...

— Mais ils mangent bien quand même... Pour ne pas mourir.

— Si peu qu'on ne le précise pas.

Valderez de Noclare, devenue, après bien des malheurs, duchesse de Ghiliac, et le duc, entrés ici un soir (sortis tout droit d'*Entre deux âmes*) ne toucheraient, eux aussi, d'après Lucie, qu'à peine aux merveilles de la carte.

— Alors, pourquoi ils viennent ? A voir tous ces gens qui ne mangent pas, mon père sera vexé et triste.

Et Lucie, un rien mélancolique, avait dit :

— Oh ! petite, tu ne sais pas encore ce que c'est que l'amour ! Les cœurs, les âmes, c'est ça qui compte, pas les corps, pas les nourritures.

Maxime, sans le savoir, avait fait, un soir, un tort fatal aux prolongements des œuvres de Mme Delly chez *Villar et Leduc*. Il était venu chercher l'étole de la « *Duchesse de Ghiliac* » qui avait froid, en disant :

— Lui, son mari, pas de danger qu'il ait besoin d'être réchauffé, il a déjà descendu sa bouteille de dom pérignon. Elle, elle préfère les douceurs, elle a redemandé une deuxième crème brûlée.

Ainsi *ils* mangeaient et buvaient, et Lucie mentait ! Elle mentait aussi quand elle disait :

— Toi, c'est à *Myrtô, princesse Milcza* que tu ressembleras, plus tard. Vous avez les mêmes cheveux blonds. Tu en feras une grosse natte comme elle... et tu as ses beaux yeux si doux...

Alors la petite Drina, n'était plus descendue au vestiaire le soir..., mais s'était fait monter des desserts. Elle n'était pas aussi sotte que les gens bizarres de Lucie, elle aimait savourer ce que faisait son père. Et cela ne l'empêchait pas d'avoir, elle aussi, un cœur et une âme, puisqu'elle était triste que Lucie lui ait menti...

Malgré les suites étonnantes qu'elle donnait à ses lectures, Lucie était la femme la plus raisonnable qui fût et, chose curieuse, avait les pieds bien posés sur terre. Elle le prouva au moment de « l'affaire du vison », qui d'ailleurs bénéficia de sa romanesque culture.

L'histoire de cette fourrure révolutionna, en son temps, *Villar et Leduc*.

Une cliente avait, à son arrivée, remis son manteau à Lucie et reçu le ticket numéro 14 — cela aurait dû être le 13, mais il y avait longtemps qu'il était retiré de la circulation, parce que parfois on le refusait. Donc, le numéro 14 fut attaché au cintre qui soutenait un vison déclaré « minable » par Lucie. Et Lucie savait de quoi elle parlait. Les plus belles fourrures de

Paris lui étaient passées sous les yeux, et, par les mains, elle était imbattable dans ses estimations. Celui-là, pelé et roussi, ne valait guère plus de deux cents francs chez un fripier.

La dame avait tranquillement dîné avec son compagnon, puis était venue rechercher son manteau. Elle donna son ticket numéro 14, et reçut le vêtement y correspondant. C'est alors qu'elle dit, tout d'abord très poliment, et même avec un sourire :

— Non, cela n'est pas à moi.

Lucie, aussi poliment, dit que si. La dame continua à dire non et le ton monta :

— Cette horreur-là n'est pas mon manteau. Où est mon vison ? *Le mien.*

— Il est là, sous vos yeux, madame.

On n'en sortait pas, et Lucie était d'autant plus sûre d'elle qu'elle avait repéré cette personne dès son arrivée. Elle expliqua par la suite : « Je ne pouvais pas me tromper, elle était le portrait craché de la méchante baronne d'*Entre deux âmes,* celle qui est si jalouse de la belle *Valderez de Ghiliac* et lui a fait mille misères. Elle lui ressemblait trait pour trait, *sauf qu'une baronne n'aurait pas eu un manteau aussi pelé.* » Et de cela Lucie était sûre à s'en faire couper la tête.

Eh bien, malgré l'aide de Mme Delly, *Villar et Leduc* avait dû débourser le prix d'un manteau neuf pour éviter un scandale. Alexandre avait très vite deviné le coup monté et qu'il ne s'en sortirait qu'en payant. La dame disait qu'elle allait retourner dans la salle et dire à tous ceux qui y dînaient comment *Villar et Leduc* volait les visons des clientes. On ne pouvait pas laisser courir dans Paris une rumeur qui ne manquerait pas de s'enfler. Lucie avait dû s'aliter pour digérer cette ignominie, qu'elle appelait aussi « forfaiture ». Ce mot lui plaisait, il devait être emprunté à sa romancière préférée.

Drina regardait autour d'elle en prenant possession du vestiaire. Elle y entendait encore la petite voix de Lucie. Innocente et délicieuse Lucie, qui continuait à acheter les rééditions de ses romans chéris « pour être sûre d'en avoir toujours quand les anciens seront trop usés ». On s'étonnait qu'elle en ait encore besoin — ne les savait-elle pas par cœur, les vies superbes de ses superbes héroïnes ? Alors elle répondait : « Et si je perdais la mémoire ! Ça s'est vu des gens qui, du jour au lendemain, ont eu la tête vidée de tout. Ah, ce risque-là je ne veux pas le courir ! »

Les clients commençaient à arriver. Qu'en aurait dit Lucie ? Y avait-il toujours autant de nobles dames, éthérées et sans appétit, venues ici, escortées de leurs puissants seigneurs, parce que c'était l'un des plus beaux et plus célèbres restaurants de Paris et qu'on devait s'y montrer ? C'eût été méchant de se moquer de la douce fanatique de romans roses, chacun situe son rêve où il le peut, bien heureux déjà d'avoir des rêves ! Et Drina soupira, discrètement, tout en souriant à une jolie dame. Avait-elle, celle-là, les yeux charmeurs des héroïnes de Mme Delly ?

Que non ! Elle ne se donnait même pas la peine d'offrir un semblant de sourire automatique et tendait son manteau avec un regard dépourvu de toute aménité. En revanche, celui de son compagnon débordait d'une surprise que l'on pouvait qualifier d'admirative. Les habitués, s'attendant au visage ratatiné, aux cheveux rares et frisottés, et à la courte taille de Lucie — elle devait se dresser sur la pointe des pieds pour aider les hommes à endosser leur pardessus —, demandaient, en s'y attardant trop parfois, des nouvelles de l'absente. Irritation de deux ou trois dames. Et soudain, avec un rire intérieur, Drina se dit : « Suis-je ce soir *Orietta, Valderez, Myrtô* ? » Elle se vit alors dans le miroir qui lui faisait face. Elle avait eu raison d'emprunter ce fourreau noir à sa mère, si parfait pour le service et idéal faire-valoir de son teint. Il faudrait penser à porter du noir plus souvent, la nappe de ses longs cheveux s'étalant sur le tissu sombre en paraissait d'un doré plus intense. Elle ressentait, à se savoir belle, un bien-être — on pouvait sans doute appeler cela un bonheur — qui soudain l'exalta, l'amenant à se dire qu'accepter ce qu'on lui proposait ici n'aurait sans doute pas été si pénible, parmi tous ces hommes courtois et... même plus que cela.

Cette pensée l'écœura. Était-elle femme à se contenter d'attendre celui qui devrait prendre soin d'elle et combler son cœur et son corps ? Grâce à Dieu, non ! Elle devait prouver sa personnalité et son indépendance, échapper à ce restaurant où on l'avait façonnée, depuis l'enfance, en fonction de lui seul. Car, pas un instant, on n'avait envisagé qu'elle pourrait avoir envie de faire autre chose que de vivre pour la gloire de *Villar et Leduc*. Et elle se demanda, tout à coup, si ce qui l'avait longtemps empêchée de réagir n'était pas l'inconscient engourdissement où elle se complaisait, dans le lait et la crème de la tendresse familiale, et où toutes les décisions étaient prises pour elle.

Comme, machinalement, elle se regardait encore dans le mur de miroir qui lui faisait face, elle s'adressa un petit sourire, était-ce le moment de ressasser tout ça ? Alors elle entendit quelque chose en elle lui répondre que ce qui la perturbait depuis son retour de l'étranger, c'était d'avoir dû prendre seule une décision et d'en ressentir, en même temps qu'une libération, une certaine angoisse.

Et pourquoi n'était-elle pas encore partie, pourquoi n'avait-elle pas déjà, sinon oublié *Villar et Leduc*, du moins mis une bonne distance entre elle et lui ? Alors la même petite voix lui dit que, ce qu'elle espérait, sans peut-être le savoir vraiment, c'était que cette décision d'aller vers autre chose, elle aurait voulu que ceux qui l'aimaient, ceux qui hier encore décidaient pour elle, l'aient prise avec elle. Elle sut alors combien elle avait attendu que son père, sa mère, Carla et Mérotte lui disent : « Est-ce bien ici que tu veux vivre ? »

Regardant toujours dans le miroir la jolie fille qui lui faisait face, Drina se disposa à s'attendrir sur elle. Ce qui ne fut pas, trop de gens arrivaient encore.

Certains se demandaient s'ils oseraient lui donner un pourboire. D'autres, au contraire, n'hésitaient pas à en laisser un plus que royal discrètement déposé dans la coupe où Lucie mettait en évidence ses épingles. « On a toujours besoin d'épingles, petite. Les épingles, dans la vie, c'est plus important qu'on croit. » Elle aurait la bonne surprise, à son retour, de les découvrir, ses précieuses épingles, sous une couverture de billets de banque, la pauvre Lucie qui devait — aspirine aidant — transpirer en ce moment sous son édredon rouge. Laquelle de ses belles histoires se racontait-elle ? De quel mirifiques personnages était-elle entourée pour s'évader de sa grippe et peut-être aussi de la pauvreté de son deux pièces niché en haut de la butte Montmartre ? Laide petite vieille-fille sur laquelle aucun homme n'avait jamais dû jeter un regard, rêvait-elle, la fièvre aidant, plus à ses beaux héros qu'à ses belles héroïnes ?... Il y en avait un qui, autrefois, avait ses préférences passionnées, son fier, hautain, mais irrésistible quand même, prince magyar — celui dont une femme perverse avait durci le cœur, mais qu'une autre, aussi sainte que belle celle-là, réconciliait avec l'amour. Lucie disait : « Il y a des portraits de lui partout dans ses châteaux. Des portraits au regard impérieux qui font baisser les yeux à tous. Si tu avais vu ce regard, il vous faisait frémir... et en même temps il était irrésistible ! »

Or, à cet instant précis — et ce sont choses auxquelles il faut croire parce qu'elles arrivent — à cet instant-là, Drina le rencontra ce regard *irrésistible* du noble magyar..., mais dans les yeux d'un grand et beau jeune homme brun qui la contemplait, en souriant.

Gaétan !... Gaétan, que toutes les filles de Cornell disaient, précisément, *irrésistible*.

Gaétan Dubellet ! Diplômé un an avant elle et qui, au lieu de se trouver Faubourg-Saint-Honoré, aurait dû être en Amérique, marié à cette richissime Bostonienne qui était folle de lui.

Gaétan, la coqueluche, la célébrité de l'université, allait dîner ici ce soir ?

Pas tout à fait ! Il venait s'entretenir avec Alexandre de la possibilité pour lui d'un stage de sommelier chez *Villar et Leduc*.

— Tu veux être sommelier ? *Toi ?*

Sommelier, cet œnologue déjà « distingué », cet héritier futur de beaux vignobles paternels en Touraine ? *Sommelier*, le superbe Gaétan ?

Il souriait toujours, et disait : « Et pourquoi pas ? » Le complément parfait à l'étude des vins n'était-il pas dans la pratique du service de ces vins ? Où mieux jouir des plus beaux parmi les plus grands, les plus nobles de ces nectars, que dans une cave aussi superbe que celle de *Villar et Leduc* ?

Elle souriait à son tour. Que disait donc ce célèbre sommelier, qu'elle avait traduit, un jour, à Cornell lors d'un cours d'œnologie ? « Les grands vins ont été créés pour être consommés avec de la nourriture, le rôle des chefs est des plus importants. C'est cette association qui devient incomparable, unique[1]. » Et c'était *Villar et Leduc* que Gaétan avait choisi pour y vivre cette expérience exemplaire !

Restait à savoir si Alexandre, lui, choisirait Gaétan.

A cette pensée, elle frémit. Elle avait si souvent entendu son père vitupérer ce qu'il appelait les jeunes loups de la sommellerie qui arpentaient en conquérants les plus belles caves du monde. De vrais fauves, ajoutait-il, et qu'il faudrait noyer.

Comme Maxime venait chercher le jeune homme pour le conduire dans le bureau d'Alexandre, elle les regarda s'éloigner, inquiète. Gaétan avait dit : « Nous bavarderons encore un peu après mon entrevue. » Mais, quand il reviendrait, serait-ce, refusé par son père, pour disparaître à nouveau de sa vie ? A l'intensité de son angoisse elle mesura que cette année passée loin de Gaétan ne l'avait pas guérie. Et elle se laissa tomber, jambes coupées, sur la petite chaise de Lucie.

Alors, en brèves mais intenses images, elle se revit à Cornell.

Tout avait commencé à l'heure du premier repas pris à l'université.

Elle s'apprêtait, désorientée, perdue — elle ne connaissait encore personne, même pas sa compagne de chambre qui n'arriverait que le lendemain —, à entrer dans l'immense salle-réfectoire bruissante de cris, de rires et de bruits de vaisselle, lorsqu'elle avait soudain senti son bras saisi par un grand garçon qui lui disait, en français :

— Entre avec moi et viens à ma table.

Avec lui, elle avait rejoint un groupe qu'elle avait suivi, son bras toujours sous celui de ce Français autoritaire. Et elle

1. Georges Lepré, *Magie d'un palace et de ses vins*, Éd. Olivier Orban.

s'était assise sur la chaise voisine de la sienne qu'il lui désignait d'un geste. Elle l'entendait dire, comme dans un brouillard :

— Nous faisons une place à ma jolie petite compatriote qui va elle-même vous dire qui elle est.

En entendant son nom, Gaétan avait demandé :

— Leduc ? Pas celui de *Villar et Leduc,* pas celui du grand Mathieu et du grand Alexandre.

— Mais oui !

Alors tous, autour de la table, avaient longuement sifflé d'admiration.

— Quel pedigree ! lui avait murmuré Gaétan. Tu ne trouves pas ta couronne trop lourde à porter ?

Elle se sentait au contraire légère, si légère... jusqu'à ce qu'elle ait croisé le regard de cette fille aux airs d'impératrice et appelée Samantha. Deux yeux du plus beau des bleus de mer profonde et chargés, bourrés d'explosif.

Comme on lui demandait de parler des écoles culinaires en France et qu'elle répondait être passée par Ritz-Escoffier, ils avaient tous porté — avec Coca-Cola — un toast à M. Ritz, à M. Escoffier, à M. Mathieu, à M. Alexandre Leduc... et à elle !

Tous, sauf Samantha.

Ce n'était qu'à l'arrivée de sa compagne de chambre qu'elle avait appris l'horreur, l'opprobre suprême qui vous marquaient à jamais si vous pénétriez seule et sans savoir à quelle table aller vous poser à ce premier lunch.

— Tu ne le savais pas ? lui avait demandé, un peu plus tard, Gaétan, croisé sur le campus.

Non, elle ne savait pas.

— Il faut se renseigner, mon enfant. Il faut étudier les mœurs des indigènes avant de venir dans un pays inconnu. Une entrée ratée, dans n'importe quel monde, reste une entrée ratée, ineffaçable. Et je t'ai évité ça.

— Pourquoi à moi ? Il y avait ce jour-là d'autres filles seules en perdition de réputation ?

— J'ai volé au secours des plus beaux yeux violets du monde.

Elle avait dit alors, et si sottement :

— Coloration de l'iris dépendant uniquement de la rencontre miraculeuse entre le nombre et la distribution des cellules pigmentées. Sans plus.

— Ne crache pas dans la soupe, enfant, ou Dieu te punira. Il n'aime pas distribuer des trésors à des ingrats.

Elle l'avait guetté le dimanche suivant à l'église et apprit qu'il partait chaque week-end pour Boston dans une famille *old money* des plus aristocratiques où elle fut vite sûre qu'il devait être parfait, suffisamment brillant — pour intéresser et être réinvité —, mais pas trop afin de ne pas éclipser les autres hommes qui auraient pu en prendre ombrage.

Elle le voyait assez peu, leurs horaires n'étaient jamais les mêmes, il avait son clan, elle avait le sien. Elle n'avait plus pris de repas en sa compagnie. Samantha avait dû y veiller. Ils avaient parfois, s'il leur arrivait de se rencontrer sur le campus, de petites conversations. Et elle n'oubliait jamais ce qu'ils s'étaient dit.

Comme elle le complimentait, un jour, sur son anglais parfait, il s'était récrié :

— Oh ! Ce ne sera jamais pour nous qu'une langue acquise. Les plaisanteries, pour ne parler que d'elles, nous laisseront souvent un peu en arrière. Et puis n'oublie pas nos petites habitudes européennes dont nous nous débarrasserons difficilement... La marionnette toujours... Regarde Samantha quand elle parle, elle, on ne voit même pas remuer une phalange de son plus petit doigtr, tandis que nous... Hélas.

Il riait. Samantha, Samantha encore.

Il était celui qui savait raconter des histoires qui passionnaient son auditoire. Il avait un répertoire d'anecdotes sur la cuisine en France qui le parait d'un rayonnement magique. Il était riche d'une boîte à merveilles d'où il tirait le récit qu'il fallait quand il le fallait.

Car il n'imposait jamais rien. Il attendait qu'on ait envie de l'écouter, mais n'allait pas jusqu'à sottement se faire prier. il avait au plus haut point le sens de la mesure.

Les filles le disaient envoûtant. Et elle, Drina, se sentait alors toute lustrée de sa gloire. A l'époque, elle ne se savait pas encore amoureuse de lui. Elle s'en croyait tout juste patriotiquement fière.

Il lui arrivait de noter quelques-unes de ses formules préférées. Il disait : « Ne pas prétendre, dès le départ, au niveau le plus élevé est une faute d'amateur. Et il n'y a pas de place pour l'amateurisme dans l'organisation de son unique vie terrestre. » Ou bien : « Et si le bonheur n'était qu'une ambition de second ordre ? » Ou encore : « La marque de l'esprit qui n'est pas arrivé à maturité, c'est de vouloir mourir noblement pour une cause, alors que celle de l'esprit mûr c'est de vouloir vivre humblement pour elle. » C'était extrait de leur livre favori *Catcher in the rye*[1]. Mais Gaétan disait que lui supprimait « humblement ».

Il était la courtoisie même, et sans affectation, disant qu'il fallait faire d'elle un art suprême.

Il avait raconté un jour être venu de sa province natale à Paris, pour la première fois, à l'âge de douze ans. Ébloui, il avait, en repartant, voulu écrire à M. le maire de Paris. Comme sa mère en riait, il lui avait très sérieusement fait remarquer : « Tu m'as toujours dit qu'après avoir été reçu chez quelqu'un il faut le remercier. Et une ville, c'est plus encore qu'une personne. »

Subjuguées, les Américaines lui demandaient :

— Et vous l'avez fait ?

Il l'avait fait.

Des caves paternelles on lui avait envoyé, avec l'autorisation de la direction de l'université, deux caisses d'un certain chinon 1955 et quelques clayettes de fromages de chèvre de sa Touraine natale. Il s'agissait de tenter une petite expérience que l'un des plus éminents œnologues[2] proposait.

On goûtait tout d'abord le vin avec un chèvre de Sainte-Maure bien caractéristique et assez puissant de goût. Puis, avec un simple caillé de chèvre tout frais, perdant encore son petit lait et arrivé par avion la veille même.

Avec le premier fromage, le chinon boudait, ne livrait presque rien de sa grâce et de son charme.

1. *L'attrape-cœur* de Salinger.
2. Jacques Puisais.

Avec le second... Ah, avec le second, ce que vous buviez « devenait transparent, éclatait, chantait, racontait des promenades en sous-bois aux odeurs de champignons, d'humus, et aussi des escalades dans les cerisiers aux fruits juteux ».

Elle avait pu assister — un peu en fraude — à cette dégustation et au brillant exposé de Gaétan qui avait suivi...

Et c'est là qu'elle avait su, tout à coup, qu'elle aimait ce garçon.

A jamais cette révélation serait associée à la saveur fruitée de ce chinon. Désormais, classé dans ces souvenirs que chaque vin doit évoquer, — ces souvenirs qui doivent servir de comparaison pour apprécier et juger — toujours s'imposerait à ce petit goût de cerise qui lui restait en bouche le fulgurant de cette révélation : elle aimait Gaétan !...

Puis, alors qu'elle était dans la lumière éclaboussante de cette constatation, lui était parvenue la voix de Samantha, douce, insinuante et s'adressant à Gaétan :

— *Darling*, les fromages... même faits du lait de jolies petites chèvres françaises, c'est bien. Mais ce vin goûté sur les lèvres de l'Américaine qu'on aime, n'est-ce pas plus exquis encore ?

Et Gaétan, doucement aussi, avait répondu :

— Nous étudierons ça ce soir.

Au bal du *Thanksgiving Day* [1], contre toute attente, il l'avait invitée à danser, alors qu'il avait paru la fuir les jours précédents. Et, comme elle le regardait, croyant pourtant bien cacher sa joie et son émotion, il lui avait murmuré :

— Par pitié, ne me regarde pas comme ça.

Et il paraissait ému. Pourquoi ?

C'était la question qu'elle s'était posée tout le reste de la nuit où elle avait été incapable de trouver le sommeil.

Dès lors, il s'était contenté, lorsqu'il la rencontrait, de lui dire un petit bonjour et de passer.

---

1. Fête célébrée à l'origine par les premiers pèlerins pour remercier le Seigneur de leur arrivée en Amérique. Décrétée fête nationale par Abraham Lincoln (quatrième jeudi de novembre).

Alors qu'elle terminait sa seconde année d'université et lui sa dernière, il était monté sur le podium recevoir son parchemin et avait eu la plus belle des ovations de ses camarades. Il portait la toge noire avec élégance et le bonnet carré à gland sans ridicule.

Elle savait que, si elle allait lui dire adieu, elle fondrait en larmes. Elle s'était enfermée dans sa chambre.

Et maintenant il était là, tout près d'elle, à quelques mètres à peine !

Il lui avait souri, comme en ce premier matin avant de la faire entrer avec lui dans la grande salle de réfectoire, de ce sourire *irrésistible et impérieux* à la fois... comme celui du prince magyar de Lucie.

Elle s'aperçut, tout à coup, qu'elle tenait toujours le Burberry qu'il lui avait laissé en partant avec Maxime. Elle garda les mains posées dessus.

Et s'il était marié ? Samantha l'attendait peut-être quelque part dans Paris ? Elle se persuada vite que, gendre du propriétaire de l'une des plus importantes chaînes hôtelières américaines, il n'aurait eu que faire d'un stage de sommelier chez *Villar et Leduc*. Alors, une autre femme peut-être ? Il avait dû en rencontrer tant et qui n'attendaient qu'un signe de lui.

Parce qu'elle ne savait plus très bien où elle en était et que tout se bousculait dans sa tête et dans son cœur, elle oublia soudain incertitudes et angoisses pour s'attendrir sur ce geste à la fois protecteur et affectueux qu'il avait toujours eu pour elle — et ce soir encore —, cette petite tape amicale sur l'épaule qui disait : « Ne t'en fais pas, je suis là. »

Il revenait. Content ?

Il s'avançait vers elle, lui semblait-il avec une certaine nonchalance contrôlée et une joie contenue. Elle l'avait vu ainsi à Cornell après son éblouissante démonstration sur les vins de la Loire. Alors elle sut qu'il avait gagné et que son père avait été séduit lui aussi.

Gaétan, la voix posée — mais elle y décelait l'accent du triomphe —, disait :

— J'accompagne votre chef sommelier, M. Albert, à une *verticale* [1] demain. Si je m'y conduis bien, je crois que je passerai un an ici. Je commencerai lundi.

Un an ! Merci, les anges, comme aurait dit Mérotte.

Lundi ? Et on était déjà vendredi. Dans deux jours...

Pour la première fois depuis bien longtemps, Drina vit un soleil matinal et dominical pénétrer dans sa chambre avec la joie d'autrefois, celle de la petite fille heureuse d'avant Cornell et Gaétan.

Il faisait beau et chaud, Mérotte viendrait déjeuner, la table serait mise sur la terrasse qui dominait Paris.

De la cuisine de l'appartement, le laboratoire personnel d'Alexandre, on sentait déjà... Quoi donc ? Elle s'étira avec volupté dans ses draps frais et tenta de deviner. *Le parmentier de lapereau à l'aneth* *, elle l'aurait juré. L'un de ses plats préférés. Alexandre capitulait ? Alexandre pardonnait enfin ?

La veille, il lui avait dit :

— Pas mal du tout, ton petit copain de Cornell. Pourquoi ne m'en avais-tu jamais parlé ?... Tu savais qu'il avait déjà fait un stage au Ritz ?

Que savait-elle de Gaétan *vraiment*, si ce n'était qu'elle l'adorait ?

Elle avait répondu :

— Cornell, ce n'était déjà pas rien.

— Pardi ! Trente mille dollars par an !

Mais il riait. Et il avait vu qu'elle avait rougi.

Les maîtres de *Villar et Leduc* ne prenaient qu'un jus de fruits et une tasse de thé — sans sucre — en guise de petit déjeuner. C'était la règle, draconienne et respectée. Aussi respectée que le départ au mois d'août en thalassothérapie avec régime basses calories pour perdre les deux kilos pris dans l'année. Drina, pour la première fois depuis son retour, avait

1. Dégustation de vins de même domaine, de même appellation, de millésimes différents.

envie d'un énorme café au lait avec brioches... Mais plus encore, se dit-elle, de se remémorer sa conversation de la veille avec Albert.

— Monsieur Albert, comment s'est-il comporté à votre *verticale*, mon ancien condisciple d'université ?

— Comment ? Albert riait et ajoutait : Je voulais, justement, te demander si on vous avait donné du Coca-Cola ou du chambertin à boire dans votre école. Et ton petit ami a même dû en téter dans ses biberons parce que le chambertin et lui, c'est comme qui dirait deux frères siamois. Hier, nous avions quinze millésimes différents à repérer. Il n'a hésité que pour deux, et, tu sais, je l'avais à l'œil, et il ne parlait pas aux voisins. Il n'était en bavardage qu'avec lui-même et ses papilles. Entre le 71 et le 78, superbes tous deux, on peut réfléchir un peu, même moi, parfois... Pas lui, le bougre. Et puis, dès le début de la dégustation, j'étais décidé à faire acheter à ton père du 87 de garde, qui sera assez éloquent plus tard. Il l'avait noté lui aussi, comme seule acquisition possible pour nous !. Alors je lui ai fait un petit croche-pied, pour achever de voir jusqu'où il allait :

« — Le 70 bien tendre, bien fruité, tu en penses quoi ? On en prend ?

« Il a ri.

« — Vous voulez m'obliger à dire ce que vous savez si bien ? Qu'il n'évoluera pas, qu'il se fane déjà ? Eh bien, je vous le dis et je ne me vexe pas, après tout, je passais mon examen final ce matin, n'est-ce pas ? »

Entre haut et bas, Mérotte avait dit à Alexandre :

— J'avais raison ou j'avais pas raison ? Je le savais qu'elle était amoureuse.

— Oh ! N'allons pas si vite.

— Il est bien au moins ?

— Plus que ça... et, grâce à Dieu, il est de la profession. J'ai eu tellement peur qu'elle me ramène un étudiant en sociologie ou un poète de troisième ordre...

— Il n'y a jamais eu de troisième ordre chez vous, pourquoi tu voudrais que celle qui a fait le plus d'études nous en ramène... Et, d'abord, il est venu tout seul on dirait.

— Oui, il est venu de lui-même. Elle ne s'y attendait pas, Viviane en est sûre, et aussi qu'elle doit l'aimer depuis l'université.

— Alors elle a le cœur qui saute de joie ?

A l'autre bout de la terrasse, Drina devinait qu'on parlait d'elle, et regardait les toits de Paris.

Autrefois, quand son père avait fait aménager ce qu'ils appelaient leur septième ciel, elle en était, fascinée, la constante occupante, même sous la pluie.

Ce bonheur, cette plénitude qu'elle ressentait en ce moment, ce n'était pas de son cœur seulement qu'ils venaient. Cela tenait aussi à la qualité de l'air, à cette chaude odeur de Paris qui arrivait ici comme diluée dans la grande luminosité de la terrasse, ou à l'ombre douce que le parasol en toile grège posait sur la table autour de laquelle Viviane s'affairait. Seule. Elle ne voulait pas d'aide. Ce lui était une joie de sortir du vieil écrin frappé aux armes du comte d'Artois les couverts de vermeil qu'elle avait dénichés un jour et rapportés chez elle comme une pie voleuse.

— Alexandre, songe que Marie-Antoinette, quand elle dînait chez son beau-frère, s'en est peut-être servie... Sûrement même...

Viviane ne collectionnait pas pour mettre en vitrine. Aujourd'hui le *parmentier de lapereau à l'aneth* se prélasserait dans de la porcelaine de la Compagnie des Indes, et le *turban de pommes à la cannelle** sur du chine bleu XVIIIe fouetté d'or.

En fait, tout était semblable à un autre dimanche ensoleillé... sauf elle, Drina. Et cela parce que dans l'un des immeubles de la ville — elle ne lui avait pas demandé où il habitait, mais son père devait le savoir — il y avait Gaétan qui pensait peut-être à elle. Ou, en tout cas, à *Villar et Leduc*.

Ce qui la bouleversa soudain et qui n'était pas du tout semblable aux autres dimanches, c'était le vin blanc que son père avait préparé ; un montrachet, Marquis de Laguiche de 1983 ! Elle dit, la voix adoucie d'émotion, en la voyant : « Oh ! Cette bouteille ! »

Alexandre lui fit un petit clin d'œil complice, qui pouvait

vouloir dire mille choses et qui mit une buée sur son regard. C'était tout l'autrefois et c'était aussi le présent. C'était bien sûr, et avant tout : « Nous faisons la paix, n'est-ce pas ? » Mais c'était aussi le souvenir de grand-père Mathieu dont c'était le vin préféré. Il disait de lui : « Mgr Montrachet à saluer bien bas et à boire à genoux tête découverte. » Phrase qu'il avait fini par croire de lui, bien qu'elle fût d'Alexandre Dumas.

... Elle avait treize ans quand Mathieu avait commencé « l'éducation de ses papilles ».

— Il est temps d'apprendre. Je te vois avaler comme n'importe quoi ce qui est loin de l'être, et, comme dit l'autre, ça me fend le cœur. Nous allons parler un peu des trésors que tu as la chance de trouver rassemblés ici, ma princesse, il est temps de les mériter. Parce que savoir apprécier, petite, ça se mérite, c'est la récompense d'un long, sérieux et intelligent travail sur soi-même. Je t'ai regardée du coin de l'œil quand on verse un peu de vin dans ton verre : Tu as le don de départ. Tu aimes, c'est déjà ça. Mais tu aimes comment ? Tu dis : « C'est bon ! » Ça ne suffit pas, ma princesse. Il faut aller plus loin. Et je vais t'aider. Mais avant, je veux te dire quelque chose d'important et qui est ce que je crois : tout vin, même le plus humble, même le sang-grade, est respectable. *Aucun* ne mérite je ne dis pas le mépris qui serait ici un mot sacrilège, mais l'indifférence. Chaque vin, d'où qu'il vienne, est digne d'estime parce qu'il est né du travail conjugué de la terre, du soleil, du vent, de la pluie et de l'homme, voire de son génie. Le plus petit vin que le plus pauvre des paysans t'offrira, tu dois le respecter comme don suprême de Dieu. Tu nous entends trop, ici, parler des rois, des seigneurs, il n'y a pas qu'eux. N'oublie jamais les autres...

Mais, bien sûr, c'était surtout des grands qu'il avait voulu qu'elle s'approche.

De ce montrachet il disait : « Bon, celui-là, allons-y, n'ayons pas peur des mots, c'est le plus grand blanc du monde. Tu te rends compte de ce que ça veut dire ça : *le plus grand vin blanc du monde* ? Et je ne peux même pas te raconter comment le bon Dieu l'a fait, Lui-même ne le sait sûrement pas très bien. Je suis sûr que c'est parce qu'il s'est un peu emmêlé les pinceaux qu'on a eu droit à cette sublimité. Il a un peu trifouillé sol, climat, exposition, et, si on analyse — et on l'a fait, crois-moi ! —, on ne sait pas pourquoi plus ici que là le miracle peut s'accomplir... Bref, Il a dit, Lui : « Ici sera le montrachet », ici où, aux jours les plus longs, le soleil dorera encore les cépages jusqu'à plus de neuf heures du soir. On dit que, fatigué d'avoir créé cette merveille, Il s'est assis, pour se reposer... Alors, regarde-le ce vin, de plein cœur et l'âme vibrante. Et je vais te présenter à lui, parce que toute princesse que tu sois, Lui, il est le roi montrachet et c'est toujours toi qui lui devras la révérence... C'est *quelqu'un* un grand vin, ma petite fille, et tu vas voir comme c'est beau de découvrir pourquoi il est si superbe...

Plus tard, après la mort de Mathieu, c'était Alexandre qui avait continué à l'éduquer. Longtemps il avait dit : « Comme l'affirmait mon père... » jusqu'à ce qu'il avançât ses propres convictions. Elle avait pensé, à cette époque, qu'il était désormais le vrai maître de *Villar et Leduc* et pas seulement le successeur de Mathieu.

Dans le silence, qu'un roucoulement de pigeon ne troublait pas, mais plutôt amplifiait, ils goûtèrent leur vin.

Et ce fut Mérotte qui, n'en pouvant plus d'attendre, dit :

— Parlez-moi donc un peu de ce jeune sommelier que vous venez d'engager.

Et avant que Viviane ou Alexandre aient eu le temps de répondre, Drina s'élança, radieuse :

— Ah, toi qui aimes les belles histoires, il faudra que tu lui en demandes, si un jour tu le vois ! C'était sa spécialité à Cornell. Elles faisaient le tour du campus. Il y avait même une fille qui les avait recueillies, comme des recettes, dans un cahier, et qui disait : « Plus tard, quand je serai vieille, je raconterai à mes enfants que c'était d'un beau Français que je les tenais. »

— Quel genre d'histoires ?

— Celle des deux saumons, par exemple. On la lui redemandait souvent, parce qu'il l'enjolivait chaque fois. Il commençait par décrire le château de Valençay, puis la salle à manger et enfin la grande table éclaboussée de lumières, d'argenterie, ruisselante de fleurs et de fruits en pâte d'amande, vivante d'oiseaux chantant dans des cages de sucre filé, et présidée par Talleyrand, plus royal qu'un roi, et dont on aurait presque pu croire que lui, Gaétan, l'avait intimement connu. Il y avait des filles persuadées qu'il parlait de l'un de ses ancêtres, et elles buvaient ses paroles comme du champagne. Quand il avait bien chauffé son auditoire, il disait : Donc, saumon au menu ce jour-là, venu de la Loire, évidemment.

« Or, le prince avait commandé un poisson et on lui en avait envoyé deux. Aussi beaux l'un que l'autre. Lequel choisir ?

« Il eût été superbe de les servir ensemble. Mais pas pour douze convives à peine, cela aurait paru prétentieux. Comment montrer quand même cette magnifique paire ? Son Altesse souhaitait vivement marquer ce dîner-là de sa somptuosité.

« Alors ?

« Alors le grand Carême les prépara tous deux sur des plats d'argent aux armes des princes de Sagan. On les étendit, tout roses, l'un sur un lit de narcisses, l'autre sur une couche de violettes.

« Lequel servirait-on le premier ?

« Celui aux narcisses, décida le maître.

« Le plat arriva, porté par le valet en livrée, de ses mains gantées de blanc. Et le domestique, soudain, trébucha, et tomba. Homme, plat d'argent, saumon s'étalèrent sur les tapis dans une pluie de narcisses.

« Consternation des convives.

« Et la voix impérative du prince :

« — Qu'on en apporte un autre !

« Arrivèrent les violettes et le second poisson, encore plus superbement rose, dessus. Et le valet n'avait pas l'ordre de trébucher cette fois-ci... parce qu'il n'y avait pas un troisième saumon à exhiber !...

« C'est une belle histoire, n'est-ce pas ? Mais celle qui plaisait plus encore était celle du duc d'Aumale. Il y avait des filles que Gaétan émouvait en la racontant. Écoute-la, Mérotte : en 1841, le fils de Louis-Philippe, colonel au 17e léger, défilait avec ses troupes devant le vignoble du Clos-Vougeot.

Alors Son Altesse commanda à ses soldats de présenter les armes[1] ! Et les filles disaient avec des tremolos dans la voix : " La France ! Où les princes font saluer leurs vins par leur armée ! "...

« Qu'est-ce que vous dites de ça ?

Mérotte, Alexandre, Viviane n'en disaient rien, de cette histoire, parce qu'ils s'en disaient trop en eux-mêmes sur cette Drina qu'on leur avait changée.

Depuis combien de temps n'avait-elle pas été si gaie ?

Ils la regardaient, attendris, redemander de l'entremets, du *turban de pommes à la cannelle,* dont elle disait : « Je crois que j'en reprendrai encore un peu à quatre heures. »

Il y avait des éclaboussures de lumière sur les couverts de vermeil du comte d'Artois, et il y en avait plus encore dans les yeux de Drina.

On avait fini le montrachet, et Alexandre, heureux, se disait qu'il avait bien envie de créer un nouveau dessert, deux ou trois idées lui en venaient. Et Viviane, heureuse aussi de la bonne humeur de son époux, pensait que, pour *La Bibliothèque,* il n'y avait peut-être plus de souci à se faire : Drina leur était revenue.

Son verre à la main, Drina décidait tout à coup qu'elle raconterait à Gaétan ce que son grand-père Mathieu lui avait répondu, la toque un peu chavirée de côté, comme souvent s'il avait chaud et venait de s'éponger le front avec son mouchoir, quand elle lui avait demandé :

— Il faut être riche pour les boire les montrachet, les pétrus, les yquem et quelques autres ?

— Il ne faut pas être pauvre, bien sûr. Il n'est pas nécessaire non plus d'être très riche. Mais ce n'est pas ça qui compte. Il y a ceux qui savent boire en princes, et qui ne sont peut-être pas les plus riches, et il y a ceux qui le sont, mais qui ne sauront jamais boire comme des princes...

— Ça veut dire quoi, boire comme des princes ?

— Ressentir toute la grandeur de ce que l'on a dans le

---

1. Édouard Nignon, *Éloge de la cuisine française,* Éd. François Bourin.

verre, puis dans la bouche, toute l'intensité, toute la succulence du vin. Avoir le goût noble. Être un vrai *grand* du goût, un prince, je te dis... et tiens, une toute petite chose en plus : M. Akira Satomi, notre milliardaire japonais amateur passionné d'yquem et qui le boit avec volupté, a toujours l'extrême courtoisie de faire laisser dans la bouteille la valeur d'un verre destiné à Albert. Et ça, c'est d'un prince aussi.

— Mais ceux qui *ne peuvent pas* résister à l'envie de la finir leur bouteille ?

Mathieu riait.

— A ceux-là, ma belle, il faut pardonner, et Albert pardonne parce que, bien sûr, il les comprend.

Il restait peut-être une dernière goutte de montrachet, Drina renversant la bouteille attendit qu'elle atteigne son verre et la but.

Alexandre et Viviane l'avaient regardée faire et ne lui dirent pas : « Tu te marieras cette année », mais si leurs bouches étaient muettes, leurs yeux étaient si éloquents qu'elle avait dû détourner les siens.

Et, pendant ce temps, Mérotte, en revenant à cette présentation des saumons dans des lits de narcisses et de violettes, se disait que son Félicien aurait apprécié. Il avait toujours gardé un petit carré de terre en réserve pour y faire venir des fleurs à apporter, là-haut, à la maison du cantonnier.

*

Chez *Villar et Leduc,* les sommeliers ne portaient ni gilet, ni rondin, ni grand tablier. Ils étaient, comme les maîtres d'hôtel, en costume sombre. Seule, à leur boutonnière, la grappe de raisin, de vermeil ou d'argent selon leur grade, disait leur fonction.

Pendant trois mois, Gaétan passa ce qu'il appelait des heures « d'ivresse cérébrale, méthodique et raisonnée » à se familiariser dans les caves de *Villar et Leduc,* avec les quelque quatre-vingt mille bouteilles qui y dormaient. Et il lui arrivait d'en émerger, émerveillé et incrédule à la fois.

— Savez-vous, monsieur, disait-il à Alexandre, combien vous avez de pétrus 1971 ?

— Si je le sais ! Ça m'a coûté assez chaud d'en payer la moitié à ma sœur ! Parce qu'il est entré ici du temps de mon père et qu'on a dû l'expertiser à sa mort quasiment au prix du rubis. Oh, j'aurais pu partager les bouteilles avec *La Table des dames,* mais, tu me comprends, je n'ai pas pu, autant se couper un bras !

Il le tutoyait, parfois, son jeune sommelier, dans ses moments d'expansion ou d'émotion. Et il espérait bien pouvoir le tutoyer pour une autre raison sous peu. Bien qu'il sache qu'il ne fallait pas s'emballer. Le garçon paraissait bien, mais on devait attendre. Sans aller jusqu'à devoir manger un sac de sel ensemble pour se connaître vraiment, comme disait Mérotte, la sagesse serait de laisser passer un peu de temps.

Et les soixante-dix personnes composant les brigades des cuisines et des salles suivaient tout cela avec sympathie.

Parce que Gaétan avait autant de succès ici que sur le campus de Cornell. Sa fameuse courtoisie et son irrésistible sourire, mis à portée de chacun, ponctuaient une constante ardeur au travail. Albert disait parfois : « C'est trop beau pour être vrai ! Il existait quelque part pour nous, celui-là, et on ne le savait pas ! Quand je l'aurai tout à fait fignolé je vais pouvoir partir à la pêche. » On savait, quant à la pêche, qu'il exagérait et n'avait aucune envie d'y aller, vu qu'il l'exécrait et aussi qu'il se donnait encore deux bonnes années de *Villar et Leduc* pour fignoler, comme il disait, son dauphin. Le moindre commis de la brigade n'ignorait pas que Gaétan n'était peut-être pas là pour un seul stage d'un an.

Il arrivait qu'Albert, qui pourtant parlait peu de la Maison à sa femme, lui dise : « Ils s'aiment, les deux pigeons. Nous voilà avec un beau mari pour la princesse. »

Viviane, elle, disait à Alexandre :

— Je suis sûre qu'elle l'adore... Mais lui ?

— Mais lui aussi ! Non seulement elle est belle, intelligente, instruite, gentille et tout, mais encore elle est ma fille... et la nièce de Ritzie... Tu te rends compte de ce que ça représente ? D'accord, d'accord, il n'est pas sans rien lui-même, le vignoble du père est là. Bon, mais ils sont trois fils dessus... Alors ?

Alors, on attendait, sans poser plus de question.

On les voyait sortir ensemble, aller au cinéma, rencontrer des amis. Il arrivait que Drina rentre seulement au petit matin. Mais jamais Gaétan n'était en retard d'une minute à son travail et on ne lui avait jamais vu la mine fatiguée, ou l'œil morne accompagné de bâillements. Il devait dormir suffisamment, ce qui, en quelque sorte, pouvait servir de réponse à tout l'informulé.

Ce que Viviane et Alexandre savaient aussi, ce qu'ils comptaient et recomptaient ensemble, se résumait à ceci :

— Elle chante dans son bain.

— Elle se lave les cheveux tous les jours.

— Elle a vidé son compte à la caisse d'épargne pour s'acheter six robes, trois shorts et un maillot de bain (enfin, maillot si on veut, car il tient sûrement dans son poing !).

— Elle a toujours un bon prétexte pour aller jeter un petit coup d'œil dans la salle et descend à la cave sans même se donner la peine d'en fournir la raison.

Et cela mena tout le monde jusqu'à la fameuse promenade aux Tuileries.

Gaétan avait dit, devant Alexandre et Viviane :

— Et si nous allions faire un tour dans les jardins ?

Viviane avait approuvé :

— Allez-y, mes enfants.

Dans la caresse du soleil et de cette approbation, ils marchèrent côte à côte rue du Faubourg-Saint-Honoré, rue Royale et gagnèrent le bassin. C'était leur place habituelle où ils regardaient des enfants faire accomplir, pour le moins, la traversée de l'Atlantique à leurs petits voiliers.

Comme Gaétan lui demandait — parce qu'un vent aigrelet se levait — si elle n'avait pas froid dans sa tenue peut-être trop légère. Drina dit non de la tête en secouant ses longs cheveux, lisses comme une eau dorée.

Alors Gaétan dit :

— Un oiseau d'or ! C'est comme si tu avais un oiseau d'or... deux même, maintenant, ailes repliées sur tes épaules...

Et il ajouta :

— Tu sais, je t'aime...

Elle répondit, très vite — la réponse était prête depuis si longtemps :

— Je t'aime... et mes oiseaux d'or t'aiment aussi.

Chose admirable, ils ne furent pas en retard. Gaétan endossa son costume bleu de nuit exactement à la même heure que la veille où il n'avait pas demandé à celle qu'il aimait de devenir sa femme. Ils avaient eu le temps de voir se télescoper deux voiliers en plein Atlantique et de décider de leur avenir : ils travailleraient ensemble chez *Villar et Leduc*. Lui, non seulement là où il était en ce moment, mais aussi, le soir, à la *Bibliothèque*, dès son ouverture le mois prochain. Elle y tiendrait le rôle d'hôtesse.

Tout au long de la rue Royale, elle lui avait expliqué son refus, à son retour de Cornell, de prendre en charge le deuxième restaurant familial.

— Mais pourquoi ?

Elle tenta de s'expliquer. Il dit un peu sèchement :

— C'était de la folie !

Et elle reconnut qu'en effet cela en avait été une. Elle pensa à se justifier un peu plus, mais remit cela à plus tard. D'ailleurs quelle importance maintenant ? Elle était sa belle « aux oiseaux d'or », il allait l'épouser, et travailler avec lui serait un grand bonheur.

Ils annoncèrent la nouvelle ce soir-là, après le départ des deux derniers clients que l'on aurait bien poussés un tantinet à partir plus tôt...

*

Mérotte trépignait d'impatience : quand lui amènerait-on Gaétan ?

Comme Sheila Thomson, la célèbre journaliste américaine séjournant souvent à Paris, férue de gastronomie française et elle-même cordon-bleu, venait cette semaine interviewer la mère et grand-mère de deux des plus célèbres chefs français pour le magazine *People,* on convint que Drina et Gaétan ajouteraient par leur présence le prestige de Cornell à cette entrevue et, si besoin était, serviraient d'interprètes.

Ils arrivèrent une bonne heure avant la jeune New-Yorkaise et ils aidèrent à préparer la tapenade que Mérotte voulait offrir avec un vin de Cassis blanc, ce qui lui valut l'approbation complice de son futur arrière-petit-fils.

Et comme il lui disait : « Savez-vous, madame, qu'un grand article dans *People,* c'est la consécration », elle dit en riant : « Alors, que je vous embrasse un peu, pour fêter ça, mais surtout parce que je vois briller les yeux de ma petite. »

Lunettes sur le nez, légèrement de travers, comme toujours, Mérotte avait aussitôt enchaîné :

— Dites-moi, vous, j'ai toujours eu envie de poser la question, et ça ne s'est pas trouvé : ils boivent beaucoup, les sommeliers ?

Gaétan la rassura en riant. Non, vraiment, ce n'est pas eux qui buvaient le plus, loin de là.

Elle demanda aussi :

— Là-bas, dans votre université, c'est vrai que vous avez appris comment il faut nourrir les hommes qui vont dans la Lune ?

Mais elle revenait vite au vin, qui l'intéressait plus que les cosmonautes :

— Et vous pouvez me jurer que, jeune comme vous êtes, les yeux fermés, vous reconnaissez déjà l'âge des vins.

Il était prêt à le faire avec ce sourire qu'elle commençait à trouver irrésistible elle aussi, quand elle ajouta :

— Non, tout compte fait, je parle de ça... comme ça, mais jurez-moi plutôt que vous allez me la rendre heureuse, ma petite.

Et elle ne le quittait pas des yeux, penchée en avant dans sa guérite, attentive, quand la sonnette annonça la journaliste à qui, de but en blanc, elle déclara :

— Ah, voilà un bon moment que je me languis de parler à une Américaine pour régler leur compte à ces sandwiches qui s'imaginent être les premiers au monde à avoir été faits de deux tranches de pain avec quelque chose dedans ! Sandwich, c'est bien américain, n'est-ce pas ?

— Non, c'est anglais... à l'origine.

— Anglais, américain, c'est pareil, non ?

— Madame Mérotte, un Anglais célèbre a dit : « Les Anglais et les Américains ont beaucoup de choses en commun, sauf le langage[1]. »

— Par exemple !

— C'est une boutade. (Silence de Mérotte. Suspicieux le silence. Drina et Gaétan riaient.) Mon arrière-petite-fille, celle qui est là, a appris l'anglais à Londres et en Amérique, et j'avais compris qu'on parlait de la même façon des deux côtés... Bon, tout ça pour vous dire ceci que j'ai sur le cœur : dans ma jeunesse, j'étais marchande de soupe aux Halles et puis j'ai arrêté. Je sentais que, peu à peu, les soupes comme ça, trempées et servies au bol, en plein vent ou presque, ça allait finir. Les gens se mettaient, de plus en plus, à ce qu'on appelait le *sandwich*. C'était leur droit, mais pas de raconter que c'était les Anglais — puisque vous me dites que c'est pas les Américains — qui avaient inventé ça.

« Parce que le *pain-bagnat* alors, qu'est-ce que c'est si c'est pas deux tranches de pain avec des choses dedans ? Et le *pain-bagnat* (chez nous on dit *pan-bagnat*, mais je vous traduis) il a été inventé bien avant le sandwich, et comment ! A la Vierge Marie, qu'est-ce que vous croyez qu'il lui donnait son brave Joseph, en la conduisant vers Bethléem, sur son âne, sinon du pain-bagnat qui existait déjà, tout prêt pour cette occasion ? Il fallait bien qu'elle mange quelque chose, la pauvre sainte femme, et peut-être que, dans sa grande pauvreté, le brave Joseph n'avait que de l'huile et des olives à mettre entre les deux morceaux de miche, mais c'était déjà ce que vous appelez *sandwich*, et ça avait été imaginé chez nous, je vous le dis.

« Et tenez, si on avait pu interroger des témoins, les Rois mages ou les bergers, sûr que c'était des pains-bagnats qu'ils avaient, les uns dans les poches de leurs manteaux de soie et de

1. Oscar Wilde.

velours, les autres dans leurs besaces et pas de vos sandwiches... Même l'âne et le bœuf, réchauffant notre Jésus de leur souffle, ont dû en voir manger et en avoir des miettes, de nos pains-bagnats.

« Alors écrivez, pour vos Américaines, que c'est nous, de Provence, qui l'avons inventé le sandwich, pas les Anglais. Vous l'écrirez ?

— Je l'écrirai. Mais donnez-moi donc la formule complète de ce pain-bagnat de maintenant.

— Oh ! ça, c'est selon. C'est comme si vous alliez demander à mon petit-fils, le grand chef Alexandre, une recette de quelque chose et que vous l'auriez aussi, avant, demandée à son père le grand chef Mathieu. Ça varie.

« Je peux juste vous dire ce que je mets dans le mien. J'imbibe les deux morceaux de pain d'huile et j'ajoute tranches de tomates, anchois, olives noires. Rien que ça... Tenez, les meilleurs que j'ai jamais faits c'est ceux de la visite à Versailles.

« Vous vous ne savez peut-être pas, dans votre Amérique, que chez nous, autrefois, il y avait des cafés où on pouvait " apporter son manger ". C'était écrit sur les vitres, ou sur le rabat de la tente. Pour les pauvres comme nous (moi, mon fils Mathieu et la petite Carla), c'était bien commode, ça nous faisait des économies.

« On leur avait dit à l'école, à mes enfants, qu'il fallait aller voir le grand château, et j'avais fait dix pains-bagnats. On les avait dévorés au café situé juste en face des grilles d'or, en dévorant aussi des yeux le château, et en buvant une limonade.

« La femme du comptoir, une du Nord, nous examinait, de par en dessous. Puis elle est venue, et nous a demandé ce que nous avalions là de si bon cœur, en plus du château.

« C'est mon Mathieu qui lui a dit : " Le casse-croûte de Provence, madame. Ma mère a mis l'huile, des tranches de tomate, les olives, mais comme le bocal d'anchois était vide, vu que c'est la fin du mois, j'ai ajouté des rondelles d'œuf dur. "

« — Ça, c'est épatant, a dit la dame.

« Et le dimanche suivant (on l'a su par hasard) elle en vendait de nos pains-bagnats. Ah, mon petit-fils le dit, son père le disait, vous n'avez pas plus tôt montré quelque chose qu'on vous l'imite ! Et vous savez comment ils ont appelé ça, ceux du café où " on peut apporter son manger " ? " Le pain surprise de Louis XIV ! " Qu'est-ce que vous en dites ? Vous devez le raconter à vos lectrices, c'est la vérité vraie. Tout compte fait, vous voyez, ce qui lui a peut-être porté du tort, à notre pain-bagnat, c'est de ne pas avoir été inventé par un monsieur important, comme, je crois me rappeler, votre M. Sandwich, mais chez nous on se vante pas. Qui a fait ci ? Qui a fait ça ? Va savoir, c'est à tous.

« Dites-moi si vous savez, vous, qui a inventé l'huile et qui a inventé le beurre ? Alors ?... Ah ça, cette histoire d'huile et de beurre, peut-être que ça serait intéressant pour vous. J'en étais une, moi, qui ne connaissait pas trop le goût du beurre. Chez nous, la reine, la reine toute de douceur d'or, c'était notre huile d'olive. J'aurais pas pu m'imaginer, avant que les malheurs de la guerre me fassent monter à Paris, que, là-haut, ce n'était pas elle qui coulait partout, comme chez nous.

« Mais à la vérité, je dois le dire, le beurre du Nord, le vrai, le meilleur, le bien frais, je l'ai vraiment découvert aux Halles. C'était vers 1920, que de beurre il y avait là ! Ce n'étaient pas, comme maintenant, des petits paquets de rien du tout, c'était une assemblée de mottes, de matrones de mottes. Vrai, je vous assure, elles étaient comme vivantes, on aurait cru qu'elles allaient vous parler alignées, serrées les unes contre les autres, dans leur couleur de soleil. Une cathédrale de beurre ! Et c'est pas parce qu'on croyait n'aimer pas trop ça, nous du Sud...

— Vous disiez même, autrefois, il y a quelques siècles, que le beurre ça donnait la lèpre.

— Ah par exemple ! On disait ça, *nous* ? Je ne les aurais pas crus aussi malfaisants, les gens à l'huile...

« En tout cas, moi, ce matin-là, j'étais toute prête, toute chaude de complaisance, à l'aimer le beurre des gens du beurre. Parce que pourquoi j'étais là, à Paris ? Pour qu'on me guérisse mon homme de ces poisons que les Boches lui avaient envoyés dans les poumons, alors, j'étais là en confiance.

« Je me revois encore, entre deux soupes que je vendais aux miséreux des Halles, à m'amener en curieuse de tout devant ce soleil de beurres et à me dire que c'était beau et peut-être bon aussi, et que, puisque justement, j'avais confiance, puisque je venais pour mon Félicien vers ceux du Nord, que ce qu'ils aimaient, je devais l'aimer aussi.

« Vous ne pouvez pas savoir comme ça m'est resté un beau souvenir, cette histoire de beurre, cette lumière dorée de toutes les mottes ce matin-là, dans le tintamarre et la bousculade des Halles. J'ai demandé à goûter, je l'ai encore dans l'œil la marchande, avec ses mains rouges de froid au bout de ses manchettes blanches, son fil à le couper son beurre d'un petit coup adroit et je sens le goût de cette crème dorée dans ma bouche. Oui, c'était bon. J'ai emporté le morceau que je venais d'acheter et, sur mon pain grillé des soupes, les enfants et moi on s'est fait une bombance de tartines. Ah, ils ont aimé ça mon Mathieu et ma Carla !

« N'allez quand même pas écrire que j'avais jamais vu de beurre avant. Au pays, l'épicier en tenait. Chez les clients de ma mère j'en avais goûté, mais souvent trop mou, à demi fondu, pas aussi frais qu'il aurait fallu. Aux Halles, ou même sur les petits marchés, c'était la meilleure qualité, la gâterie fine...

Mais — suspicieuse soudain — Mérotte avait demandé :

— Comment vous savez, vous une Américaine au beurre de cacahuète, *peanut butter*, comme vous dites, je connais ça par mon arrière-petite-fille, toujours celle qui est là, comment vous savez que nous les Provençaux, nous osions raconter, au temps jadis, que le beurre donnait la lèpre ?

— J'ai fait une thèse, *moi, nourrie de peanut butter*, sur le beurre de lait de vache.

— Ah !... Bon ! Oh là là, toute ma famille, au grand complet, va dire que j'ai raté une bonne occasion de me taire... Alors les belles mottes vous les avez vues ?

— Je les ai vues, madame Mérotte. Mais ne vous troublez pas, ce que j'aime en vous, ce que vont aimer mes lectrices, c'est votre franchise. Et à propos de franchise, justement, si vous n'avez eu aucune désillusion avec le beurre, loin de là, ce qui ne veut pas dire, je l'ai bien compris, que votre cuisine provençale vous ne la faites pas toujours à l'huile, comme il se doit, j'aimerais que vous me disiez si quelque chose, en revanche, vous a déçue.

— Dans la cuisine ? Dans la vie ?

— Comme vous voudrez.

— Alors là, des déceptions, sainte Mère, j'en ai eu des montagnes, comme tout le monde.

— Mais plus particulièrement ?

— C'est drôle, ce que vous me demandez là. Juste hier, je pensais à ça, à ce que j'appelle « les miracles ratés » et à un qui me fait toujours bouillir. Vous pouvez pas vous rappeler, vous êtes trop jeune, c'était il y a vingt-cinq à trente ans à peu près, et puis vous êtes pas papiste... Enfin vous comprendrez quand même. Bref notre pape de l'époque, Paul VI, se met, *le premier* depuis des siècles à sortir de son Vatican et à s'en aller à Jérusalem. Quelle affaire ! Sa Sainteté qui va au plus saint de la terre. Tout ce qu'il y avait de plus sacré allait se trouver réuni ! Sûr, il allait se passer quelque chose d'extraordinaire.

« Et qu'est-ce qui se passe ? Rien. Pas même un ange de service pour être là, les ailes battantes de joie, à souhaiter de la part du Seigneur la bienvenue à son Fils sacré.

« C'est ce que j'appelle les miracles ratés, ou oubliés, comme vous voudrez, parce qu'il aurait dû y en avoir un ce jour-là, une apparition, un signe... Ou alors c'est qu'il n'y en aura plus jamais.

« Vous riez ? Mes deux enfants qui sont là aussi... Je le sais bien. Allez, que ces choses-là, si elles arrivaient, ce serait trop beau, mais j'aime croire qu'elles peuvent arriver. Il y a seulement quinze, vingt ans, je ne vous aurais pas parlé comme ça, j'aurais peut-être pas osé, mais si vous saviez comme on est bien dans sa vieille peau à mon âge, confortable, comme vous dites, et on aime à tout dire... peut-être aussi, parce qu'on sait que, si on ne se dépêche pas de le faire, on n'aura plus beaucoup de temps.

« Vous voulez que je vous parle encore miracle ? Je vais vous en raconter un d'un autre genre. Celui-ci, c'était du temps où j'étais toute jeunette et que ma mère s'en allait coudre chez moins pauvre qu'elle pour quelques sous. Et la voilà, un jour, qui est demandée par une dame de Paris en séjour au soleil pour redonner du souffle à ses poumons et qui voulait s'offrir, au passage, ces beaux petits points perlés dont on avait dû lui parler.

« Elle était bien aimable. Elle offrit le café au lait à sa ravaudeuse. Mais un café au lait pas comme les autres, un qui fit revenir ma mère le feu aux joues et le regard tout plein d'étoiles.

« Qu'est-ce qui se passe ? demanda mon père.

« Peu parleuse, ma mère prend un toupin de cette eau chaude qui était toujours en attente de servir à la soupe ou à la toilette, sur le coin du fourneau, en met dans un bol, sort de sa poche une boîte genre petite boîte de conserve, y fait deux trous, verse un filet d'une espèce de crème qui était dans cette boîte et dit à mon père de boire. L'eau était devenue blanche comme du lait, *et c'était du lait.*

« Pour vous, les Américains, qui maintenant allez dans la Lune, c'était quoi ça ? Rien. Pour nous, de Brignoles, à cette époque, c'était *le miracle du lait.* Ma mère regardait boire mon père qui disait : " C'est doux, en plus ! Ah par exemple ! " Et ma mère était comme une à qui la Vierge Marie aurait parlé et dit : " Voilà le lait condensé sucré Nestlé. " Ça, c'était un miracle, et pas raté. Il venait de Dieu ou de la science, ce qui est bien pareil...

« Mais, dites-moi, vous l'avez déjà vu travailler mon petit-fils, le grand Alexandre, comme ils disent tous ? Alors, ça non plus, ce n'est pas un miracle raté, je vous le dis. Ses mains (vous avez vu comme elles sont belles et soignées, toujours brossées à mort ?), ses mains qui obéissent à sa tête, mais aussi à son cœur, quel beau travail de miracle elles font ! Eh, je le lui dis pas trop, il y a assez de gens comme ça à lui tresser des guirlandes, mais je vous le dis à vous : des fois, à le regarder faire, il me coule une larme de bonheur !

« Oh ! Pour rire un peu, au lieu de parler de pleurer, même de bonheur, il faut que je vous dise la suite du lait en boîte qui venait tout juste d'être inventé. Cette nuit-là, je me suis relevée, en doucette, je voulais goûter la chose sortie de la boîte même, avant qu'elle devienne du lait avec l'eau. Eh bien, c'était délicieux. Tellement que j'ai tout avalé, comme ça à la régalade, par le petit trou dans le couvercle. Que c'était bon !

« Ah, furieuse, elle l'était ma mère, le lendemain ! Elle avait projeté de faire son petit effet chez les voisins. D'après ses calculs, découlant de ce que lui avait dit la dame de Paris sur cette invention, j'avais dû me régaler du concentré de près de dix litres de lait. Je serai sûrement malade. Imaginez, j'avais dans le corps la production moyenne journalière d'une vache ! De quoi éclater.

« Mais on n'a pas réussi à me tracasser. J'étais heureuse comme un bébé repu. Quel bon moment ! Une saveur si nouvelle, une douceur de rêve dans la bouche, dans le corps, je dirai aujourd'hui, une volupté. A ce moment-là, je ne connaissais pas ce mot.

« Après que j'ai commis ce gros péché, mon père, le cantonnier, m'avait regardée bien en face, et ma mère aussi, comme curieux de moi tous les deux. Peut-être que je leur avais paru sage jusqu'à ce jour-là et qu'à me découvrir aussi voleuse qu'une pie et plus gourmande encore que le chat ils étaient inquiets ou, qui sait, seulement surpris.

« On ne se disait pas beaucoup, dans ce temps-là, chez nous, les secrets de nos cœurs, on était épargnant de tout, de nos pauvres sous comme de nos sentiments. C'est trop tard, voyez-vous, que j'ai deviné que derrière leurs silences, leurs morceaux de phrases jetés en l'air comme du grain, ils attendaient sûrement que ce qu'ils semaient, en si jolie discrétion, ça lève en moi et qu'ils étaient dans l'espérance de me voir fleurir du bon côté.

« Longtemps après sa mort, j'ai compris que mon cantonnier, c'était pour m'embellir l'âme qu'à la nuit tombée il racontait sa journée. Revenu de ses routes et de ses chemins, attablé, sous la lampe, il était là à m'offrir son visage orgueilleux de ce qu'il avait reçu de la terre, du ciel, du soleil et du vent dans sa longue besogne : toute la beauté du monde.

« Dans les plumages de tant d'oiseaux qui lui tenaient compagnie, il disait avoir vu des couleurs qui n'avaient pas de nom, qu'on ne connaissait pas. Parce qu'on pouvait croire, quand ça vous passait, comme des flèches colorées devant l'œil, que c'était jaune ou rouge ou vert. Mais ce n'était pas.

« De sa mésange familière, celle qui se posait parfois sur

son épaule, mon père disait, la voyant arriver vers lui, que, portée par le soleil, elle était tantôt semble-mauve, tantôt semble-rose et qu'il y avait sûrement, là-haut, un autre nom de ces couleurs-là qu'on ne saurait jamais ici, en bas. Seul Dieu devait les connaître celles-là et peut-être Il ne les avait faites que pour Lui, dans Son ciel. Ah, Il l'aimait sa pitchoune bleue et, quand un grand froid de nuit de février l'a tuée, il nous a seulement dit, le soir : " Ça meurt caché sans même un petit cri. " Et nous avons compris...

« Oh ! Je crois que je ne vous ai pas dit combien c'en était une qui savait où était le bon, le meilleur, sa mésange. Il vous faut apprendre qu'un rôdeur, sur un chemin, avait, par un aigre matin, voulu voler et sa veste et sa collation à mon père. Après avoir proposé de partager la nourriture — qui refuserait l'aumône du pain, même à un malfaisant ? —, le cantonnier avait dû défendre aussi sa vie que l'affamé menaçait, et il nous était revenu la mâchoire en sang.

« Pendant près de trois semaines il n'avait pu se nourrir que d'amolli, de tendre, de moelleux. Des purées, pour tout dire. Comme il avait été, jusqu'à ce présent pénible, à aimer mordre à belles dents dans du solide, les purées de ma mère, c'était pas son bonheur. Alors, elle s'était mise à inventer, à perler en quelque sorte là aussi. Puisque son homme avait, depuis toujours, donné la préférence aux olives noires — et que leur chair est douce —, elle en émiettait dans la purée. Dans celle de pommes de terre il appréciait. C'était joli ce noir et ce blanc, c'était goûteux, et la mésange, un jour en picora, de par-dessus l'épaule de mon père.

« Alors, même la mâchoire ressoudée, le cantonnier demandait de la purée aux olives. Pour elle, sa petite compagnie. Eh vous ne devinerez jamais la fin : ma mère en était presque mécontente ! Oui. Elle ronchonnait en découpant ses olives. C'est pas beau ça ? Racontez-le donc à vos Américaines de ma part : une femme jalouse d'un petit oiseau bleu !

« Tout à l'heure vous m'avez demandé qui était, en vérité, mon bel Alexandre, mon grand chef de petit-fils. Eh bien, à travers moi, qui l'ai bercé de mes histoires, il est bien le petit-fils du cantonnier et peut-être que lui aussi, parfois — qui sait ? — il a une mésange bleue sur son épaule pendant qu'il vous cuisine ces bonnes choses que vous aimez tant, tous... »

Quand ils se retrouvèrent seuls, Gaétan prit les mains de Mérotte, les baisa et dit :

— Si j'avais su quelle arrière-grand-mère m'était ainsi tenue en réserve !...

Dès qu'elle fut au lit, Mérotte parla à son Félicien. Elle lui raconta qu'il était vraiment bien de sa personne, ce Gaétan. Peut-être même trop bien parce que la New-Yorkaise l'avait regardé tant qu'elle avait pu, à s'en décrocher le cou.

— A un moment, j'ai failli lui dire à celle-là : « C'est lui ou moi que vous interrogez ? » Mais à cause de la petite, tu comprends...

« Et puis, aussi, quelque chose m'a estrancinée. Tout d'un coup, il a fait lever Drina et ils ont changé de place. Ils se sont installés dans le dos de l'Américaine. Comme ça, ils pouvaient s'embrasser sans qu'elle les voie... Seulement, il y avait la glace en face d'elle, et tu m'ôteras pas de l'idée que le garçon le voyait bien qu'elle les voyait... Tu vois, toi aussi, ce que je veux dire par là... Tu te demandes peut-être si Drina l'a vue, la glace. Je te répondrai qu'elle, elle ne voit plus rien à part son Gaétan.

*

Sans lui laisser le temps de souffler, après la journaliste américaine, Alexandre envoya un Japonais à Mérotte. Mais il avait dû s'y reprendre à trois fois avant qu'elle y consente. Trois conversations téléphoniques à quarante-huit heures d'intervalle chacune.

— Et pourquoi il a besoin de savoir le goût des escargots de chez moi, celui-là ? Il n'y en a pas de limaces[1] au Japon ?

— C'est en bouillabaisse, *ta* bouillabaisse, qu'il veut les goûter. Ça me ferait grand plaisir de lui faire plaisir, c'est l'un de mes meilleurs clients.

— Tu sais la faire, ma bouillabaisse.

1. Nom donné aux escargots dans le Midi.

— Je sais. Mais toi, tu as la cuisinière au bois et la marmite en terre, et j'ai eu le malheur de le lui dire et que ce n'était parfait qu'exécuté dans tous les rites...

— Tu parles toujours trop !

— Bon, tu dis oui ou tu dis non ?

Elle avait enfin dit oui. Et écrit à son épicier de Brignoles ou plutôt, à son fils ou à son petit-fils — mon Dieu comme le temps passe ! — qu'il l'obligerait en lui envoyant douze douzaines de *petits gris*. Craignant que les traditions ne se soient perdues depuis... depuis... eh ! depuis bientôt soixante-cinq ans qu'elle avait quitté le pays, elle précisait : « Saupoudrez-les de farine, ils dégorgeront en cours de route, ce sera du temps de gagné, ils m'arriveront bien proprets. » Et elle avait attendu l'une de ces grandes et rondes boîtes de fer-blanc qui avaient contenu des berlingots et que le père Rouquier réservait, une fois vides, à différents usages.

Elle en reçut une carrée ayant appartenu à des biscuits Lu. Le fils Rouquier avait dû tout changer dans la boutique ! Par chance, les escargots, eux, devaient continuer à se perpétuer dans la tradition, parmi les fenouils et les vignes ou dans les trous des murs, car ils étaient vivaces, à l'exception de deux d'entre eux victimes d'étouffement.

Si le fils Rouquier n'avait plus de boîtes de berlingots de Carpentras, c'était peut-être qu'il ne payait plus les pitchounes qui ramassaient les *petits gris* de trois bonbons les cinquante têtes à cornes. Elle, autrefois, c'était ce qu'on lui donnait quand elle arrivait la première chez le vieux. Après, il n'en comptait plus que deux et à la quatrième livraison il disait : « Suffit. On verra à la prochaine pluie. » Alors elle ramassait pour sa mère qui la faisait, cette bouillabaisse d'escargots, la meilleure de toutes. Une question de malices de certaines herbes qu'il fallait savoir mettre en accord avec la chair parfumée des petits gris... Bon et ses herbes, justement, celles qu'elle avait demandées dans sa lettre, où il les avait mises le fils Rouquier ? Son grand-père et son père les arrangeaient toujours en bouquets, bien triées, sans mélanger les races et enrobées d'une feuille du figuier de leur jardin.

Où ils étaient, les petits paquets verts ? Elle chercha,

découvrit, surprise et mécontente, ces reines de la garrigue écrasées, pêle-mêle dans un morceau de papier journal !

Ah, peut-être vaudrait-il mieux qu'elle ne retourne jamais au pays, elle ne s'y reconnaîtrait pas ! Et elle ne pourrait même pas s'y plaindre que seul le soleil n'avait pas changé — et encore, qu'est-ce qu'on en savait ? — on lui aurait dit : « Et toi, qui fais maintenant des bouillabaisses d'escargots pour des Japonais, tu changes pas, toi ? »

L'arrivée de M. Akira Satomi à midi sonnant — « Dis-lui, à ton milliardaire, que je me lève tôt, déjeune tôt et me couche de même » — fit quelque effet dans la petite rue. Tiens ! Ce n'était pas la Mercedes noire de M. Alexandre ? Ce n'était pas le break américain de M. Emmanuel ? C'était quoi, cette Rolls gris argent ? Un Japonais ! On aurait tout vu chez Mme Mérotte !

Ils étaient, elle et lui, de la même taille. Ils se regardèrent bien droit dans les yeux. Il sourit le premier. Elle accorda à ce sourire de la ressemblance avec celui d'un de chez elle, le Baptistin de la tuilerie, qu'on avait toujours appelé *le Chinois* parce qu'il avait les yeux qui rebiquaient. Ce qui prouvait bien que, d'Europe ou d'Asie, riches ou pauvres, c'était tous des créatures du bon Dieu... à la couleur près. Encore que celui-là ne soit pas tellement jaune, beaucoup moins qu'elle aurait cru.

Elle se demanda, l'ayant fait asseoir, si elle s'enfoncerait dans sa guérite, décida qu'elle n'avait rien à changer à ses habitudes pour un milliardaire étranger au teint, tout compte fait, plus gris que jaune, et offrit du vin d'orange en apéritif.

— Mon petit-fils vous dirait que ce parfum de l'orange avant le repas, ce n'est pas ce qui convient, que ça reste en bouche longtemps et trouble la suite à venir. Je ne suis pas d'accord parce que cette amertume du fruit, dès que je vous donne de la tapenade, à la première bouchée, pfut, elle se carapate. A propos de la tapenade, il faut que je vous explique. Si vous restez là, dans votre fauteuil, à attendre que je grille mes tranches de pain, les tartine et vous les apporte toutes ensemble, ce ne sera que demi-goût, donc demi-plaisir, y a rien qui refroidit plus vite que les rôties. Et pour que ce soit un vrai régal, la tapenade, il faut, à mon avis, l'étaler sur les morceaux de pain encore tout chauds. Donc, comme je ne peux pas être au four, au moulin, et faire un service distingué en même temps, il faut choisir. Vous saisissez ?

Apparemment, M. Akira Satomi saisissait et choisissait. Ce qui l'amena à suivre son hôtesse dans sa cuisine, là où, à la seconde où la tranche de pain brûlante quittait son gril, elle lui était offerte enduite de sa purée d'olives noires.

— Avouez que dans les restaurants ils ne peuvent pas vous faire ça, ça les entraînerait trop loin.

M. Akira Satomi avouait en souriant et se délectait avec grande distinction. Mérotte, le surveillant presque autant que ses rôties, se disait que c'était un vrai bijou, cet homme. Il était aussi rutilant qu'un bouton de porte en cuivre fraîchement astiqué et poli à mort : Tout, chacun de ses cheveux si noirs, son complet, sa cravate ou ses chaussures, tout brillait, et même, ce qui la surprit, la tartine qu'elle lui tendait paraissait soudain briller aussi dès qu'elle était dans sa main manucurée ! Elle se promit d'approfondir plus tard cette constatation et aussi que ce n'était pas leur couleur qui différenciait les Japonais des Français, c'était bien d'autres choses — en tout cas ceux qui étaient milliardaires et habitaient l'hôtel Ritz — et qu'elle récapitulerait à tête reposée.

Elle mangeait peu. Mais parlait. Elle exposa son point de vue sur cette nouvelle façon qu'on avait maintenant, même chez elle, à Brignoles, de la faire cette tapenade, en broyant tout dans le « mixaire ».

— Franchement, monsieur Akira Satomi, ce n'est pas à faire. Pendant des centaines d'années, on a écrasé ça à la fourchette et mélangé l'huile de coude à l'huile d'olive. Et n'allez pas croire, vous qui devez être moderne dans votre pays, à ce qu'on m'a dit, que je n'aime pas le progrès. Sûr que je me servirais de l'appareil et que ça ferait peut-être aussi bien que la main, mais le parfum alors ? J'aurais pas le bonheur de le sentir pendant tout le temps où je travaillerais mon mélange ! Et les souvenirs, je les aurais pas non plus. Vous voyez, monsieur le Japonais, ce matin, pendant que l'église d'ici sonnait cinq heures, moi, à écraser votre tapenade, j'étais *là-bas*. C'était mes cloches de Brignoles que j'entendais en respirant mes olives, mes anchois, ma gousse d'ail et mes belles petites câpres de Toulon. Avec la machine, deux minutes de travail et c'est fini, mais vous n'êtes pas dans le soleil, le thym, le romarin et la lavande. Vous êtes seulement dans le bruit de l'électricité. Vous le comprenez que j'ai eu de la joie à vous la faire, comme autrefois, votre tapenade ?

Il comprenait. Il comprenait tout cet homme, dans un beau sourire plus parlant que les paroles.

On passa à la salle à manger. Mérotte y emporta la vision de M. Akira (elle avait décidé d'écourter son nom) se levant de sa chaise paillée et se profilant entre les deux chats roux du calendrier des Postes et Télécommunications, punaisé au mur, et le robinet de l'évier au brise-jet de caoutchouc fendillé. C'était là une image qu'elle se garderait pour rire un peu, quand elle en aurait le temps. Elle adorait s'en mettre de côté, des jolies comme celle-là, parce que, vraiment, ce monsieur si soigné, si neuf, si frais de vêtements et de linge avait l'air d'une fleur de luxe éclose à la minute. Le glacé de sa chemise, sortie tout droit d'une blanchisserie où seuls les anges auraient manié les fers à repasser, était à peine croyable.

Bref, cet élégant, saupoudré par-dessus le marché, comme d'un sucre fin, de la plus courtoise des courtoisies, était plaisant à voir dans une vieille cuisine à la paillasse de guingois et devant une table recouverte d'une toile cirée à carreaux bleus effacés par endroits. M. Akira était, dans cette cuisine, aussi chez lui qu'il devait l'être dans la galerie des Glaces à Versailles, l'endroit le plus beau du monde, c'était connu. Elle le voyait très bien là-bas, irradiant des milliers de fois de tout son brillant, à devoir en fermer les yeux pour ne pas être éblouie.

Même attitude de l'invité dans la salle à manger. Cet homme-là était sûrement chez lui partout. Ce devait être une réaction japonaise. Elle avait entendu dire que c'était trop petit chez eux. Leur île ne leur suffisait plus, alors ils commençaient à s'habituer, dès maintenant, à être bien ici et là pour quand elle déborderait tout à fait.

Sur la table trônait, royale, une marmite en terre cuite

vernissée dont le ventre rebondi reposait sur un socle d'argent. Les deux anses avaient gardé leur aspect d'origine, mais le couvercle était, lui aussi, cerclé de métal. Les bruns et les roux de la terre, dont l'enduit brillant n'était pas tout à fait terni malgré l'âge vénérable de l'objet, étaient, par endroits, flammés de noir, survivance de centaines et de centaines de séjours sur de joyeux foyers. Montrant du doigt sa relique, Mérotte dit :

— Et c'est de l'argent *massif*. Oh ! Elle n'est pas montée avec moi de Brignoles avec ce cul superbe et cette couronne sur la tête ! Imaginez qu'ils disent, mes enfants, que cette marmite, c'est *moi*, et qu'il fallait me décorer ! Je ne vois pas pourquoi, mais je les ai laissés faire, ça leur plaisait, et j'ai tremblé qu'on me la casse, là où elle est partie, ma vieille compagne — deux mois entiers — se faire couvrir d'argent. Voulez-vous que je vous dise, monsieur Akira, trop d'argent, en chèques ou en billets celui-là, leur passe par les mains à mes enfants. Notez qu'il ne leur en reste jamais autant quand ils font leurs comptes en fin d'année, mais ils en ont vu couler, en cascade, et ça leur donne des idées de grandeur et de dépense. Souvent, ça me soucie. Et aussi de leur voir fréquenter des gens comme vous qui doivent en jeter des mille et des cents par les fenêtres. Enfin...

« Pour en revenir à ma marmite, vrai, monsieur Akira, si c'est *moi* ça, dites, de quoi j'ai l'air ? Vous riez... dites-moi encore un peu, votre mère, ça devait être quelqu'un d'autrement plus conséquent que moi, et est-ce que vous l'avez, à votre façon sans doute, couronnée aussi ?

— A ma façon, oui.

— C'est dans l'ordre, tout ça ?

— Dans celui du cœur, oui, madame Mérotte.

— Bon. Eh bien ! Maintenant, on va la soulever la couronne d'argent de ma marmite, que vous sentiez un peu ce qu'il y a dedans.

« Mon petit-fils Alexandre m'a demandé de vous faire une bouillabaisse d'escargots. J'ai fait un peu plus, un *cacalausado*, ou, en français de Paris, un repas tout en escargots.

« Donc, première marmite — parce que j'en ai deux comme ça —, la bouillabaisse, pour vous faire bien chaud.

Vous me direz des nouvelles de ce bouillon de *limaces*. Mon père jurait qu'il aurait réveillé un mort. Vous pouvez, aussi, manger les escargots cuits dedans. Mais si vous voulez vous garder de l'appétit pour ceux du deuxième plat, ce sera mieux, et vous vous les goberez *à la suçarelle*[1]. C'est une sorte de ragoût où la chair des petits gris, aussi parfumée qu'une gourgandine, se prélasse dans son lit de velours, encore plus parfumé qu'elle. On a incisé les coquilles : du côté sans trou, on en a fait un, alors on peut aspirer la chair en suçant, d'où le nom de " suçarelle ". Seulement...

— Seulement, madame Mérotte ?

— Seulement, votre belle chemise, je me soucie un peu pour elle.

— Oublions-la !

De la suçarelle, Mérotte disait qu'il fallait attraper le coup. Eh bien, M. Akira l'attrapa ! Il lui plaisait cet homme ! Aussi voulut-elle savoir s'il lui plaisait plus encore et, pendant qu'elle lui passait un rince-doigts, elle demanda, se penchant vers lui, en confidence :

— Vous la connaissez celle du marchand de pilules perfectionnées qui nourrissent ?

Et, sans attendre une réponse, avec une rapidité qui disait l'habitude qu'elle avait de raconter l'histoire, elle enchaîna :

— Ça se passe entre un homme, qui fait commerce des inventions modernes, et un pitchoune, fils de roi, que tout intéresse. Ils se parlent : « Pourquoi vends-tu ces pilules, dit le petit prince au marchand ? — C'est une grosse économie de temps, répond le marchand. Les experts ont fait des calculs. On épargne cinquante-trois minutes par semaine. — Et on en fait quoi de ces cinquante-trois minutes ? — On en fait ce qu'on veut... — Moi, dit le petit prince, si j'avais ces cinquante-trois minutes à dépenser, je marcherais tout doucement vers un restaurant. »

— Madame Mérotte, dit M. Akira en riant, vous trichez. Dans le texte original, il ne s'agit pas de pilules qui apaisent la

1. R. J. Courtine, *La cuisine des terroirs,* Éd. La Manufacture.

faim, mais la *soif*, et pas de *restaurant*, mais d'une *fontaine*. M. de Saint-Exupéry, je crois, vous tirerait l'oreille pour vous punir de transformer ainsi son histoire.

— Par exemple ! Vous la connaissiez !

— Je la connaissais.

— Ah, là, vous me la copierez ! Vous, un Japonais, vous avez lu mon écrivain préféré ?

— Je l'ai lu.

— Et vous l'aimez, l'histoire des pilules ?

— Grandement.

— Alors, je vous aime aussi ! Parce que tous ceux qui comprennent cette histoire, je les aime. C'est mon « test », comme m'explique ma petite-fille. C'est elle qui m'a offert le livre en me disant : « Il est fait pour toi », et je le sais par cœur.

Le milliardaire japonais lui aurait dit qu'il avait connu Rouquier, l'épicier (celui des escargots) ou la marquise de Férial (celle de la guérite) elle n'aurait pas été plus surprise. Pas plus heureuse aussi.

— Et ceux qui n'aiment pas l'histoire des pilules ? demanda M. Akira.

— Tant pis pour eux ! Seigneur ! J'avais préparé pour vous ma liqueur de cassis la presque meilleure, mais je vais vite vous sortir la tout à fait meilleure, vous la méritez. Et, en plus, vous n'avez même pas fait une seule petite tache à votre chemise ! Propre comme un sou neuf après des escargots à la suçarelle, on n'a jamais vu ça !

Elle lui demanda si le bellet blanc, qu'un vieil ami — celui-là même qui avait procuré les escargots, lui envoyait, bien qu'il prétendît qu'il ne se consommait dans son meilleur que sur place — lui avait plu.

— Parce que, voyez-vous, dit-elle, avant j'écoutais d'une seule oreille mes garçons qui en connaissent et en connaissent sur les vins, mais maintenant, en plus, j'ai un futur arrière-petit-fils futur grand sommelier. Et lui m'a dit qu'il ne fallait pas que je les estourbisse mes limaces avec un vin trop rare. Notez que les moyens de vous l'offrir celui-là, je ne les avais pas, alors... Mais vous remarquerez, monsieur Akira, comme tout ça s'organise bien : aux escargots, ce qui leur convient le mieux, c'est un joli petit vin pas cher de chez eux. Ça doit être ça qu'on appelle l'harmonie.

Un verre d'alcool en main, ils bavardaient dans la véranda. Elle sous sa guérite, lui sur un siège en rotin.

Mérotte en était à dire que, bien sûr, elle n'avait pas d'instruction, mais, de tout ce qui se disait autour d'elle, elle attrapait ce qui lui plaisait de savoir et en faisait son profit. Ainsi, sa petite-fille Ritzie lui avait raconté un jour qu'une Anglaise d'une autre époque, une femme célèbre, avait accroché une sonnette à son lit pour se faire réveiller très tôt afin d'apprendre le grec. Eh bien, l'idée l'avait travaillée ! On ne se réveille jamais assez matin, surtout à son âge où l'on n'a plus une minute à perdre. Seulement, cette sonnette, qui la ferait sonner pour elle qui vivait seule ? Un réveil ? Elle n'avait jamais vraiment aimé ce coup de bâton que ça vous donne dans le crâne. Alors, une clochette, attachée à un ruban juste à hauteur de sa tête et qui chanterait quand elle-même se retournerait dans son lit ? Elle avait acheté un petit grelot chez le quincaillier et s'en était bien trouvée.

Être éveillée ainsi, de temps à autre, lui permettait de penser plus, ce qui était une bonne chose. Elle ne pouvait pas dire que sa famille avait des paniers pleins de problèmes à résoudre, non, mais quelques-uns, parfois, et elle aimait à y réfléchir, comme ça, dans le calme de l'aube.

— Si je vous la montre ma clochette, monsieur Akira, vous ne croirez pas que je l'ai achetée chez le quincaillier du coin. Et vous aurez raison. Ce n'est plus celle-là qui me dit : « Allez, ma vieille, cesse donc de laisser passer le temps sans profit. » Ce n'est plus celle-là qui me réveille deux ou trois fois — je ne bouge guère plus, donc elle ne s'agite pas plus souvent que moi —, mais une bien jolie, en or, avec des petits brillants qui font comme des étoiles dans la nuit. C'est mon fils, Mathieu, qui a eu cette idée. Il disait qu'à se promener dans son Faubourg-Saint-Honoré c'était si beau qu'on ne pouvait penser que beau. Je sais que ce n'est pas d'habiter là qui lui avait donné le goût des belles choses. Et même pas les grands paquebots de sa jeunesse. Déjà tout petit, il disait, en laissant couler de ses mains du sucre ou du sel, que ces deux orgueils de

Dieu — c'est moi qui les appelais comme ça et lui avais appris à les respecter —, c'était aussi joli que des fleurs ou du soleil. Et un jour, à regarder un œuf, comme s'il n'en avait jamais vu, il m'a dit : « Tu vois, ça, c'est encore plus merveilleux que tout. » C'était dans le temps lointain, avait-il seulement huit ou neuf ans alors, je ne sais plus... Mais c'est vrai, n'est-ce pas, si on prend la peine de regarder un œuf, on voit que peut-être il n'y a rien de plus parfait. Essayez, vous m'en direz des nouvelles.

M. Akira Satomi jura de le faire et partit.

Mérotte téléphona le soir à son petit-fils.

— Ton Japonais, il me plaît. C'est un prince de la vie que tu m'as envoyé là. Je lui ai promis une daube, un farci et un grand aïoli. C'est pas que je les réussisse mieux que toi, mais tu les fais scientifiques et, en ce moment, M. Akira aimerait plutôt ma cuisine de bonne femme. Bon, écoute encore. Je vais te lire quelque chose de bien joli que ce monsieur m'a dit je sais plus très bien à propos de quoi. Je l'ai écrit pour être sûre de pas me tromper. Tu m'écoutes ?

— Je t'écoute.

— Voilà, tout d'un coup, comme ça, comme si ça lui venait du très profond de son cœur, il a dit, doucement : « Par des chemins divers, les hommes peuvent gravir la montagne, chaque sentier montre des vues différentes, sublimes. Mais quand ils atteignent le sommet altier, c'est la même lune qui charme leurs regards [1]. »

— C'est de lui ?

— Ah, ça, je sais pas ! Mais c'est tout plein vrai, n'est-ce pas ? Je me suis sentie riche à l'écouter.

— Il ne m'a jamais rien offert de semblable, à moi, quand il dîne ici.

— Tu vois ! Tu es trop scientifique, je te le dis toujours... Note, que tout compte fait, puisqu'on est sous la même lune, comme il dit, toi ou moi c'est bien pareil.

---

1. « Dans des temps très anciens, un pèlerin grava sur une planchette de bois ce sonnet, enivré par son ascension au mont Fuji. » *Sur le chemin des dieux*, Maurice Percheron.

Le lendemain, le camion d'un grand établissement d'horticulture déposait sur le trottoir, devant la petite maison de Mérotte et avec les ménagements dus à sa splendeur, un magnolia qui avait bien déjà vingt ans d'âge.

Une équipe de six hommes fut nécessaire pour transporter ce seigneur dans le jardin.

Et où celle qu'il venait honorer voulait-elle qu'il fût planté ? Les livreurs attendaient, au garde-à-vous, sa décision.

Quelle affaire !

Seul offrait la surface voulue le carré de pommes de terre. Mérotte renonça à celles-ci, et l'arbre prit leur place.

Elle téléphona à son petit-fils.

— Ce que je me demande, c'est comment ton Japonais a deviné que c'était mon arbre préféré !

Alexandre suggéra que, sans s'en apercevoir, elle avait bien dû évoquer au moins dix fois son magnolia.

Elle affirmait le contraire, le jurait. Non, non et non, elle était sûre, à en mettre sa tête à couper, qu'on avait parlé de tellement de choses que du magnolia on n'avait pas eu le temps d'y penser.

— Je ne lui ai même pas dit que les jours de bouillabaisse d'escargots, autrefois, chez nous, quand la fenêtre de la cuisine était ouverte sur le magnolia en fleurs, c'était le bonheur. Parce que, tête penchée sur ma marmite, j'étais en pleine bonne odeur du bouillon, et, tête en l'air, je flottais dans le parfum de mes amours. Alors, tu vois ! Sûr et certain cet homme a *deviné*..., et le coup que ça m'a fait de voir là, comme autrefois, par féerie, un arbre devant ma fenêtre ! Si j'avais eu le cœur fragile, c'en était fait de moi, et je serais morte des remerciements cousus d'or d'un riche monsieur pour un *cacalausado*. Ça m'aurait presque plu, puisqu'il faut bien mourir de quelque chose. Mais je te le répète, je n'ai même pas prononcé le nom de magnolia... à moins que (ton suspicieux) tu l'aies fait toi ?

— Pourquoi l'aurais-je fait ? C'est le hasard, crois-moi.

— Je ne crois pas au hasard. Il n'existe pas. Il y a Dieu qui décide, et, je ne sais pas comment Il a fait mais Il a mis le magnolia dans la tête du Japonais.

— Il te fait plaisir cet arbre, au moins ?

— Je ne sais pas encore. Il me rappelle des choses bien belles et bien tristes à la fois.

— Tu me disais, quand j'étais petit, que tu lui parlais à ton magnolia de Brignoles. Tu lui parleras à celui-là aussi ?

— Je lui parlerai... peut-être. Mais qui me dit qu'il aura de la conversation, comme l'autre. Il faut attendre. Je te tiendrai au courant. Mais dis-moi, fils, crois-tu, si je le revois ton Japonais, que je pourrai lui demander de m'offrir une tasse de chocolat au Ritz ? C'est toi qui m'as dit qu'il habite la suite impériale. Parce que ça m'intéresserait de retourner là-bas où je n'ai pas mis les pieds depuis... eh, depuis au moins quarante-cinq ans !

— Il t'y offrira plus qu'une tasse de chocolat. Tu auras droit au grand service du goûter en appartement, et c'est royal.

— Oh, la tasse de chocolat avec un biscuit me suffirait ! Ça me rappellerait un bon moment.

1935-1943

Arriver sur le quai du Havre, et de là *le* voir, splendide et immobile, noir, blanc, rouge, sur fond de ciel bleu, dans une attitude de monstre paisible et orgueilleusement indifférent, c'était le commencement du bonheur.

NORMANDIE 79 280 tonneaux, 160 000 chevaux, 313,75 mètres de long, 4 hélices, 2 mâts, 3 cheminées, 12 ponts.

Rien de plus beau au monde. Et rien d'autre à désirer que d'entrer dans cette coque d'acier et d'y rester, accroché là comme un bigorneau à son rocher, le cœur bourré de joie.

Des trois cheminées, en forme révolutionnaire de goutte d'eau, l'une — la centrale — était factice. Pour des raisons esthétiques, mais aussi pour contrebalancer les deux autres, de manière que la prise du vent fût également répartie sur la longueur du navire. Et cette cheminée-là — dont beaucoup avaient contesté l'utilité — avait pour Mathieu une importance symbolique : elle englobait, en quelque sorte, sa carrière à bord, puisqu'elle servait d'une part de chenil — avait-il assez promené de chiens ! — et, de l'autre, d'évacuation des fumées des cuisines. Cuisines où il avait désormais sa place, si modeste fût-elle.

Quand il jetait un dernier regard d'ensemble sur son idole, il remerciait son destin de lui en avoir octroyé une parcelle, l'une de ces couchettes du pont C réservées au personnel. Et il avait décidé de ne plus jamais vivre ailleurs que devant les plus vastes fourneaux du monde, entre mer et ciel. Il serait là, toujours, jusqu'à ce qu'il devienne chef de partie, et peut-être plus encore, pourquoi pas, chef suprême de ces soixante-sept mètres de cuisine et de leurs dépendances ?

Au-dessus d'eux, et d'égales dimensions, la salle à manger des premières classes.

En dessous, les arbres des hélices, les quatre moteurs électriques, les turbo-alternateurs et les chaufferies. Et ces voisinages l'exaltaient : sous ses pieds, le cœur du navire, au-dessus de sa tête, les lieux les plus prestigieux pour y servir la plus prestigieuse cuisine du monde. Qui n'aurait été fier et heureux de se trouver là ?

A ses compagnons, commis et arpètes, dénigrant ceci, ou cela, sa culture navale, due au vieux père Robillard, lui permettait de répondre par des évocations de la navigation de jadis : à soixante coups de fouet on mourait, avant les jus de citron combattant le scorbut, on mourait aussi, à s'abreuver d'eau saumâtre on mourait encore. Et il se complaisait à la décrire, cette eau des navires d'autrefois, le désespoir des marins. Car le vaisseau était à peine à la mer depuis huit jours que les fûts la contenant devenaient les aquariums de prédilection de quantité d'infimes animaux d'espèces variées transformant le liquide en matière gluante et verdâtre.

— Vous vous plaignez de la nourriture du personnel ! La blanquette de veau d'aujourd'hui était peu goûteuse ! Alors c'est que aucun de vous n'a jamais entendu parler du « potage » des marins, concocté avec les épluchures de légumes, les croûtes de fromage et de pain, les vieux os et les déchets des assiettes des officiers ! Vous vous pincez le nez en vidant les ordures ? Jadis on les mangeait.

Pour son compagnon de couchette qui le bassinait avec ses doléances, Mathieu avait mis au point une hallucinante évocation du *Hollandais volant*, ce vaisseau fantôme qui jouait son âme aux dés avec le diable et portait malheur à tous ceux qui croisaient sa route. Au pauvre garçon terrifié, il ajoutait :

— Et en plus, qui sait ce qu'il y a en dessous de ces terribles vagues noires qui nous portent, qui sait ce qui se passe dans le fond de la mer ?

Alors le crédule commis demandait grâce, après avoir tenté de dire :

— Mais *Le Hollandais volant* n'a jamais fait le Havre New York. Et nous ne sommes pas dans les parages du cap de Bonne-Espérance ?

— Dors, l'ami, concluait enfin Mathieu. Tu es sur le plus grand paquebot du monde, et le curé qui dit la messe à la chapelle du bord est un saint homme qui sait faire face au diable et aux revenants. Tout ce qui flotte ici avec toi et moi, c'est tout ce qu'il y a de plus sûr, de plus beau.

De plus beau, certes, mais Mathieu devait convenir qu'il ne pouvait jouir désormais de la splendeur du navire. Les dix premiers allers et retours faits en tant que mousse de sonnerie n'avaient été que courses et glissades de l'avant à l'arrière et de haut en bas du *Normandie*.

Mais ce qui était permis à ceux en rouge était interdit à ceux en blanc. Et les contrôles étaient réguliers et sérieux. Trop de passagers des classes touriste et troisième s'ingéniaient à passer en première et les rondiers avaient l'œil pointu.

Impossible donc d'aller admirer les passagères des cabines de luxe et encore moins de leur apporter leur plaid sur le pont, puis de le poser avec délicatesse sur leurs jolies jambes, ou de leur tendre des journaux en osant regarder de près la couleur de leurs yeux.

Il avait fallu choisir entre les plus belles cuisines du monde et les plus beaux salons. Et il avait choisi. En étant groom en rouge, on apprenait à devenir maître d'hôtel, en étant commis en blanc, on se vouait à la gastronomie..., mais alors plus de belles dames au visage de perle qui n'étaient que sourires et gestes tendres.

Restait à rêver que, peut-être, quelque savarin, saint-honoré ou chou praliné où il aurait mis tout son cœur, serait croqué par leurs dents blanches... Et encore ! Elles paraissaient avoir aussi peur du sucre que des requins.

Faustin Bonnier, le chef pâtissier, était un artiste, aimant son art à la passion. Mais il était d'humeur changeante et peu enclin à l'indulgence. Avec lui, rien dans le sucré n'était doux, et, chaque jour, on vérifiait cette contre-évidence. Ici plus encore qu'ailleurs où les pièces spectaculaires, les architectures décoratives de friandises étaient renouvelées aussi souvent que les bouquets de fleurs.

Alors, puisqu'il était impossible désormais d'aller offrir une vraie rose à une belle actrice d'Hollywood, autant en faire en pastillage. Des centaines à chaque traversée de l'Atlantique !

Un jour où Mathieu souriait, malgré lui, et avec un peu d'amertume, à se voir là les fignoler, son chef intercepta ce sourire — il interceptait tout, il devait même avoir des yeux derrière la tête ! — et lui dit :

— Si tu trouves le métier trop doux, fils, peut-être qu'un petit coup de pied au cul te ferait plaisir ?

Le père Bonnier était un inquiet et un susceptible, il avait tendance à croire qu'on le critiquait sans cesse ! Il traînait ça, disaient les collègues, depuis toujours, ce qui lui avait fait le pied vif et la main leste. Ce n'était pas un méchant homme, c'était un sensible, un délicat, un véritable artiste en proie au trac, et donner quelques coups de pied au derrière, et autant de coups de cuillère en bois sur les avant-bras de ses arpètes, devait le soulager. Tous avaient d'ailleurs remarqué qu'après s'être ainsi détendu il envisageait le travail avec plus de sérénité.

Mathieu quant à lui — et bien qu'il subît le même traitement que les autres — s'efforçait de comprendre son chef. Lorsque l'on en arrivait à être pâtissier célèbre, maître absolu, roi incontesté de tout ce qui était sucré à bord du *Normandie*, on se posait sans doute des questions, et surtout celle de savoir si on peut aller plus haut encore. Y avait-il une limite à ces œuvres et à ces créations ? Ou était-ce comme ce ciel et cette mer entre lesquels on vivait, à l'infini ? Son métier, il commençait à l'entrevoir, recelait bien des mystères.

Par chance, il avait trouvé à qui en parler. Au chef poissonnier. On l'appelait *le professeur*, celui-là, et ce n'était presque pas un surnom. Il avait enseigné le français dans une petite ville. Et puis un jour, un matin, racontait-il, il avait soudain *vu*, vraiment, l'assemblée de cancres sur laquelle il s'efforçait d'avoir prise et l'air renfrogné ou résigné de ses collègues et supérieurs. Il avait décidé à la seconde même de les planter là, tels qu'ils étaient, sans s'efforcer de les aider, les comprendre ou les plaindre davantage. Son père, marchand de poissons, était mort fier de la promotion sociale de son fils qui, passée cette satisfaction paternelle, se faisait une joie de revenir aux poissons. Et depuis, Jules, heureux, régnait sur les langoustes en bellevue, les homards thermidor, les soles meunières ou normandes et les turbots à toutes les sauces.

— Vous aimez être sur ce paquebot, monsieur ? avait osé lui demander Mathieu, le découvrant fumant une cigarette sur leur pont, entre deux courts-bouillons.

— Un poissonnier, petit, où serait-il mieux que sur l'eau ? Puis, il avait ajouté : Oui, j'aime assez faire *l'immigrant*, comme disent les collègues vissés à terre, on a les idées plus saines ici... L'iode, c'est bon aussi pour les méninges, ça les fortifie, ici je sens les miennes aussi fraîches que les ouïes d'un merlan frais. Ici on respire, on est seul...

— Avec mille neuf cent soixante passagers et mille trois cent cinquante-cinq hommes d'équipage, monsieur ?

— Parfaitement. Je ne vois que le ciel et l'eau. Le bateau, je ne le vois pas, je ne l'entend pas. Tu la connais l'histoire du petit garçon qui monte à bord, regarde autour de lui, ne découvre qu'ameublement et décoration, comme à terre et demande : « Mais le bateau, où il est le bateau ? Je veux voir le bateau ! » Pas moi. J'ai mes poissons et les rapports amicaux, affectueux même, que j'entretiens avec eux, ma couchette, mes livres, mes richesses intérieures et je suis le plus heureux des descendants du coelacanthe.

— C'est votre père qui vous a appris le métier, monsieur ?

— Mon père m'avait appris les poissons et à respecter leur personnalité, leur goût, leur finesse, leur sensibilité. C'était déjà la moitié du travail. Le reste, je l'ai vite absorbé avec, comme principe premier : marchandise fragile, que dis-je, susceptible, à ne manipuler qu'avec grande délicatesse. Prends, par exemple, sa majesté la sole. Tu peux la traiter sans révérence en la mettant sur le gril, ou en meunière, elle ne bronchera pas, elle acceptera gaillardement. Elle sait qu'elle donne toute sa splendeur dans la simplicité et que c'est son meilleur rôle. Avise-toi de vouloir la draper dans de la haute couture de sauces et elle devient vite caractérielle : tu n'imagines pas comme elle peut décider alors de te jouer la fille de l'air si tu te trompes d'un rien dans tes accommodements. Elle te laissera sa chair et, pfut, elle t'emportera son âme Dieu sait où. L'âme de la sole, si tu ne le sais pas encore, c'est un goût subtil, à peine noiseté, un vrai bonheur. Elle le sait et elle ne le donne pas à tous les coups, crois-moi. Le turbot, bien que souverain aussi celui-là, serait peut-être plus conciliant. Si tu veux qu'on parle de lui, je te dirai...

Il en avait dit beaucoup, à plusieurs reprises, curieux aussi d'entendre parler de ce qu'il appelait « friandises, gourmandise et convoitises » !

— En somme toi, tu te la coules douce... pour rester dans le sens du texte.

Alors Mathieu lui avait montré ses mains :

— Le sucre, monsieur, cuit à 160° et se travaille à 100°. Si vous avez de la délicatesse pour vos soles, lui n'en a pas pour notre peau. Regardez le bout de mes doigts, regardez mes brûlures et mes cloques. Ici on fait en pastillage autant de roses et d'orchidées qu'il y en a dans la réserve à vraies fleurs du pont A. Et si encore *ils* les mangeaient ! Mais quand on voit ce qui revient des tables...

— Tu sais bien que ton pastillage, c'est du décor.

— Je sais. Un maître d'hôtel m'a dit un jour qu'ils n'aimaient pas trop ça, les gens, parce qu'ils pensent que ça a été tripoté... pourquoi pas léché, pendant qu'ils y sont ?

— T'as jamais léché la crème d'un éclair qui déborde, toi ? Tu serais bien le seul !

— Si vous croyez qu'on a le temps ! Si vous croyez que les chefs n'ont pas mille paires d'yeux..., et chez vous, on ne l'égalise pas, la mayonnaise des fanfreluches de vos plats froids ?

— T'énerve pas, petit, il est donc si féroce le père Bonnier ? C'est les galères avec lui ?

— Non, on ne peut pas dire.

Mathieu, alors, s'était laissé aller à avouer ce qui lui manquait, et lui gâchait son plaisir : ne plus courir de pont en pont, ne plus aller du fleuriste chez le coiffeur, du fumoir au grill, de *Rouen à Deauville*, de *Caen à Trouville* (appartements de luxe) et, surtout, de ne plus promener les chiens.

— Si seulement on nous laissait, de temps à autre, aller un peu regarder là-haut, sur la promenade.

— Tu connais le règlement, chacun à son poste, et il ne faut pas que les *petits* offensent la vue des *grands* qui ont payé cher pour être entre eux, entre *élégants*. Tu sais que c'est à leur habillement que les rondiers repèrent ceux des troisièmes qui passent en première classe ?

Mathieu savait et, ce soir-là, il se jura qu'avec ses économies il achèterait un smoking d'occasion. Avec lui, et la nuit aidant, il pourrait circuler partout. Comment n'y avait-il pas pensé plus tôt ? Ce projet le fit se redresser sur sa couchette comme si un crabe l'avait pincé, ce qui réveilla son souffre-douleur à peine endormi après une terrible évocation du gigantesque serpent de mer à ventouses qui pouvait immobiliser un navire, même le plus grand du monde, si tel était son bon plaisir de monstre.

Pendant deux traversées, Mathieu apprécia que *le professeur* parût prendre plaisir à bavarder avec lui. Ils eurent trois ou quatre conversations sur leur pont. *Le professeur* employait parfois un vocabulaire un peu difficile, mais Mathieu en était flatté. Son regret était de ne plus avoir le droit de traverser la bibliothèque, il s'y serait arrêté chercher la signification exacte de certains mots qui chantaient dans sa tête.

Arrivé au Havre, il acheta un dictionnaire. Malheureusement, *le professeur* ne réembarqua pas le mois suivant. Certains avancèrent que c'était à cause d'une femme. On n'en eut jamais confirmation. Mais Mathieu se souvint qu'un soir, dans le grand calme d'une mer d'huile, *le professeur* avait dit soudain, comme ça, à propos de rien, simplement après un long silence : « L'amour, petit, c'est la guerre. » Mathieu en conclut que son nouvel ami avait dû perdre une bataille dont les conséquences l'avaient retenu à terre. Il le regretta. Il n'oublia jamais ce que le chef poissonnier appelait son credo : « Toujours le mot juste, toujours le geste précis », qu'il disait tenir de ses deux professions successives et conseillait au jeune pâtissier d'adopter.

Le 24 août 1936, le *Queen Mary* reprit le Ruban bleu.

La Compagnie générale transatlantique réagit vite et décida de changer les hélices du *Normandie* qui développeraient ainsi 190 000 chevaux. Il y eut un arrêt technique du paquebot de plusieurs mois. Mathieu les employa à « changer d'hélices », lui aussi, disait-il. Il débuta à terre comme commis en cuisine, dans un grand restaurant parisien, chez *Villar*, Faubourg-Saint-Honoré.

C'était une vieille maison qui avait connu, sous un autre nom, des jours heureux du temps du grand Escoffier et dont la renommée s'était ternie. Reprise depuis par un jeune chef de talent, Bastien Villar, elle s'élançait vers une nouvelle gloire !

Les cuisines étaient vétustes. Arrivant de celles du *Normandie*, on croyait passer du pont promenade à un réduit en cale. Mathieu crut y étouffer, puis s'aperçut, étonné, dès sa seconde semaine, qu'il y respirait à l'aise. Et il savait pourquoi : ce nouveau travail lui plaisait. Débuter dans la pâtisserie, c'était bien, c'était même fort utile, voire indispensable, mais, pour employer le mot juste, comme aurait dit *le professeur*, ce n'était qu'un prélude. Maintenant commençait l'essentiel.

Bastien Villar était un calme. Pas commode, pas tendre, mais d'humeur égale. Et quelque chose en lui forçait le respect. En essayant de définir ce qu'il ressentait, Mathieu pensait que le mot clarté s'imposait. Et ce n'était pas seulement la clarté de l'enseignement, c'était celle aussi, lui semblait-il, de l'homme. Avec lui ordres, conseils et réprimandes, tout était droit, net, précis. Et non seulement chaque geste du chef, mais aussi son regard. Et cette façon qu'il avait de dire : « C'est bien » quand ça l'était, ou : « Non, recommence-moi ça » quand il le fallait. Ici, ni coups de pied, ni coups de cuillère de bois, des commandements lancés, comme, peut-être, sur les ponts des navires d'autrefois, avec grand calme dans la tempête. Parce que les tempêtes étaient partout à l'heure du coup de feu. C'était même le seul point commun à toutes les cuisines de terre et de mer. On s'y faisait. On devait même s'y faire si bien que les vieux de la profession, ceux qui étaient au repos désormais, disaient les regretter.

Un jour où son regard se posait sur les mains de Mathieu, rapides et précises à émincer des légumes, Bastien Villar demanda :

— Ça te fait combien d'années de métier, petit ?

Mathieu allait compter ses pâtisseries parisiennes et celle du *Normandie*, quand il s'aperçut qu'il avait oublié, jusqu'à maintenant, de compter les « années Mérotte ». A sept ans, il savait, grâce à elle, faire la pâte à choux et les beignets de fleurs de courgette. Alors, encouragé par le regard intéressé de celui qui interrogeait, il dit :

— Si le temps des mères, et même des grand-mères, compte, eh bien ça me fait déjà beaucoup !

Mathieu apprécia — bien plus tard — qu'en cinq mois de *Villar* il en eût appris autant que chez d'autres en deux ans. Et il aurait volontiers prolongé ses classes Faubourg-Saint-Honoré, s'il n'avait su les chaudières du *Normandie* de nouveau sous pression.

Il avait fait sa demande pour passer de la pâtisserie aux sauces et il avait été accepté. « Celui-là, il veut être partout à la fois », disait le père Bonnier qui regrettait son meilleur ouvrier en pastillage, mais se serait fait couper la langue plutôt que d'en convenir.

En embarquant à nouveau, Mathieu avait un smoking dans son sac. Pas très frais, lustré de-ci de-là, mais suffisant « passe-partout ». Il l'endossa dès le lendemain pour se glisser jusqu'à la salle des spectacles. Plusieurs passagers indisposés par une forte houle l'avaient désertée et il put se dissimuler au dernier rang dans le coin le plus sombre pour écouter le concert commencé.

On donnait une sonate pour piano de Mozart qui le subjugua, l'enivra. Quand il se retrouva sur le pont, il avait l'étrange impression de se dédoubler, de se regarder marcher, humer le vent du large, ou suivre, avec des yeux éblouis, le grand sillage du navire. Et il se disait, comme il aurait dit à un autre lui-même : « Tu réussiras, tu seras l'un des plus grands chefs de cuisine de tous les temps, riche, considéré, décoré, et alors tu vivras les amours les plus passionnées. » Je suis ivre, se dit-il. Ivre de musique et de bonheur.

Il en oublia, une fois couché, d'affoler son compagnon de cabine avec la monstrueuse pieuvre de *Vingt Mille lieues sous les mers*. Il avait mis sa tête sous son drap et, comme lorsque enfant il avait écouté les orgues de Saint-Eustache, il tenta d'entendre encore de la musique. Puis, il pensa à ces violonistes des rues qui s'étaient moqués de lui en disant s'appeler *English* et *Spoken* et il s'endormit le sourire aux lèvres.

Il fut réveillé trois heures plus tard. Et sans douceur.

Tous les passagers de première classe pouvaient, à la seule condition de prévenir à temps le maître d'hôtel, se faire préparer les plats de leur choix. Les commandes les plus inattendues arrivaient aux cuisines où, sans faire ouf! — du moins ouvertement —, on les exécutait. Le soir de « l'affaire James Bennett », comme presque tous les autres soirs, avaient été réalisés, outre le menu prévu pour huit cents personnes — avec suppléments et rajouts divers — une quinzaine de grands dîners particuliers et d'apparat, donnés soit dans les salles à manger des appartements de luxe, soit dans des salons privés. De surcroît, deux buffets, des plus raffinés, avaient été dressés pour l'après-spectacle — on donnait une pièce de Sacha Guitry — et les intrépides danseurs qu'aucune des humeurs de l'océan ne rebutait. Tout cela avait fait préparer et servir des monceaux de nourriturs les plus variées et les plus élaborées. Et on aurait pu supposer, que, repus, les passagers s'endormiraient enfin. Mais M. James Bennett, occupant l'appartement de grand luxe de *Trouville*, sun deck tribord, eut envie de yaourts à deux heures du matin.

Or il n'y en avait pas.

— Pas du tout ?

— Pas du tout.

M. James Bennett ne s'en tint pas là. Il fit contacter le rondier, qui, à son tour, enquêta aux cuisines auprès du chef de nuit.

— Pas de yaourt ?

— Pas de yaourt.

Les deux cartons les contenant avaient été écrasés par une roue de gruyère malencontreusement tombée sur eux.

M. James Bennett, informé de cet accident, ne l'entendit pas ainsi. IL VOULAIT DES YAOURTS. Il voyageait sur le *Normandie* dont l'un des arguments publicitaires était : « Vous pouvez *tout* nous demander, vous aurez *tout.* »

Le chef de cuisine de nuit désolé, humilié même, s'en fut examiner l'amas de morceaux de verre et de laitage. Par miracle, un pot, un seul, avait été épargné et que l'œil du maître venait de découvrir. On se hâta de l'envoyer à M. James Bennett. Il en aurait voulu trois et les exigea pour le lendemain.

L'affaire alla jusqu'au commandant. M. James Bennett était l'un des clients les plus fidèles de la *French Line.*

— Bon sang, fabriquez-en ! fut l'ordre d'en haut.

Fabriquer des yaourts ? Comment [1] ?

Le commis qui lavait le sol des cuisines à grande eau risqua :

— Il y aurait bien Mathieu Leduc. Il m'a dit un jour que sa grand-mère faisait ses yaourts elle-même. Il saura peut-être.

On réveilla Mathieu.

C'était le règlement. A n'importe quelle heure de la nuit, chaque membre du personnel pouvait être appelé à servir si besoin était. Quelques-uns qui ne supportaient pas ce rythme étaient à l'infirmerie pour dépression ou crise nerveuse... De ceux-là, Mathieu disait que sur les bateaux d'autrefois ils ne seraient pas, comme tout le monde, morts après soixante coups de fouet, mais dès les cinq premiers.

On avait trois minutes, comme les pompiers, pour être au garde-à-vous et en tenue là où on était convoqué. Mathieu y fut en deux.

Faire des yaourts ? Oui il savait, mais il fallait du ferment... ou un yaourt à délayer dans le lait.

On filtra avec une mousseline une partie du laitage répandu parmi les morceaux de verre. Douze heures plus tard les yaourts de M. James Bennett étaient prêts.

Quand le chef de jour arriva aux cuisines le lendemain

1. Ne pas oublier que nous sommes en 1936. Les yaourts n'y étaient pas de consommation aussi répandue que de nos jours.

matin, on l'informa de l'incident. Il demanda le nom du fabricant occasionnel.

— Mathieu ? Alors vous direz à M. James Bennett qu'ont été spécialement confectionnés pour lui *Les Yaourts du père Mathieu.* Provenance directe de Normandie.

M. James Bennett voulut connaître le « père Mathieu ». On le lui dépêcha. Ils parlèrent yaourt. Mathieu dit que sa mère avait eu aussi l'idée d'en faire avec des fruits dedans.

— Avec des fruits dedans ?

— Oui, monsieur.

— Vous savez les faire ?

— Oui, monsieur.

— Je vous engage ! Venez chez moi. Vous n'y ferez que mes laitages et je vous paierai dix fois ce que l'on vous paie ici.

— Non, monsieur. Merci beaucoup.

— Et pourquoi ?

— J'aime mon bateau, monsieur.

Mathieu ne s'attendait pas à des remerciements de la part de son chef de partie. Mais plutôt à ce, qu'effectivement, il s'entendit dire :

— Et ne t'imagine pas, toi, des yaourts, que tu vas pouvoir tirer au flanc ce matin parce que tu as passé un moment debout cette nuit et qu'un milliardaire t'a fait l'honneur de t'adresser la parole.

Il hérita même, en récompense, de la confection de la pâtée de luxe du caniche de Mme Briggs qui ne voyageaient sur le *Normandie* suite *Caen* (pont principal bâbord) que parce que le chef avait la recette de la soupe végétarienne de son petit « Chip ». Mais Mathieu accepta tout cela avec philosophie. Au credo du professeur il ajoutait le sien : patience et bonne humeur. Il renonça même à torturer son compagnon de nuit qui, pour occuper le temps laissé libre par les monstres de mer, lui lut les lettres de sa promise.

Ce fut seulement six mois plus tard, après le dernier gala de la croisière New York-Rio de Janeiro-New York, que Mathieu put remettre son smoking. Il ne le fit, ce soir-là, que pour aller respirer sur le pont promenade des premières classes, son lieu de prédilection.

Il était las et courbatu. Cette croisière avait été exténuante. Il en émergeait stupéfait par les inépuisables possibilités de l'être humain à se divertir et se nourrir sans discontinuer. Il en conclut qu'il détestait ce genre de voyage et n'en ferait jamais quand il en aurait pourtant la possibilité, plus tard... Il en était là de ses réflexions et redescendait vers le pont C par l'un des escaliers réservés aux premières classes, quand il reçut dans les jambes, et qui faillit le faire chuter aussi, ce qui, dans un fouillis de mousseline rose, était une jolie passagère, ivre, sinon morte, du moins presque.

Appeler le rondier ? Pas question. Même harassé par sa ronde et la quantité de clients qu'il avait dû avoir à ramener chez eux en état d'ébriété, le surveillant devrait noter dans son rapport qu'il avait rencontré, à trois heures du matin, le commis Mathieu Leduc vêtu d'un smoking, et empruntant un escalier de première classe. Et ce serait écrit à jamais, et à l'encre sur le « Service de nuit ». Une seule chose à faire, reconduire la dame chez elle et s'enfuir.

Le difficile ne fut pas de la soutenir, bien au contraire, mais d'obtenir d'elle le numéro de sa cabine. Elle disait avoir perdu sa clef qu'il eut heureusement l'idée de chercher lui-même dans son sac et trouva.

Il l'avait posée sur son lit. Elle demanda à boire. Il donna un verre d'eau. Ce n'était pas ce qu'elle voulait. Elle le regarda alors avec curiosité. Il pensa qu'elle devait avoir l'habitude d'être raccompagnée par les rondiers et s'étonnait de ne pas connaître celui-là. Il ne s'imagina pas une seconde qu'elle découvrait soudain dans sa cabine un grand, beau et jeune garçon qui la fit passer de l'envie de boire à l'envie de tout autre chose.

Il la laissa plongée dans un profond sommeil et lui donna un dernier baiser qui amena sur ses lèvres l'esquisse d'un sourire. Ce fut l'image qu'il décida de garder d'elle.

Et, encore une fois, avant de la quitter, il admira le décor raffiné de cette cabine de luxe. Puis il effleura, pour en mieux conserver le souvenir, les trois sortes de soie qu'il venait de caresser, celle de la peau de cette superbe créature, celle du satin de ses dessous jetés sur le tapis et celle du crêpe de chine rose des draps. Il avait le sentiment d'avoir fait l'amour dans les conditions les plus somptueuses qui puissent être offertes à un être humain.

Il n'envisagea pas de regagner son lit. Cette fin de nuit, il ne pouvait pas la passer à dormir. Ni le bar, ni le salon, ni le fumoir n'étaient encore fermés. Ces dernières soirées de croisière à bord n'en finissaient pas, elles étaient le cauchemar des surveillants qui arpentaient les ponts pour faire regagner leurs cabines à ceux des classes touristes et troisième qui s'étaient introduits en première, et aux passagers en état d'ébriété avancée.

Le fumoir était désert. Il s'installa dans un fauteuil devant *La Chasse* de Dunand, panneaux de laque sur fond d'or où hommes et bêtes se livraient bataille et devant lesquels il revécut sa merveilleuse aventure. Cette femme, américaine ou anglaise — il penchait pour l'Amérique —, était la plus belle créature du monde. Il l'aimerait toujours. Il en était sûr. Il était assez lucide pour se douter qu'elle-même ne se souvenait déjà de rien — trop d'aventures de ce genre arrivées ici lui étaient connues, et il savait que ces dames, la chose finie, auraient été bien incapables de reconnaître celui à qui elles avaient dit, comme celle-ci : « Aime-moi ! » A moins que...

Alors il transporta son cœur débordant de rêves et de réalités confondus, et son corps un peu las, dans le grand salon, face à un autre relief en laque de Dunand, *Le Char de l'Aurore*. Des chevaux piaffant, de belles nudités d'hommes et de femmes, tout cela d'or et d'argent illuminé par un soleil central sur fond de vagues aux tons de feu : voilà qui convenait à ses états d'âme.

Il arriva ce qui devait arriver. Mathieu s'endormit.

Il était si parfaitement allongé sur le canapé en tapisserie d'Aubusson où il avait choisi de se délecter des souvenirs tout frais de son aventure, que le rondier, fatigué lui aussi, ne le vit pas et l'enferma avec le peuple de fauteuils, de poufs, de guéridons et de lampadaires à qui, pour ce restant de nuit, appartenait le grand salon du plus grand paquebot du monde.

Éveillé par le ronflement des aspirateurs, il ouvrit les yeux quatre heures plus tard, sur *L'Aurore* de Dunand, ébloui par les rayons du soleil illuminant leur réplique en laque.

*

Dans une lettre qu'il écrivait à Mérotte, Mathieu disait :

« La liste des plats servis ici est trop longue, je ne pourrais jamais t'en donner la dixième partie. Nous exécutons les recettes des plus illustres chefs et aussi tout ce qui peut passer par la tête de nos passagers qui savent nos cuisines prêtes à faire l'impossible pour eux.

« Il nous arrive parfois des demandes assez étonnantes. Il faut que tu saches que les Américains, s'ils ont décidé de se passionner pour quelque chose, se passionnent à fond. Ainsi, nous avons en ce moment à bord un fin gourmet de New York qui nous a d'abord passé commande, pour un souper qu'il donnait dans la salle à manger privée de son appartement, *Deauville* (sun deck bâbord), la fameuse *vasque de foie gras en gelée d'or** dont on dit qu'elle constitue l'une des gloires de la gastronomie française. Et, un autre soir, il a fait, pour lui *tout seul* cette fois, par écrit de sa main, et non dicté au secrétaire qui l'accompagne, la demande suivante :

« " Je veux un canard de Rouen au sang ; qu'il soit cuit rose, monsieur ! Vous taillerez les filets en aiguillettes ; vous jetterez sur le tout un peu de sel et de poivre ; vous presserez la carcasse, vous arroserez dévotement les filets avec l'essence même de l'oiseau ; vous me servirez le mets tel quel, bien chaud. Vous placerez près de moi une bouteille de musigny 1884 ou 1885 et vous me laisserez communier seul* ".

« " Ceci est l'exacte copie de ce que le marquis de Rougé exigea de M. Nignon, votre vénéré grand chef que j'ai connu chez *Larue* dans ma jeunesse. Je la reprends à mon compte ce soir.

« " N.B. Vous n'aurez sans doute pas de 1884 ou 1885 en musigny. Je me contenterai du millésime que les caves du Normandie possèdent. "

« Avait-on un grand musigny ?

« Avait-on seulement un canard de Rouen, à la veille de l'arrivée à New York ?

« Eh bien, on avait tout ça !

« Et, tu veux que je te dise, on en était *heureux*. C'était comme si ces richesses nous avaient appartenu à tous dans nos cuisines. Tu vois ce que je veux dire ? C'était notre fierté de Français. Sur aucun autre paquebot, ce roi de l'industrie américaine n'aurait été exaucé comme il le fut par nous.

« Je n'ai pas su de quelle année était le musigny, mais il paraît qu'il était fameux, parce que, son dîner solitaire fini, M. l'Américain a fait appeler notre chef et a trinqué avec lui pour le féliciter.

« Mais nous avons eu plus fort encore !

« Une commande venant de la suite *Caen* (sun deck tribord) occupée par une Américaine qui en connaissait un bout de notre cuisine elle aussi : *une carpe farcie à la Chambord* *.

« Il paraît que la dame aurait dit à son mari : “ Je me demande si la *French Line* va pouvoir nous faire ça, on ne pêche pas de carpes dans l'Atlantique. ”

« On assurait que cette personne avait des actions de la *Cunard Line* à qui allaient ses préférences et trouvait exagérée la publicité gastronomique de la Compagnie générale transatlantique.

« Elle disait être sûre, cette Mme Jack Collins, de se voir proposer une langouste *en belle-vue* en remplacement de sa carpe.

« Eh bien, on avait une carpe — une énorme — et notre chef, évidemment, avait aussi sa recette “ à la Chambord ” sous sa toque. Et quand notre poissonnier s'est avancé, portant sa bête dans ses bras, comme l'agneau pascal à l'autel, nous l'avons applaudi.

« Ah, ma Mérotte, si tu l'avais vue plus tard, cette carpe, toute fignolée, tu aurais peut-être fait comme l'un de nos jeunes commis de deuxième classe, un petit qui est toujours muet — comme une carpe, c'est le moment de le dire ! — qui nous murmure à peine un bonjour quotidien, tant il est timide, et qui, tout d'un coup, s'est écrié : “ Vive la France ! ”

« Alors nous avons tous lancé nos toques en l'air et fait comme lui.

« Notre chef, qui est modeste, bien que génial, nous a dit en riant : " Un peu de calme, les enfants. Vous le savez, je me méfie toujours, je me demande, avant chaque embarquement, ce que MM. et Mmes les passagers vont bien pouvoir exiger ! Et j'essaie de penser à presque tout... Il n'y a aucun mérite à cela. "

« Hier, avec le cuisinier du maharaja de Kapourthala, qui vient parfois confectionner ici pour son maître des plats de chez eux (ce qui vexe un peu notre brigade), j'ai appris à faire le vrai curry à l'indienne. C'est fameux. Je regarde aussi, si je peux barboter une minute par-ci, par-là, travailler les cuisiniers juifs. Il y a une petite cuisine kasher [1] à côté des nôtres. Un commis aux viandes s'est grièvement blessé. Il est à l'infirmerie jusqu'à la fin de cette traversée et ne réembarquera pas. Il a fallu le remplacer et je me suis proposé. Un an et demi de sauces me paraît suffir, je passe aux bœufs, veaux, moutons et Cie, et je suis en train de faire, avec l'un des neuf bouchers du *Normandie*, l'étude des pauvres animaux dits comestibles. Mais mon initiateur est un mélancolique. Être regardé avec suspicion par les dames à chiens l'attriste. Parce que — je ne crois pas te l'avoir dit — c'est l'un des bouchers (lui en ce moment) qui s'occupe de nourrir ces petites bêtes. C'est une aubaine pour elles qui sont ainsi princièrement gavées. Mais le cœur des mamans chiens, tu ne peux pas l'empêcher de tressaillir au mot *boucher*. Dès qu'elles apprennent qui soignera leurs toutous pendant le voyage, ces dames les voient découpés en rondelles. C'est peut-être cela qui rend mon nouvel ami Valentin mélancolique... ou alors il a le mal de mer, je ne sais pas encore.

« Avant de terminer mon temps de saucier, j'ai eu une petite affaire avec le commissaire du bord. On m'a découvert endormi dans le grand salon des premières classes. Je n'ai eu droit qu'à un avertissement, en raison de mon ancienneté et de ma bonne conduite passée. On m'a demandé pourquoi j'étais là. J'ai répondu que j'avais beaucoup d'admiration pour la décoration de cette pièce et que j'avais voulu la revoir, comme du temps où j'étais mousse de sonnerie.

1. Cuisine respectant les prescriptions de la loi juive.

« Je ne sais si on m'a cru, mais tant pis, je ne pouvais pas dire la vérité sans compromettre la belle passagère que j'avais aidée à regagner sa cabine, parce qu'elle avait bu un peu trop de champagne et était tombée dans l'escalier.

« Il faut savoir que tout ce qui se passe à bord à partir de vingt-deux heures est consigné sur le livre " Service de nuit " et que ça reste là, écrit à jamais. Tu penses bien que pour cette dame — une Américaine milliardaire très connue — cela aurait été comme une tache dans sa vie. Je dois te dire qu'elle m'a beaucoup remercié. »

Cela avait été plus fort que lui, il avait fallu qu'il parle de sa belle aventure, même à demi-mot. Car il pensait nuit et jour à sa Gladys. Il avait enfin découvert son identité en interrogeant un steward — le plus beau nom de la terre porté par la plus merveilleuse créature. Et, ce qui le confondait, c'était d'avoir trouvé si normal, si simple, sur le moment, ce qui lui arrivait : cette déesse arrachant ses vêtements et se jetant sur son lit, en lui disant : « Viens. » Alors qu'avec le recul et la réflexion, l'extraordinaire de tout cela le plongeait dans un émoi où l'incrédulité le disputait au ravissement.

Encore une croisière New York-Rio de Janeiro-New York. Dans l'année qui la précéda, à l'embarquement de la cent seizième traversée, Mathieu avait été enrôlé comme chef de partie. A dix-neuf ans ! C'était un exploit dont il était fier. Mais il lui arrivait de se dire qu'il aurait peut-être préféré une nouvelle et merveilleuse aventure avec une autre Gladys... même ivre elle aussi.

Il rêvait d'endosser à nouveau son smoking et de s'élancer vers le pont-promenade des premières classes. Mais, en croisière, les soirées de liberté étaient rares. Il semblait que les occupants des appartements de luxe ne puissent se contenter de dîner ou souper comme tout le monde à la grande salle à manger. Dans chaque suite, chaque nuit, il y avait réception. Et presque toujours chez des Américains.

Il fut envoyé, sur le coup d'une heure du matin, faire pour l'un d'eux, sauter des rognons au madère et flamber des crêpes Suzette par un clair de lune qu'il avait eu l'intention de passer sur le pont du personnel en se racontant de belles histoires.

Douze personnes avaient là plus soif que faim. Mais il arriverait bien à leur donner de l'appétit. Il aimait parvenir à stimuler les papilles des gens blasés.

Il réussit.

Seule une invitée, une Américaine qui voyageait sans mari, ne toucha pas à ses rognons. Peut-être n'aimait-elle pas ça. Elle préférait sans doute les crêpes. Il les tartina, avec amour, de beurre travaillé et parfumé au curaçao et au suc de mandarine. Puis il flamba le tout à la fine champagne. Pas plus de succès. Ce qui, en fait, était façon de parler, car du succès, il en avait, *lui*, auprès de la belle dame. Elle ne cessait de le regarder. Elle posait avec calme et superbe deux grands yeux, d'un bleu de pervenche, si froids qu'ils auraient pu éteindre son flambage, mais qui en même temps, c'était étrange, étaient brûlants. Elle ne se souciait pas le moins du monde qu'il puisse en être gêné. L'était-il d'ailleurs ? Certes, ce n'était pas Gladys, mais sans doute cette femme était plus belle encore. Et pas ivre. Elle n'avait bu que trois ou quatre verres de champagne qui n'avaient pas coloré ses joues. Elle avait un teint de perle qui s'assortissait si bien à son sautoir à quatre rangs qu'il était comme partie intégrante de sa peau.

Parfois, il osait croiser ce regard de glace brûlante qui lui mettait, à lui, le feu aux joues. Par chance, on pouvait attribuer ce flamboiement à la chaleur de sa plaque électrique ou à l'incendie de ses crêpes.

Ses belles crêpes ! Sur celles que le maître d'hôtel avait posées devant la dame, une jolie main chargée de pierreries y écrasa une cigarette !

Et le regard était toujours là, fascinant.

Il était trois heures lorsqu'il regagna sa couchette, trois heures dix quand on vint lui dire que la passagère occupant la suite *Rouen* (sun deck tribord) voulait des crêpes Suzette.

Bien sûr, c'était elle !

Elle dit :

— J'ai faim.

Elle n'avait demandé que lui, refusant un maître d'hôtel, pour fourrer les crêpes venues toutes chaudes des cuisines.

Et maintenant c'était lui qui la regardait.

Elle portait une simple et courte robe de soie aussi noire que ses cheveux coupés en frange sur son front et très courts au ras des oreilles dont ils cachaient à peine les lobes où pendaient d'énormes diamants. Des diamants, elle en avait d'ailleurs partout. Aux bras, aux doigts, jusqu'à ses épaulettes, chargées de tenir son petit bout de robe, et qui étaient faites d'un fil de pierreries. Cette femme était plus belle encore que toutes celles qu'il avait admirées au cinéma. Et cette femme, enfin, goûtait à ses crêpes.

Elle parut les trouver bonnes et, pour le remercier, lui tendit son verre de champagne, *son verre à elle* !

Il but, sans hésiter.

Alors elle se leva et lui fit signe de la suivre, à côté, dans sa chambre.

Ils n'avaient plus échangé un mot. Il aurait aimé bavarder un peu avec elle, et en anglais, qu'il était fier de parler désormais couramment grâce aux cours donnés aux mousses de sonnerie.

Le lit était prêt, ouvert, les attendant.

Et les draps étaient de satin noir.

Il aurait dû s'en étonner, il n'en avait jamais vu de semblables. Mais plus rien ne l'étonnerait désormais.

Il la regarda se déshabiller. Il se regarda en faire autant : qui était le maître à bord du *Normandie* sinon lui ! Et cette créature était là pour lui, Mathieu.

C'était une tigresse. Elle le griffa, le mordit, ce fut sublime. Il faillit pleurer de bonheur. Il en pleura même peut-être, il ne savait plus. Et quand elle lui dit : « Partez, je vais dormir », il ne se vexa pas.

Il la laissa allongée, toute blanche sur ses draps noirs, parée de ses bijoux qu'elle n'avait pas enlevés et, qui se dit-il, la parsemaient d'étoiles. Il se demanda s'il verrait jamais plus beau spectacle et s'en fut sur la pointe des pieds.

Ce n'est qu'en se déshabillant qu'il trouva le billet de mille francs dans la poche de son pantalon.

Une tornade de sentiments divers — humiliation, désespoir, rancœur, rage — l'assaillit. Pourquoi, mais pourquoi avait-elle fait ça ? Tout avait été si beau, si exceptionnel, entre eux.

Alors défilèrent devant lui les possibilités de rendre, avec dignité et désinvolture mêlées, le billet de banque infamant. Il se vit le lui remettre, sous enveloppe. Avec un regard sévère ? Hautain ? Triste ? Mais où, quand et comment cela se pourrait-il ?

Il s'endormit désespéré. Il rêva qu'il pénétrait dans le grand salon et lui jetait, comme on jette une plaque de mille francs sur le tapis de la roulette, cet argent au visage... Mais tous ceux qui étaient là éclataient de rire, parce qu'il était nu.

Il eut une aventure avec une jolie femme de chambre, plus pour se prouver que l'on pouvait aimer ailleurs que dans le crêpe de chine et le satin que par réelle inclination. Mais Émilienne était sotte et l'aventure fut brève. Il s'aperçut que ses deux belles dames, n'ayant chacune prononcé que trois mots pendant leurs ébats, avaient sans doute bénéficié de ce mutisme, Émilienne, elle, parlait trop.

Elle était une véritable entreprise de démolition. Elle cassait tout. Rien n'était vrai à ses yeux. Ni la beauté des dames de première classe, ni leur éducation... ni même leurs diamants.

Pour Émilienne, le monde entier était faux. Devant la statue de la Liberté elle disait : « Et alors ? » et, campée devant lui et le toisant en riant : « Comme il est jeune celui-là, il croit à tout ! »

Eh bien, oui, il croyait au travail, à la sincérité et à la beauté ! Et il tenait à garder ses croyances. Il lui arrivait de regarder la jeune femme, si nette si soignée — la gouvernante du *Normandie* était inflexible sur la tenue de son bataillon en bleu ciel et col blanc — et de lui dire :

— Tu es parfaite de l'extérieur, mais toute chaotique en dedans. En fait, tu n'as pas d'idéal.

Il se sentait alors riche du sien : il aimait le savoir et la valeur de ses chefs. Il aimait que son métier fût cette chaîne solide dont il faisait partie et où chacun enseignait à l'autre.

Son idylle dura à peine le temps de trois traversées. Il avait besoin pour son équilibre de s'endormir sur ses certitudes et n'accepterait plus de personne qu'on les mît en doute.

Sa rupture avec Émilienne lui confirma qu'il l'avait échappé belle, et il frissonna à la pensée qu'il aurait pu, un peu de vague à l'âme aidant, aller jusqu'à l'épouser pour sa taille fine, ses seins parfaits et d'assez jolis yeux.

Il avait décidé de lui faire un cadeau d'adieu et chargé un maître d'hôtel de ses amis d'acheter un flacon de parfum chez le coiffeur des premières classes. Le plus beau, le meilleur.

Quand il le lui donna, il crut tout d'abord que très émue, elle pleurait, puis il vit qu'elle riait.

— Tu vois, Mathieu, ça, c'est tout toi... Il ne t'est pas venu à l'idée qu'à faire les cabines de luxe de ces dames j'en ai tant que je veux de leurs parfums... et même, si je ne me servais pas, imagine-toi qu'elles nous donnent tout ce qui déborde de leurs bagages et que là-dedans il y en a des parfums...

Il aurait sans doute dû être vexé, il fut fou de joie, quel bonheur d'avoir échappé à une pareille créature !

Il pensa ce soir-là, allongé sur sa couchette, et fixant au plafond une petite tache qui avait, selon son humeur, l'air d'une fleur ou d'un navet, à sa chère Mérotte qui, du temps des Halles, lui disait : « Même si le bonbon qu'on t'offre ne te plaît pas, tu dis merci. Et même deux fois plus que s'il te plaisait. »

Il pensa aussi à la petite Carla, si douce.

Et, comme chaque soir depuis l'aventure avec Gladys, il s'endormit avec sa belle Américaine. Il se demandait souvent si chaque homme était ainsi marqué par une femme et s'il continuait toujours à rêver d'elle à travers les autres.

Le *Normandie* continua à fendre l'eau et Mathieu à nourrir des milliers de passagers... Et ce fut la cent trente-neuvième traversée.

On quitta Le Havre le 23 août 1939 à quatorze heures, et personne à bord ne pouvait supposer que le paquebot n'y reviendrait jamais. Le personnel navigant embarqua en s'égayant d'une proclamation de M. Daladier qui demandait que l'on renonçât à la semaine de quarante heures pour rattraper le retard de la France en matière d'armement et d'aviation. Sur le *Normandie*, on ne connaissait que des semaines de soixante à soixante-dix heures !...

Mille quatre cent dix-sept passagers à bord. Beaucoup d'Américains effrayés par l'aggravation de la situation internationale.

Dans la nuit, les diverses nouvelles reçues par câbles laissèrent redouter une ouverture imminente des hostilités.

... et le caviar était toujours présenté sur glace et dans sa coupe d'argent avec le sourire du maître d'hôtel.

Les chaudières en réserve furent allumées pour parer à toute éventualité.

... et les homards thermidor au menu ce soir-là étaient aussi parfaits qu'à l'accoutumée, comme la déférence et l'efficacité du personnel.

Les éclairages des ponts furent réduits au minimum, les verres des claires-voies des compartiments des machines furent peints en noir.

... et le consommé servi sur les mêmes ponts, vers onze heures du matin, était toujours aussi parfumé.

Les officiers radio constatant que les communications étaient brouillées par les navires allemands en mer, le *Normandie* cessa d'émettre, et accosta au *pier* 88 côté nord à New York le lundi 28 août à dix heures quinze.

L'acteur James Stewart, accueilli par les journalistes, leur déclara que la courtoisie et la cuisine françaises survivraient à tous les cataclysmes. Au même moment, les Allemands entraient en Pologne.

Douze heures plus tard, alors que le *Normandie* faisait sa grande toilette d'arrivée, le *Bremen,* qui jadis avait eu aussi le Ruban bleu, accostait au pier 86.

Le *Bremen* et le *Normandie* devaient reprendre la mer le 30. Seul le navire allemand partit et, pendant sa manœuvre, l'équipage, au garde-à-vous sur le pont, fit le salut hitlérien et entonna le *Deutschland über alles.* Alors, sur les ponts du *Normandie,* on répliqua par *La Marseillaise.*

Le 3 septembre, la guerre était déclarée à l'Allemagne.

Le *Queen Mary* arriva et prit la place laissée libre par le *Bremen*. C'était la première fois que les deux plus grands paquebots du monde ne cessant de se ravir l'un l'autre le Ruban bleu se trouvaient à quai côte à côte. Mathieu dut convenir que le concurrent n'était pas mal, mais que *Normandie*, même en prenant de l'âge, resterait le plus superbe et le meilleur. Quant à la qualité de la cuisine du *Queen* !... Pas mal non plus, mais rien de comparable, évidemment. Et il retourna à ses fourneaux. On n'avait plus que les officiers et le personnel à nourrir, mais ceux-là savaient ce que c'était que « manger bon », comme disaient les marchandes des Halles de son enfance, et il n'était pas question, surtout en ce moment, de les brimer. C'était, en quelque sorte, une affaire d'honneur.

Le mercredi 6 septembre 1939, le *Normandie* reçut l'ordre de désarmer et de commencer à rapatrier l'équipage. Des mille trois cent cinquante-cinq hommes, il n'en resta que cent treize. Mathieu était de ceux-là. Son ancien compagnon de couchette, lui faisant ses adieux, dit en pleurant :

— Tes monstres de la mer, c'est peut-être rien à côté des Boches...

Et Mathieu pleura aussi. Ce n'était pas tellement les Allemands qu'il redoutait que la fin d'une époque, celle qui lui avait ouvert les portes sur la beauté du monde.

*

Jusqu'en 1940, le courrier de France arriva par un service postal d'hydravion entre New York et Lisbonne, via les Açores. Mathieu eut des nouvelles de Paris. La France envahie, ceux du *Normandie* ne surent plus rien des leurs. La vie de Mérotte et de Carla s'arrêta pour Mathieu aux dernières informations qu'il eut en août. La jeune fille avait obtenu son brevet élémentaire. On lui conseillait de continuer ses études jusqu'au brevet supérieur. Aussi Mérotte s'était-elle décidée à travailler dans un grand hôtel où une relation de Félix Robillard, chef de partie, l'avait introduite.

Parce que les extra, en été, ça ne rendait pas beaucoup et que ce brigand de locataire du petit café de Sébastien ne payait plus guère.

Tous, à bord, tentaient de se consoler en conservant à leur navire son bel aspect. Le *Normandie* leur tenait lieu désormais de patrie et de famille.

Le grand salon brillait toujours de l'éclat du *Char de l'Aurore* et dans le fumoir, *La Chasse*, avec son éléphant, ses gazelles et son oiseau blanc, rappelait toujours à Mathieu le plus beau moment de sa vie amoureuse.

Il fit à cette époque, en arpentant les rues de New York, grelottant sous son blouson trop léger — la guerre les avait tous surpris en tenue d'été — la connaissance d'un vieil Italien devenu américain. Marcello le Vénitien qui, dans un réduit où trois tables tenaient à peine, servait les plus succulents *risotti*[1] de terre et de mer. L'enthousiasme de Mathieu fit à Marcello autant de bien, dit-il, que si sa chère épouse, la bonne la courageuse, l'irremplaçable Maria Pia, lui était revenue de l'au-delà.

Le vieux avait dans la tête et dans le cœur plus de quarante recettes — peut-être même une cinquantaine si sa mémoire le voulait bien — à base de riz du Piémont et rien que du Piémont. Et Mathieu, à pas de loup, avançait dans le labyrinthe de leurs secrets.

— Il faut que tu saches et que tu le gardes gravé là — et Marcello se touchait le cœur — que la manière, la seule, la vraie, de donner à boire au riz dès qu'il sera sur le feu, c'est *petit à petit,* au fur et à mesure qu'il s'assoiffe jusqu'à ce qu'il ait eu toute sa ration et que, lentement rassasié, il s'épanouisse. Les incapables versent tout d'un coup le bouillon. C'est un crime. Et ils te diront, ceux-là, qu'en mouillant peu à peu tu fais un déplacement de liquide qui fera attacher au fond de la casserole. Ne les écoute pas. Ils ne savent ni ce qu'ils disent, ni ce qu'ils font. Ce sont des ignorants. Le monde en est plein, petit, et ils parlent toujours plus fort que les autres. Vois ce qui

1. *Risotti* (*risotto* au singulier) : plats à base de riz.

se passe en ce moment où ils vont nous mettre tout à feu et à sang...

Les autres paquebots à quai : *Queen Elisabeth*, *Queen Mary*, *Mauretania* étaient recouverts de la peinture grise réglementaire. Pas le *Normandie*, qui brillait toujours de tout son éclat.

Puis, le 15 mai 1941, brusquement, sans avertissement, le bateau fut occupé par les Américains ! Les coast-guards montèrent à bord et y restèrent.

Le 12 décembre de la même année, ce fut la saisie complète du navire. Le personnel eut deux heures pour quitter le bord et empaqueter ce qu'il y avait entassé en deux ans.

Il neigeait, le ciel était invisible, ce ciel bleu de jadis et où les trois cheminées du *Normandie* se détachaient si fièrement.

Et ils partirent tous. Mathieu compris.

Quand ils furent sur le quai, ils jetèrent un dernier regard à leur paquebot. Et ils entonnèrent *La Marseillaise*, à voix forte, puis ils pleurèrent.

Marcello-risotto, comme l'appelait Mathieu, proposa une association. A eux deux ils feraient la conquête de New York. Pendant six mois, le jeune homme travailla chez lui. Mais pas en partenaire, il voulait garder sa liberté ; demain, peut-être, la paix serait signée.

Quelques jolies dames venaient s'encanailler dans les *risotti*. Mathieu crut en aimer deux, presque simultanément, ce qui lui prouva qu'il n'en aimait aucune.

Et puis, le 9 février 1942, le feu se déclara sur le *Normandie*. Alors Mathieu, comme un fou, courut au port. Il y passa vingt-quatre heures, l'incendie cessa enfin. Mais le 10 février à deux heures quarante-cinq, le navire chavira de quatre-vingts degrés sur bâbord. Couché dans la vase, deux hélices émergées, les trois cheminées au ras de l'eau glacée de l'Hudson...

Le géant était blessé à mort. Alors Mathieu connut, pour la première fois de sa vie, le sens du mot désespoir, mot juste, comme aurait dit *Le professeur*.

Il pensa, quelques jours plus tard, à M. James Bennett, retrouva sa carte et son adresse et s'en fut chez lui.

L'Américain était entouré de ses gens et de montagnes de

bagages. Il partait pour l'Afrique du Sud. Il invita son visiteur à venir prendre un verre dans son bar et lui parla diamants.

Le jeune Mathieu savait-il comment avait débuté cette belle affaire ? Par un jeu d'enfants. D'enfants qui jouaient aux billes avec des cailloux trouvés sur les bancs de sable de l'Orange River. Et ces cailloux, il y en avait eu pour tous. Un berger hottentot en avait même découvert un qui pesait quatre-vingt-trois carats ; on l'avait appelé l'*Étoile de l'Afrique du Sud*. Lui, James Bennett, avait une maison là-bas, à Kimberley et un morceau de la De Beers, une société qui, en quelque sorte, aurait pu jouer aux billes elle aussi, si cela lui avait plu, avec les cailloux de l'Orange River.

James Bennett était arrivé à faire briller les yeux de Mathieu, qu'il avait trouvés un peu tristes à son arrivée chez lui. Ils brillèrent au point qu'oubliant un moment le rêve évanoui du *Normandie* et les rêves impossibles d'autres Gladys, Mathieu accepta d'accompagner M. James Bennett dans ce pays de contes de fées.

« Père Mathieu », comme l'appelait parfois en riant le diamantaire, y passa un an, fit des milliers de yaourts et fut le promoteur de l'importation du riz du Piémont à Kimberley. Il avait asservi son amateur de laitages à ses innombrables risotti... Mais il était déçu. Le temps était loin où un fermier en grattant dans son champ y trouvait de quoi faire courir une rivière de diamants autour du cou de sa femme. Toutefois, comme il aimait aller au fond des choses, il acheta un livre sur Cecil Rhodes directeur, jadis, des fameuses mines De Beers.

Ce Cecil Rhodes avait calculé, à son époque, que l'Amérique et l'Europe réunies voyaient se réaliser à peu près cinq millions de mariages par an et il s'était dit qu'il fallait entretenir la belle légende de ce diamant magique sans lequel il n'était point de fiançailles. Tant que les hommes se marieront, s'était dit Cecil Rhodes, il affluerait en Afrique du Sud des millions de livres sterling. Cela s'était révélé exact et s'était même multiplié. Et pendant ce temps, lui, Mathieu Leduc, pas plus bête qu'un autre, pas plus maladroit non plus, faisait gonfler du riz du Piémont pour le risotto quotidien de M. James Bennett, heureux propriétaire d'une mine de diamants. Alors, à ce bout du monde, où, vraiment, il se demandait pourquoi il y était venu, Mathieu se sentit comme Bonaparte pensant à Alexandre qui avait déjà conquis le monde à son âge. Pourquoi diable n'était-il pas arrivé ici plus tôt, quand, en barbotant dans l'Orange River, il aurait fait fortune ?

Et puis il se calma, il admit que la disparition du *Normandie*, il faudrait bien qu'il en guérisse. Et il réfléchit. Les mines de pierreries avaient leur écoulement assuré par le débouché le plus sûr, la base même de notre société : le mariage. Et la même société, il était bon qu'il se le rappelle, offrait d'autres possibilités. Tout compte fait, et voilà qui était réconfortant, si un homme achetait, en moyenne, un diamant dans sa vie, combien de centaines de fois allait-il au restaurant ?

Mathieu informa alors M. James Bennett qu'il rentrait en Europe. Il était temps pour lui d'aider à délivrer son pays. Il venait d'apprendre qu'à Londres des Français œuvraient en ce sens. Ensuite, dans le pays le plus gastronomique du monde, il ferait sa place.

Il put gagner Londres. Il y vit ceux de la France libre ; on le parachuta une nuit sans lune près de Paris.

Il y avait un beau nid d'Allemands à l'hôtel Ritz. Un cuisinier français qui y travaillait « *allait incessamment tomber malade* » et Mathieu serait le remplaçant bienvenu. Mais les services secrets, les organisations de résistants et les meilleurs espions ne savent quand même pas tout. Personne n'avait prévu ce qui se passerait dans les cuisines du plus célèbre hôtel du monde le soir où Mathieu Leduc s'installerait pour la première fois à la place qui lui était désormais dévolue devant les fourneaux du Ritz.

Personne n'avait pensé qu'il entendrait, ému et ravi, mais consterné aussi, une voix bien connue lancer un amical « Bonsoir messieurs ! » à la brigade française réquisitionnée sur place par les occupants pour rassasier le maréchal Göring et son état-major.

Mérotte !

Mérotte qui venait prendre son service de nuit, elle aussi, mais à la plonge...

Pourvu qu'elle ait la présence d'esprit de ne pas reconnaître son fils !

Elle l'eut. Et, comme elle s'installait, un peu titubante, devant un bol de chocolat chaud — cacao hollandais prélevé sur la provision réservée au chef de l'aviation allemande, en provenance directe des Pays-Bas et offert par l'officier surveillant les cuisines, parce que sa chère *mutter* ressemblait tant à Mme Leduc —, Mérotte arriva à concentrer toute son attention sur ce bol de chocolat si bouillant qu'il lui picotait les yeux et à ne parler que... chocolat, pour, sans se forcer, convenir que c'était le meilleur qu'elle ait jamais bu. M. l'officier ennemi, heureux et fier de la bienveillance de l'armée allemande envers les vaincus, en eut presque les larmes aux yeux, lui aussi.

3

Paul et Maxime se demandaient si Gaétan avait entendu parler de « la cuillère des janissaires ».

Albert consulté haussa les épaules.

— Qu'est-ce que ça peut vous faire ?

Eh bien ! ça leur faisait, et beaucoup, disaient-ils, de savoir si le jeune homme, entré chez *Villar et Leduc* depuis un mois à peine, connaissait déjà l'histoire de cette pièce de collection, réputée introuvable, et qu'Alexandre ne désespérait pas de découvrir un jour.

Et Gaétan, effectivement, était au courant.

Alexandre lui avait ouvert les vingt-quatre tiroirs d'un meuble de marqueterie, gainé de daim, et contenant les quelque deux cent cinquante cuillères à ragoût — sorte de cuillère à soupe de grande dimension —, formant la plus complète collection connue de cet ustensile.

Cette quête, Alexandre l'avait commencée, il y avait plus de quinze ans. Elle était sa fierté, ce qu'il appelait « une collection vivante » parce que jamais terminée. Chaque pièce, jugée en vertu du « toujours plus beau, toujours plus rare », était remplacée par une autre de qualité et d'origine supérieures s'il le fallait.

Alexandre était fier de la série « faïences et porcelaines françaises et étrangères », dont chaque élément était intact. Or, rien n'était plus fragile que ces objets au cuilleron ovale ou rond se terminant par un long manche. Du Nevers au Moustiers, en passant par le Strasbourg, le Rouen ou le Saint-Cloud, les Anspach et les Saxe des XVIIe et XVIIIe siècles, tout y était.

Et leur patient propriétaire croyait tout connaître, ou à peu près, de l'histoire de ces objets, quand il avait appris qu'une grande cuillère, exactement semblable à celle à ragoût, était depuis le XIVe siècle l'ornement, fixé par une boucle, sur les hauts bonnets blancs des janissaires du corps d'armée d'élite des sultans de l'Empire ottoman.

Il avait, alors, rêvé de couronner sa collection par cette cuillère-là.

— Il faut que je te raconte l'étonnante histoire de la garde personnelle [1] du Grand Seigneur et de ses cuillères.

— Je crois la connaître, monsieur.

— Ça par exemple ! Tu es bien le premier à qui j'en parle qui soit au courant ! C'est Drina qui t'en a dit deux mots ? Ou alors, on en sait des choses à Cornell ! Parce que c'est une affaire que peu de gens connaissent.

— Je ne sais peut-être pas tout.

— Sûrement pas. J'ai lu, moi, au moins une dizaine de livres là-dessus. Et j'ai encore à apprendre. Mais je peux te dire, quand même, qu'à ces garçons, enlevés à leurs familles, à leur pays, il ne restait plus rien qui, justement, leur évoque foyer et parents. Alors, le sultan avait eu l'idée de donner à l'unique repas quotidien qui leur était accordé une grande importance..., importance, en quelque sorte, sentimentale.

Cela se passait au centre de la principale place de la ville, autour d'énormes chaudrons en bronze où cuisaient riz et viande et où, autour de leur pitance, les janissaires riaient, se retrouvaient...

Ces marmites avaient donc une double fonction, elles apportaient nourriture au corps et chaleur au cœur. Aussi étaient-elles gardées et surveillées pendant les combats autant que les étendards. Leur perte faisait d'ailleurs encourir des

---

1. Ce corps d'élite était au départ composé d'enfants de douze ans « levés » parmi les populations chrétiennes soumises à l'Empire ottoman et élevés, éduqués dans la plus grande rigueur pour en faire les « premiers soldats du monde ». J. Benoît-Méchin, *A destins rompus,* Albin Michel.

peines sévères. Pour penser toujours à leur marmite, les soldats portaient, comme une fière et précieuse aigrette, une cuillère sur la tête. Cuillère qui, en fait, était le symbole de cette marmite.

— Vois-tu, ce qui me plaît dans l'histoire, c'est précisément la symbolique de ces nourritures partagées, qui rassemblent, unissent... réchauffent, en quelque sorte, le corps et l'âme.

« Quand j'ai su tout ça, ma collection m'a été plus chère encore. Tu peux comprendre ? Elle n'était plus le regroupement de jolis ustensiles éparpillés dans le monde, elle devenait, pour moi aussi, un symbole. Je sais bien que je ne trouverai jamais une cuillère du janissaire — elle était en bois, celle-là, et elle participa à tant de batailles et de conquêtes ! Comment aurait-elle survécu des XIVe, XVe, et XVIe siècles jusqu'à nous ? Mais, même si je ne mets jamais la main dessus, je sais qu'elle a existé, quel rôle elle jouait, et ça me suffit... Et puis j'ai épaté pas mal de confrères. Personne n'avait entendu parler de ça, et tu ne vas pas me dire que des livres sur la cuisine on en manque !...

« Si tu savais tout ce que je me raconte, à propos de ma cuillère du janissaire !...

« Songe un peu à ce qu'ont conquis ces soldats d'élite qui terrorisaient le monde. Cuillère en tête, au son d'une musique sauvage et avec des cris de guerre à faire frémir, ils annexèrent l'Arménie, l'Irak, la Mésopotamie, la Syrie, l'Égypte, Alger, la Grèce, la Hongrie, arrivèrent jusqu'aux portes de Vienne et que sais-je encore !

« Ils servaient le sultan Soliman le Magnifique..., dont ils étaient de vrais kamikazes avant la lettre, et tout ça autour d'une marmite de riz et de viande, une cuillère sur la tête et dans le cœur ! C'est pas aussi magnifique que Soliman ?...

« Et puis quand je me calme — tu ne m'aurais pas cru si guerrier, avoue ? —, quand je reviens de chez le Grand Seigneur et que je passe un moment avec mes cuillères, les autres, je me les raconte, et ce n'est pas mal non plus. Tous les ragoûts qu'elles ont goûtés, cela fait une grande histoire, l'histoire entière du goût. Quelles conquêtes là aussi et que de victoires... Seulement nous n'en connaîtrons jamais les vraies saveurs. Tiens, regarde un peu celle-ci en Moustiers avec ses gracieux dessins jaunes, et celle-là toute fleurie en polychromie de vieux Rouen, ou cette autre encore, décorée dans la gamme des bleus de Nevers : ces trois jolies petites-là trempaient leur cuilleron dans des sauces voici deux cents ans, à peine. Et c'est quoi deux siècles au regard de l'âge du monde ? Rien ! Eh bien, tu le sais comme moi, même en exécutant les recettes exactes de ces sauces à leur époque, en les respectant à la lettre, nous ne serions jamais capables de retrouver leur vrai goût. Et je ne te parle pas de ma *trulla* romaine en argent. Celle-là, si elle a appartenu — qui sait ! — à Apicius, qui nous dira jamais le parfum de son ragoût préféré assaisonné au garum ?

Et Alexandre rêvait !...

Il ne put s'empêcher, tout à coup, de demander à Gaétan :

— A ton avis, cette cuillère des janissaires, tu ne crois pas, puisqu'elle était en bois, que ce devait être en olivier, si dur ?... Tu vois j'y reviens toujours... Il me faudra aller fureter, un de ces quatre matins, là-bas. Ils étaient bien cent mille à l'époque où leur drôle d'aigrette se dressait sur leur bonnet blanc, il doit bien en rester une quelque part ?

— Vous irez ?

— Eh ! Je crois bien que non... J'aime mieux garder mon rêve.

Et comme Drina arrivait à cet instant, Gaétan dit :

— Et si nous allions, nous, en voyage de noces en Turquie ? Pour y goûter du vin là où Noé a planté la première vigne ?

*

Pour ce qu'elle appelait « les choses d'importance » Mérotte n'utilisait pas le téléphone. Elle écrivait à l'encre, dont elle était sans doute la seule à posséder encore une vieille bouteille de couleur violette ainsi que des plumes dites « Sergent Major », presque pas rouillées, et rangées dans leur boîte d'origine avec, précisément, un beau sergent-major de la guerre de 14 immortalisé dessus à jamais.

Elle allait, assise devant une feuille blanche, commencer sa missive, quand elle se ravisa, ouvrit sa fenêtre donnant sur la haie de troènes qui la séparait du jardinet de sa voisine où une fillette d'une dizaine d'années jouait à la balle, et cria :

— Petite, si tu as un moment, tu viendras que je te dicte une lettre. Quand tu voudras, c'est pas trop pressé.

L'enfant était là maintenant, une Mireille ronde, gourmande et lorgnant la tranche de gâteau et le verre de sirop de framboise-groseille qui la récompenseraient. Elle écrivait :

« Mon cher petit,

Tes trois étoiles chez Michelin, tes quatre toques chez Gault et Millau, ton fameux 19,5 chez eux aussi, et quelques autres décorations par-ci par-là, je te les avais prédits, oui ou non ?

Eh bien, maintenant, je viens t'annoncer que je suis bien fatiguée et que je vais être malade. Je ne sais pas si ce sera la fin, mais ça se pourrait. A mon âge on ne sait jamais, le temps passe, il faudra bien que je passe aussi.

Tu te souviens, ou tu ne te souviens pas, que tu m'as promis — et plusieurs fois — que tu m'en ferais de ces truffes au champagne, que ton père n'a jamais eu le temps... ou l'envie de me concocter. Un jour, tu m'as dit : " A force d'en parler toujours, il faudra quand même que tu saches ce que c'est. "

Et c'est vrai que j'en parle et sans savoir. J'ai failli, il y a bien longtemps, mais cela ne s'est pas fait. Peut-être que je t'ai raconté ça, peut-être pas. Mon père le cantonnier, une fois, en avait trouvé deux. Noires comme le diable, grosses comme de gros abricots. Des merveilles ! Une surprise à vous couper les jambes. Imagine-toi qu'heureusement il était assis, à ce moment-là, sous un chêne quand, va savoir pourquoi, il a gratté à ses pieds, sans trop se rendre compte de ce qu'il faisait. Je te dirai bien, que, là encore, sa mésange, ou la fille, ou la petite-fille de sa mésange, était dans le coup, parce qu'il nous a juré qu'elle s'était posée juste au bon endroit et qu'elle était restée à le regarder comme pour lui souffler : " Qu'est-ce que tu attends pour creuser là ? " Mais, tu le croirais pas, alors je te le dis pas. Tu me répéterais encore que ce sont des mouches qui tourbillonnent au-dessus des truffières et pas des oiseaux.

Bref, il rentre, le cantonnier, avec ses deux truffes. A les voir, j'ai sauté en l'air de joie. Pas ma mère. Elle les a, pour ainsi dire, pas vues. Elle regardait, à leur place, de la laine à tricoter (verte, une vieille envie), de la chair à saucisse (elle avait des aubergines à farcir) et six mètres de pilou pour nous faire des chemises de nuit.

Et c'est ce qu'elles sont devenues, les deux merveilles, en passant par le boucher qui les a recédées à Dieu seul sait qui. Mais, pas folle, ma mère, avant de les vendre, leur avait fait passer une nuit d'amour dans un bocal fermé avec six œufs qui nous ont offert une semble-omelette aux truffes.

Note que, de toute façon, on n'aurait pas eu de champagne pour les cuire, et que sans doute on ne savait pas la recette. Note aussi que des petits morceaux — quelques lamelles — j'en ai goûté plus tard, par-ci par-là, mais j'appelle pas ça manger des truffes.

Pour nous résumer, me voilà à la veille, ou à l'avant-veille de monter là-haut et sûre qu'on m'y posera la question : " Ces truffes au champagne, vous en avez tant parlé en bas que nous en avons l'eau à la bouche ici. Quel goût ça a et comment ça se cuisine ? " Parce que j'ai toujours pensé que saint Pierre est un homme plein de curiosité malgré les mondes entiers qui lui sont déjà passés sous l'œil et aussi un gros gourmand. Je suis sûre qu'il m'attend à l'arrivée. Enfin, sans y aller par quatre chemins, disons qu'il faut que tu m'en fasses. C'est la bonne saison, elles doivent être au mieux de leur forme. Je t'attends, toi et elles.

Si, en venant, tu pouvais aussi apporter de ces friandises de pâte feuilletée, caramélisées de sucre et croustillantes que c'est un bonheur, tu vois ce que je veux dire, celles que tu sers à tes clients avec tes sorbets et tes crèmes glacées, ce serait bien aimable de ta part, parce que la petite Mireille qui écrit cette lettre les aime beaucoup, comme moi.

Il n'y a quand même pas le feu. Prends le temps de trouver les plus belles truffes et de me les accommoder en finesse. Je suis fatiguée mais pas à l'agonie.

(Je n'ai pas oublié que tu essaies, mine de rien, de me faire comprendre comme ça, en l'air, que mangées à la croque au sel elles sont meilleures encore qu'au champagne, mais tu ne me feras pas changer d'idée.) »

Ils voulaient tous en être de ceux qui viendraient à Levallois, apporter à Mérotte sa casserole de truffes. Paul et Maxime, et jusqu'aux quatre commis qui ne connaissaient pas la grand-mère Leduc, mais pour lesquels elle tenait de la légende, et Albert, et aussi celui que Carla appelait encore le « jeune Jacquot » bien qu'il frisât la cinquantaine, et les trois autres chefs de partie et tant d'autres.

Alexandre, au reçu de la lettre, avait, dans l'instant, téléphoné. La voix de la vieille dame lui avait paru bonne, mais un peu lasse. Il s'inquiéta. Elle devait mourir un jour, bien sûr, mais que ce jour approchât...

Elle n'avait pas voulu entendre parler de médecin, naturellement. Elle verrait plus tard. Néanmoins, on en avait prévenu un, un ami qui, fonçant chez elle, avait été reçu avec courtoisie, mais comme un représentant en aspirateurs ou en produits d'entretien. « Vraiment, non merci, merci beaucoup », elle n'avait besoin de rien. Elle ne s'était même pas laissé ausculter et avait dit, irritée, à son petit-fils :

— Est-ce que je savais seulement d'où il sortait, celui-là ?

— On t'avait annoncé sa visite et qu'il avait toute notre confiance.

— Pas la mienne. Je n'ai jamais vu de docteur de ma vie. Juste, autrefois, ceux de l'hôpital pour mon Félicien et ils ne l'ont pas empêché de mourir quasiment étouffé. Moi, je saurai mourir sans eux. Je ne vous ai pas demandé des médicaments. J'ai demandé des *truffes au champagne*...

On les lui apprêta donc. Les plus belles, livrées la veille, et en provenance directe de Périgueux.

Quand il les vit, brossées et luisantes, là devant lui sur le marbre, Alexandre eut le sentiment qu'il regardait pour la première fois ces étranges fruits de l'ombre, si noirs et si bosselés. Il lui sembla que d'avoir tant entendu Mérotte en parler, s'en servant sans cesse comme du point de comparaison le plus haut placé, lui faisait soudain associer la malice de la vieille dame à cette superbe supercherie de la nature qui envoyait aux hommes, paraissant noircies au feu du centre de la terre, des scories recelant, sous leur ténébreux travesti, l'une des saveurs les plus suprêmes. M. Perrault aurait pu écrire sur elles un conte à sa manière : la plus délicate, la plus subtile des succulences, dissimulée sous l'apparence la plus rebutante, et condamnée à attendre que le groin d'un porc en la reniflant la fasse enfin accéder à sa place, à la plus éminente des royautés. La princesse sous sa peau d'âne.

Il se promit de parler à Mérotte de tout cela pour la distraire pendant qu'elle savourerait ce qu'elle avait toujours considéré comme la finalité suprême de la gourmandise.

Mais pourrait-elle seulement y goûter ?...

On convint, pour ne vexer personne, de ne pas fatiguer la vieille dame par un envahissement de sa petite maison. Seuls Alexandre et Gaëtan se rendraient à Levallois, le premier avec les truffes baignant dans leur champagne, le second avec encore du champagne, mais dans sa bouteille. Mérotte avait toujours aimé qu'on lui en serve du très doux, le considérant, précisément, comme une douceur de fin de repas et personne n'avait voulu la contrarier.

Ils la trouvèrent pimpante, bien que pâlotte sous sa guérite aux mille œillets roses, mais, signe alarmant, emmitouflée dans sa douillette de lainage blanc et les pieds dans sa chancelière. Personne ne se souvenait de l'avoir vue en déshabillé passé six heures du matin.

Carla, Viviane et Drina étaient déjà là, Poloche aussi.

Tous s'efforçaient à la gaieté et personne n'osait demander à l'aïeule quels symptômes l'avaient alarmée. On remit à plus tard l'exercice de haute lutte qui mènerait, peut-être, à l'acceptation d'une visite médicale.

Pour l'heure, on installait une table volante devant elle : linge blanc damassé, verre de cristal, assiette de fine porcelaine et couvert d'argent sortis du panier pique-nique d'Alexandre. Alexandre en tenue blanche réchauffait, et Gaëtan en costume bleu de nuit débouchait. Carla, Viviane, Drina et Poloche, public recueilli, contemplaient.

Le souper du roi à Versailles !

Mérotte demanda :

— Vous avez pensé au pain ? Parce que ce bon jus...

On y avait pensé. Des petits, tout ronds, tout dorés, tout frais.

Et qui avait mis, dans le panier, une rose que l'on découvrait soudain, une rose si rose ?...

— Elle est comme rose d'émotion, dit Mérotte en la sentant dans un soupir de plaisir.

Alexandre souleva le couvercle de sa casserole d'argent. Il y baignait, dans leur bouillon doré, trois superbes truffes.

— Noires comme des diables, grosses comme de gros abricots, dit-il ému en ajoutant : Tu les reconnais ? Elles étaient bien comme celles-là, celles d'autrefois, celles de la mésange ?

Narines palpitantes, la vieille dame s'agitait, se penchant hors de sa guérite, riait le regard embué, humait. Comme sa chancelière la gênait dans le déploiement de son contentement, elle s'en débarrassa en l'expédiant, d'un geste preste, sous la guérite. Carla proposa d'aller chercher ses chaussons, elle refusa et dit, en riant, que ses bas suffisaient. Elle avait toujours aimé, lorsqu'elle avait le cœur au chaud — comme en ce moment —, avoir les pieds au frais, et cette chancelière, ce beau cadeau de Noël, elle n'en avait pas vraiment besoin aujourd'hui. Elle ne l'avait sorti de sa boîte que pour faire élégant car elle était doublée de mouton blanc assorti à sa robe de chambre... et à ses cheveux.

— Fils, c'est toi qui les découpes ? Parce que je sais pas si j'oserai. J'ai comme une timidité... Et puis... non, je crois que j'aimerai mieux mordre dedans, ce doit être le meilleur du meilleur...

Et maintenant, elle mordait, et disait radieuse :

— Vrai, c'était pas possible de mourir sans avoir vécu ça... et vous n'en mangez pas, vous autres ?

Non. C'était pour elle et elle seule.

— Dis-nous, c'est comme tu l'imaginais ? demanda Alexandre.

Ça, elle ne savait pas très bien encore. Il fallait qu'on la laisse réfléchir. Elle saurait mieux ce soir, ou demain ce qu'elle pensait de la chose au grand complet.

Ce qu'elle put leur dire, tout de suite, pendant qu'elle se reposait après avoir croqué la première truffe et avant d'attaquer l'autre, c'était ce qui lui revenait d'autrefois, du temps de celles du cantonnier qui les regardait, posées sur un linge blanc au beau milieu de la table. Il avait l'air, son brave homme de père, d'un qui n'en revient pas de cette surprise cachée sous les cailloux de ses chemins. Et, peut-être, il pensait aussi qu'à le voir se casser le dos, chaque jour courbé sur elle, la terre lui disait merci à sa façon en lui envoyant ces deux surprises.

Et qu'il était fier de les offrir à sa femme !

Elle, la mère, regardait par-dessus les truffes. Elle était déjà là-bas, chez la mercière, où elle se comptait des pelotes de laine à tricoler verte.

Et la petite Mérotte ? Celle-là, depuis que son Félicien lui avait donné la curiosité du goût, elle sentait qu'il y avait, là devant elle, le plus mystérieux, prêt à faire chavirer tous les autres. Et voilà qu'à cette grande curiosité elle n'aurait pas la réponse ! La vieille Mérotte ajouta, en riant :

— Vous n'allez pas me croire, mais depuis ce jour je déteste le vert. Vous m'avouerez que c'est drôle, ce qui nous passe par la tête et le cœur sans notre permission ! Parce que j'étais contente pour ma mère qu'elle dise enfin oui à ce rêve de tricot, alors pourquoi, en même temps, étais-je furieuse contre toutes ces pelotes ? Et vous savez de quoi je me souviens encore, comme si c'était d'hier à peine ? C'est de m'être dit qu'elles devaient en avoir bien de l'orgueil ces deux-là, si noires sur le chiffon blanc, de nous apporter ces cadeaux : la laine, la chair à saucisse, et les chemises de nuit, oui, bien de l'orgueil.

C'est à ce moment-là que Mérotte parut soudain à tous beaucoup plus fatiguée, proche presque du malaise.

On s'inquiéta, s'empressa.

Non, non, c'était l'émotion, dit-elle. Oui, oui, elle le promettait, elle le verrait ce médecin, puisqu'on y tenait tant.

Et elle appela Poloche, doucement, d'une voix faible :

— Venez plus près de moi, ma fille, pourquoi vous restez cachée derrière tous ? Venez donc vous asseoir là, et dites-moi si vous avez jamais vu de ces petits semble-cailloux noirs qui sentent si bon qu'on se croit déjà au paradis.

Poloche vint, s'assit.

— Sentez, sentez bien. Il n'y en a pas chez vous de ça ?

Y en avait-il ou pas ? Poloche n'en savait rien. Elle ne sut pas non plus comment Mérotte lui avait mis, par surprise, la moitié de la seconde truffe dans le bec tout en disant à Gaétan : « Donnez-lui donc un peu de champagne pour qu'elle n'étouffe pas... » Et, de nouveau, à Poloche : « Aidez-moi à manger ça. Vous n'allez pas me refuser, demain ou après-demain je serai morte, et vous regretteriez de ne pas m'avoir fait plaisir... Et avouez que c'est bon... »

Poloche avouait, pleurait, mâchait et soudain, Mérotte rentrait entièrement sous sa guérite, s'affalait sur son coussin, demandant d'une voix faible d'ouvrir la fenêtre.

On s'empressa de le faire, l'air froid parut ragaillardir la vieille dame qui se redressa et dit :

— Je ne pourrai pas manger plus... Et il ne faut pas gâcher... Poloche, cessez de pleurer, je ne suis pas morte. Finissez ma truffe...

Elle les renvoya tous après avoir fait faire du café, c'était toujours avec ça qu'elle s'était remontée quand il le fallait. On insista pour qu'elle gardât Poloche auprès d'elle. Elle refusa. Elle voulait être seule pour se repenser, bien tranquille, le goût de ses truffes. Et puis, elle se sentait maintenant la figure aussi plissée qu'un pétale de coquelicot et elle n'avait pas de plaisir à se montrer ainsi flétrie.

Ce qui lui avait bien plu aussi, c'était d'avoir vu Gaétan, s'occuper du champagne, comme ça, elle pouvait se l'imaginer là-bas, chez *Villar et Leduc*. Elle lui avait trouvé de l'élégance dans les manières. Et elle ne devait pas être la seule. Il plaisait, c'était sûr.

Drina fut la première, le lendemain matin, à lui téléphoner. Elle entendit une voie joyeuse claironner :

— Dis donc, petite, je l'ai coincée ou je ne l'ai pas coincée, la Poloche ? Pour une qui ne veut pas de nos nourritures de nantis, comme elle dit, elle en a mangé ou pas de mes truffes au champagne, le luxe du luxe ?

Le médecin ami revint. Il était né à Draguignan, ce qu'il aurait dû dire plus tôt, lui reprocha Mérotte, on aurait évité une première visite pour rien. Avec un voisin elle voulait bien bavarder un peu de sa santé.

— Ta grand-mère, mon vieux, dit le praticien à Alexandre le soir même, est bien capable de nous enterrer tous ! Je te parie qu'elle est partie pour être centenaire... au moins !

Ce soir-là, Mérotte raconta à son Félicien :

— Il avait raison notre Mathieu quand il disait, sa Légion d'honneur à la boutonnière et au milieu des ors de son restaurant : « Ah, il faut être né pauvre pour apprécier tout ça jusqu'à la dernière goutte. » Hier, j'ai dit pareil... jusqu'à la dernière goutte du champagne de mes truffes.

« Mais, vrai de vrai, le Bon Dieu, quel fantaisiste à ses heures !

« Aller mettre le meilleur des saveurs sous cette carapace noire ! Il a travaillé pendant cinq jours, notre Seigneur, et là-dessus, le sixième Il a dû s'amuser un brin à faire des plaisanteries comme celle-là. Ce doit être ça, cet humour dont on parle tant, tu ne crois pas ?

« Quant à Poloche, bon, elle n'était pas de taille à lutter avec moi, la pôvre, tu t'en doutes bien.

« Pour ce qui est de Gaétan, je l'étudie. Je t'en reparlerai à tête reposée...

*

Il était huit heures. Tout était prêt chez *Villar et Leduc*.

Au-dehors, il pleuvait. Cela ralentirait la circulation, on pensait que quelques clients auraient du retard. Et il se créerait un peu d'embouteillage au vestiaire, parapluies et imperméables aidant.

Et Lucie se souciait. On lui salirait encore sa belle moquette blanc-gris à peine bleuté, si bien assortie aux appliques de Lalique. Comme Alexandre passait, elle lui marmonna, avec cette familiarité que dix années de maison lui autorisaient :

— *Ils* vont me faire des taches de boue partout...

Alexandre eut le malheur de rire, alors Lucie explosa :

— Dans vos cuisines, vous, monsieur, vous ne tolérez pas le moindre brin de persil ou la plus petite goutte de n'importe quoi sur vos sols qui sont savonnés vingt fois par jour. Mais moi, mon tapis pure laine, on va me le bousiller...

— T'ai-je jamais refusé de faire venir le teinturier ?

— Non, mais c'est du gâchis tout ça... On pourrait peut-être, pour les jours de pluie, mettre un dessus en toile qu'on enlèverait après et...

— Tu ne voudrais pas, aussi, que les clients marchent avec des patins ? Ils viennent chez moi pour passer un moment superbe et tu les ferais entrer ici comme dans un couvent.

Il riait encore, mais irrité un peu. Et Viviane n'aimait pas ça. Il ne fallait surtout pas le contrarier avant le coup de feu. Elle le regarda avec inquiétude, puis se rassura, il repartait vers les cuisines d'un pas alerte, exempt de toute nervosité, bien qu'il inaugurât ce soir une entrée nouvelle, sa *buissonnière de grillons de ris de veau et grenouilles* * sur laquelle, quoi qu'il en dise, il attendait le verdict de la salle avec inquiétude. Gaétan le comprenait, qui l'abordait en souriant et devait lui annoncer quelque chose d'agréable puisqu'il souriait à son tour. Il était précieux, ce jeune homme, et Viviane alors sourit aussi. A tout et à rien, ou, peut-être, à l'or mat des laques que les éclairages satinaient par endroits et elle sourit encore, mais, cette fois-ci, aux premiers clients qui arrivaient.

Drina, qui était là comme chaque jour avant l'ouverture des portes, pour « bavarder un peu », ce qui voulait surtout dire voir Gaétan, l'écouter et faire des provisions de cœur pour vivre sans lui jusqu'au lendemain, n'arrivait pas à s'en aller.

Elle s'était cachée à demi derrière un énorme bouquet dont elle admirait qu'il répétât si parfaitement les tons des laques.

Sa mère savait choisir et grouper ses fleurs. Il semblait, ce soir, qu'elles aient été cueillies sur les murs tant elles s'y assortissaient. Souvent, le goût ou l'humeur de Vivane la conduisait à ne répéter qu'un ou deux des coloris de *La Chasse*, mais cette fois-ci l'harmonie avait été voulue complète. Seul regret, avoir dû renoncer pour la décoration des tables aux bols à bouillon de vermeil ancien en si bel accord avec les ors de Dunand et auxquels la délicatesse des narcisses, anémones, iris et renoncules, ourlés de verdure, allait si bien. Mais on en avait déjà volé deux, malgré la vigilance de Paul et de Maxime.

Drina, en s'attardant ainsi, assistait pour la première fois depuis fort longtemps au déroulement d'un dîner chez *Villar et Leduc*. Et ce n'était plus Gaétan qui soudain la retenait là, l'intéressait, mais le comportement de sa mère. Comportement qu'elle ne faisait encore que deviner — Viviane lui tournant le dos —, mais dont elle voyait peu à peu le reflet dans l'attitude de ceux que l'on accueillait. A ce jeu de miroirs, il était fascinant de lire sur leurs visages à eux ce que devait dire son visage à elle.

Sa mère ne recevait pas seulement dans le plus beau restaurant de Paris, elle faisait aussi pénétrer, avec une délicatesse et une grâce enjouée et désinvolte — juste ce qu'il fallait —, dans l'enchantement qui était le sien à se trouver là elle-même. Oui, c'était ça, elle était heureuse, noblement orgueilleuse de son royaume. Alors le miracle se produisait : ceux qui avaient choisi de dîner ce soir chez *Villar et Leduc* y entraient en même temps que *Villar et Leduc* entrait en eux, par un subtil ensorcellement. Ce qu'Alexandre traduisait, assez fier — bien qu'il s'efforçât de paraître en rire — par sa boutade favorite : « Ma femme leur donne un grand coup de soleil... Comme s'il n'y avait pas déjà assez d'or partout ici ! »

Alors, repensant à la *buissonnière de grillons de ris de veau et grenouilles* qui faisait son entrée ici ce soir, Drina dit, du fond de son cœur, comme Mérotte le lui avait appris : « S'il vous plaît, les anges, faites que ce soit un succès. »

Elle montait, lentement, les trois étages qui la séparaient de son grenier. Dans les bruits d'en bas qui s'estompaient peu à peu, dans un parfum de vanille — et peut-être aussi de cannelle et peut-être encore d'une pointe de caramel — qui s'étirait, elle avait le cœur en fête et la tête pleine de projets.

Elle s'arrêta, un instant, pour se dire qu'elle se sentait comme au sortir d'un concert, d'une exposition de peintures, ou d'un livre — tous superbes — exaltée, et avec la folle envie de créer quelque chose, elle aussi.

Jamais elle n'avait été si convaincue que son père, sa mère et ceux qui les entouraient, créaient eux-mêmes, chaque jour si superbement. Et le sentir, enfin, à plein cœur, c'était à Gaétan qu'elle le devait. A Gaétan et à l'amour.

Alors elle s'assit sur la dernière marche de son escalier et dit, à haute voix et en riant :

— Oui, mesdames, l'amour rend intelligente.

Qui étaient ces « mesdames » ? Elle ne se le demanda pas. Elle avait dit ça comme ça... parce qu'elle avait envie de parler, de chanter, de crier n'importe quoi... A moins qu'elle ne se fût adressée à celles-là, en bas, à ces belles, ou moins belles, qui avaient le bonheur de pénétrer ce soir dans le royaume doré d'Alexandre et de Viviane.

Arrivée dans sa chambre, elle se dit que si elle ne se décidait pas à commencer à écrire, tout de suite, elle ne le pourrait jamais plus.

Une première dédicace : « *A Gaétan, sans qui je serai aveugle et sourde* », puis une seconde : « *A Gaétan* », dont la brièveté en disait beaucoup plus à son avis.

Et maintenant, ce qu'elle voulait tenter d'évoquer, c'était un jour parmi tant d'autres, vécu avec tous ceux qui créaient et recréaient, inlassablement, *Villar et Leduc* dans la ferveur. Du petit matin, aux Halles, jusqu'à l'apothéose du soir et qu'elle venait de vivre.

Une grande symphonie.

Saurait-elle ?

Et, peu à peu, doucement, puis plus vite dans un allegro joyeux, elle se sut riche — ô combien — de ce passé vécu avec les siens, eux tous là en bas, des caves aux cuisines, du vestiaire à la belle salle des laques, dans les couleurs, les bruits, les odeurs, les senteurs, et la tendresse.

Cette tendresse, elle avait d'abord été celle de grand-père Mathieu pour elle.

Car, tout au début, il y aurait grand-père Mathieu disant : « Princesse, si tu veux demain dès l'aube, comme dit l'autre, qu'on s'en aille chasser nous deux, la main dans la main, tâche, dès cinq heures, d'être sur le pont l'œil ouvert, clair, joyeux et les quarante-quatre boutons à l'alignement. »

Ces quarante-quatre boutons dorés — pas un de plus, pas un de moins — étaient ceux qui avaient, jadis, brillé sur le spencer rouge du petit Mathieu, mousse de sonnerie, illuminant son torse de toute la gloire du *Normandie.*

Le vieux Mathieu, lui, dans le matin frisquet, s'habillerait pour s'en aller aux Halles chasser le bar et l'aloyau, comme s'il partait en Sologne tirer des faisans.

Parce que c'était une chasse. Mathieu l'avait si souvent dit. Il fallait débusquer le beau, le rare, viser et tirer juste.

— Le coup heureux de la bécasse tu l'as presque toujours, princesse, si tu es adroit.

Et plus tard elle interrogeait :

— Ta bécasse d'aujourd'hui, c'est le grand saumon ?

— Princesse, princesse, tes belles mirettes ont la berlue ce matin. Ma royale bécasse c'est ce plein panier de girolles, de trompettes-de-la-mort, de ceps, de mousserons et de pleurotes, aussi vivants que tes joues roses.

Elle savait qu'il ne fallait pas dire : « Mais ils t'attendaient, parce que tu es le plus grand chasseur d'ici et qu'on te garde le meilleur. »

Elle demanderait, un peu plus tard, alors qu'il paraissait rêver :

— Parle-moi encore, dis-moi ces choses pour moi toute seule.

Alors, montrant son panier débordant, il dirait doucement :

— Regarde-les, ceux-là. On ne sait pas s'ils sont fleurs, oiseaux ou papillons... Et maintenant sens-les-moi en fermant les yeux, et dis-moi où tu es.

Et elle dirait :

— Avec toi, dans les bois.

— Et où ils seront, ceux qui vont manger tout ça, tout à l'heure ?

— Avec nous, dans les bois, mais aussi chez *Villar et Leduc.*

Et elle aimait qu'il ajoute :

— On a toujours deux bonheurs avec le coup de la bécasse. Un, celui d'avoir été bon chasseur, deux, celui de savoir qu'on va faire plaisir. Pense un peu, ils sont quelques-uns qui viennent à peine de se réveiller, moroses, chafougnés parce qu'ils ne savent pas encore la joie qu'ils auront à se pourlécher les babines avec ma *cassolette d'écrevisses et de girolles au meursault** ou... Tiens, que dirais-tu si j'inventais avec tous ces jolis petits-là *la chanson des sous-bois du père Mathieu* ? Imagine, ma princesse, ce sauté de champignons avec le bon petit coup de bénédiction d'un santenay gai comme un pinson ! Ce serait le paradis. Mine de rien, je me demande si nous n'allons pas nous l'offrir, nous deux, tout à l'heure, histoire de nous récompenser de notre bon travail.

Elle tenait son crayon en l'air. La matière, elle l'avait. Mais saurait-elle mettre tout ça en belle musique. Il fallait essayer.

Elle ne s'endormit qu'au petit matin. Quelques heures à peine avant de revoir Gaétan.

Car il ne voulait pas qu'elle vienne la nuit le retrouver chez lui. « Tes parents sont aussi mes employeurs, tu comprends ? » disait-il. Elle avait fini par être de son avis, mais à regret et bien qu'il affirmât : « Nous avons mille et mille et une nuits devant nous, et, en attendant, nos cinq à sept, comme dans les romans d'autrefois... » Mais il rectifiait vite, non plutôt cinq à six, à cause du service.

Elle s'éveilla moins sûre d'elle quant à ses premiers essais littéraires, découvrant que ce que l'on a écrit le soir ne brille plus autant, même au soleil, le lendemain matin.

Son début était peut-être mal choisi. Il y avait aussi les rites d'Alexandre qui ne seraient pas mal non plus en prélude à la symphonie *Villar et Leduc*.

Le grand chef n'était pas comme son père, il n'aimait pas la chasse. Il attendait que d'autres lui en offrent le tableau, avec calme et sérénité.

Pour ça, il avait des vassaux fidèles. Ceux qu'il avait élus et anoblis après grandes preuves de leur loyalisme : son prince de la Marée, son duc de l'Entrecôte et son baron des Fruits et Légumes, heureux et fiers de le servir dans l'honneur... sur un simple coup de téléphone.

On disait que si Alexandre ne connaissait pas la mère et la grand-mère de la langouste qu'il traiterait *grillée aux zestes d'orange, épinards et feuilles de coriandre, sur bouillon d'artichauts* *, celle-ci n'aurait pas son visa d'entrée dans ses laboratoires.

Et il y avait aussi l'oncle Emmanuel, et une troisième manière d'aller quêter son butin. Sa façon désinvolte d'enfoncer sa casquette jusqu'aux sourcils, d'enfoncer aussi ses mains dans les poches de sa vieille veste de tweed pour parcourir ses marchés. Il disait : « Et je me lance là-dedans ventre à terre et yeux pendants. » Ce qui était une jolie plaisanterie, parce qu'en fait il avançait à pas lents parmi toutes les richesses de son terroir, « offrandes fraîches comme des jeunes filles et aussi belles qu'elles », disait-il. Et il ajoutait : « Je m'en vais flirter un brin avec toutes, en douceur d'abord, puis razzier ensuite avec frénésie. Mais attention, petite, à grands coups de casquette pour remercier tous mes braves. Parce que ce que tu vois là, fillette, c'est la corne d'abondance de mon Auvergne déversée à grands jets. Zyeute-la, la mère Bouzigue là-bas, derrière sa pyramide d'artichauts dont chacun mérite une médaille, et dis-moi si elle ne mérite pas, elle, que j'embrasse ses vieilles joues de pomme ratatinée ? »

Ce fut ce matin-là que Drina découvrit qu'en littérature il faut savoir choisir. Alors elle préféra se précipiter sous sa douche, puis à la cave où déjà Gaétan devait l'attendre, et où leurs premiers baisers de la journée seraient parfumés à cette bonne odeur de bois frais des caisses d'où Gaétan devait extraire la nouvelle arrivée du saint-julien.

Il lui raconta, ce matin-là, que, lorsqu'il serait riche et qu'il aurait sa cave à lui, grande, sublime, il la ferait décorer à l'imitation de celles des anciens princes-évêques de Wurtzbourg, dont les plafonds s'ornaient de fresques de Tiepolo... Hélas, Tiepolo était mort...

Alors Drina, se coulant contre lui, supplia :

— Gaétan, ne t'en va pas si loin, reste avec moi. Hier, tu rêvais d'être comte de Lur-Saluces et maître du château

Yquem, aujourd'hui tu voudrais avoir vécu au temps de Tiepolo, demain où voudras-tu être ?

Et riant, il commença à déclouer ses caisses et à ranger ses bouteilles.

— Tu as raison, elles ne sont déjà pas si mal les caves de *Villar et Leduc*... Sais-tu que je fais une recherche en ce moment aux Archives ? Je suis sûr que vous ne savez pas tout du passé de votre immeuble.

*

On s'était décidé pour le deuxième samedi de janvier.

Les fêtes passées, un calme relatif revenu chez *Villar et Leduc*, *La Table des dames* en fermeture annuelle et le vignoble des Dubellet le permettant aussi, on avait toutes les chances de pouvoir faire le joli mariage que Viviane avait déjà complètement organisé.

M. Dubellet père était venu à Paris faire la demande. C'était un petit homme rondouillard et volubile. Gaétan et lui ne se ressemblaient pas. A écouter le père on avait peine à croire qu'il parlait de son fils quand il disait : « Voyez-vous, j'étais sûr qu'il prendrait femme à Paris... »

Et Gaétan lui coupait la parole dès qu'il le pouvait sans trop d'incorrection. Gaétan un peu agacé, semblait-il. Mais cela n'empêchait pas le bonhomme de reprendre le fil de ses récits. Et lorsque Drina reçut sa bague, personne n'eût pu l'empêcher d'en raconter l'histoire.

— Parce que, voyez-vous, quand le bon Dieu nous avait envoyé de superbes vendanges, je disais à ma femme : « Alors, qu'est-ce qui te ferait plaisir ? » Et chaque fois elle disait : « Une bague. » Et moi je lui répondais : « Va donc jusqu'à Tours la choisir. » Et toujours elle revenait avec un brillant. Je lui disais : « Tu n'aimes donc que ça ? » Elle souriait en finesse et, quand elle en a eu trois, elle m'a dit : « Maintenant, c'est assez. Il y en a une pour chacune de nos futures brus. » Voyez-vous, elle était comme ça, organisée... et, peut-être aussi, elle se disait qu'ainsi elle serait présente un peu aux fiançailles de nos fils, si Dieu voulait la rappeler avant.

Il avait plu à tous ce brave homme. Il parla de son vin de Chinon, son *clos de frère Jean,* François Dubellet propriétaire. Et comme il en avait apporté trois caisses, chacune d'un millésime différent, il expliquait :

— Celui-là le plus jeune, un an d'âge à peine, il est tout gourmandise de framboises parfumées d'une pointe de violette. Celui-là, son aîné de cinq ans, c'est déjà un personnage. Moins dénicheur de fruits rouges, il prend conscience de la force de son tanin, ça l'exalte... Quant à mon 1955, ah, celui-là dans sa belle robe grenat, il sait ce qu'il vaut ! Donnez-lui une gigue de chevreuil, et il vous mêle une délicate odeur de forêt à des arômes de pruneaux... de tabac aussi, sur le parfum des framboises du jardin qui lui revient en tendre souvenir d'enfance [1].

Ému, il ajoutait : « Si ma femme était là elle nous l'aurait faite sa gigue de chevreuil... ou tenez, mieux encore, son *canard à l'ananas.* Vous connaissez ? Une vieille recette que mon épouse réussissait comme une reine, eh bien, là-dessus, mon 1976 était, lui, comme un roi à dispenser toutes ses richesses... C'était — diable, les mots me manquent —, c'est Gaétan qui sait parler de tout ça mieux que moi. »

Mais Gaétan se contentait de sourire sans se lancer, lui, dans les évocations familiales.

Drina lui avait pris la main et murmuré :

— Il est délicieux ton père, nous irons le voir souvent, Mérotte va l'adorer.

Il repartit vers ses vignes, tout joyeux le cher homme. Et pendant le trajet de retour il lui arriva de se répéter, par trois fois : « Soixante-dix personnes pour faire marcher leur restaurant ! Soixante-dix ! Ils font bien les choses à Paris dans la haute gastronomie ! » Mais il fut heureux de retrouver son unique servante et de pouvoir être enfin en bras de chemise. Soupirant tout de même, à la pensée qu'il lui faudrait remettre ça en janvier prochain. Il l'aimait bien son Gaétan, mais il n'avait jamais rien pu faire comme tout le monde.

---

1. D'après J. Puisais, *Le Goût juste,* Éd. Flammarion.

*

La Bibliothèque était prête. Les travaux finis, Drina et Viviane avaient travaillé à la mise en place sans l'aide d'Alexandre ou de Gaétan. Ils devaient avoir la surprise d'un complément de décoration auquel ils ne s'attendaient pas.

Ils l'eurent.

Et pour une surprise c'en était une ! Comment diable Viviane s'était-elle procuré les bustes des plus grands parmi les plus grands de l'histoire de la cuisine ?

Car étaient là, représentés en terre cuite, presque tous ceux qui, au XIXe et jusqu'au milieu du XXe siècle, avaient fait le renom de la gastronomie française.

Il y avait : Antonin Carême, Urbain Dubois, Jules Gouffé, Joseph Favre, Adolphe Dugléré, Édouard Nignon, Auguste Escoffier, Philéas Gilbert, Prosper Montagné, Apollon Caillat.

— Ils sont là, disaient Viviane ravie, *parce qu'ils y ont droit.* Ils ont écrit eux aussi, autant que ceux dont les œuvres reliées, dorées, armoriées, s'étalent dans les vitrines, montrant leurs dos ou leurs plats.

Et ils étaient alignés, en effet, ces mousquetaires qui avaient croisé la plume et la cuillère, se battant pour que vive la gastronomie, sous l'égide d'Alexandre Dumas, lui aussi ici en buste de terre cuite, leur accordant, en quelque sorte, protection et droit d'entrée dans cette bibliothèque comme il l'avait donné à la plupart d'entre eux dans son dictionnaire de la cuisine.

Alexandre disait, stupéfait :

— Dumas, d'accord, on a toujours su qu'il existait des bustes de lui, mais les autres ? Où donc les as-tu dénichés ? Personne n'a parlé d'un Carême ou d'un Jules Gouffé en terre cuite.

— Pardi ! Ils n'existaient pas. je les ai fait réaliser moi-même.

— Où ? Comment ?

Elle s'expliquait, de plus en plus rayonnante. Elle avait écrit, ou téléphoné, à presque tout ce que la France, la Suisse et la Belgique comptaient de sculpteurs. Elle avait demandé si, avec des portraits gravés, des reproductions de tableaux ou des photographies, on pourrait recréer les personnages qu'elle avait choisis, précisément parce qu'il y avait sur eux quelques documents.

Un seul, ou plutôt deux, le père et le fils, avaient bien voulu essayer. Et le résultat était là.

— Incroyable ! disait Alexandre et, enthousiasmé, il ajouta : Je change mes plans. Je refais la carte de *la Bibliothèque* : j'adapte un plat de chacun de nos grands messieurs, allégé, interprété. En fait, une variation sur un thème donné par chacun d'eux.

Et Gaétan disait à Drina, en l'embrassant dans le cou :

— Elle est formidable, ta mère !

Elle l'était en effet. La décoration de ce restaurant était une réussite. On croyait souper dans une bibliothèque de château où de précieuses boiseries gardent, avec sérénité, ce qui témoigne de la culture de plusieurs générations de ses châtelains et offrent à ceux qui y pénètrent un accueil apaisant et fastueux à la fois.

C'était en se demandant, tout à coup, si malgré les coloris très clairs des tentures et des tapis, ce cadre ne serait quand même pas un peu trop austère, que Viviane avait eu l'idée — à l'imitation de certains qui font garder leurs livres par quelques philosophes grecs ou latins taillés dans le marbre — de peupler sa pièce avec des gloires de la cuisine, dont elle se disait qu'ils seraient sûrement d'aspect moins sévère qu'un Socrate ou un Platon.

Et elle avait eu la bonne surprise, en recevant ses grands chefs en terre cuite, de leur découvrir un petit air, presque guilleret. Aux moustaches d'Escoffier, de Philéas Gilbert, d'Édouard Nignon, elle trouvait à la fois de l'esprit et de la bonhomie. Et ils avaient tous, dans le fond de l'œil, une pointe de gaieté qui disait, à coup sûr, que le père et le fils sculpteurs concevaient l'art de la cuisine comme ne pouvant s'exercer que dans le bonheur et même la joie.

Par un savant éclairage, ces messieurs alignés sur le dessus des bibliothèques se trouvaient pris comme dans un rayon de soleil. Les bouches semblaient sourire, et les yeux cligner, complices. Et ils avaient, de là-haut, l'air de dire à ceux qui entraient ici : « Bon appétit, mesdames et messieurs ! »

Dès lors, Viviane était pleinement rassurée. Dans l'atmosphère à la fois chaleureuse et raffinée de la pièce, la douce harmonie des tables aux couverts précieux ajoutait encore à la splendeur des reliures, comme des fleurs fraîches dans un vase ancien.

Restait à y ajouter Drina et Gaétan. Après avoir tout prévu avec minutie, Alexandre et Viviane avaient décidé de laisser aux deux jeunes gens l'entière direction de leur salle. A la fois pour qu'ils se sentent maîtres chez eux, et persuadés que la beauté et le charme du jeune couple seraient de sérieux atouts de réussite.

Ils étaient venus jeter un coup d'œil « aux enfants » avant l'arrivée des premiers clients quand, brusquement, leur étonnante beauté leur était apparue. Et sans se le dire, ils avaient pensé que, peut-être, ils étaient *trop* beaux.

Était-ce de voir Gaétan dans cette salle, vide encore de tout occupant, alors qu'ils avaient déjà l'habitude de le regarder circuler en bas dans le restaurant où chacun s'affairait, qui le leur rendait soudain paré de tant de naturelle élégance dans l'attitude ? Était-ce les éclairages — très étudiés — qui donnaient à ses traits cette pureté, à ses cheveux cette sobre et soyeuse souplesse et surtout, à son regard, ce velouté ? Ils se le demandèrent, perplexes.

Quant à Drina, qui ne s'était jamais tellement souciée de son apparence et de ses vêtements, elle se révélait, dans l'une des trois robes offertes par Carla pour son nouveau métier d'hôtesse, bien différente ce soir de l'image qu'ils avaient d'elle au fond de leur cœur.

Et ils en étaient à la fois émus et un peu inquiets. Où était passée leur petite fille ? Ils avaient devant eux une jeune femme d'une séduction rare. Et ce qui les frappait le plus était de la découvrir sûre d'elle et nullement inquiète de ce qui l'attendait. Alors ils comprirent : elle puisait désormais beaucoup plus sa force et son assurance dans l'amour que cet homme qui était là, à côté d'elle, lui portait que dans l'affection familiale.

Ils savaient qu'ils se consoleraient vite, parce que tout était bien ainsi. Mais le plaisir qu'ils escomptaient du lancement de ce qu'ils considéraient comme le merveilleux prolongement de *Villar et Leduc* en fut terni.

En redescendant l'escalier qui les séparait de ce qu'ils appelaient « La maison mère », Alexandre dit avec un sourire un peu triste :

— Nous n'allons quand même pas nous plaindre que notre fille soit trop belle !

Pour lui changer les idées, Viviane dit en riant plus fort :

— Il me tarde de savoir ce que les guides diront d'eux.

Et, sa fierté de mère effaçant tout ce qui avait pu l'attrister quelques instants auparavant, elle ajouta :

— Tu as vu cette allure ? Tu as vu avec quelle démarche superbe elle promène ses jolies jambes, son dos bien droit et sa tête haut dressée ?

Il avait vu. Et aussi son visage ravissant où les grands yeux de violette — si semblables à ceux de Carla — se posaient désormais avec assurance sur la vie.

— Bon ! Très bien tout cela, dit-il.

Et il regagna ses cuisines. Parce que les beaux décors, les jolies hôtesses, la certitude d'avoir un futur gendre qui serait un vrai fils, le regard impérial d'Alexandre Dumas, l'allure majestueuse du grand Carême, ce n'était pas tout, il allait falloir faire encore mieux aux fourneaux.

Dans le mois qui suivit, on sut que la réussite de *la Bibliothèque* était certaine et dépassait même tout ce que l'on espérait.

Comme elle n'avait pu installer des banquettes contre les murs pris par les livres, Viviane avait fait faire de confortables fauteuils pour chaque table. On s'y trouvait bien et on s'y attardait. Et il arrivait qu'un client bibliophile se fît ouvrir une vitrine et confier, un moment, une édition convoitée.

Alexandre disait parfois, en se frottant les mains, qu'il faudrait peut-être prévoir café et brioches pour les noctambules irréductibles.

Drina était donc là de onze heures du soir à trois ou quatre heures du matin. Elle passait enfin ses nuits avec Gaétan ! Des nuits un peu irréelles dont chaque instant était à la fois très précis et un peu flou. Une partie d'elle-même avait des gestes, des attitudes déterminés et efficaces, et une autre, noyée dans l'extase, marchait comme en rêve. Et elle savait qu'elle n'avait rien vécu de semblable auparavant.

A quoi cela tenait-il ? Ni à la beauté d'un décor — elle y vivait depuis sa naissance —, ni aux dithyrambes offerts au talent de son père — cela aussi elle y était habituée —, et encore moins au plaisir de s'être donné l'allure d'un mannequin vedette. Cela tenait, et au fond elle le savait bien, à ce qu'elle lisait dans le regard des hommes qui étaient là. Elle n'ignorait pas manquer de confiance en elle, malgré sa nouvelle apparence. Elle avait besoin que d'autres hommes l'aident, disent à celui qu'elle aimait que tous la trouvaient belle et désirable... Et, peut-être aussi, qu'ils l'enviaient.

Ainsi, chaque soir, respirait-elle les effluves de cette cassolette d'encens brûlant pour elle et dont elle savait que Gaétan les respirait aussi. Cela lui donnait des ailes.

Maxime et Paul la firent rougir de plaisir lorsque, montant un soir voir comment ça se passait là-haut, ils lui affirmèrent qu'elle « faisait » la salle.

C'est ce que ressentit immédiatement Carla le soir où elle vint souper à *la Bibliothèque*.

Alexandre avait téléphoné à sa mère. Une petite table venait d'être décommandée. Elle devait en profiter, cela ne se reproduirait sans doute pas avant longtemps.

Et Carla était là, dans l'un de ces longs fourreaux de soie noire qu'elle affectionnait. Toujours le style « housse » bien coupée, d'une rigueur qui accentuait sa distinction et donnait à sa blondeur argentée tout son éclat.

Ce fut Gaétan qui l'installa. D'un seul coup d'œil, elle enregistra la séduction qui émanait de lui. Et comment faisait-il, passant les trois quarts de son temps ici, pour garder le teint bronzé à point qui lui donnait l'apparence de bonne santé de celui qui fait son tour au Bois à cheval ou ses neuf trous au golf tous les matins ?

Elle le regardait aller et venir, faire exactement ce qu'il fallait quand il le fallait, et sourire « vrai ». Surtout, elle aima qu'il jette de fréquents coups d'œil, à la fois professionnels et tendres, à la petite Drina. Quand elle lui demanda si tout allait bien, il lui répondit, sûr de lui et fier d'elle :

— Elle était faite pour ça !

Ce dont Carla n'était pas encore tout à fait convaincue.

Drina, certes, était parfaite dans son rôle. Mais le tiendrait-elle longtemps ? Il y a trois mois, elle ne voulait pas entendre parler de ce métier, maintenant elle paraissait l'adorer, où en serait-on demain ? A moins que l'amour... Et Carla sourit à la jeune fille qui, passant près d'elle, murmurait :

— Tu as vu comme ça marche bien ?

Et comme elle pouvait enfin souffler un peu, ayant pris les commandes de chaque table, Drina s'assit un instant à côté de sa grand-mère.

Elle portait ce soir-là une robe noire, elle aussi, et elle avait torsadé ses longs cheveux sur sa nuque. Assises côte à côte, la ressemblance des deux femmes entre elles apparaissait de façon frappante.

Carla avait déposé un tout petit paquet sur la table et, le tendant à Drina, lui dit :

— C'est pour toi. Ton grand-père aurait été heureux de te l'offrir ce soir.

C'était l'un de ces beaux peignes anciens d'écaille blonde — incrusté celui-là de petites turquoises — que Mathieu avait toujours recherchés pour sa femme. Elle en avait une collection dont elle donnait ce soir l'un des plus beaux à la jeune fille. Et Drina, ravie, le glissait déjà discrètement dans ses cheveux quand l'arrivée des clientes de la dernière table interrompit tout net les remerciements qu'elle adressait à Carla.

C'était une entrée fracassante. Celle de Sadako Satomi, suivie de la vicomtesse Fuzawa, vieille demoiselle, cousine d'Akira et qui tenait lieu de dame de compagnie à sa fille.

La jeune Japonaise était drapée dans un tissu léger et doré, imitant le papier bonbon, qui commençait à être à la mode. La robe, très décolletée, n'était retenue que par une épaulette d'où s'élançait la large coque d'un énorme nœud.

— Un papillon d'or ! dit quelqu'un.

— Plutôt la déesse Soleil.

Plutôt, en effet, car le beau visage casqué de cheveux

courts très noirs, le teint nacré, les longs yeux sombres, et l'attitude altière, faisaient d'elle un être presque irréel.

Drina s'avança. Maxime qui avait vu monter ces dames se précipitait sur Gaetan. On avait omis de lui dire que les Satomi possédaient ici leur réserve personnelle de vins dont le maître d'hôtel apportait la carte.

— Et, surtout, pas d'addition! On les envoie au Ritz. C'est le secrétaire d'Akira Satomi qui règle tout.

Ce fut peut-être la seule fois où Gaétan perdit un instant son impassibilité. La réserve, chez *Villar et Leduc*, des vins de la famille Satomi pouvait donner le vertige à plus averti que lui. Tous les millésimes fastueux des yquem y étaient, comme ceux du domaine de La Romanée-Conti, des pétrus, des lafite-rothschild ou mission-haut-brion et autres la tache montrachet...

Aucun prix. Akira Satomi avait déjà acheté tous ces vins que sa fille ou lui venaient boire ici quand ils en avaient envie. Mais Gaétan savait qu'il y en avait pour une fortune. Et lorsque Sadako lui demanda sans même consulter la carte : yquem 1893, il sut que ces deux Japonaises boiraient en une heure pour plusieurs milliers de francs.

Elles ne voulurent que des desserts. Elles venaient à peine de terminer un dîner à leur ambassade et n'avaient envie que du *gâteau chaud de poires fondantes* *, et de *mousse au chocolat noir en tulipes* *, Sadako rappela Drina qui s'éloignait avec sa commande pour ajouter : « Et beaucoup, beaucoup de *tuiles au cacao* *, j'adore les croquer avec l'yquem ! »

Mlle Satomi n'avait pas eu besoin de demander conseil. Elle savait ce qu'elle voulait avec son cru exceptionnel et peut-être même mieux que Drina : des poires et du chocolat.

De toutes les tables on ne cessait de regarder les nouvelles arrivées, qui, elles, paraissaient ne voir personne. Comme elles venaient ici pour la première fois, leurs yeux ne se posèrent que sur les livres et les bustes des grands chefs, et firent tout juste un petit commentaire entre elles.

La vicomtesse Fuzawa, vieille dame fluette à cheveux gris, petites mains et petits pieds, se tenait raide, impassible et semblait ignorer que son fauteuil avait un dossier et des bras.

Sadako, elle, siégeait comme sur un trône dans le sien, buste et tête bien droits, une main posée sur la boîte d'or qui lui tenait lieu de sac, l'autre jouant avec l'une des renoncules jaunes cueillie dans le centre de table. C'est ainsi, hiératique et superbe, que Gaétan la vit quand il apporta le vin d'Yquem.

Carla, qui l'avait connue petite fille, avait peine, ce soir, à reconnaître en cette idole d'or l'enfant qui notait autrefois sur un carnet les noms et les millésimes des sauternes que lui faisait goûter son père, par quantité ne dépassant pas le contenu d'une cuillère à soupe.

Placée derrière les deux Japonaises, Carla entendait ce qui se disait à leur table.

Gaétan avait fait lentement couler le vin dans les verres, disant sa couleur intense et brillante d'ambre foncé, presque caramel, traversée d'un rayon d'or, avec des reflets orangés sur la frange.

Et maintenant il attendait, immobile et muet, le verdict de Mlle Satomi.

Comme elle ne disait rien, il se demanda s'il fallait lui parler de la merveilleuse et subtile « aromatique » composée à la fois de saveurs de porto, de vieux muscat, de pomme, de poire et de raisin sec avec des fulgurances de vanille, d'abricot et d'orange.

Il préféra se taire et attendre.

Alors, comme elle se contentait de le regarder et de l'examiner longuement, paraissant le découvrir tout à coup, il risqua :

— Il n'y a plus de mots, n'est-ce pas, pour louer un tel vin ? On aimerait avoir mis quelques beaux qualificatifs en réserve à n'utiliser qu'en pareille occasion.

Elle le regardait, toujours sans rien dire, une trace d'amusement au fond de ses prunelles sombres.

Il sentit qu'il allait perdre pied, qu'il ne se le pardonnerait jamais — ce qui en soi n'était pas grave —, mais, surtout, qu'il serait ridicule aux yeux de cette superbe créature, et ça, c'était grave.

Alors il décida de continuer, aussi imperturbable qu'elle, du moins apparemment :

— Mais nos vocabulaires ne sont peut-être pas à la mesure des œuvres conjuguées de Dieu et des hommes. A moins que nous ne fassions, comme ceux du Cénacle de Victor Hugo, qui, n'ayant plus de mots pour l'encenser lorsqu'il leur lisait l'un de ses drames, s'écriaient : Cathédrale !... Ogive !... Pyramide !...

Elle planta ses yeux dans les siens. Des yeux où l'amusement était plus net encore maintenant, et elle dit :

— Je préfère : Mozart !

C'est alors que, reposant son verre, la vieille vicomtesse Fuzawa, du ton dont elle aurait dit qu'il faisait trop chaud ou trop froid, prononça en japonais et avec grande gravité sa seule phrase de la soirée. Une phrase courte, que Sadako traduisit pour Gaétan : « Moi, à le boire, j'entends les fleurs du cerisier chanter. »

— Pourquoi pas, après tout ? ajouta la jeune fille avec son premier petit sourire.

Comme Gaétan s'éloignait, elle le rappela. Elle n'avait plus en tête, lui dit-elle, les millésimes des yquem que *Villar et Leduc* conservaient ici pour elle. Elle aimerait qu'on les lui indiquât.

Elle grignotait ses tuiles au cacao, lorsqu'il revint.

— Asseyez-vous, vous êtes trop grand et vous m'obligez à lever la tête.

Il s'assit, et Sadako l'interrogea longuement sur les caractéristiques de chacun des vins qu'il citait.

Carla qui entendait fut surprise par l'étendue des connaissances de Gaétan, la clarté et la précision de ses explications données, sans hésiter jamais. Il disait :

— Vous avez douze flacons de 1921... Vous savez mieux que moi, mademoiselle, qu'il fut qualifié du plus grand millésime de vin blanc du siècle. Il est à la fois somptueusement oriental et délicieusement fleuri... Un parfum de rose jaune poivrée... Je pourrais vous en parler des heures, et à l'évoquer il me viendrait dans la bouche des saveurs épicées et comme un petit goût de chartreuse verte [1]... Je dirai, si j'osai, que ce vin ne

1. D'après Robert Goffard dans *Yquem,* de Richard Olney, Flammarion.

peut être comparé qu'à la plus belle des femmes... et au plaisir éblouissant que l'on attend d'elle...

Alors Carla, un peu suffoquée, avança la tête pour voir Gaétan dans son éloge du grand yquem. Il devait avoir, en parlant ainsi, ce sourire mi-ironique, mi-complice qu'elle commençait à connaître et à aimer.

Il lui faisait face. Elle était juste derrière la jeune Japonaise. Elle reçut alors, en plein visage elle aussi, le regard que le jeune homme posait sur Sadako Satomi.

Un regard qui la glaça. Un regard d'homme fasciné qu'elle connaissait et détestait. Un regard qu'elle ne parviendrait jamais à oublier, malgré tant d'années passées depuis le dernier, tout semblable qui l'avait un soir transpercée de même manière... Le regard d'un homme qui désire une femme, qui la désire au point qu'il n'est plus maître de lui.

1943-1960

Mérotte avait dit :

— Il est à Paris, en mission. Il a l'air, comme ça, d'être rôtisseur au Ritz, mais il fait tout autre chose aussi. Tu comprends, on a dû se dire, en haut lieu, à le voir si beau et si intelligent, qu'il pourrait rendre des services... tu vois ce que je veux dire ? Tu me suis ?

Carla disait « oui, oui » et entendait à peine. Mathieu était revenu, il était là, tout près ! Elle demandait :

— Quand viendra-t-il ici ?

— Ça !... Vois-tu, il doit être obligé de faire tellement attention ! Pense que je ne sais même pas si, là-bas, il s'appelle encore Mathieu Leduc. Va savoir ce qu'*ils* ont combiné.

Il fallut attendre. Jusqu'au matin où, en revenant de sa nuit de plonge au Ritz, Mérotte annonça à mi-voix :

— Ce soir, gare Montparnasse. Toi seulement, parce que moi, il ne faut pas qu'on sache que je suis sa mère. Tu iras dans la salle d'attente des deuxièmes classes, et il viendra s'asseoir à côté de toi.

Elle, bien sûr, le reconnut tout de suite. Lui hésita.

Elle avait essayé de garder un morceau de banquette à sa droite, sans y réussir. Et cette contrariété avait ajouté à son émotion.

Enfin, le vieux monsieur qui aurait dû deviner, sentir qu'il gênait, se leva. Et Mathieu fut là, tout contre elle parce que c'était, par chance, une bien petite place. C'était merveilleux.

Ils ne tournèrent pas la tête l'un vers l'autre mais, doucement, peu à peu, il avança sa main et saisit la sienne sous le sac de voyage dont elle s'était munie « pour faire plus vrai ».

Ils regardaient, sans la voir, la foule qui les entourait. C'étaient eux qu'ils voyaient.

Elle avait compris qu'il ne l'avait pas immédiatement reconnue et que ses yeux s'étaient arrêtés non sur l'amie d'enfance, mais sur une jeune fille anonyme. Et jolie, car elle connaissait bien cette étincelle brillant soudain dans les prunelles masculines posées sur une femme qui plaît. Et elle ne sut pas si elle devait se réjouir ou se désoler d'avoir d'abord été prise pour une autre.

La main de Mathieu serrait toujours la sienne. Si une bombe tombait sur la gare, elle mourrait avec lui, heureuse. Alors elle se dit — et elle en sourit malgré elle à un passant ravi — qu'il était bien que Mathieu l'ait à la fois trouvée jolie fille à regarder et jolie Carla à retrouver. Et ce fut elle qui parla la première :

— Pourriez-vous me dire l'heure, monsieur, s'il vous plaît ?

— Il est cinq heures, mademoiselle... Vous attendez votre train ?

— Non, je suis venue chercher un ami d'enfance que je n'ai pas vu depuis quatre ans.

— Vous le reconnaîtrez ?

— Oh ! oui... mais peut-être, lui, pas.

— Croyez-vous, mademoiselle, que l'on puisse vous oublier ?

— Si, je le crois.

Et, comme ils riaient, une vieille dame qui les écoutait se dit que c'était beau cette jeunesse si gaie, sous les yeux de tant d'Allemands et entre deux alertes à la bombe. Et quand elle les entendit, lui, offrir à la jeune fille de l'emmener dîner et, elle, accepter, elle conclut : « Ils ont raison, ils seront peut-être morts demain. »

Ils étaient maintenant, assis face à face, au buffet de la gare où ils eurent un piètre repas qu'ils auraient été incapables de décrire plus tard...

Et elle trouvait, soudain, les yeux de Mathieu difficiles à lire, n'y déchiffrant pas ce qu'elle y cherchait.

Lui se disait qu'il entrait dans le bonheur, le vrai, le solide, et offrait le regard serein de qui se sent enfin arrivé au port. Il aimait Carla, il le savait maintenant. Peut-être l'avait-il toujours aimée. Il était calme, heureux.

Elle prit cette attitude pour de l'indifférence et le choc fut grand après l'éblouissement des retrouvailles. Des larmes emplirent ses yeux.

— Je pleurerais de bonheur, moi aussi, si j'osais, dit Mathieu doucement, s'emparant de sa main, la retournant et déposant un baiser dans son creux...

L'éclat des yeux de violette fut tel à cet instant, qu'ébloui Mathieu ferma une seconde les siens.

Ce soir-là, ils décidèrent de se marier.

Quand il l'eut reconduite et avant de la quitter, il l'embrassa. Il avait l'impression, enivrante, qu'il tenait pour la première fois une femme dans ses bras, la seule, l'unique.

Ce fut seulement la semaine suivante — il redoutait d'être surveillé, peut-être même suivi — qu'ils risquèrent une seconde rencontre. Elle attendit patiemment, désormais comblée, l'homme qu'elle aimait depuis toujours et qui l'aimait enfin aussi.

Il fut plus impatient et, surtout, inquiet. Dans ce Paris livré à des fauves, il craignait qu'elle n'attirât la convoitise de quelques-uns — comment n'était-ce pas déjà arrivé ? — comment ne voyait-on pas quelle splendeur elle était ? Elle était la beauté de la terre, ses champs de blé, de violettes, de coquelicots... et ses fruits les plus savoureux. Il n'aurait pas été étonné que l'expression juste la décrivant eût été : « Belle comme la terre. » Cette terre, qu'après tant d'années passées en mer il lui semblait redécouvrir grâce à elle, chaude et douce, soleil et miel.

Il s'arrangea, dès qu'il put parler à Mérotte sans danger, dès qu'il fut normal qu'il lui parlât comme à tous les autres de la brigade et sous les yeux sans suspicion du surveillant allemand, pour lui recommander de veiller sur Carla, d'y veiller attentivement et même, pour plus de sûreté, de la laisser sortir le moins possible.

En lavant les quelque cinq cents verres gravés aux armes du Ritz qui l'attendaient chaque soir, Mérotte s'offrit le luxe d'en casser un, pour porter bonheur à ses enfants.

Carla n'interrogeait jamais Mathieu sur ce qu'il faisait quand il n'était pas devant ses fourneaux. Il avait dit, une fois pour toutes, que moins elle en saurait, mieux cela vaudrait pour elle.

Ils se marièrent à la fin de décembre 1943. Ils firent bénir leur union par l'ancien aumônier du *Normandie* — la Compagnie générale transatlantique avait donné son adresse, par chance en banlieue parisienne — se réservant de la régulariser dès que la France serait libérée. Et comme Mathieu affirmait que l'année nouvelle amènerait de grands changements et de belles surprises, on prit l'habitude de parler du départ des Allemands comme du « cadeau de mariage » et on se contenta, d'un déjeuner à Levallois.

Il faisait froid, le chauffage était à peu près inexistant dans la petite maison, mais c'était là qu'ils avaient vécu tous les trois et se serrer les uns contre les autres, autour de la vieille table branlante qui les avait réunis si souvent, leur fut très doux.

La neige tombait, le ciel était gris, ils gardèrent leurs manteaux sur les épaules et ils avaient le nez rouge. Mais leurs cœurs étaient brûlants de joie. *La Blanquette de veau à l'ancienne* * de Mérotte et le champagne apporté par Mathieu aidant, on finit par être aussi douillet, qu'à l'entrée d'un four.

On fit des projets. Le café de Sébastien, boulevard du Montparnasse, légué à Carla à la mort de son propriétaire, pourrait être transformé en restaurant grâce à ce que Mathieu avait gagné sur le *Normandie.* Avec quelques astuces, et en tirant partie de chaque centimètre carré, comme sur un bateau, on y logerait bien une dizaine de tables... dès que le « cadeau de mariage » arriverait.

En attendant, les Allemands étaient toujours là. Et Carla en avait peur. Quand elle entra au Ritz — où elle vivrait désormais — par la porte réservée au personnel, elle ne les vit pas, mais les entendit. L'hôtel entier retentissait de leur présence bruyante. C'était une étrange et pénible impression que de se sentir, tout à coup, comme emprisonnée dans un filet d'exclamations, de cris, de rires, de sons gutturaux, émis par des hommes dont on savait qu'ils étaient redoutables. Elle se serra contre Mathieu qui lui dit : « Ne crains rien, je suis là, tout contre toi. »

En cette première nuit de bonheur, on entendit les gros souliers des ordonnances racler le plancher des couloirs, ou des hommes ivres se cogner dans les portes en jurant, alors elle se pelotonnait dans ses bras...

Indépendamment de la suite impériale occupée par le maréchal Göring dès qu'il était à Paris, le Ritz était habité par les officiers supérieurs qui avaient rendu des services exceptionnels au régime. Jouir d'un appartement avec vue sur la place Vendôme, s'endormir en regardant Napoléon sur sa colonne, était une récompense offerte aux plus valeureux. Aux simples gradés étaient affectées des chambres donnant sur la rue Cambon et celles dites de courrier aux ordonnances. On avait réservé six de ces dernières à la brigade de nuit dont Mathieu faisait partie. Les cuisines étaient aussi actives à minuit qu'à midi.

L'autorisation d'introduire Carla dans ce repaire luxueux de la Wehrmacht avait été facilement obtenue... grâce au vieux Marcello ! Le maréchal Göring s'était pris de passion pour un risotto noir que lui avait préparé Mathieu un dimanche à trois heures du matin. Depuis, des caissettes de seiches, ou de calmars à la poche bien munie de l'encre nécessaire au bouillon du fameux rix, arrivaient quotidiennement de l'Atlantique. Il ne pouvait donc être question de ne pas satisfaire le cuisinier qui savait réjouir Son Excellence.

En réalité, l'histoire n'était pas complète ainsi. Il fallait ajouter que Mathieu, ayant classé, et un peu oublié, ses recettes de risotti, s'était intéressé à beaucoup d'autres choses, avait décidé d'asseoir sa position dans les cuisines du Ritz et surtout de se rendre sympathique aux Allemands pour en tirer le maximum de renseignements ainsi qu'on le lui avait demandé à Londres.

A l'intransigeance du directeur de l'hôtel qui avait juré de ne jamais serrer la main d'un ennemi, fût-il le plus haut placé, Mathieu préférait l'efficacité du charme et des talents. Et cette nuit-là, alors que le gros maréchal, drogué et irascible, réclamait quelque chose qui le changeât de ses éternelles soles normandes, coulibiac de saumon ou filet mignon, Mathieu se souvint de Marcello le Vénitien et, sur un immense plat d'argent, il présenta un drapeau allemand en risotti. Un risotto noir à l'encre de seiche, un blanc au fromage de gruyère et un rouge à la bisque d'écrevisse, côte à côte.

L'effet était superbe. L'officier surveillant, exalté, voulut y ajouter une croix gammée, et il allait y mettre la sienne, quand Mathieu le persuada de renoncer à ce sacrifice.

Le souper fut apporté dans la suite impériale où, vautré sur des draps de crêpe de chine, le maître de la Luftwaffe attendait. Il fut ému aux larmes — on savait qu'il avait l'émotion facile, tout autant que la cruauté — et il réclama l'auteur de ce chef-d'œuvre.

Mathieu, impeccablement blanc des pieds à la tête, arriva. M. le maréchal voulut presser le talentueux jeune homme sur sa vaste poitrine, fit ouvrir la malle aux récompenses et offrit... l'une de ses photographies dédicacées d'avance, en costume de chasse, énorme blaireau en tête.

Dès lors, Son Excellence adora le risotto noir, dont on s'était bien gardé de lui dire qu'il était également le préféré de Marcel Proust. Quand Mathieu annonça qu'il se mariait, personne ne put refuser, à celui qui avait redonné le sourire au coléreux gros personnage, de vivre là avec son épouse. Mme César Ritz habitait bien l'hôtel, elle aussi. Ce fut elle, d'ailleurs, qui, voyant quatre mois plus tard la jeune femme enceinte, fit aménager une chambre plus vaste et surtout ne nécessitant plus de monter à pied cinq étages, à cause des pannes constantes d'électricité.

De cette chambre, en sous-sol, Carla écoutait des bruits qu'elle aimait, ceux des cuisines où l'on parlait français. Elle sut, peu à peu, reconnaître les voix et mettre des noms sur elles. Et celle de Mathieu lui donnait des frissons de joie. Elle aimait entendre ses ordres brefs, précis, un peu secs, elle aimait se rappeler combien cette voix pouvait se faire douce quand elle s'adressait à elle.

Comme Mathieu ne voulait pas qu'elle se montrât trop dans l'hôtel ou dans la rue — il n'autorisait qu'une promenade aux Tuileries de deux à quatre —, elle passait le reste de son temps à tricoter sa layette, et ses contacts avec l'extérieur étaient réduits à écouter et écouter encore les conversations de la brigade ou les ordres qui lui étaient passés.

Et c'est ainsi qu'un jour, arrêtant ses aiguilles et tendant l'oreille, il lui sembla qu'il y avait là quelque chose d'insolite. Elle chercha. Puis renonça, elle rêvait, se dit-elle. Le lendemain, elle recommença à écouter avec attention. Au troisième jour, elle était sûre de ne pas se tromper : on passait deux fois les mêmes commandes. Et la seconde ne ressemblait pas tout à fait à la première.

Elle s'amusa à noter les mots qui étaient en plus ou en moins dans les deux annonces. Et elle comprit : on transmettait ainsi aux cuisines des informations de la salle où les garçons français étaient à l'écoute des hauts dignitaires du régime hitlérien. Elle ne pouvait pas traduire, le code devait être double, et ce qu'elle avait extrait de deux ordres presque semblables demandait encore à être décrypté. Mais elle savait désormais comment fonctionnait l'espionnage de la Résistance ici, comment Mathieu était pourvu d'informations à remettre à ces « amis » avec lesquels il allait soi-disant prendre un verre de temps à autre.

Elle ne dit rien de sa découverte à son mari. Il était inutile de le tracasser, il dormait tranquille lui ayant répété : « Si la Gestapo t'interroge, tu ne sais rien. »

Elle revenait de chez le médecin le 6 juin quand elle apprit qu'à l'aube, les Alliés — Américains, Anglais et Français — avaient débarqué en Normandie. Il lui fallait encore quatre mois pour terminer son bébé et Mathieu pensait qu'avant la naissance « le cadeau de mariage » serait enfin arrivé.

Les Allemands du Ritz allaient, venaient, s'agitaient la mine grave.

Le maréchal Göring parti, ce fut le général von Choltitz que l'on vit arriver. Mme Ritz resta imperturbable, son directeur, M. Auzello, aussi. On attendait dans le calme...

Mathieu ne faisait plus le *risotto noir de Marcel Proust*, mais il lui arrivait toujours, bien que sporadiquement, des seiches bourrées d'encre, dont il ne savait que faire. Malgré les restrictions, le personnel n'en pouvait plus de manger du calmar. Et puis ces envois cessèrent. Ce fut une énorme caisse d'oursins qui fut le dernier. Pourquoi des oursins ? Et il y en avait au moins deux cents ! Impossible de joindre le marayeur pour lui signaler cette erreur, si c'en était une. On finit par apprendre qu'il avait été arrêté. Marché noir, disait-on.

Ce n'est qu'en vidant la caisse que Mathieu vit, écrit sur la paroi du fond : « Et vous pouvez les leur foutre au cul ! » Ce qui était peut-être les adieux rageurs du poissonnier.

Deux cents oursins !

On en servit quelques-uns à ceux qui les aimaient, mais ils étaient peu nombreux.

On ne pouvait pourtant pas perdre ça !

Dans la nuit du 30 juillet 1944, Mathieu eut l'idée de sa première création qui s'appela tout d'abord *crème d'oursins*. Voyant Carla s'en délecter, il lui demanda :

— Ne trouves-tu pas que le mot juste pour cette sorte de potage est : « précieux ».

Elle en convint. C'était un mets précieux, composé presque uniquement avec le corail et que l'on ne pouvait servir qu'en petites quantités.

A l'aube, avant de se coucher enfin, Mathieu s'empara de l'une des brioches brûlantes que le pâtissier sortait du four à l'intention de ces messieurs allemands. Il l'évida et l'emplit de sa crème d'oursins.

Il venait d'achever là — de pomponner comme aurait dit Mérotte — sa première création qu'il débaptisa pour l'appeler désormais *velouté d'œufs de mer en brioche.*

Carla s'éveillait toujours lorsqu'il la rejoignait. Il s'efforçait pourtant de se glisser doucement dans leur lit. Mais elle aimait trop, disait-elle, qu'il lui revienne enfin, pour se priver du plaisir de l'accueillir.

Tout à son velouté encore, Mathieu, en prenant sa femme dans ses bras dit :

— Quand nous serons enfin entre nous et heureux, ce sera merveilleux d'inventer des plats nouveaux.

Tout se précipitait. Le 25 août, Paris fut libéré.

Au moment où cette ville, privée de gaz, d'électricité, et de ravitaillement, était en insurrection générale, un enfant choisit de venir au monde.

Les Forces françaises de l'intérieur dressaient des barricades. De son quartier général de la Monnaie, le colonel Lizé organisait la résistance. Mathieu aurait dû le contacter et se mettre à ses ordres... Mais il courait Paris à la recherche d'une sage-femme. La seule qu'il trouva avait déjà et copieusement fêté la libération. Il lui ferait du café.

Aucun Allemand ne surveillait les cuisines. Il fut pourtant impossible de faire bouillir de l'eau, le gaz était définitivement coupé. Passe encore pour le café, mais pour les soins de l'accouchée? Ce fut Mme Ritz qui, parcourant ses salons, comme un général après la bataille compte ses morts, et apprenant l'état de Carla, prêta le réchaud à alcool avec lequel elle faisait son thé dans ses appartements privés.

C'était une fille !

Elle fut là un peu avant vingt et une heures. Ce qui permit à la sage-femme de faire la toilette de Carla après celle du bébé et de mettre celui-là dans les bras de sa mère, juste à temps pour leur permettre d'entendre, propres et rafraîchies, sonner les cloches de Paris à toute volée.

Le bar du Ritz était comble, lorsque Mathieu y pénétra demander à l'un des barmen « un verre de ce que tu voudras pour célébrer la naissance de ma fille ».

— Et comment s'appelle-t-elle ?

— Je n'avais prévu que des noms de garçon.

— Tu es déçu ?

— Je suis fou de joie. Mais je voudrais bien un calendrier pour trouver un prénom.

Comme il allait servir un cognac millésimé — réapparu miraculeusement depuis le départ des Allemands ! — à une table où se réjouissaient de la victoire quelques correspondants de guerre, le barman dit, se penchant vers l'un d'eux :

— Monsieur Hemingway, une petite fille vient de nous naître, ici même, il y a une heure à peine, et on n'a pas de nom pour elle.

— Pas de nom, pour une femme — la seule peut-être — qui aura eu la chance de voir le jour au Ritz ?... Mais, Ritzie, voyons !

*

Leur premier restaurant s'était appelé *Chez Mérotte.*

Ils en avaient trouvé le nom, un soir lorsque exténués tous trois après avoir raboté, peint et récuré, pour transformer le petit café de Sébastien, ils posaient enfin outils et pinceaux.

Mérotte avait avancé que *Chez Sébastien* eût été plus gentil pour le vieux bougnat, mais Mathieu et Carla avaient tenu bon. Ils voulaient, lui dirent-ils, être encore sous son aile. Elle en pleura de bonheur. On lui fit boire une goutte de mirabelle. Elle redressa le buste, consolida son chignon et s'attendrit alors, curieusement, au souvenir de ce « pôvre » Robillard qu'elle avait toujours envoyé aux pelotes, puis évoqua sa vieille amie Mère-Ju et dit à Carla :

— Elle t'a donné ses yeux de violette, ses beaux cheveux dorés... Et, en quelque sorte, le café de son homme. C'était une brave. Je me demande si, quand on aura un peu de temps et un peu de sous, on ne devrait pas lui offrir une belle couronne en perles.

Devant les complications qu'aurait entraînées la suppression du comptoir en zinc, on avait décidé de le garder. Six clients y tiendraient assis sur de hauts tabourets. Et avec cinq tables de quatre et trois de deux, nappées de tissu à carreaux rouges et blancs, avec serviettes assorties, cela ferait bien une trentaine de couverts et le double si on avait la chance de faire deux services.

Il n'y avait qu'un menu comprenant tout juste quelques

variantes pour ceux, comme disait Mathieu, qui veulent bien un bifteck pommes frites, mais sans frites et sans bifteck.

On avait encore des cartes de rationnement, mais Mathieu revenait souvent des Halles l'œil réjoui, avec un plat du jour qui le faisait chanter devant ses casseroles. Alors Mérotte remerciait les anges de rendre son fils heureux. Car, en ces temps-là, obtenir dix kilos de thon aux Halles égalait bien pour le jeune chef la découverte dans l'Orange River d'un caillou de ces messieurs de la de Beers.

Dans la minuscule cuisine où trônait l'antique fourneau de Sébastien — on verrait plus tard à se moderniser —, Mathieu et Mérotte tenaient tout juste. Où étaient les soixante-trois mètres sur trente des cuisines du *Normandie* !

— Poh ! disait Mérotte, ici au moins tu es ton maître. Le plus grand paquebot du monde qui appartient à d'autres, qu'est-ce que c'est face à ce petit morceau de la ville qui est à toi ? Et puis, je vais te dire, tes dix-sept mètres de feux électriques dans cette cuisine longue comme une cathédrale, j'y ai jamais beaucoup cru. Et même, même si tu m'as dit la vérité, même si tu as bien mesuré, ça devait pas être agréable de travailler avec un bonhomme à droite et un autre à gauche qui voyaient tout ce que tu faisais.

— Mais, ma Mérotte, disait Mathieu en riant, nous n'avions pas à nous cacher pour garder le secret de nos recettes de famille, on devait, au contraire, exécuter exactement des formules connues de tous.

— Et si tu te trompais, ça peut arriver, ton copain le voyait ?

— Lui, c'était pas grave. Le chef, ça, c'était autre chose...

— Moi, j'aime travailler seule.

— Tu me supportes bien, pourtant ?

— Dis que je t'obéis, le chef c'est toi.

Ils riaient. Ils étaient heureux. Ce qui ne les empêchait pas, au moment du coup de feu, de se traiter de tous les noms.

En salle, il n'y avait que Carla, mais elle faisait merveille, maître d'hôtel et sommelier à la fois. Aussi bien n'y avait-il que deux vins : le rouge et le blanc maison.

Le bébé Ritzie dormait, à l'étage au-dessus où il y avait

trois chambres, et on laissait la porte de la sienne ouverte. L'enfant était sage. Presque anormalement. On en déduisait que le brouhaha qui montait jusqu'à elle devait lui plaire. Cette altesse royale, née au Ritz, se comportait fort démocratiquement dans ce bistrot de Montparnasse.

Le café était resté fermé pendant la guerre. En trichant un peu, on avait pu avoir quand même une partie de son attribution de charbon. Elle avait permis à Mérotte et Carla de mieux chauffer la maison de Levallois. Ce qui composait le fonds de la buvette avait aidé aussi. On échangeait, au fur et à mesure des besoins, des Byrrh ou des vermouths contre de la farine, du beurre ou des vêtements. Et Carla et Mérotte pensaient avoir tiré parti, tout au long de l'Occupation, de ce qui constituait les réserves de Sébastien. Aussi quelle ne fut pas la surprise de Mathieu, lorsque, déplaçant un casier à bouteilles, il découvrit une trappe qui conduisait à une seconde et plus petite cave où avaient dormi, en toute quiétude, une vingtaine de caisses de vins et d'alcools ! On se vit alors en possession de vieil armagnac, de fine champagne et de vénérables banyuls. C'était comme si l'Auvergnat souhaitait, de l'au-delà, grande réussite à ses héritiers.

— Merci, les anges, dit Mérotte.

Le soir de la découverte, on déboucha un flacon d'eau-de-vie de framboise dont Carla supposa toujours qu'elle était à l'origine de la venue d'Alexandre, neuf mois plus tard.

Le trésor du bougnat permit à nouveau des échanges. C'était le beurre qui manquait le plus, et Mathieu n'hésita jamais à donner ses meilleures bouteilles pour en avoir. Carla lui disait :

— Je sais que si tu fais encore ta prière le soir, c'est pour demander la liberté des produits laitiers.

Elle arriva enfin cette liberté-là. Avec la mise en vente libre du pain, le 2 mars 1949.

Carla put enfin offrir à Mathieu la décoration de la salle dont elle rêvait depuis longtemps. Elle commanda à leur voisin et ami boulanger trois miches monumentales de plus de quatre-vingts centimètres de diamètre. Elle fit ajouter en leur centre, en relief de pâte, les initiales de son mari. Puis elle tailla une grande entame dans chacun des pains et les vida de leur mie. Elle accrocha ces réceptacles dorés et croustillants sur les trois murs libres et y planta de grandes gerbes de blé.

A Mathieu qu'elle amena devant son œuvre, elle dit :

— Voilà ! Symbole de richesse et d'espérance. Tout est libre désormais et l'avenir est à nous ! Tu vas pouvoir, maintenant, nous faire ta superbe cuisine des paquebots et des palaces et...

Il l'interrompit.

— Pour les quatre pelés du quartier ?

— Nous faisons salle comble matin et soir !

— Parce que je fais des entrecôtes ou des sautés de lapin. Et, au prix où je les compte, nous ne serons pas riches avant longtemps... Tu nous vois, non, mais tu nous vois, servir ici des langoustes en belle-vue ou des poulardes au foie gras ?

— Et pourquoi pas ?

Il la regarda, haussa les épaules et s'en fut en claquant la porte.

Mérotte trouva Carla les larmes aux yeux et lui dit :

— Depuis qu'il va souvent voir ses amis de la brigade du Ritz, il est nerveux.

— Tu crois qu'il voudrait y retourner ?

Mérotte ne savait pas. Ce qu'elle savait, en revanche, c'était qu'il ne fallait pas se laisser abattre. Et où était cette bonne mie de pain retirée des miches ? Elle comptait en faire des puddings aux fruits. Avec une crème anglaise, ça ferait le dessert du lendemain. Et elle conclut :

— Essuie tes yeux, ma fille, et va repasser tes serviettes, le temps court. Ton mari va arriver tout calmé, et c'est toi qui auras tort si tu n'es pas prête.

Bien que Mathieu eût parfois ce que Mérotte appelait « un coup de *Normandie* », il n'y avait pas lieu de désespérer. Certes, on ne faisait pas fortune, mais on pouvait vivre et même remplacer la vieille C4, qui permettait rarement d'aller aux Halles sans problème, par un break Citroën nouveau modèle.

La première sortie en famille, un dimanche, fut pour aller voir le *Liberté*, en chantier à Saint-Nazaire. Alors Carla craignit que Mathieu ne voulût rembarquer, bien qu'il la rassurât, en reconnaissant qu'il gagnait mieux sa vie boulevard du Montparnasse qu'entre Le Havre et New York.

Et puis, il y eut le deuxième miracle Marcello.

Mathieu ramena, un jour, un sac de vingt kilos de son cher riz du Piémont qui avait disparu pendant la guerre. Et le goût des risotti lui revint. Il en servit une fois par semaine. Les habitués les apprécièrent au point qu'il en mit un au menu de chaque jour.

Et un soir...

Cette histoire-là plut tant à Mérotte qu'elle la rapporta à son Félicien :

— Un restaurant, c'est vraiment un endroit où on ne sait jamais qui est derrière la porte et va entrer. A chaque minute, tu as des surprises. Ça pourrait être le président de la République... enfin je dis *ça pourrait*, comme aussi bien un assassin. Parce que qui nous dit d'où ils viennent, ceux qui nous arrivent, comme ça, tout d'un coup ? Mais si les anges s'en mêlent, alors...

« Bref, l'affaire a commencé au Ritz où un monsieur parle comme ça, en toute innocence, avec le portier qui lui appelle un taxi et, parce qu'il faut bien dire quelque chose, il lui demande quel est le meilleur *italien* de Paris. Figure-toi que le portier connaît notre Mathieu et sait qu'il fait les meilleurs risotti de la capitale. Alors il dit que, si c'est pour des pâtes, il faut aller voir un ou deux Tartempion, mais que, pour le risotto, il n'y a pas mieux que *Chez Mérotte*.

« Bon, nous on est là, tranquilles, à ne nous douter de rien, et il y a au menu le risotto aux crustacés. La merveille.

« Imagine. Moi j'étais en cuisine, et Mathieu, le plus gros passé, venait d'aller en salle dire un petit bonsoir. Et qu'est-ce que j'entends, tout d'un coup ? Un rugissement à croire qu'un lion du Jardin d'acclimatation était entré chez nous. J'avance la tête et je vois mon Mathieu dans les bras d'un colosse blond qui me le serrait, mon fils, à me l'étouffer.

« Et nous voilà, les embrassades finies, à servir à ce

James Bennett, un milliardaire américain qu'on dit les poches pleines de sacs de diamants, le *risotto aux crustacés*. Crois-moi si tu peux, il en a repris trois fois !

« Cet homme-là, c'était celui pour qui notre Mathieu avait dû faire des yaourts en pleine mer et en pleine nuit. Va savoir comment ils vivent ces gens-là ! Mais pour ce qui est de la reconnaissance, tu vois, c'est comme ses diamants, il en avait plein les poches aussi, ça débordait, ça ruisselait sur nous. Bref, le voilà qui veut tout emmener à New York, d'abord Mathieu, bien sûr, et Carla, et moi, et les enfants, mais, en plus, le comptoir en zinc et les miches des murs et les nappes à carreaux ! Tu lui ajouterais que le Sébastien était encore là, en bas dans la cave, à cuver son vin, il aurait dit : " Et Sébastien par-dessus le marché ! "

« Et il nous racontait sa vie et que son cuisinier, celui auquel Mathieu, en quittant l'Afrique du Sud, avait laissé ses recettes, n'avait jamais été capable de les respecter. Il n'était pas minutieux, si tu vois ce que je veux dire, pas respectueux de ces petites choses qui font tout. Par exemple, de ne pas mettre dans le bouillon des crustacés du jus et du zeste de citron, alors que lui, ce patouilleur, il t'en faisait une citronnade, ou de n'utiliser qu'une seule poche d'encre de seiche pour le risotto noir, pour que ça ne soit pas une bouillie de deuil à t'en faire sangloter de chagrin... Alors tu comprends s'il était content l'Américain de le retrouver son " père Mathieu ", comme il l'appelle.

« Et, bien sûr, il revient demain. Et je me demande ce qu'on va encore voir. »

On vit, entraînés par M. James Benett, des diamantaires, des joailliers, des gens de Bourse. Et, comme tous n'étaient pas seulement, par chance, gourmands de risotti, Mathieu décida d'avoir désormais une carte, et d'autres spécialités. Il étudia ce carnet où, sur le *Normandie*, il avait noté tout ce qu'il s'était juré de ne jamais oublier : ses grandes bases, ses grands buts et ses grandes espérances. Il avait aussi la collection complète des menus de chaque traversée. Il fit avec Carla un choix dans tout cela qui tenait à la fois de leurs préférences, de celles de leurs habitués et de l'idée qu'ils se faisaient du style à donner à leur maison : le raffinement dans la tradition.

Dès lors, ce fut une année entière de salle pleine matin et soir et souvent deux services.

A la belle saison on ajoutait quatre tables à l'ombre de la tente de toile bise où *Chez Mérotte* en rouge se voyait de loin.

Carla n'écrivit bientôt plus la carte à la main, mais la fit imprimer, ce fut un grand jour ; on décida aussi que le linge de table serait blanc. Mérotte désapprouvait. C'étaient là des dépenses inutiles, mais elle ne disait rien. Elle tenta de soustraire trois ou quatre nappes pour s'en faire des tabliers. Mathieu l'en empêcha. Il la voulait en blanc, elle aussi. Elle s'offrit tout de même deux satisfactions : obtenir d'aller aux Puces revendre son stock de chiffons à carreaux rouges et remettre ses manchettes et petits bonnets de toile du temps des soupes aux Halles. Et elle était si charmante ainsi, tenant à la fois de la crémière et de la cuisinière, que James Benett, à l'un de ses voyages, la photographia.

Et tout allait bien, sauf...

On vit, un après-midi, une Mérotte le chignon en bataille et la pommette rose vif, qui, à sa manière, lança à brûle-pourpoint ce qu'elle ressassait depuis longtemps et qui, soudain, l'étouffait :

— Si ça continue, vous aurez deux sauvages d'enfants. Et même deux éléphants.

Et elle s'expliqua : Ritzie et Alexandre grandissaient, eux aussi, comme la renommée. Mais ils grandissaient seuls, ou presque.

— Je me demande, si vous savez encore de quelle couleur ils ont les yeux, les pauvres. Quand vous vous occupez d'eux, c'est pour leur donner à manger tout ce qu'ils veulent, qu'ils en sont ronds comme des fromages de Hollande. Et, à traîner trop souvent dans la cuisine, un jour ils se feront ébouillanter. A vous, je vous montrais au moins la ville, tandis que ces pitchounes doivent croire que ce boulevard, c'est le monde entier. Et, à l'âge de Ritzie, vous connaissiez l'alphabet...

Elle parla longtemps. Elle exagérait, mais il y avait du vrai dans ses imprécations.

— Alors, d'après toi, que faut-il faire ? dit Mathieu.

Elle y avait réfléchi, comme elle n'était pas pour confier les enfants à des étrangers, elle préférait encore donner sa place dans la cuisine à un commis et s'occuper des petits. Et même les emmener à Levallois, où ils verraient pousser les carottes et le lilas. Un peu plus tard, ils iraient à une bonne école, à deux pas de la maison.

Ce fut Ritzie, sautant de joie à l'idée de vivre dans le jardin de Mérotte, qui mit fin aux hésitations de Carla. Et l'enfant, devinant chez son père et sa mère une émotion propice aux attendrissements, exigea pour son départ une brouette, une pelle et un râteau. Mérotte data de ce jour la première manifestation d'une hérédité qui devait conduire la fillette à adorer les arbres, les fleurs et les herbes aromatiques comme son grand-père Félicien.

Le bon gros poupard Alexandre n'avait pas encore d'idées très précises sur ce qu'il aimait. Par esprit d'imitation, il voulut aussi un râteau, une pelle et une brouette, mais ne s'y intéressa pas longtemps.

On fit agrandir une photographie faite par Carla. On y voyait une Ritzie de six ans aux longs cheveux bruns, au teint mat et aux beaux yeux, dont Mérotte disait qu'ils étaient deux amandes noires. Une fossette dans chaque jour s'imprimait au moindre sourire dont Mathieu prétendait qu'il affirmait : « J'ai un naturel joyeux, vous n'arriverez pas à me tracasser. »

Alexandre était blond et rose. Et son regard, semblable à celui de sa sœur, avait toujours l'air de chercher où était cachée la boîte des gâteaux secs.

Passé cette tristesse qui s'abat sur une maison dont les petits enfants sont partis, et parce qu'ils les savaient heureux chez Mérotte, Mathieu et Carla crurent revivre la première année de leur mariage. Ils furent trois jours seuls avant l'arrivée du jeune commis, ils les vécurent en amoureux.

On était au début d'août, Paris s'était vidé. Avec une quinzaine de clients à peine matin et soir, ils étaient en vacances.

Les nuits étaient chaudes. Ils laissaient la fenêtre de leur chambre ouverte sur les bruits de la rue et ils s'aimaient avec autant de fougue que du temps du Ritz. Comme elle regardait les étoiles, Carla murmura :

— Bientôt, je suis sûre tu en auras une.

Mais il ne l'écoutait pas. Il était loin de penser au guide Michelin. Il lui semblait redécouvrir le corps de sa femme. Elle s'était épanouie ces derniers temps, elle était maintenant, se dit-il, dans la plénitude de sa beauté. Il s'émut un moment à sentir ses belles mains un peu rêches. Elle travaillait trop. Il n'avait pas assez pensé à elle. Il s'était même trop déchargé sur elle, qui ne disait jamais rien, souriait, et faisait de son mieux.

Sa bouche dans son cou, il lui dit :

— Tu ne peux pas savoir combien je t'aime.

Elle se taisait.

— Tu n'es pas heureuse ?

— Au contraire, je le suis trop... et j'ai peur...

— Peur et de quoi ?

— Je ne sais pas.

Et, vraiment, elle ne savait pas. Elle mit cette mélancolie sur le compte de l'éloignement des enfants et, pour la chasser, répéta :

— Je suis sûre que tu vas avoir bientôt ta première étoile.

— Tu crois ?

Ce fut elle alors qui le prit dans ses bras, l'embrassa et lui dit :

— On parie ? Si je gagne, tu m'offres un pick-up et des disques.

Elle savait que c'était ce dont il avait le plus envie, mais qu'il n'avait pas encore voulu faire cette dépense.

Au printemps 1951, lorsque fleurirent dans les vitrines des libraires les bouquets de « coquelicots » Michelin, ce fut Carla qui les vit la première et le cœur battant en acheta un.

Ils y étaient ! avec une étoile !

Chez Mérotte était désormais classé « très bonne table ».

Carla avait tant prié pour la voir imprimée, à côté de leur nom, cette étoile en forme de fleur, si petite et si grande à la fois. Elle était même allée, un matin, très tôt, mettre un cierge à Notre-Dame des Victoires. A pied. Il lui semblait que si elle avait pris le métro ou l'autobus son offrande aurait été moindre.

Ils voulurent, dans l'instant, montrer la page du guide rouge à Mérotte. Mais on ne déserte pas ses fourneaux le jour où l'on est décoré. Ils attendraient la nuit.

Ils n'eurent pas à attendre. Mérotte avait dans sa rue deux ou trois antennes branchées sur l'actualité du monde, l'une d'elles vint se faire offrir un café matinal et une tartine en échange de la grande nouvelle. Alors on habilla les enfants, on acheta deux bouquets de fleurs et on réveilla le chauffeur de taxi voisin qui avait fait la nuit, mais tant pis. N'avait-il pas toujours dit : « S'il y a une urgence, madame Mérotte, je suis là au garde-à-vous, une main sur la couture du pantalon, l'autre tenant la casquette. »

La salle était pleine lorsque Mérotte, Ritzie, Alexandre et le chauffeur — qui ne voulait pas rater ça — y entrèrent.

— Bravo, papa, pour l'étoile !

Ce fut un beau tumulte. Mathieu offrit le champagne à tous.

Mérotte disait, en pleurant :

— Sébastien est sûrement bien heureux que tout ça se passe chez lui.

Dans un instant d'accalmie, on entendit la petite voix d'Alexandre qui disait : « Ce soir, tu me la montreras dans le ciel, celle qui est à toi ? »

Ritzie pleurait parce que Mérotte pleurait. Et elle tenait toujours le bouquet de fleurs sur son cœur. Quelqu'un lui avait dit : « Comme tu es jolie avec tes roses ». Aussi n'avait-elle pas l'intention de s'en défaire. Puis elle essuya ses larmes d'un revers de main. Elle serait plus jolie encore si elle souriait.

Mathieu avait entraîné Carla dans la cuisine dont il referma la porte. Il lui tendit les bras et elle s'y jeta.

— Nous avons tout, dit-il, l'amour, la réussite, le bonheur ! Et il ajouta, en riant, pour effacer la petite larme qu'il sentait glisser sur sa joue : Demain, nous achèterons de la musique. Il ne nous manque plus que ça pour mieux rêver la suite.

La suite, c'était travailler deux fois plus, pour mériter une deuxième décoration.

Mais, auparavant, ils décidèrent de s'offrir un beau souvenir en allant voir de près l'un des plus grands de la profession. Celui qui venait d'obtenir sa troisième étoile en même temps que Mathieu recevait sa première, celui à qui le président de la République avait accordé la Légion d'honneur.

Ils partirent donc, un dimanche matin pour Saulieu et *L'Hostellerie de la Côte-d'Or*, goûter aux chefs-d'œuvre d'Alexandre Dumaine.

Ils s'étaient habillés — après y avoir réfléchi — comme ces favorisés qui descendent sur la Côte d'Azur par la nationale 6 et font une halte gastronomique en prélude à leur séjour dans les palaces méditerranéens. Ils savaient qu'ils avaient des chances de côtoyer des rois, des reines, des princes, des ducs et toutes les gloires du monde. Carla avait mis son nouveau tailleur de toile grège et Mathieu son blazer bleu marine. Ils se trouvaient parfaits.

Ils avaient retenu pour douze heures trente et allaient entrer à douze heures vingt-cinq dans la grande salle de l'hostellerie — qui ignorait dans le métier que le maître ne supportait pas l'inexactitude ? — lorsque Carla arrêta Mathieu qui passait devant elle, en lui disant :

— Non, moi d'abord.

Il rit, mais pas de très bon cœur. Les bonnes manières ne les avait-il pas apprises à bord du *Normandie* avec les plus grands de la terre ? Pourtant, elle avait raison. A être le seul maître de son restaurant, il en oubliait un peu la galanterie.

Comme, à peine assis, il disait : « Tout à l'heure, quand je parlerai à M. Dumaine, je lui dirai que j'ai appelé mon fils Alexandre », Carla dut lui faire encore remarquer : « Peut-être ne vaudrait-il mieux pas. — Pourquoi ? — Parce que lui, il n'a pas de fils. Lui, le grand Alexandre n'aura pas de successeur, alors ne l'attriste pas. »

Elle avait encore raison. Il la regarda, assise en face de

lui, belle, élégante, avec sa façon si digne de porter sa jolie tête blonde sur son cou bien rond... Et, de plus, elle pensait à tout !

Il aspira une grande bolée de l'air de cette salle à manger qui sentait bon le luxe suprême. Et il eut envie de dire comme Mérotte : « Merci, les anges. »

Il fit leur menu. Il fallait goûter *la timbale de morilles châtelaine** et surtout le fameux *lièvre à la royale** — qui se mangeait à la cuillère — fait ici selon « la très belle et très spirituelle recette d'autrefois — dite des soixante gousses d'ail — et dont l'exécution est une véritable cérémonie doublée d'une joie pour l'officiant ».

Ils savouraient. Succulence et volupté.

Ils avaient laissé le sommelier les conseiller :

— Digne du chef-d'œuvre de M. Dumaine, s'impose, monsieur le reconnaîtra, *la romanée-conti*, une cuillerée de lièvre, une gorgée du plus grand des côtes d'or : Le paradis.

Mathieu dit à Carla :

— Maintenant, mon étoile, tu l'as dans tes yeux, elle y brille... Non, tu en as deux ! J'ai donc déjà la seconde...

Il avançait sa main pour qu'elle y mette la sienne.

C'est ainsi qu'Alexandre Dumaine les vit, lorsqu'il vint vers eux : deux beaux jeunes gens amoureux.

Mathieu se leva d'un bond, comme un lieutenant qui voit s'approcher de lui un maréchal.

— Nous sommes venus, monsieur Dumaine, parce que cette année vous avez votre troisième étoile et moi ma première. Alors je me suis dit...

Il ne savait plus très bien ce qu'il s'était dit.

— Rassieds-toi, petit. En voilà une bonne idée de venir faire la fête avec moi !

Il fit apporter du champagne. Ils parlèrent.

Le maître disait, désignant discrètement ceux qui les entouraient :

— Quand ils descendent sur la Côte, ils sont tout blancs comme des pains qu'on enfourne et quand ils remontent ils sont dorés et cuits à point. Ne me demande pas s'ils ont plus faim à l'aller qu'au retour. Peut-être tous ces gens-là n'ont-ils jamais faim et c'est notre victoire que de leur donner de l'appétit. Eh !

On ne réussit pas toujours ! Une fois, une grande cantatrice s'arrête chez moi. Je m'avance avec toute ma panoplie de merveilles à lui proposer. Elle me dit : « Un melon glacé et une salade de laitue. » J'ai la tête près de la toque, tu le sais, alors j'ai eu envie de lui dire : « Madame, pour vous garder votre place ici, j'ai refusé au moins six autres clients. Vous ne vous sentez pas chatouillée par des remords à renoncer à tant de bonnes choses qu'ils auraient appréciées ? »

« Mais je me la suis cousue. C'était une très grande dame, honorée dans le monde entier et elle a une si belle voix ! Et puis, on le raconte partout, j'adore les célébrités.

« Elle a donc eu son melon et sa laitue.

« Quand elle a demandé l'addition, j'ai fait dire qu'elle ne devait rien, parce qu'*elle n'avait pas déjeuné chez Alexandre Dumaine*. Et, pour une fois, je pouvais me dispenser de faire payer ! Tu n'es pas de mon avis, le moment de l'addition, c'est un moment désagréable, plus pour nous que pour les clients. Ce que nous faisons avec tant d'amour nous aimerions l'offrir. Je le sais, on ne peut pas. Dommage, parce que notre métier n'est que générosité jusqu'à ce moment-là qui gâche tout... Bon, assez de bavardage, parlons cuisine. Tu fais quoi ? Tu aimes quoi ? Tu ambitionnes quoi ? »

Les questions posées, ce fut le maître qui y répondit. Il n'y avait qu'une seule réponse : *la perfection* à laquelle il fallait tendre et rien d'autre.

— Et ça ne se fait jamais dans le calme, mais presque toujours dans l'angoisse, tu auras sans cesse l'impression de passer des examens. Jusqu'à ta mort. C'est terrible et merveilleux à la fois. On ne s'y fait pas. Mais nous ne pouvons, ni toi, ni moi, vivre autrement, alors ?...

Et, bien sûr, il ne fut présenté aucune addition.

Quand Mathieu le remercia, M. Dumaine lui dit, en prenant la main de Carla :

— Oh ! ce n'est pas à toi que j'ai offert mes morilles et mon lièvre, c'est à elle. Les jolies femmes, dans une salle de restaurant, on paierait pour les avoir, ainsi, ma petite dame, c'est moi qui vous dis : merci d'être venue !

Plus tard, Mathieu racontait que Carla avait rapporté de *La Côte-d'Or* des idées de grandeur. Elle avait commencé par dire : « Avec ton étoile, il nous faudrait un sommelier. Et tu dois aussi monter une belle cave. »

Elle avait raison, une fois de plus. Il dit pourtant qu'elle aurait d'abord son pick-up et ses disques. Elle avait gagné son pari.

Ils eurent leur musique. Et Mathieu revenait à ses vieilles interrogations :

— Je me demanderai toujours comment *ils* faisaient, avec seulement du papier et une plume d'oie pour écrire ces merveilles de Dieu... Ça, vois-tu, c'est le plus grand et le plus beau mystère de la terre et du ciel.

Puis, dans lcs dćliccs du *Concerto numéro 24* dc Mozart, il sc souvint tout à coup de son velouté d'oursins, d'après Escoffier. Il lui faudrait penser à d'autres choses de ce genre ! Dumaine le lui avait dit : « Ne pas se départir du classicisme, qui est la base, mais y ajouter ses observations personnelles qui donnent naissance à sa propre cuisine. »

Carla écoutait, rêveuse.

— Mathieu, tu aurais aimé être musicien ? Dis-moi la vérité.

— Peut-être... Si ma mère n'avait pas été marchande de soupe et veuve de guerre. Aurais-je été doué ? Ça je n'en sais rien. Je me crois enfin, maintenant, sûr de moi en cuisine... Et le bonheur, c'est que je peux être devant mes fourneaux et entendre de la musique quand même.

Il conclut en disant que si Ritzie ou Alexandre aimait le piano ou le violon, il n'hésiterait pas à les encourager. Quand ils seraient en âge de choisir, il aurait, lui, les moyens de leur donner leurs chances.

En attendant, les deux héritiers piochaient et plantaient. On allait les voir le dimanche, et Ritzie expliquait que les fleurs aimaient tellement le soleil que vraiment, mais *vraiment*, elles se tournaient vers lui, comme Mérotte quand elle a froid et dit : « Ce Paris ! Ah, ce Paris, il donne du beau temps au compte-gouttes ! Mais pourquoi on n'a pas mis la capitale dans le Midi ? »

Elle imitait fort bien la façon de parler de sa grand-mère et Mathieu l'appelait Sarah Bernhardt. On lui avait expliqué qui était cette dame et elle paraissait ravie de la comparaison.

Mérotte disait :

— Ritzie est très intelligente. Hier je lui montrai les œillets-d'Inde et elle m'a dit : « Je vois bien les œillets, mais je ne vois pas les dindes. »

— Et lui ? demandait Mathieu en montrant Alexandre.

— Lui ? Un vrai Jésus ?... A condition de le nourrir. Je ne sais pas s'il aimera faire la cuisine, mais il aime la manger.

Le commis, Émile Roussel — dix-sept ans —, engagé pour tenter de remplacer Mérotte, était blond, long, maigre et plus affamé encore qu'Alexandre. Le jeune homme avait, pendant la guerre, souffert des privations et il était devenu boulimique dès le retour à une alimentation normale.

Mathieu se demanda si sa vocation de cuisinier était née de sa frustration, mais s'aperçut vite que, même si cela était, le garçon était doué.

On le laissa manger son content — ce n'était pas peu de chose ! —, meilleur moyen de le guérir de son angoisse. Mais on ne put rien pour lui quant au désespoir qui l'assaillait lorsque des assiettes revenaient de la salle à moitié pleines ou chipotées par quelque jeune femme hantée par sa ligne ou un client de petit appétit. Il disait : « Si c'est pas malheureux de gâcher comme ça ! » Et on se demanda longtemps si, ce qu'il récupérait dans ces assiettes, il l'emportait bien, le soir, pour « son pauvre voisin paralytique » ou si c'était là de petits en cas pour sa nuit.

Un jour, où les éclats d'un verre cassé avaient atteint une énorme jatte de crème anglaise qu'il venait de terminer, il plaida pour son chef-d'œuvre en péril :

— Bien passée au chinois, la crème pourrait être servie sans problème.

Et comme Mathieu était formel : « Jamais rien de ce genre ici, petit. Tout ce qui est non consommable ou dangereux, ou seulement susceptible de l'être, on doit le jeter », Émile en pleura.

Carla disait parfois : « Tu crois vraiment qu'il faut le garder ? Hier, il a englouti un bon tiers des allumettes aux anchois de l'apéritif. » Mais Mathieu riait. Son affamé lui plaisait. En six mois, il avait fait des progrès surprenants.

— Ce gosse est une espèce de génie. Avant deux ans, il est fichu d'en savoir autant que moi.

On garda donc Émile l'Affamé en espérant qu'à la longue il se rassasierait. Par chance, il ne grossissait pas trop parce que la cuisine, elle, était toujours aussi exiguë.

On s'apercevait chaque jour qu'il fallait s'agrandir. Mais comment ?

Ils envisagèrent d'aller habiter Levallois et de consacrer toute la maison de Sébastien au restaurant. Solution onéreuse et loin d'être parfaite.

Mathieu en était là, quand, à une réunion de la Société des cuisiniers, il rencontra son ancien patron, Bastien Villar, qui lui dit :

— J'ai su pour ta première étoile. Viens me voir chez moi. Il faut que nous parlions.

Ils parlèrent. Et Mathieu rentra *Chez Mérotte*, la tête et le cœur en fête. Il était si surexcité qu'il brûla un feu rouge et eut une contravention. Comme il était en proie à une joie totale, il souriait pendant qu'on le verbalisait : il lui était impossible d'empêcher ce sourire d'éclairer son visage depuis qu'il avait quitté Villar. Celui-ci, sur le pas de sa porte, lui avait répété :

— Alors d'accord, fils ?

— D'accord, monsieur Villar !

Et maintenant, il racontait à Carla.

— Il me cède son fond. J'ai trois ans pour payer. Ce sera dur, très dur et il faudra se serrer la ceinture, mais ça y est, on a le pied sur la première marche du grand escalier. Et nous le monterons, ma belle, nous le monterons, la main dans la main toi et moi.

Un peu plus tard, assis sur le nuage où le déposait toujours son cher *Concerto numéro 24* de Mozart, il ajoutait :

— J'ai cent, j'ai mille idées...

*

Il est étonnant, se disait parfois Carla, de voir combien on s'habitue vite aux belles et bonnes choses, même si l'on en a manqué longtemps.

Elle s'était vite sentie à son aise chez *Villar et Leduc.* Il lui semblait presque que cet élégant quartier du Faubourg Saint-Honoré l'avait vue naître. Et lorsque les laques de Dunant furent posées sur les murs restés cinq ans tristement ornés de vues de Paris accrochées là avant l'époque Villar, elle fut prête à admettre que ce petit morceau du paquebot *Normandie* leur était destiné.

Toutefois, l'arrivée dans sa vie des deux panneaux de *La Chasse* lui causa une émotion qu'elle mit du temps à oublier.

Tout avait commencé par de fréquentes absences de Mathieu. Elle les avait trouvées normales au début, mais en était vite arrivée à se poser des questions qui peu à peu l'angoissèrent. Trois fois par mois, Mathieu s'absentait des après-midi entiers et même arrivait assez souvent en retard pour la préparation du dîner. Émile, désormais chef de partie, faisait de son mieux pour pallier l'absence du chef, mais il était difficile à tous de comprendre ce subit changement d'attitude chez un patron si ponctuel.

Aux questions posées, le plus discrètement possible par Carla, Mathieu avait ou trop ou pas assez de réponses. Il n'avait jamais su mentir, Carla le savait.

Alors ? Le suivre ?

C'est ce qu'elle fit, un jour où il s'embrouilla tellement dans dix explications contradictoires qu'elle en fut atterrée.

Tremblante, elle dit au chauffeur du taxi qu'elle avait eu la chance d'attraper au vol au moment où Mathieu quittait son garage : « Suivez cette voiture. »

L'air goguenard de l'homme ajoutait à son émotion. Une émotion qui dura longtemps car Mathieu alla jusqu'à Versailles.

Aucun doute, celle qu'il ne pouvait s'empêcher de retrouver tous les dix jours devait habiter là.

On stoppa devant un immeuble. Mathieu se gara et s'y engouffra. Elle y entra aussi quelques instants plus tard sans trop savoir où elle allait ni ce qu'elle ferait quand elle découvrirait... Dieu seul savait quoi.

Elle découvrit une salle des ventes et, assis tranquillement au premier rang, son Mathieu.

Que voulait-il acheter en ce moment quand leur projet de moderniser les cuisines allait mettre leur compte en banque à plat ?...

Ce fut lorsqu'elle entendit prononcer Normandie qu'elle comprit. Elle vit alors les deux immenses panneaux du fumoir du paquebot qui lui « crevaient les yeux », aurait dit Mérotte. Dans l'état où elle était en entrant dans cette salle, elle eût été bien en peine de voir quoi que ce soit d'autre que son Mathieu.

Il voulait donc ces laques pour le restaurant !

Et il n'avait pas osé lui en parler. Débordante à la fois de remords et d'amour, elle se prit à désirer ardemment que Mathieu l'emportât sur tous ces gens qui n'avaient pas, eux, passé des années entre ciel et mer à contempler ces laques d'or. A un moment elle entendit un chiffre qui la fit tressaillir. Tant d'argent ! Où le trouverait-on en ce moment ? Et, dans le même temps, elle pria : « Mon Dieu il faut que ce soit à lui, il le faut. »

Elle eut du mal à suivre le déroulement des enchères, elle était trop loin. Au coup de marteau final, elle ferma les yeux.

Quand elle les rouvrit ce fut Mathieu qu'elle vit se lever et aller vers le commissaire priseur faire son chèque.

Anéantie par tant d'émotions, elle s'enfuit en pleurant de joie, vers son taxi qui l'attendait toujours.

Et le brave chauffeur lui dit qu'il ne fallait pas se désespérer comme ça, qu'aucun homme ne valait qu'une femme pleure pour lui.

Elle lui dit, ses larmes envolées, et avec le plus resplendissant sourire :

— Le mien, oui !

Le seul moyen de s'offrir ce petit morceau du grand luxe du *Normandie* fut de renoncer aux transformations des cuisines. On se contenta d'un coup de peinture. Mathieu et Émile s'en chargèrent pendant quelques dimanches. Comme le disait Émile, en jouant du pinceau avec bonne humeur : « Une économie est toujours bonne à prendre. »

Si le brave garçon avait su pourquoi on ne faisait même pas venir un peintre et ce que valaient les laques de Dunand, peut-être aurait-il eu — enfin — l'appétit coupé.

Mathieu, éternellement optimiste, disait :

— Nous continuerons à surveiller les ventes. Des quinze mille couverts de métal argenté du paquebot, nous arriverons bien à en recueillir quelques douzaines.

Ils les eurent en effet. Et les cuisines, un jour, devinrent les plus modernes de Paris.

*

— Maintenant tu vas l'avoir ton sommelier.

Six s'étaient déjà présentés. Mais Mathieu n'arrivait pas à se décider. Ils lui paraissaient tous sympathiques et capables, quand Albert Lemonnier survint. Ce fut comme si une vague de l'Atlantique l'avait déposé là, car, à peine entré, Albert vit — la salle était ouverte — les laques du *Normandie* et s'écria : « Ah ! Par exemple ! Mais je connais ça ! Du diable si je comprends comment elles ont pu arriver là ! »

En fait, Albert n'avait pas vu les laques d'or sur le *Normandie*, mais dans le bar du *Liberté* où il était chargé du café, du thé et des infusions.

Mathieu le savait, les principales œuvres d'art de son cher paquebot avaient servi à redécorer le *Liberté*.

Quelle rencontre ! Ils en étaient émus tous deux. Ah ! leurs belles traversées...

— Le triomphe de la grande cuisine française, disait Mathieu.

— Quelle école de service ! ajoutait Albert. C'est là que j'ai commencé à apprendre le vin. Ce qu'il s'enfournait à bord de crus et de millésimes prestigieux !

Mathieu se souvenait. Et de tant d'autres choses.

Ils rêvèrent, tous deux en plein océan. Puis, revenus sur terre, ils s'adoptèrent l'un l'autre.

— Tu crois qu'on peut commencer par le tilleul et la camomille et devenir bon sommelier ? demandait Carla.

— Les parcours de la sommellerie sont souvent plus étranges encore que les nôtres en cuisine, disait Mathieu. Le goût du vin peut vous prendre comme ça... C'est une espèce de grâce qui nous tombe dessus de là-haut... Ou alors c'est le fruit d'un travail acharné. J'aime mieux la première formule... à laquelle s'ajoute ensuite la seconde. C'est le cas d'Albert. Je crois qu'on a touché le bon numéro.

Mais pas si facile que ça dans le quotidien, l'Albert. Il faut dire que la pauvreté de la cave — ce qualificatif était de lui — l'atteignit au cœur.

— Elle n'est ni digne de vous, monsieur, ni digne des laques d'or du *Normandie*. Il faut s'y mettre.

— D'accord. Une belle cave c'est quoi, d'après toi ?

— Une belle, pas plus, parce qu'il y a les exceptionnelles, bref, une belle, c'est au moins — ici il prenait un temps d'arrêt pour la réflexion ou pour ménager son chef — et il avançait :

— Pas moins de trente à quarante mille bouteilles.

— Et nous avons ?

— Rien !... Enfin, six mille, peut-être... et encore, en ayant bu un petit coup de trop, qui en fait voir quelques-unes en double.

Mathieu ne riait pas. Il fallait s'y mettre, il avait raison « Tilleul-menthe » comme l'appelaient les jeunes commis.

— Notez, disait Albert, qu'on pourrait, pendant qu'on engrange, faire le coup du Véfour.

C'était quoi « le coup du Véfour » ? Mathieu l'ignorait. Alors Albert, qui savait ça aussi, disait :

— Là-bas, au début, elle n'était pas trop riche non plus leur cave. Mais, s'ils n'avaient pas les vins, ils avaient le roi des sommeliers, le père Philibert[1], un malin qui avait réussi le tour de force, pendant des années, de faire boire les seuls vins qu'ils avaient — bien bons d'ailleurs — en évitant de présenter une

1. Philibert Hénocq, célèbre sommelier du restaurant Le Grand Véfour.

carte qui aurait montré sa pauvreté. C'était la seule maison de Paris où le client ne voyait jamais sa bouteille, le vin lui arrivait décanté et en carafe de cristal... Après, bien sûr, leur cave s'est montée...

— Nous pourrions faire comme eux, en attendant, nous aussi ?

— Vous pensez que la clientèle aura confiance en un petit jeune comme moi ? Lui, le grand vieux Philibert, quand il se penchait à l'oreille d'une altesse et lui susurrait ce qu'il fallait boire, forcément l'altesse disait oui. Elle disait oui à une autre altesse en quelque sorte... Hélas, je ne suis encore qu'un sommelier en herbe. Vous avez fait une mauvaise affaire, monsieur, avec moi.

Bien sûr, il n'en pensait pas un mot.

L'année 1954 apporta deux bonheurs à Albert.

Contre l'avis de beaucoup, qui jugeaient les vendanges très médiocres, il acheta trois bordeaux ne payant pas de mine au départ et qui se révélèrent superbes en prenant de l'âge. Il les avait eus à très bas prix. Puis, après avoir choisi son vin, il se choisit une femme. Lorsqu'il annonça la nouvelle, Carla jugea qu'il méritait non seulement un beau cadeau, mais qu'on lui offrît une petite réception. Et Mathieu et elle furent témoins du marié.

On n'avait jamais vu épousée si petite. Il lui avait manqué quatre centimètres sur la taille exigée pour être acceptée demoiselle des Postes, son ambition.

Comme elle n'avait bu que de l'eau jusqu'à maintenant, Albert, voulant qu'elle fît honneur aux vins du déjeuner *Villar et Leduc*, lui disait :

— C'est pour ça que tu es si petite ! Bois un peu et tu te verras grandir, ma belle.

Elle but et, en vérité, trouva ça très bon.

Elle était rondelette et rousse avec un cheveu sur la langue et de jolis gestes de mains très soignées.

Au champagne, elle décida :

— Je vais m'y mettre, au vin !

Elle s'y mit en effet. Mais à sa façon. Elle choisit d'étudier ce qu'elle appelait « la vie de tout ça », ce qui désormais la passionna.

Jamais Albert n'avait pensé que sa petite demoiselle des Postes refusée serait une compagne fabriquée ainsi tout exprès pour lui. Elle adorait lui poser des colles auxquelles il était ravi de répondre.

— Pourquoi on dit *Cos d'Estournel*, et pas *clos* comme croient ceux qui ne savent pas ? Raconte-moi *Les Amoureuses* du chambolle-musigny. Elles sont *vraiment* amoureuses ?... Cet été, tu devrais m'emmener les goûter sur place, celles-là.

Plus tard, bien plus tard, lorsque M. Albert Lemonnier, fut élu premier sommelier de France, on vit la petite Mme Albert se redresser ; le buste, le cou, la tête, tout parut grandir. Sans mentir, on était sûr que le vin lui avait donné au moins deux centimètres.

Il avait donc fallu, désormais, compter avec Albert, qui était là, planté comme la statue de la Réprobation, si on engageait une dépense qu'il jugeait inutile. Il ne disait rien, on lisait pourtant sur son visage l'éternel : « Et moi ? Et ma cave ? »

Parfois Mathieu lui accordait :

— Assieds-toi, fais-moi ton rapport. Nous avons rentré quoi dernièrement ?

— Rien !

— Comment rien ? Au moins cinq cents bouteilles de bordeaux et autant de bourgogne.

— J'appelle ça rien, et vous le savez bien.

— Bon, tu as quoi derrière la tête ? Accouche.

Alors, Albert avec des airs de conspirateur, disait à voix basse :

— C'est le moment, c'est l'instant, pour les coteaux du layon.

C'était toujours le moment, toujours l'instant. Et, à l'entendre, il était le seul au courant. Il semblait qu'il y eût, entre lui et les vins à acheter d'urgence, des Annonciations à lui seul réservées ? L'ange devait arriver droit sur lui et dicter : « Fais rentrer du saint-estèphe de cette année et sans tarder. »

— Vous m'en remercierez à genoux dans dix ans de cet achat-là, monsieur.

Parfois, comme Albert arrivait le matin porteur d'une grande information, on pouvait croire qu'il l'avait, dans la nuit, reçue en rêve.

— Si vous laissez passer ça !...

Le sous-entendu était facile à deviner, c'était : « Sauf votre respect, monsieur, c'est que vous êtes un vrai c... » Il n'avait, bien sûr, jamais rien dit de ce genre, mais on le lisait sur son visage.

Mathieu paraissait rechigner, rouspétait même, sachant toutefois qu'Albert était en train, à coups de mystères, de révélations et autres pressentiments, de lui faire une cave prestigieuse. Et rien ne plaisait plus au brave garçon que de s'entendre dire, certains matins, par Mathieu retour des Halles :

— Je souffle un peu, fils. Amène-moi donc une de tes dernières merveilles, qu'on en tâte. J'ai besoin d'un petit remontant.

Alors, Albert prenait des allures de duègne à qui on aurait confié une jolie vierge :

— C'est jeune et frais, ça sent le printemps un peu acide... Mais, si on le conserve comme il faut, alors vous verrez ça !

— Toi et tous tes vins de garde ! Qu'est-ce que ça nous donne maintenant ?

Comme un prestidigitateur sortant son lapin blanc Albert présentait une autre bouteille, l'air à la fois complice et gourmand.

— Ce château-grillet, pour votre nouveau *gratin d'écrevisse*, ce sera rare et superbe ! Quant à votre *gigot de chevreuil grand veneur* on va lui offrir la conversation d'un *clos vougeot 1945*. Il faudra les arrêter de se parler, ces deux-là, je vous le dis !... Maintenant, si ça vous chante de remettre à la carte votre *agneau aux morilles* [1] alors là je connais un *beychevelle 1929* encore abordable. Ils s'en feraient une sacrée fête, votre agneau et mon vin !

1. Jacques Puisais, *Le Goût juste*, Éd. Flammarion.

— Et où en est Mme Albert de ses études ?

— Ah, en ce moment ce qui l'empêche de dormir c'est la récolte de champagne de 1914. Elle a appris, quelque part, que l'année de la déclaration de la Grande Guerre était une très belle année, mais que la récolte a été presque entièrement consommée *en nature* par les soldats. Elle voudrait tout savoir de ce *en nature*. Elle cherche.

— Il doit y avoir des livres qui disent tout ça.

— Vous ne voudriez pas ! Les livres, ça ne l'intéresse que si elle ne peut pas se renseigner entièrement sur place. Elle dit que le travail y est déjà fait. Et je sais bien ce qui m'attend. On va passer nos huit jours de vacances entre Reims et Épernay et elle questionnera les gens. C'est ça qu'elle aime : apprendre l'histoire sur place... Et peut-être aussi aller là où je vais quand je pars en expédition pour remplir notre cave.

— Elle est sans doute jalouse.

— Du vin, oui... Elle dit parfois que je m'en occupe plus que d'elle.

Là, Albert réfléchissait un temps et ajoutait, mi-satisfait, mi-incrédule :

— Eh ! Qui sait ? Oui, elle est jalouse... alors elle étudie sa concurrente.

Parfois, la petite Mme Albert venait le matin, accompagner son mari et disait un bonjour, en passant. On savait ce qu'il fallait faire après le « Et comment va, madame Albert ? », c'était lui suggérer d'aller donner aussi un bonjour à la cave. Et elle entrait là comme dans un musée, sur la pointe des pieds, recueillie. Elle en remontait en disant : « C'est nouveau votre barsac 1947 ? », et on lui répondait : « Oui, c'est rentré du mois dernier », tout en sachant qu'elle savait ça mieux encore que ceux d'ici, Albert avait dû lui en parler vingt fois avant, pendant et après son achat.

*

Et on ne voyait pas le temps passer.

Les enfants étaient revenus à Paris dès que leurs chambres avaient pu être aménagées — Villar n'avait jamais occupé qu'un seul étage de son immeuble — et ils n'avaient pas eu à se déplacer pour fêter la deuxième étoile paternelle.

Mérotte allait enfin se reposer et mettre en pot tout ce qui pouvait pousser. On se rendrait chez elle le dimanche.

Avec la seconde étoile Michelin, *Villar et Leduc* était devenu l'un des restaurants en vogue de Paris.

Il y avait maintenant Lucien, élégant et compétent maître d'hôtel, qui déchargeait Carla. Elle n'avait plus à prendre les commandes elle-même. Elle allait pouvoir se consacrer à son rôle d'hôtesse. Elle en parla avec Mathieu.

— Que veux-tu que je sois, exactement ?

— Toi. Rien que toi. Ils sont reçus, ceux qui viennent ici chaque soir, non seulement par la plus belle des femmes, mais encore par celle que j'aime. Que pourraient-ils désirer de plus ?

Elle sut alors dans le regard posé sur elle toute la tendresse du monde condensée là, en cet instant, pour elle seule.

C'est avec ce regard dans le cœur et avec l'immense bonheur qu'il irradiait en elle, qu'elle monta chez elle se préparer pour la soirée. Elle s'assit devant sa table à maquillage dans la salle de bains. Et là, elle regarda cette femme qui lui faisait face.

Une belle dame, le sourire aux lèvres.

Quarante ans, quinze ans de mariage. Deux superbes enfants adolescents, un mari génial, une affaire prospère et étoilée.

Et l'amour ? L'amour de cette belle dame... capiteuse — elle avait toujours rêvé d'être capiteuse, capiteuse comme une fleur —, où en était l'amour que lui portait le seul homme au monde qui comptât pour elle ?

Eh bien, cet amour-là allait très bien aussi. Mais comme le temps avait vite passé sur lui !

Ce qu'il faudrait savoir c'était si ce temps, inexorable, qui faisait grandir les enfants, faisait grandir autant l'amour. Il semblait que Ritzie, Alexandre et les sentiments de leurs parents l'un pour l'autre avaient crû en même temps. Dieu avait accordé cela.

Alors elle sourit et, dans le miroir où elle le voyait, remercia ce visage qui avait permis ces bonheurs.

Et l'envie lui vint, tout en donnant les cent coups de brosse quotidiens que réclamait sa lourde toison, de faire le bilan de ces dernières années.

Quinze années vécues pour un homme et le métier qu'il avait choisi. Était-il donné à beaucoup de vivre aussi totalement, aussi intensément, et ensemble, une profession ? Était-ce une grâce accordée ?

Une grande bouffée de joie lui gonfla le cœur à ressentir soudain tout ce que chaque jour lui apportait. Le réveil — bien avant la fin de la nuit — pour le départ de Mathieu aux Halles. Le premier baiser dans le parfum du café, la petite chanson de l'homme qui se rase, son juron quand il se coupe. Puis, peu à peu, l'éveil de *Villar et Leduc* avec l'arrivée de la brigade et le déroulement de la mise en place de la maison dans un tourbillon chaleureux où l'intrusion des enfants semait, pendant quelques instants, une gaie perturbation.

Là, Carla posa un instant sa brosse.

Alexandre et Ritzie percevaient-ils, eux aussi, leur bonheur ? Ou étaient-ils, sans le savoir, en train de se faire des souvenirs savoureux et parfumés qu'ils n'apprécieraient que bien plus tard ?

Elle murmura :

— Tout est en place.

Tout était en place dans leur maison et dans leurs cœurs. Et le mot juste, si cher à Mathieu, le mot juste dans sa belle histoire, quel était-il ?

Elle se regardait toujours dans le miroir, et elle dit :

— Le mot juste est : amoureuse.

Elle était, comme au premier jour, amoureuse de Mathieu. Elle enfila sa robe de lainage blanc, sa « housse », si simple, si fluide, l'uniforme de son bonheur.

Elle se sentait aussi légère qu'un oiseau en descendant dans son royaume.

Et là aussi tout était en place. Il lui sembla que les ors des laques prenaient une patine qu'elle n'avait pas encore remarquée, qu'elles n'avaient jamais été si belles. Et parce qu'elle se sentait un peu folle ce soir elle se dit qu'il y avait de l'amour en elles aussi...

Puis elle alla vers ses fleurs.

Un seul et immense bouquet dans le fond de la salle s'épanouissait sur la console qui lui était dévolue.

Il avait été fait, ce jour-là, des longues hampes blanches de lupins, de pieds d'alouette et de roses trémières dont les cœurs ponctuaient d'incarnat ce grand éventail crémeux.

Il y avait beaucoup d'Américains ce soir. Un article sur Mathieu paru dans le *New York Herald* avait renforcé les clans du consulat et de l'ambassade — très voisins — et qui avaient depuis longtemps déjà découvert *Villar et Leduc.*

Quatre tables de jolies femmes et d'hommes élégants, tous très gais. Carla regretta presque de ne plus avoir à prendre leurs commandes.

Une étonnante créature surtout l'intéressait. Belle, certes, mais plus que cela encore, quelque chose en elle d'animal, et peut-être même de cruel, fascinait. Elle présidait une table de six avec cette autorité qui caractérise les femmes de son pays. Était-elle divorcée, veuve, ou simplement en séjour à Paris sans son mari ? Carla aurait aimé savoir. A un moment Albert lui glissa, à propos de l'étrangère :

— Elle s'y connaît. Elle veut absolument du *château d'arlay*. Elle a décidé de faire goûter du *vin jaune* à ses amis. J'en suis contrarié. Ils vont m'en descendre au moins quatre bouteilles et il m'en reste si peu du 1929... J'ai eu beau dire qu'il faut déboucher cette merveille une heure avant de passer à table, *elle* a répondu : « J'attendrai ! Ce vin peut, lui, attendre d'être bu pendant cent ans, je peux bien, moi, l'attendre soixante minutes ! » Contre ces gens-là, il n'y a rien à faire qu'à baisser pavillon. Vous savez ce qu'elle m'a dit, avant que je parte exécuter ses ordres ? « A quinze degrés, n'est-ce pas ! » Comme si je ne le savais pas !

A Carla qui passait, l'Américaine lança :

— N'ai-je pas raison, madame, de boire ce breuvage d'or, dans l'or de vos laques ?... Et surtout avec le canard à l'orange de votre grand chef ?

Quand le *château d'arlay* arriva et qu'Albert l'eut servi, Mme Burns se leva et, s'en allant s'adosser à l'un des panneaux de *La Chasse*, éleva jusqu'à lui le verre plein dont les tons d'or et d'ambre étaient identiques :

— N'ai-je pas raison ?

Tous, dans la salle, la regardaient. Cela ne la gênait guère, elle paraissait plus chez elle ici que Carla.

Et ce fut ainsi que la vit Mathieu en arrivant.

Il était, lui, tout en blanc, immaculé, et comme à l'habitude, sans toque. Elle, était vêtue de noir et plusieurs rangs de perles à son cou se devinaient à peine tant sa peau était aussi nacrée qu'eux... *Un visage de perle !...*

Carla, placée derrière la jeune Américaine, faisait face à Mathieu. La vit-il seulement ?

Mais était-ce Mathieu ? Était-ce *son* regard qui se posait sur cette femme ? Un regard que Carla ne lui avait jamais vu Un regard ébloui, fasciné et qui, sans dérive, durait... durait... Une éternité.

Puis, l'espace d'une seconde, Mathieu baissa les yeux, comme s'il enfermait soudain ce qu'il voulait garder pour lui seul.

Mme Burns s'avança vers lui et l'embrassa sur les deux joues, en disant :

— Vous m'avez fait le plus voluptueux... canard à l'orange du monde !

Et elle regagna sa table comme s'il n'y avait que celle-là dans la grande salle et que le reste eût disparu ou plutôt n'eût jamais existé.

Carla était aussi pâle que sa robe.

4

Viviane et Drina étaient alitées avec la grippe. Alexandre, atteint avant elles, venait tout juste de retrouver ses fourneaux.

Au restaurant, Paul et Maxime suffisaient, mais à *La Bibliothèque* l'absence de la jeune fille posait un vrai problème. Carla, pendant trois ou quatre soirs, la remplaçait.

Elle arrivait vers sept heures avec Poloche qui ne l'abandonnait qu'à regret et en lui disant :

— Surtout ne vous fatiguez pas trop... Comme s'ils ne pouvaient pas manger sans vous, tous ces gens !

Et ils ne se doutaient pas, « tous ces gens », que cette femme qui les accueillait avec tant d'affabilité les voyait à peine. Elle n'était ici que dans le dessein — secret — d'étudier Gaétan. Et Sadako Satomi.

Car la belle Japonaise était là chaque soir. Elle arrivait après une soirée passée au théâtre, au concert ou au cinéma. Toujours suivie de la vieille vicomtesse Fuzawa imperturbable. Les deux femmes restaient souvent les dernières. Sadako parlait longuement à Gaétan. Leurs conversations auraient pu être entendues de tous, elles étaient sans équivoque. Il s'agissait des vignobles nippons et des ambitions « sauternaises » de la famille Satomi.

Il semblait que le jeune homme ait étudié la question à fond. Pendant les trois soirées que Carla passa à *La Bibliothèque,* elle l'entendit énumérer, avec de plus en plus de force et de conviction, les possibilités de fabriquer là-bas un « sauternes de qualité ». Et elle finissait par croire qu'elle avait rêvé ce regard passionné de Gaétan posé sur Sadako. Ce regard qui lui en avait tellement rappelé un autre...

Aussi, avec cette gentillesse des belles âmes qui s'en veulent de s'être trompées et d'avoir accusé à tort, elle était affable avec Sadako, Gaétan et même la vicomtesse Fuzawa.

Elle avait réussi à amadouer la vieille dame qui — miracle — se décidait à parler, dans un langage très XVIIe siècle dont Sadako disait qu'elle le devait à Mme de Sévigné pour avoir appris, seule, le français, uniquement dans ses *Lettres*. Ce qui donnait, dit d'une petite voix calme :

— Je suis vingt fois plus étourdie qu'un hanneton... Il me faudrait deux têtes, jamais la mienne ne me suffira pour retenir votre si belle langue qui m'accorderait un long commerce avec vous.

Amusée, Carla l'entraînait vers l'une des vitrines en lui proposant de lui montrer le rarissime exemplaire de la première édition des *Lettres* datant de 1725, alors que la marquise vivait encore et s'inquiétait fort de cette publication.

La vicomtesse, pénétrée de respect, caressait la reliure de sa main d'enfant et, entendant soudain rire Sadako et Gaétan, disait :

— M. Gaétan Dubellet nous fut voir au Ritz hier. Je ne rabattrai rien de l'idée que j'en aie qu'il trouve fort à son goût Mlle Satomi, ma chère cousine.

Et, comme Carla ne disait rien, elle ajoutait, retrouvant de plus en plus son français Grand Siècle :

— M. Dubellet est dans la fantaisie de se jeter au feu pour persuader Mlle Satomi de son ardeur à lui fabriquer du vin de sauternes au Japon. Il nous fait mille affaires de ces vignobles, et le cœur de ma bonne Sadako s'abandonne à cette espérance.

Carla ne savait si elle devait rire ou pleurer pendant que la vieille dame regagnait sa place en trottinant.

Que fallait-il penser de cette visite de Gaétan au Ritz ?

Il était temps que Drina vienne reprendre sa place ici.

Fallait-il parler à Viviane, à Alexandre ? Les mettre en garde ? Devait-on alerter Drina ? Carla en était là de ses réflexions quand, soudain, contre toute attente, la jeune fille arriva.

Elle paraissait affaiblie et avait repris cette apparence un peu frêle d'autrefois, d'avant Cornell, le volley-ball et les camps de vacances.

Elle était plus jolie que jamais dans une robe de soie mate d'un rose fuchsia, curieusement identique à celui de la robe de Sadako ce soir. Ce qui paraissait placer Gaétan entre deux femmes à la fois presque semblables et si différentes, se disait Carla, se reprochant alors de mettre les jeunes filles sur le même plan. L'une était la fiancée de Gaétan, l'autre... ne lui était rien. Du moins l'espérait-elle.

Tout se passa très vite :

Gaétan et Sadako parlaient.

Lui ne voyait pas Drina s'avancer vers eux.

Elle, si. Mais elle n'en montra rien. Elle souriait, de son petit sourire aigu et sans indulgence.

Drina les rejoignait après avoir lentement traversé toute la salle.

Et, tout à coup, Carla la vit rebrousser chemin et revenir à grands pas vers elle, le visage défait.

Qu'avait-elle entendu ?

Elle avait entendu la voix grave de Gaétan disant à la Japonaise :

— Quand vous secouez ainsi la tête, on croirait voir des hirondelles s'envoler de vos beaux cheveux noirs...

Carla raccompagna Drina à son appartement. La jeune fille avait seulement dit :

— Je remonte, je suis trop fatiguée.

A peine entrée chez elle, elle s'affalait en pleurant sur son lit, et, entre deux sanglots, articulait :

— Et il n'a même pas d'imagination ! Moi, mes cheveux étaient des oiseaux d'or, *elle* des hirondelles... Et maintenant il doit lui dire ce qu'il dit après ses histoires d'oiseaux, qu'il l'aime...

Que répondre ? Que rien peut-être n'était si grave, que

Gaétan avait flirté sans doute, mais que cela n'allait pas très loin. Seule devait l'intéresser l'affaire des sauternes nippons.

Se redressant brusquement, Drina dit alors, comme si elle lisait la chose écrite là, devant elle :

— A Cornell, il voulait épouser une fille dont la famille avait une chaîne hôtelière. Cela n'a pas dû se faire, alors il a pensé à *Villar et Leduc* et à moi. Aujourd'hui, il y a le Japon, une Japonaise milliardaire et les futurs sauternes... japonais aussi.

— Peut-être pas, chérie...

— Oh, si !

— Attends d'avoir une explication avec lui.

Ainsi, une jolie petite garce, un bel arriviste et, de surcroît, une vieille et originale vicomtesse japonaise, tout cela était arrivé un jour chez *Villar et Leduc* pour faire le malheur d'une innocente. Drina devait avoir raison de dire : « Nos portes sont grandes ouvertes, entre chez nous qui veut. »

Carla, autrefois, avait pensé, au contraire, qu'il ne pouvait rien lui arriver de mauvais dans leur chaude maison, bourdonnante d'activité, forteresse dont chaque pierre, cimentée d'amour, la protégeait... Jusqu'au jour où, pour elle aussi... Parce qu'il n'existait pas de forteresses imprenables par le malheur.

Carla avait pris Drina dans ses bras et la berçait, comme lorsqu'elle était toute petite.

— Chérie, tu es déraisonnable. Que savons-nous ? Presque rien. Demain, tu en riras.

— Sûrement pas. Je sentais venir quelque chose. Il y a déjà un mois que Gaétan, sous divers prétextes, recule la date de notre mariage. Et puis, cette fille qui venait tous les soirs... Je voyais bien qu'il négligeait une partie de la salle pour parler avec elle. Si tu avais vu le regard qu'*elle* me lançait quand je m'approchais ! Gaétan lui appartenait. Et lui, il riait. Il me disait : « J'adore que tu sois jalouse ! » Et je le croyais. J'aurai cru n'importe quoi. Peut-être demain croirai-je encore. Tu peux comprendre ça, cette... cette lâcheté chez moi ?

Dieu ! Si elle comprenait.

Mais Drina ajoutait :

— Non, toi, tu ne peux pas comprendre. Toi, il t'a adorée

à genoux, ton Mathieu, il n'a aimé que toi, toujours, alors, tu ne peux pas savoir ce que c'est que d'aimer quelqu'un qui ne vous aime pas.

Que fallait-il répondre ? Qu'avait-elle besoin d'entendre ? Qu'il y avait des passions qui duraient toute la vie ? Ou qu'il fallait s'accommoder de ce que les hommes vous accordaient, parfois chichement mesuré, et que de petites garces vous déchiraient le cœur avec leurs griffes acérées ? Mlle Satomi était une jolie plante vénéneuse et carnivore se nourrissant de beaux jeunes gens volés aux autres. Elle avait pénétré ici, dès l'âge de douze ans, par la porte grande ouverte... Celles qui étaient venues, autrefois, lui dérober son bonheur à elle aussi étaient entrées en reines, pour croquer ce qui était dans leurs assiettes... et celui qui les avait remplies par-dessus le marché. Mathieu, parce qu'il était une vedette, Gaétan, parce qu'il était un beau jeune homme. Mais fallait-il dire ces choses ? Sûrement pas. Alors, elle demanda :

— Chérie. Je reste avec toi ici ce soir ? Je peux prendre le deuxième lit ?

— Que crains-tu ? Que j'attente à mes jours ?

Drina s'efforçait de rire et ajoutait :

— Non, rassure-toi, pas avant demain en tout cas. J'ai à parler un peu avec mon don juan.

Elles convinrent de ne rien dire à quiconque encore. Après tout, où en était-on vraiment ?

La lettre arriva le lendemain matin, à la place de Gaétan.

Tout était expliqué en une seule page qui, disait Alexandre, sentait le pourri. Et il ajoutait : « Celui-là, il a de la chance de partir au Japon, parce que, s'il restait ici, il verrait les portes des confrères lui claquer au nez, je t'en réponds, j'aurais fait ce qu'il faut pour ça. »

Donc, Gaétan s'en allait. Il disait s'être trompé, avoir cru... être désolé... Il aimait Mlle Satomi, elle l'aimait aussi et ils partaient tous deux pour Tokyo.

Alexandre maintenant s'en prenait à Albert.

— Et toi qui ne jurais que par lui !

Albert se défendait. Oui, au début il l'avait trouvé bien ce jeune homme. Très bien même. Mais depuis quelque temps... Émile l'avait rencontré se promenant avec la Japonaise. Et un ami, chef de rang au Ritz, l'avait vu déjeuner dans la suite des milliardaires avec la jeune fille et la vieille vicomtesse, en l'absence de M. Satomi reparti à Tokyo.

— Tu n'aurais pas pu nous raconter tout ça ?

— Non, monsieur Alexandre, précisément je n'aurais pas pu. Je n'en ai pas eu le courage. Mais, maintenant, je peux vous dire que ce monsieur n'était pas un sommelier. Il ne *servait* pas le vin, il *s'en servait,* vous voyez ce que je veux dire ?

Alexandre voyait. Mais ne décolérait pas.

— Même pas le courage de venir nous parler ! Même pas avoir eu le cœur de dire en face à ma petite fille...

A Viviane qu'il voyait toute pâle et les yeux rouges, il demanda :

— Comment va-t-elle ?

— Elle se repose, pour être en forme ce soir, elle veut, absolument, reprendre sa place là-haut. Elle sait que tu as besoin d'elle.

— Ah !

Et Alexandre qui, jusqu'à maintenant, s'était réfugié dans la colère était tout chaviré par la décision de sa fille et devait se détourner pour qu'on ne voie pas ses yeux embués. Doucement, il demanda à sa femme :

— Elle se console un peu ? Tu crois qu'elle arrivera à oublier ?

La mise en place du déjeuner était faite. Alexandre regagna ses fourneaux. Les premiers clients arrivaient. La vie devait continuer.

Drina, dans la salle de *La Bibliothèque,* paraissait à tous souriante et sereine. Et si l'on voulait chercher en elle quelque chose de changé, on ne trouvait que l'absence d'une bague à son annulaire gauche. Elle l'avait fait porter chez Gaétan par le chasseur.

Carla, venue aider, disait, en s'efforçant de rire :

— Je crois que je ne vais plus pouvoir passer mes soirées seule devant ma télévision, votre *Bibliothèque* me manquera.

— J'aimerais que tu restes encore quelque temps avec moi, si tu peux, si cela ne te fatigue pas trop, quémandait Drina.

Elle ajoutait, comme pour justifier cette demande, que beaucoup de clients appréciaient de les voir là toutes deux, elles se ressemblaient tellement... Elle avait entendu certains dire qu'elles étaient émouvantes ainsi, côte à côte, parce que cela prouvait que belle à vingt ans on peut l'être encore à soixante-cinq.

Viviane n'avait pas pu les aider. Elle toussait encore trop et s'en désolait. Une mauvaise toux à ne faire entendre à aucun prix. Elle devrait se contenter d'attendre sa petite, de lui préparer un bain chaud et délassant, et de la mettre au lit dès qu'elle aurait fini son service.

Elle confia à Carla qu'elle ne la quitterait pas, parce qu'elle serait sûrement de nouveau en proie à son chagrin, à un moment ou à un autre, dans la nuit.

Drina, elle, vivait dans une demi-inconscience, ou plutôt avec le sentiment de quelque chose d'étrange en elle et qu'elle aurait peut-être — si on lui avait posé la question — appelé un vide, faute de trouver un autre nom pour cet état second.

Elle allait et venait dans la salle de *La Bibliothèque,* et ce qui l'étonnait le plus, c'était la régularité, le calme avec lesquels elle marchait, tout en ayant l'impression de ne pas poser ses pieds sur le tapis.

A quoi pensait-elle ?

Si on le lui avait demandé elle aurait sans doute répondu : « A rien. » Elle n'aurait pas ajouté qu'elle ne pensait pas, mais *voyait.* Tant d'images défilaient... Gaétan tenant la main de cette femme, comme il savait le faire, en la caressant doucement, doigt après doigt... Gaétan couché avec cette femme... Et comment pouvait-on, face à ces images, ne pas crier ? Ne pas hurler devant Louis, le maître d'hôtel venant proposer son aide... Que lui disait-il ? Elle, elle répondait : « Oui, oui, bien sûr ! », mais à quoi ? Et voyait-elle dans le regard de cet homme de la pitié, de la compassion ?

Si elle détournait les yeux, elle se surprenait à avoir envie de dire à tout ce qui l'entourait, à tout ce qui montait la garde autour d'elle, dans le royaume de sa famille, dans ce qui était leur bien, leur sécurité, leur force : « Pourquoi avez-vous laissé faire ça, pourquoi avez-vous permis que Gaétan soit en ce moment dans les bras d'une autre ? »

Car tout était exactement pareil. Comme si rien ne s'était passé.

De là-haut, du dernier étage des bibliothèques où ils trônaient, les chefs illustres la regardaient toujours. Des regards, se dit-elle, semblables à des feuilles qui tombent des arbres, sans vous toucher, en vous effleurant à peine avant de s'envoler ailleurs... Gaétan appelait les célèbres toques *Les Grands Messieurs* et disait :

— *Les Grands Messieurs* nous voient, tenons-nous bien. Je ne peux pas t'embrasser, les moustaches du vieux Philéas Gilbert en frémiraient de convoitise, celles d'Escoffier de désapprobation solennelle...

Elle entendait Gaétan, mais elle écoutait, en lui souriant comme il le fallait, un très aimable monsieur et notait, en s'appliquant à bien écrire : *terrine de filets mignons de lapereau* *. Elle avait même expliqué : « Une couche de lapereau, une couche de foie gras. » Sa présence d'esprit l'étonnait. Elle l'admirait comme s'il se fût agi d'une autre. Elle parla aussi au jeune aide-sommelier, arrivé le matin même, et qui faisait de son mieux. Elle lui dit : « N'oubliez pas, avec la terrine de proposer... » Là, soudain, elle s'était arrêtée, ne sachant plus ce qu'elle voulait ajouter. Elle vit rougir le garçon. Il était aussi jeune qu'elle et elle devait l'impressionner, elle, la fille de la maison. Savait-il ? Sûrement. On avait dû lui raconter le drame. Comment s'appelait-il déjà ? Savinien ! Était-elle contrariée qu'il soit au courant ? Non pas. Hier pourtant, si on lui avait posé cette question : « Seriez-vous humiliée que l'on sache, du haut en bas de la maison, que l'homme que vous aimez est parti avec une autre ? », elle aurait cru l'être. Mais, ce soir, tout lui était indifférent.

Elle s'entendit, une fois encore, vanter avec un sourire la *Linzter Torte aux oranges* *. Puis elle donna des détails sur l'édition Houssiaux de Balzac qui intéressait un monsieur à monocle.

A monocle ? Voyait-elle bien ? Ça existait encore ça ?

Ça existait ! Gaétan aurait dit...

Mais Gaétan ne dirait rien puisqu'il n'entrerait plus ici. On n'entendrait plus comme lorsqu'il arrivait : « Monsieur Alexandre Dumas, je vous salue bien bas », ou « Monsieur Carême, veillez sur nous ! »

Elle eut envie de courir, droit devant elle, en hurlant... Mais elle s'efforça de départager deux jolies dames qui confondaient avec insistance Brillat-Savarin et Grimod de La Reynière.

— Il n'y a plus de truffes au chocolat pour servir avec le café... Je peux aller en chercher en bas ? lui demandait Savinien. Et elle entendait : « Je peux aller en chercher en bas, *pauvre mademoiselle* ? »

Alors, venu d'où, de quel tréfonds de son âme blessée, elle dit :

— Non ! Ils n'en ont pas besoin. Non et non.

Elle crut que le jeune garçon, stupéfait, allait fondre en larmes et que, si elle ne s'éloignait pas, elle pleurerait avec lui.

Quand tous furent partis, ce vide qu'elle sentait en elle se fit plus grand encore. Pourtant, elle s'entendait parler normalement à sa mère, à Carla : « Oui, elle allait très bien... Oh ! non, pas fatiguée du tout... Sommeil ? Ah, oui, elle avait sommeil ! »

Peut-être, si Alexandre n'avait pas conseillé de lui donner un demi-comprimé de ce somnifère dont il arrivait qu'il ait besoin lui-même, Drina n'aurait-elle pas agi de la sorte. Elle-même, plus tard, se le demanda. Mais cette nuit-là, alors que Viviane s'était endormie dans son fauteuil, ce petit flacon apparut soudain à la jeune fille comme la seule possibilité de mettre fin à son désespoir.

... Viviane, fort heureusement, se réveilla à temps.

L'ambulance dans la nuit. L'hôpital.

Et, quarante-huit heures plus tard, un réveil dans une

chambre ensoleillée où le ciel bleu disait... Disait quoi ? Disait ne pas avoir voulu de Drina, lui non plus !

Poloche la ramena à la maison. Une Poloche qui, dans l'inquiétude que lui avait causée sa petite, en avait oublié de se coiffer de son étrange bonnet — « son casque à mèches », disait Alexandre — et Drina, en montant en voiture, remarqua presque gaiement :

— Mais tu as des cheveux superbes, ma Poloche ! Pourquoi les caches-tu toujours ?

Elle, à peine arrivée dans sa chambre, coupa les siens.

— Ouf ! dit-elle, posant les ciseaux, pour commencer une nouvelle vie, il fallait une nouvelle tête. Et surtout plus d'oiseaux d'or...

Comme Carla arrivait, elle se jeta dans ses bras en lui promettant que jamais plus... jamais plus...

— Je crois bien qu'en me réveillant j'étais heureuse d'être en vie. J'en suis sûre même. Alors sois tranquille... Mais que cela ne t'empêche pas de rester une ou deux nuits avec moi. J'aimerais tant qu'on parle. J'ai besoin que celles qui ont eu des amours heureuses me les racontent. Et elle parvenait à sourire. Tu sais, je disais à Gaétan : « Regarde bien ma grand-mère, et tu verras ce que je deviendrai lorsque tu m'auras aimée pendant quarante ans : superbe ! Seulement, il faudra que tu m'adores autant que son Mathieu l'a adorée, parce qu'elle est le produit d'une longue, longue macération dans la passion la plus parfumée à tous les bonheurs qui soient... Alors, de deux choses l'une, où tu me signes un bail, ou tu te sauves, fou de terreur, devant mes exigences. » Tu vois, il a fui.

Les lits jumeaux étaient rapprochés et, comme à un moment la jeune fille avait tendu le bras, elles se parlaient maintenant en se tenant la main.

Et Carla, du fond du cœur, se demandait ce qu'elle devait faire. Que fallait-il dire pour ne pas la blesser plus encore et tenter de lui redonner goût à la vie et à l'amour ?

Elle continuerait, en tout cas, à ne pas accabler Gaétan. Alexandre avait tort de le faire. La petite n'y puisait aucun réconfort. Viviane le sentait aussi, qui disait que, pour son premier chagrin, l'enfant avait déjà la sagesse de repousser la facilité des accusations et savait l'inutilité du ressentiment ou de la haine envers qui l'avait meurtrie. Ce que Drina demandait, c'était un anesthésique, un baume.

— Raconte-moi combien c'est beau un homme qui vous aime toute la vie.

Un homme qui vous aime toute la vie !

Donc, ce qu'elle attendait c'était le refrain : « Il n'aimait que moi, je n'aimais que lui et nous avons créé *Villar et Leduc* dans la félicité. Nous avons rassemblé nos forces et notre courage, nous avons travaillé, travaillé, et ceux que nous avions choisis pour nous aider nous ont offert aussi le meilleur d'eux-mêmes. Mais, surtout, nous avons donné forme et vie à notre amour, puisque, au fur et à mesure qu'il croissait, croissait notre œuvre. »

Pendant des années, ils avaient certes nourri leur maison avec leur cœur. Tout ici portait la marque de leur travail, mais tellement aussi de leur amour, tout s'enchevêtrait. Et c'était vrai, se disaient-ils parfois, *Villar et Leduc*, c'était une histoire d'amour.

Voilà ce que Drina voulait entendre et qu'elle allait lui répéter, une fois de plus. Parce que, en un sens, ce fut vrai jusqu'au grand, au magnifique succès, celui qui, peut-être, nargue les dieux et attire leur foudre.

Là s'arrêtait la légende.

Mathieu dans sa belle cinquantaine, elle, Carla, s'y acheminant. Un tournant ? La passion émoussée ?...

Mais y avait-il eu passion de Mathieu pour sa femme ? Sa vraie passion n'était-elle pas celle de sa jeunesse sur son paquebot, pour les « visages de perles » ?

Elles étaient revenues le chercher, celles-là. Il n'était plus sur les mers, mais dans sa grotte d'or, roi de la haute gastronomie, homme célèbre et bel homme.

Elle les avait vues le regarder.

Elle l'avait vu, lui, répondre à ces regards.

Une agonie.

Et elle avait tout su, par hasard, comme toujours : une

facture, arrivée par erreur au restaurant. Le montant d'une paire de draps de crêpe de chine rose ! Risible et horrible à la fois.

La force de ne rien dire, de rester calme, sereine même, où l'avait-elle puisée ?

Dès lors, passé le grand choc, la douleur et le désespoir : la jalousie. La jalousie charnelle.

Celle qui ne l'a jamais éprouvée ne connaît pas la plus violente, la plus cruelle des souffrances.

L'infidélité physique est une infidélité complète, totale, celle de l'homme tout entier.

— Mais pas le cœur ! Mon cœur n'est qu'à toi !

Cri de Mathieu l'unique fois où ils avaient été contraints d'aborder leur drame parce que l'une de « ces dames » téléphonait la nuit et les réveillait.

« *Pas le cœur !* » Peut-être. Il en mourrait pourtant, ce cœur.

Que restait-il à faire ?

Prier ? Non pour demander un miracle qui aurait transformé Mathieu, mais pour comprendre et admettre, elle, ce qu'il était *lui*. Cet homme qu'elle découvrait, qui n'était plus le sien, cet étranger...

Le bonheur s'était évadé, la laissant comme vidée d'elle-même. Plus d'amour, plus de confiance en soi, plus de beauté.

Elle avait survécu pourtant. Dans les mensonges de Mathieu. Elle savait ce qu'il en était quand il disait aller ici ou là pour la profession. Et elle se taisait.

Ce qui l'aidait à vivre ? Peut-être plus de vingt ans de bonheur. Une fortune qu'elle dépensait maintenant.

En attendant quoi ? Elle ne savait pas.

Les femmes qui entraient par effraction dans leur vie, elle les repérait vite. Toujours le même type. Anglaises ou Américaines, superbes blondes ou brunes avec le fameux *teint de perle*... Éclatantes aussi d'arrogance, de luxe et d'égoïsme. Elle les appelait *les Victorieuses*.

Combien y en avait-il eu ? Quatre ? Cinq ? Et qui n'avaient, elle en était presque sûre, jamais beaucoup duré. Elle eût pu les appeler *Éphémères Victorieuses*...

Puis la mort de Mathieu. Une souffrance qui efface toutes les autres.

Et un jour, à Salzbourg...

Elle y allait souvent. Mathieu avait voulu entendre du Mozart là-bas. Elle avait été heureuse qu'il veuille le faire avec elle. Presque une seconde lune de miel. Presque, si on avait pu arriver à oublier...

Après sa mort, elle y était retournée chaque année. Et là, il y avait deux ans, chez le critique musical Frantz Gottelieb, client et ami, l'arrivée d'un pianiste, invité à dîner lui aussi, et à donner un petit récital. Un garçon d'une vingtaine d'années, sympathique et beau. Elle avait entendu Frantz Gottelieb lui dire :

— Je vais te faire un bon papier, fiston, mais donne-moi une petite histoire sur toi ou sur ta mère, ça m'aidera.

Et, se penchant vers Carla, Frantz avait expliqué : « Sa mère était la grande pianiste Cordelia Forrester, la beauté et le génie réunis. Elle est morte il y a trois ans. Et Bryan, son fils naturel, n'a pas connu son père, Cordelia a caché à son amant qu'elle attendait un enfant de lui et l'a gardé pour elle seule. Étrange femme... Mais qui lui a légué son talent. Il sera demain aussi célèbre qu'elle, plus encore peut-être. »

Le jeune Bryan disait :

— Si vous voulez une histoire, la plus touchante que je connaisse est celle que ma mère aimait me raconter. Elle concerne mon père. Il adorait la musique qu'il avait découverte, un matin, tout enfant, à Saint-Eustache à Paris en y écoutant une messe de Mozart. Il était rentré chez lui si imprégné de sons merveilleux, qu'il ne voulait pas qu'on lui parle, il essayait, disait-il, « d'en entendre encore » et il mettait sa tête sous son drap, espérant de cette façon mieux percevoir ce qu'il avait encore dans l'oreille... Ses parents étaient pauvres, et mon père n'avait donc de musique qu'à l'église ou, parfois, dans la rue, quand il arrivait que quelque malheureux vienne en faire pour tendre ensuite sa sébile. Un jour, un vieux couple de violonistes joua ainsi devant sa maison. Ce n'était pas les grandes orgues de Saint-Eustache, mais peut-être les deux artistes avaient-ils quelque talent. Mon père les écoutait, subjugué. Il leur demanda quand ils reviendraient pour être sûr d'être là. Sans doute amusés par cet admirateur en herbe, ils voulurent s'amuser plus encore, l'homme dit : Je m'appelle *English* et elle, ma femme, c'est *Spoken*. Regarde bien, petit, sur les portes de magasins comme là, derrière toi, celle du fleuriste, et chaque fois que tu y verras notre nom, c'est là que nous viendrons jouer, un jour ou l'autre.

« Bien sûr, il ne les revit jamais, malgré les longues stations qu'il fit une année entière, chaque jeudi et chaque dimanche, hiver comme été, jamais lassé, espérant toujours et posté devant un magasin de meubles de son quartier où, soi-disant, on parlait anglais.

« Alors ? Alors résigné, il entra un jour dans un autre magasin, d'instruments de musique cette fois, et demanda le moins cher. On lui vendit un harmonica.

« Carla faillit dire, avant même d'avoir vraiment compris ce qui lui arrivait là : “ Non ! Non ! Il n'y a pas eu d'harmonica ! Mathieu n'en a jamais joué ! ”

Et, soudain, elle se souvint de Cordelia Forrester ! Elle était venue, au moins trois soirs de suite, après ses récitals à la salle Pleyel, souper chez eux. Celle-là aussi avait été une *Victorieuse* ! Et la liaison devait dater de ces séjours de Mathieu à Londres pour le lancement d'un restaurant dont il était actionnaire.

Et il y avait eu un enfant. Un enfant que Mathieu n'avait jamais connu...

Il arrivait parfois maintenant à Carla de se dire que, du bilan fait au dernier versant de sa vie, ne subsistent que quelques instants d'une grande intensité. Les cinq minutes pendant lesquelles Bryan Forrester raconta l'histoire du petit Mathieu en furent un.

Comment avait-elle pu rester là et écouter jouer ce garçon ?

Pourtant, elle l'avait fait, apparemment sereine et concentrée.

Alors était venu cet instant où elle sut qu'elle *devait* se dire : Mathieu aurait été heureux d'avoir un tel fils !

Plus tard encore, il lui semblait les entendre parler tous

deux. Mathieu disait, enfourchant son grand dada : « Le secret de la musique, *mon fils*, quel est-il donc ? Parce qu'il y en a un, ça ne peut être autrement... à moins que ce ne soit le plus secret de chacun de nous qui éclate dès que nous écoutons la musique. Ah, si tu savais les ailes que je me sens pousser aux premières mesures d'une symphonie ! »

Elle parlerait à Bryan. De la part de Mathieu, et elle tenterait de dire à ce jeune homme ce que son père lui aurait dit s'il l'avait connu.

Sans doute tout cela avait-il un sens. Bryan devait naître. Peut-être serait-il plus grand pianiste encore que sa mère parce que fils de Mathieu, et elle, Carla, serait là pour remplacer Mathieu auprès de lui.

Désormais, elle allait chaque année à Salzbourg et y voyait Bryan Forrester. Avouerait-elle à ses propres enfants qu'elle lui avait dit qui était son père et lui en parlait, longuement ? Certes non. Pas plus qu'elle ne raconterait tout cela à Drina. Drina attendait d'elle un apaisement et un espoir. Il ne fallait pas détruire la légende. Et Mathieu n'était plus là pour se défendre.

A Drina qui lui demandait : « Quand, comment sait-on qu'on aime ? Qu'on aime vraiment ? » Elle répondit : « On le sait, tout d'un coup, c'est presque douloureux, un moment, avant de devenir bonheur. C'est... comme une grosse vague dans laquelle tu serais roulée, qui t'étoufferait à demi et te laisserait toute faible avec l'impression que ton cœur est si lourd, si plein de joie que tu peux à peine en supporter le poids... »

*

On s'était mis d'accord pour essayer de cacher à Mérotte, le plus longtemps possible, la triste aventure de Drina. Quand la jeune fille était revenue de l'hôpital, personne ne s'était senti la voix assez assurée pour téléphoner à la vieille dame et lui parler de banalités. Pourtant, il fallut bien en arriver à lui dire le départ de Gaétan. Mais on convint de garder le secret sur la tentative de suicide.

On ne raconta donc, par téléphone, que la désertion du jeune homme et sans paraître y attacher trop d'importance. Drina, prétendit-on, se consolait déjà. Et Viviane venait de raccrocher, se reprochant un peu de ne pas être auprès de l'aïeule dans un pareil moment, quand Mérotte rappela :

— Et moi, je fais quoi ? Parce que c'est aujourd'hui que je suis invitée à goûter au Ritz par M. Akira.

Ça, on l'avait complètement oublié !

Que fallait-il conseiller ?

Après réflexion, on admit que, si M. Satomi n'avait pas décommandé Mérotte par courtoisie, il convenait d'être aussi courtois que lui. D'ailleurs, il n'était sans doute pour rien dans cette affaire. Peut-être même la désapprouvait-il ? En conclusion, Mérotte irait boire son chocolat au Ritz avec un homme presque aussi accablé qu'elle. Et puisque M. Akira avait décidé de faire bonne figure, elle ferait de même. Elle s'accrocherait, dit-elle, le sourire, un tout petit, de circonstance.

La Rolls gris argent vint chercher la vieille dame à l'heure prévue. Elle était prête, tout en noir comme à l'accoutumée. Coiffée d'un feutre à petits bords, dont la calotte emboîtait bien son chignon, et gantée de coton aussi blanc que la guimpe qu'elle avait lavée, amidonnée et repassée elle-même deux jours plus tôt.

La grande entrée de l'hôtel Ritz, Mérotte ne l'avait jamais franchie. Ce n'était pas une raison pour qu'elle fût impressionnée et c'est, péremptoire, qu'elle dit à la réception : « M. Akira Satomi m'attend. »

En effet, elle était attendue. Elle fut conduite avec déférence, voire respect, par l'un de ces messieurs jusqu'à la suite impériale.

Elle trouva le moyen, en cours de route, de dire : « Du temps où je venais souvent ici, très souvent même, c'était plus bruyant. Il est vrai qu'il y avait de sacrés bruits de bottes. »

Somme toute, c'était comme à Versailles ! En plus petit, songea-t-elle.

Il devait arriver un moment où l'on ne pouvait pas

inventer plus de confort et de luxe. Elle se fit une réflexion qui lui plut : question choses matérielles, il y avait des limites, le plus superbe, le plus riche une fois atteint — bon et après ? —, ce serait toujours pareil. Tandis que, question sentiments, on pouvait aller à l'infini. Le cœur créerait toujours des richesses et des richesses. Et c'est en se sentant, en quelque sorte, immensément riche, que Mérotte tendit la main à M. Akira Satomi, milliardaire... en choses matérielles.

Il lui parut plus briqué, poncé, ciré que dans la cuisine de Levallois. C'était normal. Elle se souvenait que son Félicien, déjà si beau, l'était plus encore sous leur magnolia en fleurs. Et, si on restait dans une idée d'arbres, tout compte fait, on était ici comme parmi des sapins de Noël illuminés.

M. Akira ne paraissait pas vouloir faire allusion à leurs soucis, en quelque sorte communs. Elle ferait comme lui.

Eh bien, puisqu'elle était là, elle aimerait admirer, tout d'abord, la place Vendôme vue d'en haut ! Et la colonne et l'empereur. M. Akira avait-il eu, au Japon, des hommes comme Napoléon ? M. Akira pensait en avoir eu, lui aussi, à peu de chose près.

Puis, elle accepta de jeter un coup d'œil à l'appartement. Oui, oui, ça l'intéresserait.

Ce que M. Akira lui montra tout d'abord, sans doute parce qu'ils passaient juste devant tous les deux, ce fut, posé sur le grand bureau, un objet en fer qui, déplié, se révéla être une espèce de mètre, mais bien plus long.

— Exactement trois mètres, trois centimètres. C'est la mesure que nous appelons *jô*. Et un *jô* carré est la dimension de la hutte des moines boudhistes depuis les temps les plus reculés. Alors, je garde ce *jô* sous les yeux, toujours, pour me souvenir que même dans ma maison au Japon, ou ici dans cette suite impériale, je ne dois pas me croire un homme au-dessus des autres, puisqu'il existe des êtres qui me valent cent mille fois et vivent dans trois mètres trois centimètres sur trois mètres trois centimètres.

Voilà qui plaisait à Mérotte !

Elle avait eu raison d'apprécier M. Akira. Il eût été, désormais, un ami si... Eh, s'il n'y avait pas eu, tout à coup, un

Hiroshima entre eux ! Mais, puisqu'il paraissait ne pas vouloir en parler de ce cataclysme, elle continuerait à faire comme lui.

Elle le suivit partout où il voulut bien l'emmener et admira. Parce que c'était admirable, il fallait quand même le dire. Le lit la subjugua. Par ses dimensions et son baldaquin, pas rouge et or comme à Versailles, mais vert et or. Elle eut un petit rire pour admettre qu'ici elle n'oserait pas accrocher sa clochette, vu que — d'après ce que disait M. Akira — les plus grands de ce monde ayant dormi là, elle aurait eu peur de réveiller ce qui, sait-on jamais, flottait d'eux quelque part dans la chambre.

Devant la cheminée du plus grand des salons, entre deux canapés se faisant face, était dressée une table nappée de blanc jusqu'à terre, avec le goûter.

— Avez-vous faim, madame Mérotte ?

Elle avait faim. Dédaigner cette profusion de belles et bonnes choses eût été une offense au bon Dieu, à l'hôtel Ritz et à M. Akira. Surtout les petits fours. Elle expliqua qu'autrefois, à peine arrivée à Paris, et encore en galoches, elle était restée des heures devant les merveilles d'un pâtissier parisien, et surtout devant ses « fruits déguisés » aussi brillants, aussi beaux que des bijoux.

C'était un vrai goûter à la française, « Comme autrefois », disait M. Akira. Il y avait profusion de gâteaux, mais aussi de fruits et une jatte de crème fraîche et une autre de chantilly.

— Lorsque je venais en France, quand j'étais jeune et goûtais dans des maisons amies, j'aimais beaucoup manger une pêche avec de la crème ou des marrons au sirop avec de la chantilly. Mais aujourd'hui, je voudrais, après ou avant votre chocolat, comme il vous plaira, vous faire goûter un château yquem, de l'année de votre naissance — je me suis renseigné sur elle — en mangeant une poire. Si vous m'en croyez, rien n'est meilleur qu'un grand yquem et une passe-crassane. Et si vous m'y autorisez, madame Mérotte, ce sera moi qui vous la préparerai. J'avais une gouvernante anglaise, qui disait qu'on juge un gentleman à sa façon de peler un fruit. Pour tout vous dire, je n'étais pas très habile et, quand miss Brett nous a quittés, et ce jour-là seulement, elle m'a dit : « Aujourd'hui, c'était *à peu près* bien. » Alors vous excuserez ma maladresse, je vous prie...

Ça, se disait Mérotte c'était encore une manière d'être japonaise, parce que, question maniement du couteau, M. Akira en aurait remontré aux plus grands trancheurs de France.

Comme le sommelier arrivait et disposait les verres, Mérotte demanda si on les rinçait toujours dans une eau citronnée.

— Parfaitement, madame.

Elle expliqua alors que de son temps, en 1944, on n'avait pas toujours, malgré les ordres allemands, autant de citrons qu'on aurait voulu, mais qu'il en arrivait parfois de grandes panières. Les fruits pressés, leurs peaux étaient partagées par toute la brigade. En en donnant quelques-unes à son pâtissier-boulanger, on obtenait un morceau de baguette supplémentaire ou l'un des gâteaux que les zestes permettaient de parfumer.

— Alors, ce vin, madame Mérotte ?

— Ce vin, monsieur Akira, c'est le bon Dieu en culotte de velours doré qui nous passe dans la gorge ! C'est aussi... laissez-moi un peu de temps que je les remette tous les parfums qui se bousculent là... Si je vous disais que je fais tous les ans une confiture de potiron et d'écorces d'orange et que j'ai l'impression qu'elle est là, à nous dire bonjour et à me rappeler que je fais aussi des confitures d'abricot et qu'alors ma cuisine embaume, comme dans ma bouche en ce moment...

— Et ma passe-crassane ?

— Je dirai : « Merci mon Dieu... et merci monsieur Akira, parce que c'est d'un goût aussi délicat... aussi délicat que vous... »

La vieille vicomtesse Fuzawa entra.

Elle venait dire bonjour à son cousin, en passant. On lui offrit du vin. Elle en but deux verres d'un coup. Mérotte mit à leur compte l'étrangeté du langage de la dame, qui d'ailleurs se tut aussi vite qu'elle se retira.

Comme, verre en main, Mérotte montrait une grande épée posée sur une table, M. Akira lui dit :

— Elle a appartenu à l'un de mes ancêtres. J'y suis très attaché et je l'emporte toujours avec moi.

— A-t-elle... A-t-elle tué beaucoup de gens ?

— Beaucoup, madame Mérotte, beaucoup.

— Qui sait, vous vous en servirez peut-être encore !

Et Mérotte était rêveuse. Puis, paraissant tout à coup se réveiller, se décider, et le regard brillant, elle dit :

— Ah ! parlons-en un peu, quand même, de notre affaire, ou je vais étouffer. Nous venons d'être assez longtemps bien élevés à tourner autour du pot sans rien nous dire ! Alors, si vous me demandez mon avis, je vous dirai que je ne l'ai jamais tout à fait senti, ce Gaétan. Mais je ne dis pas que vous ne ferez pas mieux que moi. Parce que, sous vos airs, de toujours sourire aux anges, vous me paraissez y voir bigrement clair. Si, on ne sait jamais, il vous faisait le même coup qu'à nous, le jeune homme... eh bien là, franchement, il faudrait penser un peu à l'épée de votre ancêtre... enfin, pour faire peur.

M. Akira sourit et parut approuver, d'un signe de tête. Mais se tut.

Au moment du départ, après l'avoir accompagnée fort courtoisement jusqu'à sa Rolls qui la reconduirait à Levallois, M. Akira remit à Mérotte ce qu'il appelait un modeste cadeau, sorti de sa poche.

En arrivant chez elle, elle découvrit dans la boîte une petite clochette, en forme de coquille d'escargot. Ce fut Viviane qui lui dit, plus tard, qu'elle était en platine.

Drina vint le lendemain voir Mérotte.

— Dieu garde ! Qu'est-ce que tu as fait de tes beaux cheveux ?

— Envolés !

Elles parlèrent longtemps. Pleurèrent un peu et burent du sirop de framboise-groseille, jusqu'à ce que Drina dise, en soupirant : « Il faut tout de même que je m'en aille à ma *Bibliothèque*. »

Cette nuit-là, au premier coup de ses deux clochettes, Mérotte éprouva le besoin de parler à son Félicien : « La petite n'est pas heureuse là-bas. Imagine un peu ce qu'elle voit quand elle arrive prendre son service dans la salle. Elle voit voler des hirondelles ! Et elle ne peut pas arriver à les chasser, et elles sont là à lui rappeler de mauvaises choses. Elle, ses oiseaux d'or, elle leur a coupé les ailes, mais ça n'empêche pas les hirondelles de voler partout autour d'elle.

« Si tu veux mon avis, il faut l'emmener ailleurs. Et si tu veux aussi mon avis sur le Gaétan, je te dirai que cet homme-là ne vaut rien, c'est juste du foin d'artichaut, quelque chose qu'on n'a jamais pu utiliser. Mais, maintenant, il nous faut en chercher un autre parce qu'elle se languit notre pitchoune. Tu me diras : “ Comment ça se fait qu'une si jolie mignonne n'entraîne pas une farandole de soupirants derrière elle ? ” Je te répondrai que ça c'est le mystère de la vie et qu'on n'y comprendra jamais rien. »

*

Alexandre et Viviane pensaient eux aussi qu'il fallait éloigner Drina de Paris.

Pourquoi ne pas aller chez Ritzie ?

Carla partant faire sa cure en Italie, à Abano, puis son pèlerinage annuel à Salzbourg, Poloche pourrait conduire la jeune fille à *La Table des dames*.

Et si on la faisait accompagner par Mérotte à qui un petit repos en Auvergne ferait le plus grand bien aussi ?

On s'aperçut, aux réticences que Drina opposa à ce projet, qu'elle espérait sans doute encore un retour miraculeux de Gaétan. Elle avait dû apprendre qu'il n'avait pas encore quitté la France, et Dieu seul savait ce qu'elle en concluait.

Pour tenter de reculer ce départ, Drina prétexta son service à *La Bibliothèque*. Mais Lucie présenta l'une de ses cousines, jolie petite personne paraissant jaillie de l'un de ses chers romans et diplômée de l'école hôtelière de Toulon. Elle ferait parfaitement l'affaire.

Alors, Drina se résigna.

On était au mois de mai, et Ritzie disait que le temps était bleu, les genêts en fleurs plus beaux que jamais, et les prés encore tout chantants de narcisses et de violettes.

L'histoire du domaine de *La Table des dames* se confondait avec celle des villes de Riom et de Clermont-Ferrand qui se disputaient, au XVIIIe siècle, le titre de capitale de la généralité d'Auvergne.

Entre autres tentatives des Riomois, pour séduire les intendants du présidial dont la protection eût joué en leur faveur, se situait celle dite du « Grand Dîner » qui leur fut offert.

Il avait été donné dans l'un des plus beaux jardins de la ville, sous les éclairages de centaines de lampions et au son des fifres et des trompettes, un repas de cent couverts. Son originalité venant de ce que seules cent dames, parmi les plus nobles et les plus belles, seraient assises et que cent messieurs, aussi bien choisis, les serviraient, serviette à l'épaule, avec la plus parfaite galanterie.

Une table de soixante-quatre pieds de long sur six de large, composée de plusieurs éléments mis bout à bout, attendait ses élégantes convives.

Le dîner eut lieu, fort beau, fort bon... Mais Clermont-Ferrand reçut quand même le titre de capitale. Et Riom en fut pour ses frais de lampions.

La famille Donadieu, dont Ritzie avait épousé le fils unique Emmanuel, possédait, dans son *Hôtel des voyageurs* situé à égale distance des deux villes rivales, un des quatre éléments de cette fameuse table, acquis au siècle dernier à une vente aux enchères.

Ritzie — dont l'union avait été célébrée à la Madeleine — croyait avoir été mariée à un Parisien. Elle se réveilla, un matin, face à un Auvergnat dont elle allait découvrir qu'il y a dans sa province deux catégories d'êtres aussi opiniâtres l'une que l'autre : les mulets et les hommes... Car, à la mort de son père, dès l'instant où il hérita de l'*Hôtel des voyageurs*, Emmanuel n'eut de cesse que sa femme consente à aller le visiter.

Ritzie disait toujours : « Plus tard..., plus tard », mais il continuait à tenter d'obtenir qu'elle vienne juste voir, et on vendrait si elle y tenait, on ferait ce qu'elle voudrait...

On fit ce qu'elle voulut, en effet. On garda l'*Hôtel des*

voyageurs dont elle tomba amoureuse à la seconde où elle l'aperçut. Et quand elle découvrit la fameuse table des dames !...

C'était, disait-elle, un meuble inattendu et émouvant.

Taillée dans ce bois de châtaignier aux grandes vertus, dont la plus originale est de dégoûter les araignées de tisser des toiles sur lui, la table blonde douce et lisse appelait la caresse et surprenait parce qu'elle ne correspondait pas au rôle éphémère qui lui avait été dévolu au départ. Cet élément de cinq mètres d'un ensemble de vingt ne devant servir qu'un soir aurait dû ressembler, à son époque, à une brave table de couvent sans plus, alors qu'il était aussi décoré de fines sculptures qu'une console à gibier de château.

Ritzie avait plusieurs explications pour cet extravagant déploiement de rosaces, de fleurs, de rubans et de coquilles :

Ou l'ébéniste de province, exalté à la pensée des belles dames qui allaient poser leur regard et leurs mains sur son ouvrage, avait senti son ciseau s'enchanter tout à coup ; ou il était amoureux d'une des cent dames ; ou les Riomois, sûrs de leur succès, comptaient faire de cette table un trophée ; ou encore...

Et Ritzie rêvait.

Elle rêva aussi de ce qu'elle construirait autour de la table et de son histoire... Et se mit à l'ouvrage.

Cela dura cinq ans. Jusqu'au jour où elle donna, elle aussi, un dîner où cent dames en robe de bal furent servies par cent messieurs en habit. Ceux-là n'étaient plus seulement les notables d'Auvergne, mais, venus par train spécial, les personnalités françaises et étrangères à séduire et à convaincre, non pas des talents d'Emmanuel, chef déjà reconnu, mais de ses dons personnels d'hôtesse accomplie.

Ce fut une grande réussite. Le bal qui suivit, donné sur une piste installée dans les jardins éclairés par autant de lanternes et de lampions que le fameux dîner riomois d'autrefois, dura jusqu'à l'aube où fut servie, avant que les invités ne regagnent les wagons du retour, la plus succulente des soupes aux choux.

Après les fastes de la veille, ce fut une petite fête champêtre qu'éclairaient tous les feux du soleil levant. Tables nappées de toile écrue, écuelles, cuillères de bois. On avait distribué aux dames, pour les garantir de la fraîcheur matinale — et à emporter en souvenir — des châles de grosse laine blanche filée par des artisans de la région. Et ces messieurs avaient couronné leurs compagnes de thym et de marjolaine, comme dans la chanson.

Alors, portée par quatre commis, une énorme marmite de fonte noire où bouillottait la soupe, fut apportée. Ritzie, en grand tablier blanc et louche en main, emplissait les écuelles que quatre petits garçons, en costume auvergnat, apportaient à chacun.

Quand elle eut servi tout le monde, elle demanda cinq minutes d'attention et dit dans le silence qui suivit :

— Il faut que je vous raconte l'histoire de notre marmite familiale.

Et elle évoqua Mérotte marchande de soupe aux Halles, l'une des dernières de celles qui, louche en main, nourrissaient pour cinq sous ceux qui traînaient leur misère parmi les pavillons de fer de M. Baltard.

— Ma petite grand-mère-soupe-aux-choux vit toujours, et elle est si jeune encore que nous ne pouvons pas nous faire à l'idée qu'elle ne sera pas éternelle. Alors si vous voulez bien, pour elle, écrire avec les stylets prévus pour cela, votre nom sur notre marmite, je sais qu'elle en sera très émue, et me dira : « Ma vieille compagne n'a pas dû en revenir de reprendre du service pour toutes ces belles dames et ces beaux messieurs que tu me dis. » Elle réfléchira un instant avant d'ajouter : « Elle était bonne au moins, cette soupe que vous leur avez servie là-bas ? Note, ce n'est pas que je dise que ton Emmanuel ne sait pas la faire comme moi. Non, mais je ne suis pas sûre qu'il ait tellement la main pour ce genre de chose. » Pour tout vous dire, ma grand-mère a éternellement eu un compte à régler avec la cuisine de ses petits-enfants qu'elle dit « scientifique »... Et elle ne me tiendra quitte d'aucune de vos signatures. J'aurai à lui dire comment étaient ces messieurs, comment étaient ces dames, ce qu'ils racontaient, et comment ils étaient habillés. J'en ai pour des mois et des mois de parlote, et ce me sera ainsi une joie de repenser à vous tous...

Tout cela s'était passé cinq ans auparavant, et Ritzie n'avait plus à donner de fêtes, car, disait-elle, c'était fête chaque jour dans sa grande maison. De celle-ci, elle parlait comme de l'un des plus importants personnages de sa vie. L'amadouer, répétait-elle souvent, avait été plus long et plus difficile que de conquérir Emmanuel.

Il semblait que cette énorme bâtisse de granit ait jailli de terre avec les trois chênes vénérables qui montaient la garde à ses côtés — deux à droite et un à gauche — tant elle faisait corps avec eux. Et certes, demeure et arbres étaient du même âge, dépassant majestueusement les trois siècles. Ritzie affirmait qu'ils mourraient ensemble, comme ils avaient vécu, unis dans leur résistance orgueilleuse aux grandes tourmentes d'Auvergne qui déchirent, déracinent et abattent avec férocité.

Cette masse de pierres sombres qui s'était un jour appelée *Hôtel des voyageurs*, était coiffée de grandes pentes de lauzes grises taillées en forme d'écailles, décidées elles aussi à vaincre la force des vents et des ouragans. Et le soleil devait être surpris d'y jeter des reflets d'argent et non d'or. Il arrivait qu'en plein midi le toit étincelle d'une blancheur glacée comme frappé de rayons de lune. Alors, pour avoir le dernier mot quand même et sauver sa gloire, disait Ritzie, le soleil faisait briller les taches des lichens rouges de cette carapace et les transformait en coulées de fleurs d'émail pourpre.

La vieille maison s'était refusée à toute coquetterie superflue. Les jeux d'ombre et de lumière que dispensaient les chênes paraissaient être la seule qu'elle acceptât. Des essais de porche, d'auvent, de balcons ou de jardinières aux fenêtres, n'avaient été que tentatives de travestir cette noble dame en petite bourgeoise. On s'était donc contenté de repeindre les volets en blanc. Encore avait-il fallu, pour que ce blanc convienne, y mêler des gris du granit et des lauzes

Mérotte, Poloche et Drina étaient familiarisées avec *La Table des dames*; pourtant la majesté sereine des lieux et des bâtiments les séduisit une fois de plus, à leur arrivée.

Et Drina se disait que le royaume de Ritzie n'était qu'harmonie et poésie. Mais soudain, était-ce le crépuscule, la grande beauté du paysage, l'immensité de cette plaine de

Limagne, l'impression d'amour fou éternel qu'irradiait le couple Emmanuel-Ritzie, une étrange angoisse l'assaillait : peut-être n'était-elle octroyée qu'une seule fois, la chance d'aimer, peut-être chaque être en ce monde n'avait-il droit qu'à une mesure d'amour pour toute sa vie ? Mesure qu'elle avait donnée, elle, à qui n'en voulait pas... Ritzie, un jour où elle parlait avec Emmanuel devant elle, à propos d'un chef de partie qui abandonnait leur brigade pour rejoindre à Paris la femme qu'il aimait, avait dit : « Bien sûr, l'amour a la première place dans la vie ! » Et son mari lui avait répondu : « Non, chérie, pas la première, *l'unique*, le reste ne vient qu'après. »

— Même ton métier ?

— Mon métier est aussi une histoire d'amour, mais dans un autre registre.

Elle croyait les entendre encore. Et les voir. Ils se regardaient, comme ils avaient dû le faire aux premiers jours de leur passion. Elle se souvenait qu'il faisait très froid ce soir-là — c'était aux vacances de Noël, ils buvaient du thé bouillant dans le boudoir de Ritzie — et elle avait plongé son nez dans sa tasse, par discrétion, parce que Ritzie et Emmanuel se disaient, en silence, une fois de plus, qu'ils s'aimaient.

Ritzie était belle. Plus belle encore dans son royaume où l'architecture de ses traits, l'éclat de son teint et de son regard paraissaient magnifiés. Elle attira sa nièce contre elle, l'entoura de son bras, lui communiqua sa douce chaleur parfumée à l'*Heure bleue* qui était tellement elle que la sentir sur une autre femme semblait être une usurpation de personnalité.

Ritzie riait. S'il existait un rire réservé aux femmes heureuses, c'était celui-là, se disait Drina. Il avait un son particulier parce que né d'un cœur comblé et d'une âme en pleine félicité avec une toute petite touche... peut-être d'orgueil ?

La fausse indolence, la fausse fragilité de Ritzie, on en avait conscience en étant serré ainsi dans ses bras : cette femme était la force même et tout ce qui l'entourait le prouvait.

Drina, comme réconfortée par cette force, commença à reprendre possession de la demeure de ses vacances où s'étaient écoulés tant de jours heureux.

Harmonie était le maître mot pour décrire l'intérieur de la grande maison de granit perdue parmi les genêts et cernée par les monts d'Auvergne.

Autant l'extérieur avait défendu son intégrité, autant l'intérieur s'était laissé faire avec confiance.

Dans l'entrée un seul meuble, la table des dames, plus blonde, plus somptueuse encore que dans le souvenir. Et, en son centre, un seul objet, une énorme bouilloire d'argent du XVIIIe siècle pouvant contenir au moins trente litres et dont on assurait qu'elle avait servi à chauffer l'eau du bain de la Pompadour. Un objet fastueux, digne de la table sur laquelle il était posé, et que Ritzie désacralisait en l'emplissant de genêts.

Rien d'autre, dans cette vaste entrée aux fenêtres donnant sur l'étendue de la plaine de la Limagne, sauf, au sol, un grand et vénérable tapis d'Orient dont le camaïeu des tons d'or roux paraissait le reflet du bois blond de la table.

Si l'on voulait définir l'œuvre de Ritzie, on pouvait dire qu'elle était une grande entreprise de séduction. Tout ici ne tendait qu'à vous saisir au cœur. Et on s'éprenait, au premier coup d'œil, du décor intérieur de *La Table des dames,* comme on s'éprend d'un être beau et pur. Car il en est des décors comme du charme et de la beauté d'une femme. Si certains sont aussi fastueux qu'une déesse au regard lourd et au parfum capiteux, ici, il s'agissait de jeunes filles en fleurs sentant l'eau de rose et le benjoin. Rien de mièvre pourtant, mais la noblesse de la simplicité et du naturel.

Juste ce qu'il fallait de meubles anciens polis par les ans et les cires odorantes. On avait évité le côté « bouquets anglais ». Les tissus sobres, unis, étaient à peine rehaussés, çà et là, de légères notes de couleurs qui mettaient où il fallait ce que l'œil demandait complémentairement.

Il était presque impossible d'imiter le style Ritzie bien qu'il parût, de prime abord, facile à copier, elle seule savait où devait commencer et s'arrêter la pointe d'originalité qui relevait la simplicité de son décor. Elle disait « la pointe de muscade ».

Ritzie avait eu primitivement l'idée de collectionner d'anciens portraits de femmes. Elle en avait déjà découvert une bonne dizaine quand, un matin où elle voyait Emmanuel passer devant eux, elle eut la révélation de ce que ces inconnues pouvaient représenter pour lui. De quoi avaient-elles toutes plus ou moins l'air ? De créatures sottes ou vaniteuses nourries de veau froid ! Quelle satisfaction pouvait-on ressentir à regarder des visages manquant de vie à ce point ? Et comment diable s'était-elle laissée aller à les acheter ? Elle les avait, dans l'instant, toutes décrochées, renonçant à poursuivre cette quête des « cent dames » de la fameuse table. D'ailleurs, c'était ce que tout le monde s'attendrait à voir ici, il fallait donc surprendre : aucune dame... sauf elle-même, s'était-elle dit en riant... Une, pourtant, avait été épargnée. Une toute jeune fille et le chien qu'elle retenait par le collier. On avait le sentiment à regarder ces deux-là qu'ils ne rêvaient, voyant passer Emmanuel, que de le suivre et de se jeter dans sa cuisine sur tout ce qu'il y mijoterait. La fille avait de belles dents à vous croquer un chapon entier et l'épagneul un air à en faire tout autant des os qu'elle lui laisserait.

Comme elle ne voyait pas ce tableau au mur, Drina demanda où il était.

— Là où il doit être ! Dans notre salle de bains. En se rasant, Emmanuel regarde cette jolie petite qui a l'air de lui dire « Je meurs de faim ! », et il part guilleret vers ses fourneaux.

Ritzie leur avait donné une table, dans le fond de la salle à manger où elles étaient, disait Mérotte, « comme chez elles », tout en vivant la grande activité d'une fin de semaine à *La Table des dames*. Et Mérotte disait encore :

— Je me demande où ils trouvent l'argent que ça coûte, ceux qui sont là.

— Votre France est riche, assurait Poloche.

Une Poloche transformée, qui avait échangé sa cuirasse tricotée contre une robe, noire par discrétion, mais ornée d'un col de dentelle. On croyait rêver en voyant ses beaux cheveux gris nattés en couronne autour de sa tête, on était sûr de rêver en l'entendant dire : « Je vais manger comme vous. Mes enfants m'ont dit que j'avais tort de ne pas profiter, alors je crois que... eh bien, que je vais m'y mettre. »

Elle riait, mais on ne s'y trompait pas. On savait que Poloche ne renonçait à sa sobriété que pour distraire par ce coup d'éclat celle qu'elle appelait sa quatrième fille. Aussi Drina se pencha vers elle et l'embrassa.

Entre ces deux dames en noir, la jeune fille avait tout à fait l'air de ce qu'elle était : une jeune fille flanquée de deux duègnes ayant bon pied, bon œil et bon appétit.

Emmanuel leur avait dit :

— Laissez-moi faire votre menu à mon idée.

Et Poloche goûtait, réfléchissait, goûtait encore et disait :

— Pour être bon, c'est bon !

Mais, quand arriva le dessert, elle flancha :

— Non, ça, je ne peux pas.

Et Drina et Mérotte savaient que cela voulait dire : « Je ne peux pas, parce que chez moi on ne sait plus, et depuis si longtemps, comment est fait un morceau de sucre. »

Alors personne ne voulut de douceurs. Mérotte parce qu'elle s'était, soudain, découvert une tendance au diabète et Drina deux kilos superflus.

Elles regardaient Ritzie.

— Tu vois, disait Mérotte — on ne savait trop à qui, à Poloche, à Drina ou à elle-même —, tu vois, elle n'a pas étudié l'hôtellerie et elle ne voulait pas d'un mari cuisinier. Elle voulait créer un salon de beauté, comme on dit. Eh bien, elle a épousé son chef et si elle l'a, le salon, c'est dans la salle de bains et pour elle seule. C'est comme ça la vie, on dit qu'on aime les bruns et on marie un blond.

Poloche, qui avait désormais l'air de s'intéresser aussi aux vêtements, demandait :

— C'est la mode, sa robe blanche ?

Ce n'était pas *la* mode, c'était celle de Ritzie qui n'était jamais habillée comme tout le monde.

Elle avait, quelques années auparavant, créé à son usage personnel une sorte d'uniforme — qui convenait à son corps, à son visage et à son cœur, disait-elle —, un modèle de robe très floue, très vaporeuse, toujours claire, ivoire ou crème et qui ressemblait assez à la « housse » de Carla, mais longue jusqu'aux chevilles. Une fine écharpe de même tissu autour de son cou venait se nouer, en deux belles coques, sur l'une de ses épaules. C'était à la fois féminin et sobre. Ses longs cheveux bruns, Ritzie les laissait flotter dans son dos, en une natte toujours égayée d'une fleur à son extrémité. Peu de femmes auraient pu se permettre cette assez extravagante tenue. A Ritzie elle convenait si bien que l'on aurait eu peine à l'imaginer vêtue autrement. Et son ultime raffinement était ses chaussures. Elle les faisait faire sur mesure — son pied était particulièrement étroit — et toujours dans le tissu de ses robes. Elle avait découvert, lors d'un séjour à Florence, « le bottier de sa vie ». Elle disait : les Italiens seuls sont capables de comprendre le pied de la femme et de le « ganter » avec amour.

— Vous me regardez toutes trois comme si vous ne m'aviez jamais vue, disait Ritzie en s'approchant de leur table.

Et c'était vrai, Mérotte, Poloche et Drina ne quittaient pas des yeux l'hôtesse de *La Table des dames*. Car ce n'était pas leur Ritzie qu'elle regardaient ainsi, c'était une reine parcourant son royaume.

— Je la revois toute petite, quand elle bêchait et plantait dans mon jardin, qui m'aurait dit...

— Ici aussi, elle bêche et plante, remarqua Poloche.

Et c'était vrai. Ritzie avait eu du mal à se faire accepter par son chef jardinier, vieil Auvergnat buté, mais elle y était parvenue, et leur collaboration — les idées de l'une et la science de l'autre — donnait les plus beaux jardins de toute la Limagne. La renommée du jardin rose et du jardin blanc de *La Table des dames* s'étendait au loin, et on travaillait actuellement au jardin bleu où une vingtaine d'espèces de fleurs oubliées depuis au moins un siècle s'épanouirait bientôt.

Mérotte, toute fière de sa Ritzie, disait :

— Elle se les plante ses fleurs, elle se les cultive, elle se les cueille, elle se fait ses beaux bouquets et après, elle sait aussi faire la belle dame au milieu d'eux. C'est mon Félicien qui aurait été orgueilleux de tout ça ! Parce que les bourgeoises d'autrefois, celles chez qui j'allais donner six tours à ma pâte feuilletée à vol-au-vent, elles ne savaient que se les faire livrer leurs bouquets tout faits, et jamais je ne leur ai vu l'allure de notre Ritzie ou de notre Viviane.

Drina approuvait en souriant et pensait à Gaétan.

Que disait-il à ce propos, Gaétan ?... Il avait dit tant de choses que peut-être elle n'avait pas su écouter assez... Il parlait, lui aussi, des femmes des grands chefs de Paris, de la France, il les disait nouvelles hôtesses de la fin du XXe siècle et qu'elles étaient en train de prendre la place occupée depuis plus de deux cents ans par les nobles dames qui tenaient autrefois salon dans ces mêmes Faubourgs Saint-Honoré ou Saint-Germain. « Tu verras, tu verras, un jour on écrira leur histoire, un jour on dira : Chez *Villar et Leduc*, régnait parmi des laques d'or une jolie et spirituelle jeune femme. » Ou bien : « Au fin fond de l'Auvergne, une autre reine, parmi les genêts, faisait de sa belle maison le rendez-vous de toute l'Europe. Et l'une comme l'autre, à la fois vestales et souveraines, mettaient à Paris, comme en province, leur grâce et leur intelligence au service de leurs chefs et seigneurs... »

Elles n'avaient pas voulu de dessert, mais le jeune garçon qui surveillait leur table apporta, comme à toutes les autres, l'assiette de petits fours qui terminait le dîner.

Drina fit un gros effort pour rire gaiement et dit :

— A ça, nous ne pouvons pas résister...

— Tu as raison, petite, ce serait un péché.

Et Poloche, elle aussi, étendit la main vers l'assiette où brillaient les jolies friandises. C'était, se disait-elle, à l'image d'une civilisation trop raffinée, décadente même, et elle porta à sa bouche une composition de nougatine, de crème parfumée au café et de chocolat qui était comme une étrange fleur d'un pays inconnu. Alors, l'incorruptible Poloche rectifia pour elle-même, vaincue : « Non, pas décadente. pas décadente du tout. » Et, à voix haute elle dit : « C'est de l'art... je crois. »

C'en était, le jeune pâtissier d'Emmanuel étant un artiste. Miniaturiste, en l'occurrence, parce que les petits fours de *la Table des dames* étaient les plus petits qui soient, ce qui permettait de présenter dans cette assiette d'argent un bouquet de douceurs et de saveurs multiples.

On redemanda de l'*infusion des dames,* faite des herbes

qu'Emmanuel s'en allait cueillir en montagne et qu'une pointe de framboise colorait en rose. Tous les parfums des monts d'Auvergne couleur d'aurore.

Comme le jeune serveur trouvait la nièce de Monsieur la plus belle créature jamais vue, il apporta une seconde assiette de petits fours, acceptée de bon cœur.

— Tu vois, moi je trouve tout ça plus beau que le Louvre où, on peut pas me dire le contraire, ils sont tous morts, conclut Mérotte.

Et elle regardait autour d'elle, écoutant vivre la grande salle et peut-être, se disait qu'il était bon d'être vivante.

A minuit personne n'était couché.

La salle à manger avait été remise en ordre par le personnel, et, dans le bar, autour de Mérotte infatigable, on avait bavardé longtemps. A la demande de Drina, Emmanuel et Ritzie avaient parlé de *la Table des dames* et d'eux-mêmes.

Maintenant, seule dans sa chambre, Drina se disait que si le désespoir donnait du talent elle devait écrire ce soir ou jamais...

Elle ouvrit la fenêtre sur la Limagne qui s'étendait à l'infini comme un océan rejoignant ciel et étoiles. Puis elle alluma non sa lampe, mais plus romantiquement, l'une des bougies de secours souvent nécessaires les nuits d'orage. Et elle écrivit :

« Par un soir de printemps, à Londres, dans la salle à manger de l'hôtel Claridge.

La jeune fille était assise à une table, non loin de la porte donnant dans le hall où se tenait l'orchestre tsigane. On entendait les valses, polkas, mazurkas offertes aux nostalgiques des musiques de l'Empire austro-hongrois, dont devaient faire partie le vieux gentleman et la vieille lady qui invitaient la jeune fille ce soir.

Et la jeune fille regardait autour d'elle, résignée. Elle avait fait le compte : la moyenne d'âge ici — en étant généreuse — frisait la soixantaine. Élevé aussi le taux de distinction des dîneurs. Mais la jeune fille se souciait peu, pour le moment, de la distinction.

Et elle n'avait même pas faim!

Les lumières douces — que l'on aurait pu trouver distinguées elles aussi — paraissaient assez satisfaites d'éclairer ce que la jeune fille leur offrait de si joli à mettre en valeur. Car ce n'est pas parce que l'on s'ennuie qu'on ne sourit, ni n'agite, discrètement, ses longues mains, en ajoutant : “ Mais, j'ai très faim!... Oh! Oui, j'aime beaucoup les huîtres et le champagne ”, et : “ Merci monsieur, merci madame. ”

Aussi était-ce un visage serein au regard bien élevé et respectueux que la jeune fille montrait à tous.

Quelques vieux messieurs avaient déjà admiré le teint rose thé de la jeune fille et sa longue chevelure brune qui allait si bien à ce teint-là. Ils se disaient aussi que des yeux d'or sont exactement ce qui convient au teint rose thé et aux cheveux bruns si longs. Peut-être s'étonnaient-ils de n'avoir jamais pu encore faire cette constatation et en concluaient que cette jeune fille-là était très remarquable.

A vrai dire, il y avait ici des gens plus jeunes, mais la jeune fille ne paraissait pas vouloir en convenir. Elle était sûre de n'être entourée que de vieux crabes. Pourtant, comme elle continuait à sourire, personne ne pouvait se douter de ce qui se passait derrière son beau front lisse.

Ce n'est qu'après avoir gobé la dernière huître et dit, avec un sourire enchanteur, combien elle était divine, que la jeune fille aperçut enfin quelque chose qui parut l'intéresser.

Elle en fut, d'abord, un temps, silencieuse. Un assez long temps. Elle paraissait réfléchir et oubliait de maintenir le sourire de commande sur ses lèvres. Sourire qui ne réapparut pas de la soirée dans la salle à manger de l'hôtel Claridge de Londres. Il fut remplacé par un vrai, un joyeux, un superbe rire. La jeune fille était désormais très, très gaie. La jeune fille était une autre jeune fille.

A quoi pensait-elle?

C'était ce que se demandait un jeune homme qui la regardait, fasciné.

Ce jeune homme était l'opposé de la jeune fille. Il était

content d'être là. Plus que cela, heureux, comblé : c'était le rêve de sa vie d'être dans la salle à manger de l'hôtel Claridge, à Londres, et *il y était* !

Vraiment, se disait-il, à quoi peut bien rêver cette superbe jeune fille au regard d'ange ? Car ce jeune homme était dans la période de sa vie où il se découvrait curieux de la nature humaine et s'efforçait de l'étudier, persuadé que dans la profession qu'il avait choisie c'était chose d'importance. Mais il devait convenir — il s'efforçait toujours d'être sincère avec lui-même — qu'il n'aurait pas été si tenté de savoir ce qu'il y avait dans la tête de la jeune fille si elle n'avait été aussi jolie.

Ce que le jeune homme avait remarqué de la beauté de la jeune fille n'était pas ce qu'avaient admiré les vieux messieurs britanniquement sournois. C'étaient trois choses primordiales : — un grain de beauté sur la tempe droite ; une petite mèche rebelle sur l'oreille gauche ; un ruban de velours noir noué au poignet droit.

Le jeune homme avait beau chercher dans ses souvenirs, il n'avait jamais vu aussi séduisant grain de beauté, ni mèche brune aussi harmonieusement désinvolte, ni poignet noué d'un ruban noir. Ruban qu'il enviait : ce ruban entendait battre le cœur de la belle.

Voilà donc ce que l'on avait la chance de voir lorsqu'on avait la chance d'être à l'hôtel Claridge, à Londres, ce soir-là, parmi les princesses et les duchesses, se disait le jeune homme.

Et tout à coup...

Tout à coup le jeune homme si heureux d'être là fut précipité au plus profond de l'horrible.

La jeune fille, l'irrésistible jeune fille, était folle !

Elle venait de se lever, de faire quelques pas et *s'était emparée du chariot à roastbeef !*

Et maintenant, elle le poussait, avec douceur et régularité, vers la porte de la salle à manger.

Elle partait avec lui !

Le jeune homme aurait dû faire quelque chose, puisqu'il semblait que lui seul ait vu. Il aurait dû aller vers la jeune fille, ôter ses mains de la barre du chariot et remettre celui-ci en place.

Il fallait qu'il y aille... Il y allait enfin. Mais, curieusement, il ne faisait pas ce qu'il aurait dû faire. Il se contentait de rester près de la jeune fille, la protégeant en quelque sorte, marchant avec elle et le chariot.

Il savait ce qu'il risquait en agissant ainsi. Mais s'en souciait assez peu.

Et la jeune fille ? Que disait-elle au jeune homme ?

Rien, elle lui souriait.

Ce fut le jeune homme qui dit, sans même penser qu'il parlait en français : “ Jusqu'où comptez-vous aller comme ça ? — Si je dépasse l'orchestre tsigane j'aurai gagné mon pari. — Contre qui ? — Moi ! ”

La jeune fille n'était peut-être, tout compte fait, que demi-folle, se dit le jeune homme. Il dut convenir qu'à l'escorter ainsi il devait l'être aussi. Voilà qui les rapprochait, il s'en félicita alors qu'ils atteignaient les musiciens.

— Vous y êtes ! dit-il.

Mais en parlant à la jeune fille, il se demandait ce qui devait surprendre le plus les balalaïkas, les violons et les cithares. Était-ce le déplacement du chariot d'acajou et de métal argenté ou le grain de beauté, la mèche toujours rebelle et le ruban de velours noir noué au poignet ?

— Retournons, dit le jeune homme qui faisait connaissance avec la jalousie.

C'est alors que la jeune fille, avisant l'un des fauteuils du hall s'installa, face aux tsiganes et demanda, avec son sourire le plus enchanteur :

— Ramenez le chariot là-bas, voulez-vous.

Et le jeune homme le fit.

Que n'aurait-il fait ? C'était la jeune fille de sa vie, la seule, l'unique. En bonne mesure à tout ce qu'il escomptait de son séjour au Claridge de Londres, on lui offrait l'amour.

Parce qu'il était sûr qu'il reverrait la jeune fille. C'était un jeune homme qui croyait à l'ordonnancement logique du destin.

Il avait raison. Il la revit.

Elle s'appelait Ritzie.

Lui, Emmanuel. »

Drina souffla sur ce qui restait de sa bougie. Demain, elle offrirait sa nouvelle à Ritzie.

Et, le lendemain, on but le champagne en l'honneur de la naissance d'une femme de lettres à *La Table des dames*.

Rêveuse, pas fâchée du tout, Ritzie avait dit :

— C'est vrai, j'étais une petite pimbêche à cette époque, avant qu'Emmanuel ne me transforme. Comment l'as-tu deviné ?

— Je n'ai rien deviné. C'est toi qui m'as raconté.

— Maintenant il faut écrire la suite. Il faut dire que je repris ma place à table, en m'excusant, en prétextant que j'avais écouté les tsiganes... Alors, le vieux lord Henley, sans paraître m'entendre, m'a dit : « Jeune fille, la chose était *historiquement* impossible à réaliser ! Je n'aurais pas parié un penny sur vous ! Et pourtant vous avez laissé le chariot hors de la salle à manger pendant six minutes et demie. » Ce vieux crabe ! Crois-tu ? Il avait l'air absolument endormi et il avait tout vu.

— Et elle ?

— Elle ? Cette brave lady Cecily avait repéré lord Snowdon, le mari de la princesse Margaret, et elle n'arrivait pas à identifier la femme qui l'accompagnait. Elle ne voyait rien d'autre.

— Et vous, vous étiez en stage en salle ou en cuisine ? demanda Poloche.

— Avant de savoir si la cuisine m'intéresserait, répondit Emmanuel, je voulais apprendre l'anglais. Le grand Albert, de chez Maxim's, m'avait dit : « Petit, si tu ne peux pas parler avec la gentry, tu es manchot », et j'étais en stage de six mois, comme chef de rang dans le premier hôtel d'Angleterre.

— Et vous n'avez pas été renvoyé après l'histoire du chariot ?

— Pourquoi l'aurais-je été ? J'avais vu une excentrique s'emparer de l'une des pièces d'artillerie de notre armée et j'avais ramené l'engin au camp. Notez que mon maréchal, l'illustre maître d'hôtel de cette illustre maison, a failli s'évanouir quand même. Il n'avait pas vu le chariot sortir et il le vit rentrer, lui qui voulait nous faire croire qu'il avait même des yeux dans le dos. Il s'en remit difficilement.

Et Emmanuel ajoutait :

— Mais le plus joyeux, c'était le vieux lord Henley. Il me disait chaque fois qu'il revenait dîner : « Vous ouvrez l'œil, mon ami ? On ne sait jamais ! » Et il me racontait qu'il s'était taillé le succès du siècle à son club en racontant l'histoire. C'est par lui que j'ai su qui était la demi-folle de mon cœur.

— Et vous l'avez retrouvée comment ? demandait encore Poloche.

— Plus prosaïquement à une assemblée de l'Association des cuisiniers — j'en étais devenu un ! — où elle accompagnait son père, le grand chef Mathieu Leduc. Elle lui servait de secrétaire, parce qu'il venait d'être élu président de notre groupement. Elle ne m'avait pas reconnu..., enfin elle avait l'air de ne pas me reconnaître.

Là, Ritzie protestait :

— Voilà comment il est, cet homme que j'ai la faiblesse d'aimer ! Il ne me croit jamais. Je jure que je ne l'avais même pas vu... enfin, pas tout de suite. Mais à l'heure de ma mort il en sera encore à douter et à me tracasser ! Je ne me suis souvenue du Claridge que lorsqu'il est passé près de moi et m'a dit : « Ça manque un peu de chariot à roastbeef ici. Vous allez vous ennuyer, mademoiselle... »

Mérotte trépignait intérieurement d'impatience. Ces histoires d'amour ! Était-ce à raconter en long et en large à cette pauvre enfant au cœur encore tout écorché ? Vrai, ça n'avait peut-être pas été une bonne idée de venir ici, dans ce nid de pigeons roucouleurs. Ce soir-là, à peine couchée, elle dit à Félicien : « Il y a six mois, je tracassais la petite parce qu'elle avait peur des sentiments et voilà que maintenant je voudrais qu'elle les oublie un peu, les sentiments, pour se guérir de ce malfaisant. Ah nous sommes dans la peine et le souci ! Alors, s'il te passe un ange pas trop loin de toi, envoie-le-nous, on en a bien besoin. »

Ses petites clochettes l'éveillèrent dans la nuit. Et comme il lui sauta immédiatement à l'esprit et au cœur la pensée sur laquelle elle s'était endormie, il lui sembla, Dieu garde !, qu'elle s'était trompée la veille au soir. Mais ce n'était pas du tout mauvais pour l'enfant d'être dans ce nid de pigeons roucouleurs ! Il fallait qu'elle continue à croire à l'amour et sache qu'il en existait de vrais, quand même...

*

Ils étaient partis, panier au bras, bien avant le lever du soleil pour trouver leur lieu de cueillette encore brillant de rosée.

Drina avait aussi sa canne. Celle qu'on appelait la « dernière ». Parce qu'elle en avait eu cinq, renouvelées tous les deux ans depuis sa dixième année. Cette « dernière » était un vrai bijou. Emmanuel y avait travaillé un hiver entier, y sculptant les plantes chères à son cœur et à ses papilles, et se rappelant qu'il avait été sculpteur dans le sucre à ses débuts en pâtisserie. De la pimprenelle à la barbarée, en passant par l'alliaire, les feuilles de silène et autres tiges de fougères, elles s'enroulaient toutes là, pour se terminer par une fleur de chicorée.

La jeune fille suivait son compagnon en lui disant parfois :

— Pas si vite !

Emmanuel paraissait ne pas savoir marcher autrement qu'à grandes enjambées. Alors il s'arrêtait et s'excusait :

— Je n'ai jamais su pourquoi j'avance toujours au pas de course. Peut-être parce que j'ai peur de ne pas avoir le temps... le temps de quoi ? Le temps de faire tout ce que je voudrais avant de me préparer à nourrir ceux qui viennent vers moi, me confient leurs papilles et leur estomac... Tiens à ce propos, cette confiance-là, qu'ils nous font, tu ne trouves pas ça beau ? Il ne nous faut jamais oublier cette confiance-là ! J'ai toujours pensé que ceux qui entrent chez moi, tout réjouis à la pensée de ce que je vais faire pour leur bonheur, c'est superbe... Ne me prends pas pour un vieux radoteur si je dis ces choses. Nous, tu vois, dans nos cuisines, nous sommes des gens simples qui croyons aux vertus, à celles des plantes comme à celles des hommes. Il y en a qui se moquent de nous parce que nous employons parfois de grands mots, mais c'est parce que nous ne les avons pas usés, qu'ils nous sont neufs en bouche s'ils ne le sont pas dans le cœur. Le cœur, il comprend et il sait tout, lui. J'ai toujours pensé que l'amour et l'intelligence c'est pareil... Bon, assez parlé ou tu ne vas plus vouloir t'en venir cueillir avec moi. Et puis il nous faut trouver dare-dare nos feuilles d'alliaire, sans elles mon carrelet sera comme un veuf éploré. Mais peut-être est-il déjà trop tard, c'est si bref la saison de cette feuille magique ! Tu t'endors cinq minutes et déjà, elle, elle a fini sa vie. Tu te les rappelles, tu les reconnaîtras ces petites dentelées, plus vertes au centre que sur les bords ? ... Si, par hasard, tu ne te souvenais pas tout à fait de leur figure, tu froisses une feuille : si ça sent l'ail, c'est bon.

— Je me souviens très bien, sois tranquille.

— Cueille aussi de la barbarée, parce que pour celle-là aussi il faut se dépêcher avant qu'elle se prenne d'amertume. Avec trois belles petite *canes* * que je me suis réservées pour dimanche, et un bouquet de barbarées on se fera un régal... Et je te promets, si je trouve encore quelques primevères, je te garde les fleurs pour que tu les croques et je te fais, avec les feuilles, les chips que tu aimes tant, mille fois meilleures que les vraies chips.

Le soleil était haut maintenant, et ils se reposaient sous un énorme pin. Emmanuel disait :

— Tu la connais la « devinaille » auvergnate : « Qu'est-ce qu'un homme qui porte sur lui plus de dix mille fourchettes ? » C'est le pin et les aiguilles. Tu vois, quand j'étais gamin, je ne m'étonnais pas que ceux de chez moi parlent d'un arbre comme d'un être humain. Maintenant, je ne m'étonne pas non plus, mais j'approuve et j'admire. Regarde-le, celui-là qui nous offre son ombre, c'est un seigneur, et sa beauté est la preuve de l'existence de Dieu. Regarde autour de toi. Tu le sens, le bonheur de sentir toutes les merveilles de la terre dans ce silence qui nous vient du fond des âges, mais qui nous parle, qui nous dit qu'il faut oser le vivre, ce grand rêve d'harmonie entre la nature et les hommes, tout aimer de ce qui nous est donné en si belle générosité, de ces petites fleurs de primevères que tu croques à ce grand pin qui nous écoute, “ de l’hysope au cèdre ”, comme disent les Écritures...

« Aller à la messe, je n’ai pas le temps. Mais Dieu sait que mes meilleures prières je les dis sous son ciel et dans son soleil. Il entend qu’en cueillant ma pimprenelle, je Le loue et Le remercie de plein cœur, parce que j’ai toujours pensé qu’Il doit être agréablement chatouillé par les compliments sur les plus petites choses qu’il a créées avec tant de raffinement. Aussi je lui dis : Seigneur, votre fleur de chicorée est une merveille que je ne peux pas m’empêcher de mettre en point final dans mes assiettes, bien souvent...

« A propos de fleurs, si tu m’avais vu quand j’étais gamin trier la camomille. Mes copains détestaient ça, c’était la corvée pour eux, et puis ils disaient que c’était un travail de fille, mais moi, j’aimais. Peut-être parce qu’on m’installait dans un petit appentis qui cuisait comme un four et qui dégageait les senteurs des plantes au point que j’étais là comme dans une cassolette. Je triais, je triais, et j’en avais la tête qui tournait, il me semblait que je m’en allais de tous les côtés comme une fleur de pissenlit dans le vent. J’avais l’impression de faire partie et de la terre et du ciel, ou bien je me croyais sur une autre planète. Et comme, à l’époque, je voulais être explorateur, Dieu sait où je pouvais me croire encore ! Un jour, on m’a retrouvé étendu à terre, quasi asphyxié. Une paysanne voisine prétendait que le parfum de ces kilos de mes pauvres petites fleurs sèches pouvait rendre fou qui les respirait trop, on m’a fait grâce de mon tri. Je l’ai regretté, j’aimais cette odeur un peu poussiéreuse, mais qui me faisait rêver. Alors je me suis inventé — sans doute pour retrouver mes rêves — une tisane si forte en camomille et en sucre que c’était plutôt une liqueur. Ça a été ma première création... Eh ! c’était un signe. Ma mère a peut-être vu, à ce moment-là, ce que je deviendrais. Qu’en penses-tu ?... Parce que je radote, et toi tu ne dis rien.

— Je regarde. C’est beau, cette immense plaine de la Limagne cernée de ces puys. C’est peut-être ce que j’ai vu de plus superbe. Et elle ajouta, à mi-voix : On voudrait être heureux dans cette beauté du monde.

Elle avait parlé bien bas, mais Emmanuel avait entendu. Et il lui dit :

— Regarde encore autour de toi, c'est immense, grand comme l'amour, le vrai, celui qui t'attend...

Comme elle pleurait, il se maudit de ne pas savoir mieux dire à cette enfant qu'il aimait tant, ce dont son cœur était plein. Alors il dut se contenter d'entourer ses épaules de son bras et ne sut que murmurer à son tour :

— Tu sais, je t'ai préparé avant de partir une fameuse crème caramel.

Il se souvenait que, lorsqu'il était tout jeune, aucun de ses chagrins ne résistait à quelques petits pots de crème caramel [1]... Drina, avec ses grosses larmes coulant sur ses joues roses, lui paraissait encore si enfant, si fragile.

Et pendant qu'Emmanuel et Drina remplissaient leurs paniers, Mérotte et Poloche étaient toutes deux allongées dans les chaises longues en rotin, à l'ombre de l'un des gros chênes avec vue sur l'entrée de *La Table des dames*.

Elles aimaient regarder aller et venir les clients de l'hôtel. Poloche faisait ses commentaires sur les marques de voiture et n'était pas mécontente qu'il n'y ait aucune autre Rolls. Même la Bentley de nobles Anglais ne détrônait pas sa Phantom III.

Mérotte ne l'écoutait guère. Elle sortait de son grand sac — celui que Mathieu lui avait rapporté jadis de New York et qui durait toujours tant elle le ménageait — la carte du restaurant de *La Table des dames* et elle disait à sa compagne :

— Puisque vous mangez maintenant comme tout le monde, ça me ferait plaisir de parler avec vous de la cuisine d'Emmanuel qui me fait frétiller de bonheur... et parce que c'est meilleur encore de frétiller à deux. Vous, en quelque sorte, vous êtes aussi neuve là-dedans que le Jésus qui vient de naître. Je me disais cette nuit qu'à vous être nourrie si longtemps de pain et de concombres vous vous êtes fait comme une virginité de bouche. Tout ce qui est écrit là-dessus, des potages aux

1. D'après Bocuse, *La Cuisine de France,* Éd. Flammarion.

desserts, ça doit vous être comme de découvrir les Évangiles. La surprise et le ravissement. Mais avouez avec moi qu'on n'a pas le temps d'être ravi avec tous autour de nous qui nous poussent trop vite à choisir. Il faut réfléchir, se tâter avant de se décider... Alors j'ai emporté la carte. On va se régaler d'avance, et à tête reposée. Ainsi au déjeuner et au dîner on saura où on va. Vous écoutez, je commence ?

— J'écoute.

Mérotte s'élança et on ne l'arrêtait plus. Elle ne lisait pas dans l'ordre, elle piquait ici et là, regardant parfois Poloche à la dérobée, composant des menus fantaisistes avec des petits rires de gorge.

— *Jambonnettes de grenouilles au jus de persil**, puis *gâteau de pieds de cochon au foie gras**, ou encore, *ravioles de légumes à la truffe de Seyssel** avec, s'il nous reste de la place, une *gelée de citron vert**, un *beignet d'oranges confites* ou un *savarin à la vieille prune avec pêle-mêle de fruits**. On pourrait aussi avoir un *rouget barbet au potage de vinaigre, fenouil et citronnelle** et le bénir d'un *flan de poires au curry et caramel au lait**. Maintenant, si vous préférez un *effiloché de tourteau à la gelée de pamplemousse** avec comme douceurs *des cannellonis de mangue à la glace à la cannelle**, ou des *raviolis de poires au praliné** ? De toute façon, il nous faudra dire un mot à l'*omble chevalier au beurre de verveine et aux carottes confites**, de même qu'au *râble de lièvre à la crème de champignons et à la purée de cerfeuil tubéreuse**... avec un petit salut au *gratin de coing au pélargonium**. Mais Dieu garde que j'oublie ce qu'Emmanuel a créé pour moi : la *grosse sole braisée à la compote d'olives de Nice et aux bettes au jus** que toujours je couronne du *croquant de marrons confits**.

« Vous, je vous verrai mieux — je sais pas pourquoi — avec une *brioche de truffe au gros sel, arrosée de jus de truffe** et, tant pis si vous ne voulez pas de sucreries, la *terrine de pamplemousse à la sauce au thé**. Vous ne pourrez pas y résister... Eh bien, vous en dites quoi de tout ça, ma belle ?

Et Poloche le plus sérieusement du monde :

— J'en dis... Vive la France !

Elle était gaie, Poloche, elle riait, et Mérotte conclut :

— Eh! vous voyez comme ça fait du bien, de bien manger...

Il faisait légèrement frais et Mérotte se pelotonnait dans son châle de laine quand, se redressant brusquement, elle dit :

— Dieu garde!, Poloche, voyez-vous ce que je vois?

Atterrée, Poloche voyait aussi Gaétan, sa voiture garée, s'avançant vers l'entrée de l'hôtel.

Aussi vite l'une que l'autre, elles se dissimulèrent derrière leurs magazines pleinement ouverts. Mais cela ne les empêcha pas de regarder le jeune homme. Pantalon de flanelle grise, blazer bleu marine et, comme toujours, le visage légèrement bronzé du cavalier au bois de Boulogne, du golfeur à Saint-Cloud ou du chasseur en Sologne.

— Et qu'est-ce qu'il vient faire ici?

— La chercher, pardi!

— Et Emmanuel qui n'est pas là! dit Poloche.

— Tant mieux! Il est plein de sentiment, lui, il se laisserait faire! Ritzie résistera mieux. Quand elle s'y met, elle est plus coriace qu'une vieille peau de bique.

Gaétan avait disparu. Il devait attendre dans l'entrée, devant la table des dames et la bouilloire d'argent emplie de genêts, que Ritzie le reçoive. Car il était évidemment venu demander à la famille où était Drina... Et que devait répondre Ritzie? Mérotte bouillait :

— Et d'abord, pourquoi il n'est pas au Japon celui-là? Quand on dit qu'on s'en va là-bas, on y va, non?

Poloche risqua :

— Ça a peut-être cassé et il revient.

— Je me demande... Un coup de la grande épée peut-être, qui sait!

— Quelle épée?

— Je vous expliquerai plus tard. Ce qu'il faut maintenant c'est que la petite ne se cogne pas sur lui. Heureusement, quand elle va revenir avec Emmanuel, ils passeront par-derrière pour aller aux cuisines avec leurs herbes, c'est toujours comme ça qu'ils font. Et j'espère qu'entre-temps Ritzie aura renvoyé le garçon.

Bien qu'il semblât à Mérotte avoir attendu une éternité que Ritzie les rejoigne et raconte l'entrevue, vingt minutes suffirent à la jeune femme pour obtenir une promesse de Gaétan : il rentrerait à Paris et s'engageait à ne pas parler à Drina avant trois mois, afin de la laisser se reprendre et décider, l'esprit libre, si elle voulait ou non revoir son ex-fiancé.

Le garçon avait alors eu, paraît-il, un mot superbe : « Et si elle m'oublie pendant ce temps ? »

Et, bien qu'il affirmât n'avoir pas quitté la France parce que son amour pour Drina — dont hélas il avait mesuré la force trop tard — l'en avait empêché, Ritzie avait décelé la vraie raison de sa rupture avec Mlle Satomi. Elle tenait tout entière dans le caractère difficile de la belle Nippone. Il semblait bien que cette jeune personne ne tolérât pas la moindre résistance à ses volontés et le moindre manquement aux égards qui lui étaient dus. En bref, le rôle de prince consort ne paraissait pas convenir à l'idée que M. Dubellet avait de lui-même.

— Tu ne m'ôteras pas de la mienne, d'idée, que M. Akira est mêlé à tout ça et qu'il a dû agir en conséquence... Peut-être même sa grande épée en main.

Mérotte fut dispensée de s'expliquer plus à fond, parce que Emmanuel et Drina arrivaient.

Félicien entendit ce soir-là que les anges étaient intervenus exactement comme il le fallait. Parce que si Emmanuel avait reçu le Gaétan ça ne se serait pas passé aussi bien. Ce brave Emmanuel aurait sûrement pensé qu'on n'a pas le droit d'intervenir dans la vie des autres — même de sa nièce — et on aurait eu toutes les chances de voir M. Dubellet accepter de déjeuner « en famille ». Et après, ça aurait été la grande farandole des catastrophes.

*

Mérotte et Poloche faisaient leur sieste sous un chêne. Un jeune commis tout en blanc, la calotte enfoncée jusqu'aux sourcils, vint à passer en trombe près de ces dames.

— Et où vas-tu, tout courant ? dit Mérotte.

Le garçon s'arrêta. Il connaissait « la grand-mère ». Son nom et sa gentillesse plaisaient beaucoup ici.

— Il nous manque trois écorces de noix vertes et j'y vas, madame.

Il était ravi de galoper vers le gros noyer du fond du verger dans une douceur d'air qui donnait de fraîches caresses quand, par moments, un léger vent se levait et aussitôt retombait, pour frôler à nouveau votre joue quelques instants après. Et c'était un bonheur, se disait Mérotte dans sa demi-somnolence. Le bonheur de jouir de l'air. On ne pensait jamais assez à lui et on avait tort, parce qu'il entrait partout. Dans la cuisine aussi. C'était vrai, il y avait de l'air dans la marmite et il n'avait pas le même goût en Provence qu'en Auvergne, elle l'aurait parié.

Comme le garçon revenait, les noix vertes serrées dans son poing, Mérotte demanda :

— C'est pour votre marinade ? Vous en faites une en ce moment ?

— Oui, madame.

Poloche ouvrait un œil et Mérotte lui dit :

— La différence entre ma Provence et leur Auvergne est là : nous, une peau de bigarade, eux une écorce de noix verte pour bénir la marinade. Qu'est-ce que vous en dites ?

Poloche n'en disait rien, elle avait d'autres soucis. On n'avait pas encore annoncé à Drina qu'on ne rentrerait pas directement à Paris. Il était temps de la préparer. Le scénario était au point : on allait lui raconter que Mérotte avait envie d'aller voir si la maison du cantonnier était toujours à la même place à Brignoles. Et, pour rallonger encore un peu plus, on irait faire un tour vers Carpentras où un vieux truffier, ami d'Emmanuel, leur parlerait truffes. Mais la petite voudrait-elle de ce voyage dans le Midi ? Depuis son malheur elle était redevenue comme au temps où Mérotte lui disait : « C'est beau les sentiments, petite, il ne faut pas en avoir peur », et on n'arrivait pas à savoir à quoi elle pensait. En tout cas, si elle ne parlait pas, elle écrivait. Dans le jardin, dans les champs, dans sa chambre, on la voyait toujours avec un bloc de papier et des crayons.

Alors, comme Poloche renvoyait à leurs arbres respectifs

les bigarades et les noix vertes, et demandait quand on organiserait, sérieusement, le départ, Mérotte lui cloua le bec avec un triomphant :

— Tout est fait !

Et elle ajouta, à voix plus basse : j'ai parlé à l'enfant. Elle a l'air ravi que je voie enfin où poussent les truffes et heureuse de faire connaissance avec la maison de mon cantonnier. Je lui ai dit la joie que j'aurai à revoir Brignoles. De vous à moi, je ne suis pas sûre d'avoir la force de recevoir ce grand coup d'émotion, mais tout vaut mieux que de laisser la petite à la portée du Gaétan. Parce que, vous me direz ce que vous voudrez, à la promesse d'un qui a la conscience en perpétuels va-et-vient et retournements, je ne crois pas.

*

Elles étaient à Carpentras depuis deux jours. L'ami truffier n'avait pas voulu qu'elles logent à l'hôtel. Il avait dit : « Enfin de la compagnie ! Et vous croyez que je vais la donner cette compagnie-là ? »

C'en était un celui-là, qui se portait la bonté en bannière sur la figure. Pas très beau, un peu gris de partout comme si les truffes, ça déteignait, mais causant malicieux. Il avait fait rire Drina au moins deux fois en une demi-journée. On l'aurait béni pour ça. Et aussi, il avait un chien que la petite adorait déjà. Vrai, cet homme-là était fait sur mesure pour la circonstance, se disait Mérotte. Dommage, bien sûr, que ça ne soit pas une jeunesse, on en avait besoin d'une dans la famille, et celui-là n'avait même pas de fils !

Quant aux truffes, ça c'était encore autre chose. Et Mérotte, ce soir-là, expliqua à Félicien : « Pour tout te dire, le pays, je ne l'ai pas même aperçu et je ne sais pas si je le verrai beaucoup, vu que pour un grand coup de sentiment, ce qui nous arrive ici c'en est un, et qui rend un peu aveugle au reste.

« D'abord, on arrive chez le truffier, tout directement, sans avoir à chercher parce qu'Emmanuel avait expliqué le chemin à Poloche et qu'entre elle et un pigeon voyageur tu fais pas la différence. Déjà ça, que sans rien demander à personne on arrive avec la Rolls chez le monsieur comme si on y avait toujours habité, ça faisait rire la petite. Il faut que je te dise que Poloche fait tout pour l'amuser : elle met des robes, elle s'est acheté un grand chapeau de paille et même un flacon d'eau de Cologne. Vrai, tu la reconnais pas, elle est presque devenue comme nous. Sauf pour le sucre. Ça, elle peut pas en manger, mais partout où elle passe elle achète les douceurs de l'endroit et elle les envoie à ses filles...

« Bref, hier on arrive. Le truffier était là. Le coup de téléphone d'Emmanuel avait dû lui faire mettre la lavallière parce qu'elle avait l'air de le taquiner un peu. Il doit pas se la nouer souvent.

« Et Drina a continué à sourire de plaisir à regarder Poloche qui se gardait le chapeau de paille sur sa tête tant on lui avait dit qu'il lui allait bien, à caresser Mignonne et Roussette, les petits teckels qui cherchent la truffe, et à sentir les bonnes odeurs de soupe et de volaille rôtie qui s'en venaient de la cuisine au-devant de nous, en bienvenue.

« Notre truffier, c'est un veuf. Une femme du pays s'occupe de son ménage. Lui, il vit pour ses truffes. En retour elles le font vivre. Et bien, à ce qui y paraît.

« Bon, des truffes, on n'en a pas mangé. On nous a dit que c'est pas la saison. C'est pas de chance, mais c'est comme ça. Mais, pour en causer, on en a causé, à finir par croire qu'on en mangeait quand même. Et pour finir aussi par plus savoir très bien où on en était. Parce que tout ça c'était beaucoup d'un coup à apprendre, je te dis pas, ils en savent des choses, les truffiers !

« La récolte se fait du 15 novembre au 15 février. Nous, on est aux premiers jours de mai. Et les meilleures des meilleures, c'est vers le 15 janvier qu'on les croque. Donc, nous voilà ici juste quand il faut pas !

« Tout ça, c'est pas le plus intéressant. Écoute bien maintenant. Tu te souviens, j'avais fait goûter de mes truffes au champagne à Poloche, et elle m'avait pas trop dit ce qu'elle en pensait. Et voilà qu'hier, au moment de l'infusion, quand le truffier, qui avait parlé tout le temps, s'est mis à respirer un peu, voilà ma Poloche qui prend la parole et commence à dire ce que ça lui avait fait d'entrer en intimité avec mes truffes.

« Si j'avais pas été assise, je serais tombée à l'écouter. Parce que celle-là, qui vivait de pain et de concombres, la voilà qui nous en raconte sur le luxe du luxe à ne plus s'arrêter : que c'était plus de l'odeur que du goût et que sentir ça pour la première fois ça vous donne un tel choc qu'elle y pense encore. Ce parfum, elle a dit, c'était comme rien d'autre, si plein de force, de chaleur, de sucre, et en même temps ça lui rappelait des choses d'amour et de bonheur d'il y avait très longtemps.

« Précieux, capiteux, mystérieux, elle répétait ça comme une chanson. Elle disait encore : c'est entêtant et aussi, c'est bizarre, c'est comme réconfortant.

« Ah, il était heureux le truffier ! *Et c'est là que ça c'est passé :* il a dit tout à coup, à Poloche : " Vos mains ? "

« Et quoi ses mains ? Qu'est-ce qui lui prenait à celui-là, au beau milieu des truffes, de poser cette question ?

« Alors, on a entendu notre Poloche, comme si c'était une autre qu'elle qui parlait : " Dans le camp de concentration où j'étais quand j'avais treize ans, on m'a donné des coups de marteau sur les doigts parce que j'étais pianiste... Enfant prodige... pour que je ne puisse plus jouer. "

« Tu nous aurais vus ! La stupéfaction.

« Drina a dit, doucement : " Oh ! Mon Dieu ! " et moi j'avais le cœur en révolution. Eux deux, le truffier et Poloche, ils se regardaient tout profond.

« Ces mains, que te dire ? Nous, on croyait qu'elle avait eu des rhumatismes déformants. On n'avait pas cherché plus loin, et on ne lui avait jamais posé la question. Lui, peut-être avec son flair de truffier, il avait tout de suite senti autre chose, et il a dit, un tantinet chaviré : " Il y a trop de moments où Dieu détourne la tête. "

« Ça c'était le premier soir. Et la petite et moi on s'est couchées en se demandant pourquoi pendant cinq ans Poloche nous avait caché la vérité et pourquoi, comme ça, en surprise, elle disait tout à cet étranger truffier. En m'embrassant pour la nuit, Drina m'a dit :

« — On n'a pas su voir. Nous ne l'avons pas interrogée. Alors, elle s'est tue. Et j'en sais la raison. Un jour, je l'ai entendue qui disait à Lucie : “ Il ne faut pas ennuyer avec ses malheurs, surtout ici où on travaille pour donner du plaisir. ”

« Vrai, nous étions un peu tristes, mais en même temps nous sentions comme quelque chose dans l'air. On ne savait pas quoi, mais on sentait... et pas seulement les truffes.

« Et le lendemain, alors là, cocagne, ça a été encore plus fort.

« Je te commence au commencement. Au café au lait — avec brioches — le truffier dit :

« — On va quand même vous montrer les terres, les chênes et les “ brûlés[1] ”.

« Nous, on dit “ Bon ! ” et on le suit. Et on emmène la plus jeune des chiennes, la Roussette, pas pour “ caver[2] ”, comme ils disent, mais pour lui faire prendre l'air. Poloche la tenait dans ses bras parce que la petite bête s'était blessée la veille à une patte et te prenait un air de vous dire : “ Moi, qui suis la plus importante ici, vous pouvez faire l'effort de me porter, pour une fois. ”

« Et nous voilà arrivés dans la truffière du truffier.

« Soudain un coup de vent, et le beau chapeau de paille de Poloche qui s'envole. Dame, elle lui court après, la Roussette toujours dans les bras. Elle se rattrape le capéou et se penche pour le ramasser. Alors la Roussette qu'elle a penchée aussi vers la terre lui saute des bras et se met à renifler, à gratter. Le truffier arrive tout en émotion et après un bon moment de travail soigné — il faut déterrer avec beaucoup de précautions — voilà qu'on sort, une, deux, trois, quatre truffes !

« Il n'avait jamais vu ça notre truffier, *des truffes en plein mois de mai* ! Il en était comme Mathieu et ses trois étoiles Michelin ou son 19,5 de MM. Gault et Millau : il en avait les larmes aux yeux, parole.

« Poloche était restée agenouillée sur le brûlé où elle avait posé la Roussette, elle sentait la terre là d'où étaient sorties les

1. Brûlé : zone sur laquelle la végétation herbacée ne pousse pas autour d'un chêne truffier (J.M. Rocchia, *Des truffes* [...], Éd. Barthélemy).

2. Caver : déterrer la truffe en creusant le sol.

truffes. Elle était aussi émue que le truffier. Drina et moi, on les regardait toujours et, tout à coup, arriva le plus fort du plus fort, écoute-moi ça : Poloche se relève, se remet le chapeau, fait quelques pas, a l'air de sentir l'air, se baisse de nouveau et dit : " Là ! "

« Là quoi ? Qu'est-ce que c'était encore ?

« Eh bien — et celle-là tu me la copieras — elle venait de sentir *elle*, Poloche, qu'il y avait aussi des truffes là, là où elle montrait, en étendant la main !

« J'ai cru que le truffier allait avoir un coup de sang quand, en mettant la Roussette juste là où disait Poloche, la bête se met à gratter et... trouve encore trois truffes ! *Poloche les avait senties, la première !*

« Le truffier ! Tu l'aurais vu, l'air d'un à qui on aurait annoncé qu'il s'était trompé, qu'il croyait avoir soixante-cinq ans, mais n'en avait que vingt : É-ber-lu-é !

« Quand il s'est retrouvé parmi nous, ça a été pour nous bégayer que depuis le père Antonin, qui autrefois, surtout par vent d'est, pouvait dire : " Là, il y en a ! ", on n'avait jamais revu pareille chose.

« Drina et moi, pas habituées, on savait pas si on devait rire ou pleurer. Et la Poloche ? Elle, tranquille comme si elle croquait son concombre et son pain complet sur son banc des Tuileries en regardant passer les gens. Alors, on a vu le truffier lui tendre la main pour la relever. Et il lui a dit, en la regardant toujours plus profond : " Eh bien ! Eh bien !, madame Elvira ! "

« *Madame Elvira* ? Nous, on avait oublié depuis longtemps le vrai nom de Poloche, lui, il le savait ? Déjà !... Et d'où ? A moins qu'il ait deviné, comme ça... Encore un autre miracle ?

« Puis il y a eu quelque chose qui n'allait pas : on n'avait pas prévu de " caver " des truffes et on n'avait pas emporté la récompense pour la Roussette. Elle en était comme outragée. Le truffier lui a dit : " On ne pouvait pas savoir ! Tu vas l'avoir ta belle côtelette. Et même deux."

« La bête comprenait, mais avec l'air de dire : vous pourriez être prévoyants un peu, quand même. La vie, ça fait des surprises et vous les hommes, qui êtes intelligents, qu'on dit, vous devriez y penser plus. Bon, pour cette fois-ci, j'excuse.

« Et nous voilà rentrés. Et la Roussette de se délecter d'agneau de première qualité, il paraît qu'il faut savoir récompenser en conséquence.

« La petite et moi on regardait, plus que les truffes, la Poloche et le truffier qui étaient comme des compères de foire qui auraient fait affaire. Je voyais ma Drina ouvrir tout grands ses yeux pour dire : vrai, je vois bien ou je rêve ?

« Parce qu'on sentait de plus en plus qu'il se passait quelque chose qui continuait à aller son train. Quelque chose de délicat, de tendre et de fort en même temps, et d'un peu mystérieux aussi... Eh ! comme le parfum de la truffe... Mais pas le parfum de celles qu'on venait de trouver en tout cas ! Imagine, que ça ne sent pas tout de suite. Va comprendre : la terre sent la truffe, mais la truffe à peine cueillie ne sent pas la truffe, il faut attendre, qu'elle se reprenne, en quelque sorte, attendre au moins une heure après qu'elle a vu le jour. Mais alors, dans la cuisine, ça a été un émerveillement. Une explosion de parfums, un feu d'artifice, avec bouquet de tendresses parfumées... Depuis l'éclatement de fleurs de magnolia j'avais rien respiré de pareil. De l'ensorcellement. La petite Drina disait : " C'est comme si on avançait dans un jardin de délices d'un autre monde "..., et aussi, qu'elle ne saurait jamais décrire ça, que les mots ne suffisaient pas..., mais qu'elle essaierait quand même...

« Bon, moi je croyais que la fameuse brouillade on nous la faisait pour le soir. Point. Il faut trente-six heures pour la préparer. Parce que les œufs doivent dormir tout ce temps-là avec les truffes avant qu'on mange le tout.

« Bref, nous, on comptait repartir le lendemain et nous voilà restant à coucher encore une nuit.

« Ce coucher-là, une autre aventure !

« Imagine que la Roussette, en deuxième récompense de son beau travail, avait droit pour une nuit au lit de son maître pour y ronronner tout contre lui dans sa bonne chaleur. C'était la règle. Donc, après l'infusion, voilà-t-il pas que le truffier se cherche sa Roussette partout, elle aurait déjà dû être à l'attendre sous son édredon. Et où on la trouve? Sous la couverture de Poloche! Eh bien! crois-moi, à la découvrir là, sa Roussette, le truffier en est devenu un semble-coquelicot, comme une jeune fille.

« Alors je me suis dit : ou il fait un coup de jalousie parce que sa Roussette lui préfère notre Poloche, mais j'y crois pas trop; ou la pensée que la Roussette va dormir dans la bonne chaleur de *Mme Elvira* ça lui monte un peu à la tête (Eh! c'est encore une belle et solide femme la Poloche!) ; ou il se dit que sa Roussette, avec son flair de teckel, a déjà compris — et peut-être avant lui — que cette Polonaise à qui des monstres ont donné des coups de marteau sur les doigts pour l'empêcher de jouer du piano, cette espèce de *surnaturelle* qui sent les truffes comme si elle était sous la terre avec elles, c'en est une que le ciel lui envoie en cadeau royal.

« Le joli à voir c'est notre Drina.

« Elle ouvre de plus en plus grand ses beaux yeux de violette pour regarder tous ces miracles et me demander : " Tu vois comme moi? Tu vois notre Poloche et ce truffier à qui les anges ont dû donner des petits coups d'aile pour leur dire : Allez, allez, laissez-vous faire, c'est beau la vie, c'est beau l'amour... "

« Parce que je suis sûre qu'avec tout ça, ça y est, la petite a repris confiance.

« Qu'est-ce que tu en dis?

« Moi je te certifie que notre Drina est ravigotée. Je l'ai vue sautiller dans le jardin de M. Gaspard — c'est le nom du truffier — comme quand elle était petite fille, et elle a repris son bel appétit. Pour le reste, attendons. Je te tiendrai au courant.

« Un dernier détail : au Japon, je viens de l'apprendre, ils n'ont que de la truffe d'imitation, synthétique, comme on dit. Pauvre monsieur Akira, l'argent et les grandes épées ça ne donne pas tout.

Elles venaient de quitter la maison du truffier. Poloche conduisait sans parler, le chapeau de paille sur le nez. Et Mérotte dit : « Ça va, Poloche? »

Et Poloche n'a pas répondu. Elle pleurait. C'était la première fois qu'on voyait ça. Alors Mérotte : « Vous voulez qu'on y retourne ? Vous voulez rester ici ? »

Poloche a dit que non et qu'elle voulait réfléchir.

Une demi-heure plus tard, comme personne ne disait rien, Mérotte a dit encore, peut-être, pour elle seule : « En tout cas, ça c'en était des truffes au champagne ! »

5

L'air de Brignoles.

Mérotte le respirait à petits coups gourmands disant :

— Je le reconnais... avec un peu d'essence d'automobile en plus, par-ci par-là.

— Et, peut-être, de crottin en moins, disait Drina en riant.

— Le crottin, ma fille, j'allais le ramasser chaque matin pour le jardin.

Poloche approuvait. Elle avait dû en ramasser elle aussi. Depuis que l'on savait son séjour de quatre ans en camp de concentration russe, on pouvait tout supposer.

La Phantom III avait fait sensation, et, s'il restait des contemporains de Mérotte ici, ils n'allaient pas tarder à se montrer pour regarder sous le nez cette Brignolaise partie en sabots et revenue en carrosse. Mais en restait-il ?

— Eh, puisque je suis en vie, moi, pourquoi ils le seraient pas eux ? Le fils Riquier m'a envoyé mes escargots, il n'est pas mort depuis ?

On s'installa dans un petit hôtel. Drina louerait une bicyclette et Poloche consentit, après beaucoup d'hésitations, à laisser la Rolls dans un garage de la ville. Il ne manquait que des espadrilles. On les trouva assez vite, mais pas où Mérotte pensait qu'elles devaient être. Rien n'était plus à sa place ici et elle décida de l'admettre une fois pour toutes.

Les bagages n'étaient pas encore défaits lorsque une Mme veuve Brunet fut annoncée.

Veuve Brunet ? Mérotte ne voyait pas qui cela pouvait être. Les Brunet des vins ? Ceux des conserves ? Et une vieille dame, rondouillarde et avenante, en robe de crépon mauve et chapeau de paille, disait maintenant :

— Tu ne me remets pas, Charlotte ? Caroline... Caroline Pasquali, avant d'être Caroline Brunet. La mercerie...

— Pardi ! Caroline, la fille de la mercière ! Caroline-taille-fine !

— Taille-fine c'était de ton temps. Depuis, les tapenades et les aïolis me l'ont escamotée, ma taille fine.

On fit asseoir la dame en écartant un peu sacs et valises dont elle dit aussitôt :

— Ne les défaites pas, Je vous emmène chez moi. Je suis toute seule dans ma grande maison, il y a de la place pour vous trois..., et j'ai même un garage. Parce qu'il paraît que vous avez une grande voiture.

Après un quart d'heure de refus polis et d'offres réitérées, ce fut la pensée d'avoir la Phantom III sous les yeux qui l'emporta. Et la bonne surprise fut de découvrir une belle et vaste maison, aux chambres délicieusement démodées mais confortables et qui sentaient la lavande et la citronnelle.

Quant à Caroline-taille-fine !

Tout revenait maintenant à Mérotte. Elle disait à Drina et à Poloche :

— Pour être fine, sa taille elle l'était ! Toute la ville savait qu'elle faisait à peine quarante-cinq centimètres sans corset et quarante avec. Et c'était Célestin Brunet, le fils du négociant en vins de la place Carami, qu'on disait millionnaire, qui la serrait du plus près la taille de Caroline. Il avait même eu le toupet d'entrer chez la mercière et de lui dire : « Je voudrais du lacet de soie, comme celui auquel le marquis de Férial attache son monocle. (Le mari de la marquise, celle de la guérite, celle qui ressemblait à la Joconde.) — Combien vous en voulez ? — Juste le tour de taille de votre fille. Pour me le nouer autour du cou. »

On l'avait alors vu tous les jours avec son lacet qui entourait à peine son encolure de taureau. Et il racontait qu'il couchait avec. Et quand il s'était un peu trop régalé des vins paternels, il ajoutait : « Tout nu ; juste avec lui..., en attendant d'avoir Caroline dans mon lit. » On avait même eu du mal à le lui faire enlever le jour du mariage. Et c'était seulement M. le curé qui y était arrivé en lui disant que c'était indécent d'entrer dans la maison du Seigneur avec la « taille » d'une jeune fille qui n'était pas encore sa femme, nouée autour de son cou... Dieu garde! Mérotte avait longtemps oublié tout ça... et aussi que Caroline-taille-fine était devenue l'une des plus riches dames du pays. La petite Caroline qui en classe et au catéchisme suçait toujours du bois de réglisse pour ne pas s'endormir... La petite Caroline qui avait, en quelque sorte, inventé son chewing-gum à elle avant les Américains, était devenue la plus riche dame de Brignoles!

Et la riche dame riait de plaisir à la pensée d'avoir de la compagnie, elle aussi, comme le truffier. Elle disait : « Et n'ayez crainte, j'ai un cordon-bleu qui ne demande qu'à en faire des petits plats. »

On s'installa donc dans la belle maison de Mme veuve Brunet qui avait quinze pièces ne servant jamais parce qu'Édouard, le fils, vivait à Paris et ne venait ici qu'à la Toussaint. On célébra cette installation en buvant du vin de Frontignan. A voir Caroline le déguster on s'expliquait l'expansion de sa taille.

— Et pourquoi tu n'es pas montée à Paris avec ton fils? demandait Mérotte.

— A Paris? Eh, ma fille, qui, là-bas, m'y aurait levé le chapeau pour me saluer?

— Qui porte encore des chapeaux?

— C'était façon de parler.

Dès le lendemain — on n'y tenait plus! — on s'en fut voir la maison du cantonnier.

Avec des espadrilles, Mérotte s'était aussi acheté une canne.

— Et pourquoi? Tu en as besoin?

— Non... Et puis oui, un peu. Ça m'aidera.

En fait, avait conclu Drina, Mérotte devait se trouver plus d'allure avec une canne. Peut-être pour imiter Caroline Brunet qui ne se déplaçait pas sans son ombrelle fermée sur laquelle elle s'appuyait ? Mais surtout parce qu'elle revenait au pays et voulait s'y regarder marcher avec dignité...

Rien ne se passa comme on l'avait prévu. On s'attendait à une grande émotion chez Mérotte, ce fut d'abord une grande contrariété. Mais pourquoi, cette pauvre maison, on l'avait toute déshabillée ? Et où était le crépi ? On ne voyait que des pierres et leurs joints grattés jusqu'à l'os. Nue comme un garenne qu'on vient de dépouiller, c'était à ça qu'elle ressemblait maintenant, la maison du cantonnier. Et qui c'était qui avait fait ça ? Des Parisiens, avant de la revendre au restaurant installé là voici deux ans ? Bon, mais voilà que ce retaurant, c'était son jour de fermeture, alors on ne verrait pas l'intérieur. Eh bien, tant mieux, Seigneur, parce que ça devait être un autre massacre là-dedans. Tout compte fait, de sa maison de naissance et d'enfance, Mérotte ne reconnaissait que le toit de tuiles rondes et la cheminée.

On fit le tour du petit territoire. Dans le jardin de derrière, grâce à Dieu, les deux oliviers étaient toujours à leur place. Mais le figuier avait dû être remplacé. Celui qui était là n'avait pas plus de vingt ans. Et aussi — ce fut le moment où Mérotte fut enfin émue — juste sous ce qui avait été la fenêtre de sa chambre, un magnolia ! Jeune, celui-là... Ce devait être le nouveau propriétaire qui l'avait planté. Il ressemblait comme un frère à l'arbre de Félicien. Alors Mérotte s'assit sur un banc qui lui tendait les bras et dit qu'elle aimerait quand même bien venir dîner ici, on inviterait Caroline pour lui faire une politesse et on ferait la connaissance de celui qui aimait aussi les magnolias. C'est alors que la réflexion lui venant — elle avait été plus émue qu'elle ne le croyait — Mérotte « saisit » tout à fait que sa maison du cantonnier *était devenue un restaurant.* La main de Dieu s'était posée là, et le Seigneur avait dit : « Il faut que cela soit un restaurant. » Alors elle pleura un petit coup... Et puis se mit à rire : si celui qui maniait les casseroles et les marmites ici ne faisait pas de bons farcis et des daubes du bon Dieu c'est qu'il ne savait pas écouter parler les murs ou qu'il était sourd...

Dès le premier soir, il y eut un coup de téléphone pour

Poloche. Le truffier. Il avait cherché ces dames dans tous les hôtels de la ville et on lui avait enfin donné leur adresse.

Il voulait annoncer — on ne dit jamais ces choses-là assez à temps — qu'il y avait la messe aux Truffes à Richerenches le dimanche suivant le 17 janvier (fête de saint Antoine, patron des trufficulteurs) où à la quête les fidèles donneraient une truffe en guise d'offrande[1]. Il fallait que Mme Elvira se garde cette soirée pour y venir. M. Gaspard disait aussi que la Roussette se languissait de *caver* avec celle qui sentait si bien les truffes... Et que ce n'était pas bon pour un chien truffier de se languir ainsi et qu'il fallait faire quelque chose pour ça...

On ne fit pas de commentaires quand Poloche raconta tout cela qui n'était peut-être pas tout. On lui trouvait un air à s'être gardé des détails pour elle seule.

Et on se mit à prendre des habitudes, puisqu'on devait passer quinze jours ici.

Mérotte et Caroline bavardaient et lisaient sur le balcon qui dominait la fontaine de la place.

Des sujets de conversation, elles en avaient à l'infini. Des livres tant qu'elles le voudraient aussi. Le libraire était un ami d'enfance.

— Tu le remets ? C'est le fils de l'employé du gaz qui avait marié la fille du père Clément, déjà libraire. A douze ans, il était amoureux de moi qui en avais vingt et il disait qu'un jour il s'achèterait du lacet de soie lui aussi mais qu'il ne se le mettrait pas autour du cou... Tu imagines ! Bref, il est devenu libraire. J'ai un accord avec lui : je prends le livre. S'il me plaît, je le garde et je le paie. S'il ne me plaît pas, si je ne dépasse pas les dix premières pages, je le rends sans payer. Il me fait confiance. En souvenir de ta mère qui cousait chez la sienne autrefois, il te fera la même gracieuseté. En quelque sorte, c'est à cause de lui que tu t'appelles Charlotte qui n'est pas un prénom de chez nous. Tu te souviens de ça ? Le père Clément avait donné un livre pour la fête de charité de la marquise de

1. Jean-Marie Rocchia, *Des truffes en général et de la rabasse en particulier.*

Férial, *Werther*, c'est ta mère qui l'a gagné, et l'héroïne du roman s'appelait Charlotte.

Poloche elle, lui achetait des cartes postales. Pour ses filles ? Pour le truffier ? Mais le vieux libraire ne fit pas de grosses affaires avec ces dames. Elles lurent peu de romans. Elles avaient tous ceux des gens de la ville à se raconter.

— Alors, qui c'est celui qui tient un restaurant là-haut, chez moi ?

— Étienne Seguin. Le fils Seguin... enfin le petit-fils.

— De ceux du café-tabac de la place ?

— Tout juste. Du temps du grand-père et de la grand-mère, c'était, rappelle-toi, seulement une buvette et puis une table d'hôtes un peu plus tard. Après, le fils et sa femme ont fait le plat du jour, et, quand ils sont morts, l'Étienne a vendu et acheté ta maison, là-haut.

— Et pourquoi il a quitté la ville où il aurait eu tout le passage ?

— Parce que c'est un original, il lui faut la campagne et les herbes et les oiseaux. On dit qu'il a travaillé à Paris avec des grands et qu'il est revenu au pays ensuite. On dit aussi qu'il cuisine dans la fantaisie, comme presque tous maintenant à ce qu'il paraît. Tu connais ça mieux que moi. Le genre pas grand-chose dans l'assiette et encore, ce peu, tu sais pas trop ce que c'est. Je dis pas ça pour t'offenser à travers tes petits-fils, je dis seulement ce qu'on raconte parce que j'y suis pas allée voir... Nous ici, aujourd'hui, on a un grand aïoli et ça c'est du solide !

L'Angèle, était, comme annoncé, cordon-bleu.

Quant à Drina...

Drina s'était trouvé une amie.

La route qui conduisait jusqu'à elle était étroite, resserrée entre deux rives d'une végétation encore dans son exubérance printanière. Et cette route s'appelait « Chemin des Anges » !

Que pouvait offrir un chemin ainsi nommé à celle que protégeait une aïeule branchée en ligne directe et constante avec lesdits anges, sinon une bonne surprise ?

Ce fut, tête dressée vers le ciel bleu et pieds posés dans

l'herbe verte, une petite chapelle à la façade dentelée et curieusement peinte en jaune.

Elle était nichée entre des pins, des arbustes et des broussailles et s'appelait, comme elle le devait, puisqu'elle était là pour Drina : Notre-Dame d'Espérance.

Les Brignolais se l'étaient élevée dans un temps où ils avaient dû en ressentir le besoin et, les années passant, l'avaient, semblait-il, un peu oubliée. Elle n'en paraissait pas triste. Elle savait que les hommes font ce qu'ils peuvent et que sans doute il n'y avait plus assez, en ce moment, de serviteurs du Seigneur pour entretenir toutes les maisons de campagne de Dieu. Et elle attendait des jours meilleurs dans la sérénité, les chants des oiseaux et des cigales. Et, comme Mérotte avait dit qu'autrefois la petite chapelle était pleine de vie, on pouvait supposer qu'elle se nourrissait d'heureux souvenirs et avait grande confiance en ses attributs d'espérance : deux ancres, l'une dans les bras de la statue de la Vierge érigée au-dessus du portail, l'autre sur le portail lui-même.

C'était, tout compte fait, une assez originale petite chapelle et qui ne méritait pas d'être délaissée. Drina montait jusqu'à elle tous les après-midi — avec son cahier et ses crayons — et elle n'avait encore jamais vu personne venir en amical pèlerinage jusqu'ici. Aussi le semblant de parvis, tout en herbes folles, était-il entièrement à elle. Elle s'y asseyait ou s'y allongeait, s'y étirait, rêvait, écrivait et, parfois, pleurait aussi, un peu, avant de s'endormir.

Étienne Seguin, bien avant Drina, avait adopté la petite chapelle jaune et ses ancres. Elle n'était qu'à dix minutes de marche de son restaurant et il venait souvent lui faire une visite de bon voisinage. Quand cet après-midi-là il y découvrit une jolie créature dormant sous sa garde, il s'en étonna à peine. Pourquoi les chapelles ne feraient-elles pas de belles surprises de ce genre, en cadeau de fidélité ?

Il regarda — assis non loin d'elle — dormir son inconnue. Pendant vingt-trois minutes exactement. Temps qui lui permit d'entrer dans sa vie. Et quand elle ouvrit les yeux, il savait d'elle ce que peut-être des années d'existence commune ne lui auraient pas donné.

Penché vers elle, il sentait l'odeur chaude et délicate de sa peau, légère, presque imperceptible, mais qu'il percevait pleinement. Et il sut qu'il reconnaîtrait toujours cette odeur entre mille autres, qu'elle faisait, désormais, partie de lui, et qu'aveugle il la décèlerait où que ce fût, comme étant la sienne.

Et quelle était-elle ? Elle s'associait si parfaitement aux coloris roses de joues échauffées par le sommeil — et qu'il eut loisir de dissocier les uns des autres, du plus clair au plus prononcé — à la moue enfantine de l'arc des lèvres à peine disjointes, au beau dessin des sourcils, un rien plus foncés que les cheveux, dessin dont la perfection lui donna l'envie d'en suivre le tracé du doigt et comme une petite douleur de devoir se l'interdire, ainsi qu'il s'interdisait d'effleurer le grain si serré de sa peau.

Quel était donc le parfum de tout cela ? C'était celui de la beauté, de la jeunesse, de la pureté... Avec d'intimes touches d'eau de lavande, de savon fin et de framboise. Il ferma les yeux un instant pour être sûr que la couleur des lèvres ne l'incitait pas à sentir la framboise. Non, il y avait bien une petite pointe d'acidité dont on pouvait dire quelle était rose. Et, comme il admirait la longueur et la courbe des cils — plus foncés encore que les sourcils —, il sut qu'il attendait de recevoir le choc du regard, quand il se dévoilerait, dans une émotion qu'il ne se souvenait pas d'avoir déjà ressentie.

Et il guettait. Il savait qu'il ne désirait pas, au sens érotique que l'on donne à ce mot, cette inconnue couchée là — pouvait-il dire encore inconnue ? Ce qu'il ressentait était bien plus fort. C'était une émotion presque indéfinissable qu'il était sûr de n'oublier jamais. Son intensité s'atténuerait avec le temps, mais subsisterait tout ce qui l'accompagnait, l'escorte des petites choses concrètes qui aideraient à l'évoquer : une mèche blonde balayant la joue, une minuscule cicatrice au bord de la lèvre supérieure et la trace de deux larmes séchées que l'éclairage tournant du soleil lui dévoila tout à coup.

Pourquoi avait-elle pleuré ?...

Comme il regardait le cahier posé à côté d'elle, il s'en

saisit. Sous le titre : « La petite chapelle jaune », on lisait : « Les portes de qui s'appelle Notre-Dame d'Espérance, ne devraient jamais être fermées... » et, sans doute pendant qu'elle avait cherché comment continuer, elle avait tracé deux lignes de petits cœurs... avant de s'endormir.

Elle ouvrit enfin les yeux.

Ils étaient les plus beaux du monde. De la couleur même de ces violettes qu'enfant il allait cueillir à l'ombre des oliviers et apportait à sa mère en petits bouquets serrés et odorants. Mais le choc qu'il ressentit à les découvrir fut moindre que celui donné par le sourire qu'elle lui offrit, incertain, hésitant mais si plein de tendresse...

S'adressait-elle, encore dans son rêve, à quelqu'un d'autre que lui ? Elle allait se réveiller tout à fait et avoir peur de cet homme penché sur elle.

Rien de cela. Elle se redressait avec calme. Et, si elle effaçait son sourire, ce n'était que par timidité et non par crainte.

Il restait étonné de sa confiance, de son air serein, du sourire qui réapparaissait, de ces traces de gaieté dans sa voix. Ce fut seulement vers minuit, en contemplant les étoiles dans le ciel — il dormit peu cette nuit-là — qu'il comprit soudain pourquoi elle l'avait accueilli avec tant de confiance. Il était monté à la chapelle pour marcher un peu et sans s'être changé. L'avoir vu tout vêtu de blanc l'avait rassurée.

Que se dirent-ils ? Beaucoup de choses qu'ils ne s'étonnèrent nullement d'évoquer si vite.

Elle, bien sûr, lui parla de Mérotte, du cantonnier, du magnolia et des paons.

Il ne put apprécier combien elle s'éloignait de son passé à la fois parisien et américain et combien, devant leur chapelle jaune, elle n'était plus que brignolaise, comme lui.

Lui raconta son installation ici, et, alors qu'ils écoutaient pendant une seconde de silence le chant d'un oiseau, il dit comment il grisait ses trois canaris avec des grains de raisin fermenté pour leur faire chanter tout leur grand opéra qui parfois durait des heures. Il la fit rire avec la table d'hôtes de sa grand-mère qui y mettait toujours de très grandes nappes à carreaux rouges traînant jusqu'à terre parce qu'elle savait qui chaque dimanche se dissimulait sous elles. Un jeune estropié orphelin de la ville, que nourrissaient là, à bon compte, ceux qui le protégeaient, en lui jetant à la dérobée et sans que son grand-père l'ait jamais soupçonné, une petite part de leur festin. Non pas que le vieillard eût le cœur sec, mais il avait des principes.

Il adora l'avoir fait rire et, comme il était temps pour elle de rentrer et pour lui plus encore, il dit :

— J'obtiendrai la clef et je vous ouvrirai la chapelle.

Il ne savait trop comment il ferait, mais se sentait la force d'accomplir des exploits dix mille fois plus difficiles que cela pour elle.

Elle emporta, comme une brassée de fleurs qui embaumèrent son retour, tout ce qu'elle savait désormais de lui. Qu'il avait l'air d'un grand chien fou, des cheveux en bataille, des yeux d'épagneul amoureux et un sourire d'enfant le matin de Noël. Qu'il avait de grandes et belles mains de pianiste ou de chirurgien. Non, elle rectifia : de grandes et belles mains de cuisinier.

Et elle riait en arrivant chez Caroline-taille-fine parce qu'il lui avait dit avoir déjà changé quatre fois le nom de son restaurant. Il en changeait selon son humeur. Il en était en ce moment à *Capreolus* (petite chèvre) à cause de celle de M. Seguin ! Mais il sentait que ce n'était pas définitif du tout.

Il lui avait demandé son nom.

Drina ? Vraiment il n'aimait pas tellement, c'était une consonance dure et qui lui ressemblait peu.

Alexandrine ? C'était mieux. Mais un peu long.

Elle se demanda s'il allait la rebaptiser, comme son restaurant, ce qui la fit entrer dans le salon de Caroline en riant.

— A la bonne heure ! dit Mérotte.

Et comme Caroline racontait comment elle avait voulu, dernièrement, intenter un procès à une marque de yaourts qui lui avait pris son surnom de *taille-fine*, et comment son avocat l'en avait dissuadée avec, comme suprême argument, qu'elle avait perdu la pièce principale de son dossier en ayant doublé la dimension de ladite taille, Drina, qui continuait à rire, s'écria : « Quelle belle journée ! »

Poloche revenait de l'hôpital où Caroline l'avait présentée. Elle avait aidé à distraire les enfants, ne pouvant rester inoccupée, plus de vingt-quatre heures. Et elle dit, elle aussi : « Oui, quelle belle journée ! »

On se demandait si le truffier lui avait écrit. Et, malgré leur curiosité intense, malgré leurs petites libations de frontignan, Mérotte et Caroline n'osèrent pas poser de questions.

C'est alors que passant, des yaourts taille-fine au fromage blanc, Drina dit qu'Étienne Seguin, qu'elle avait rencontré cet après-midi, lui avait parlé de cœurs à la crème dans lesquels il broyait un peu de quetsches au vinaigre, un peu de ciboulette et qu'il lui ferait goûter ça.

« *Et qu'il lui ferait goûter ça !* »

Mérotte, Caroline et Poloche sucèrent cette phrase, lentement comme un bonbon.

*

Ils ne tentèrent pas de se donner des rendez-vous. Peut-être parce que chacun craignait un refus possible de l'autre. Peut-être aussi, laissaient-ils, par superstition, intervenir leur petite chapelle jaune. Les réunirait-elle encore aujourd'hui ? Et ils allaient tous deux vers elle d'un pas lent, comme pour laisser à l'autre le temps d'arriver lui aussi.

Et gravissant le chemin des Anges, Drina répétait : « Faites qu'il soit là, faites qu'il soit là » comme le refrain d'une chanson.

Étienne, venu par une autre route, et ramené aux superstitions de son enfance, se disait, à la vue d'un vol d'étourneaux partant de sa droite : « Bon signe, elle sera là. »

Qui arrivait le premier ? Elle, le plus souvent, ayant moins à faire que lui.

Mais, un après-midi — un superbe après-midi tout en

soleil et en chants d'oiseaux —, ils atteignirent le parvis en même temps et s'avancèrent au-devant l'un de l'autre. Ils avancèrent jusqu'à se toucher. Ce fut la première fois qu'il la prit dans ses bras et l'embrassa.

Puis il dit : « Bon ! eh bien voilà ! »

Ils se regardaient, avec de l'émerveillement plein les yeux et ils allaient sûrement se dire des choses très importantes, quand un intrus les en empêcha.

Jamais, depuis douze jours qu'ils se retrouvaient ici, âme qui vive n'avait montré le bout de son nez ! et précisément *aujourd'hui*, ce touriste à l'air gourmet de qui fait une trouvaille et se propose de la photographier ! On voyait bien qu'il se disait : « Drôle de petite chapelle jaune ! »

— Ça, murmura Étienne à l'oreille de Drina, c'est un coup d'humour de notre amie, histoire de ne pas s'attendrir et de nous montrer aussi que c'est toujours elle qui décide... ou alors elle vient d'apprendre que je ne suis pas allé à la messe depuis au moins quinze ans.

— Et moi peut-être sept !

— Mais nous avons le droit de nous défendre.

Alors, ils se plantèrent devant le malheureux touriste et, le regard dur et fixe, ne le quittèrent pas des yeux.

— Elle est fermée ? tenta quand même de demander l'intrus.

— Elle est fermée !

Et la réponse d'Étienne claqua comme un coup de revolver.

Seuls enfin, ils calculèrent que cet individu les avait privés d'au moins six baisers. Ils se les donnèrent et, hors d'haleine, ils se laissèrent tomber sur *leur* herbe, face à *leur* chapelle et ruisselant de *leur* amour...

Il lui avait trouvé plusieurs prénoms, puisque Drina et Alexandrine ne le satisfaisaient pas. Mais aucun, disait-il, ne lui allait tout à fait.

Il décida, alors que le soleil allait se coucher, qu'elle ne s'appellerait plus désormais que Bien-Aimée, Belle chérie, Mon Trésor ou Ma Merveille. Il ajouta qu'il n'avait pas pu obtenir la clef de la chapelle. On n'ouvrait que pour une occasion exceptionnelle. Il avait alors annoncé à M. le Curé qu'il allait en chercher une.

— Et maintenant, nous l'avons, dit-il : un mariage ! D'ailleurs je ne crois pas qu'*elle* nous laisserait nous marier chez une autre. *Elle* trouverait quelque chose pour nous en empêcher. Tu sais — c'était la première fois qu'il la tutoyait —, tu sais, *elle* est vraiment capable de tout. C'est *elle* qui a dû exiger d'être peinte extravagamment en jaune, j'en jurerais. Elle a dû leur démontrer que comme ça, même les jours gris ou noirs, elle serait, elle, ensoleillée.

Ils décidèrent d'aller parler à Mérotte. Elle devait être informée la première.

— Il y aura Caroline. On ne pourra pas l'éloigner.

— Personne n'a pu éloigner Caroline, autant se résigner tout de suite à sa présence.

— Mais vôtre... ton dîner ?

— Ma brigade... — enfin, les trois qui me font confiance — se passera de moi. Il est temps pour elle de prouver qu'elle peut faire face, seule, à l'exceptionnel.

Mérotte était bien flanquée de Caroline. Mais aussi de Poloche... et du truffier !

Se pouvait-il que dans ce monde où tant de drames, de tragédies, de malheurs collectifs ou isolés se déroulaient à cette minute même, se pouvait-il que, par grâce, ce petit coin de l'univers, si petit — bien que Caroline prétendît que son salon était le plus vaste de la ville ! — se pouvait-il donc, que sur cette infime parcelle de la terre, tout, ce soir-là, fût arrangé pour que deux jeunes gens et deux... moins jeunes aient décidé de faire route ensemble ?

Cela se pouvait.

Alors Caroline s'écria : « Angèle, le frontignan ! »

Et on s'en alla ensuite dîner chez Étienne.

L'intérieur de la maison du cantonnier ne surprit pas Mérotte. Elle se doutait qu'on avait dû, là-dedans aussi, tailler de bon cœur. Elle ne s'étonna pas de ne rien reconnaître.

Au rez-de-chaussée où il y avait jadis trois pièces, une seule désormais : la salle à manger du restaurant. Et sa cuisine, Étienne l'avait édifiée à la place de l'espèce de grange-débarras où l'on rangeait jadis les outils et conservait les pommes de terre et les fruits. Une cuisine si moderne, si extraordinaire — un palais de cuisine — qu'on se demandait ce que les deux figuiers qui la regardaient par les fenêtres devaient en penser. Sûr, ils en étaient estomaqués.

A l'étage, une seule chambre avait été conservée, l'autre était devenue salle de bains. C'était l'appartement d'Étienne.

Ne restait que l'escalier d'origine. A celui-là et à sa rampe, on n'avait pas touché. Les marches, recouvertes de tommettes, étaient toujours bordées d'une bande de bois qui épousait les découpes octogonales du carrelage avec beaucoup de grâce et même, disait Étienne, « de génie ». Et il ajoutait :

— Pour remettre tout ça en état, j'ai dû faire venir un artisan d'Italie. Regardez-le maintenant mon bel escalier. Regardez ces tommettes, usées mais, par chance, encore entières, il y a là tous les tons de rose de la terre. Et quant à la garniture de bois, c'est un petit chef-d'œuvre ! Il a fallu faire des prouesses pour la conserver, cette merveille d'escalier, mais on y est arrivé !

— Tu as bien fait, mon fils, parce que c'est celui dont tu vas devenir l'arrière-petit-fils qui l'a fait. Il a passé les dimanches d'au moins cinq années de sa vie à les pomponner cette bordure et cette rampe. Ma mère lui disait : « Tu n'en auras donc jamais fini ? » Et il ne répondait pas. Plus tard, j'ai compris pourquoi il ne répondait pas. Croyez-moi, il n'avait pas envie de finir. Ils s'aimaient, l'escalier et lui, et ils ne pouvaient pas penser à se séparer, c'est pour ça que c'est si beau. C'est de l'amour.

Et soudain, on vit Mérotte oubliant ses rhumatismes s'élancer et atteindre la dernière marche.

On la vit aussi se pencher et passer sa main sur quelque chose que seuls Étienne et elle savaient être là. Et ce fut lui qui dit :

— C.F. C. c'était vous et F. ?

— F., c'était mon Félicien. J'ai gravé ces deux lettres avec un couteau le soir où il est parti à la guerre. C'était toujours sur cette marche que je m'asseyais quand j'étais petite... C'est là que j'ai lu ses lettres du front... Alors, Mérotte ajouta : Merci, fils, de l'avoir gardé, mon escalier.

Se croyant peut-être encore assise sur sa dernière marche, Mérotte s'adressa, ce soir-là, à son Félicien pour lui raconter le dîner chez Étienne.

— C'était... comment te dire ? Tu te rappelles quand tu m'as fait visiter ton jardin pour la première fois ? J'allais admirer les artichauts, puis sentir la bordure d'œillets du poète, puis je revenais aux laitues avant de repartir vers les freezias ou les giroflées. Alors tu m'as dit : « Il faut avancer un peu dans l'ordre. » Et moi je t'ai répondu : « C'est bon aussi de faire comme les papillons et de courir de-ci de-là. » Tu as ri en disant : « C'est vrai, il y a les deux manières, mais avec la tienne, à mes artichauts tu vas trouver un parfum de freesias, et à mes œillets un parfum de giroflées. » Et je t'ai dit que non, que je sentais chacun, d'une part, et tous en même temps de l'autre, et que c'était le bonheur.

« Eh bien, notre Étienne m'a l'air de faire sa cuisine de ces deux manières : il te laisse le vrai goût des choses et il t'emmène aussi en respirer d'autres. S'il te fait du bœuf, il a le goût de bœuf — et du meilleur — et, mine de rien, tu te demandes si ce bœuf n'est pas allé brouter un peu les prairies du ciel d'où il serait revenu tout parfumé et même s'en serait ramené de la poésie. Mais c'est pas seulement ça. Ce serait trop facile à dire. Comme a soufflé Caroline — elle avait trop mangé et elle était un peu oppressée : “ C'était merveilleux... mais on savait pas ce que c'était. ”

« Et c'est vrai qu'on se pose des questions, mais dans le plaisir.

« Lui, il te répond : “ C'est ça, et ça et ça. ” Mais il faut se dépêcher de les poser ces questions parce que si tu te dis : “ Je lui demanderai des explications à la première occasion ”, tu risques de l'avoir jamais ta réponse. Il a tant d'imagination ce petit, qu'il te change ses plats tous les jours pour ne pas dire deux fois par jour. Drina se moque un peu de lui en lui disant : " Pour rester en place il faut courir beaucoup [1] ", alors pour avancer !... Quand je dis qu'elle se moque, ce n'est pas vrai, elle l'admire et le regarde comme s'il était le bon Dieu.

« Il avait fait un gâteau et on s'est emporté ce qui restait. En s'en régalant encore d'un morceau devant moi avant de se coucher, la petite m'a dit : " Ce délice au chocolat, tu vois, il est léger et consistant à la fois, il a l'onctuosité qu'il faut à ce qui est au chocolat et à cette saveur forte et douce à la fois et qui nous imprègne en entier... Mais, de plus, celui-là, il est à sa manière comme du porto retour des Indes, il a des parfums d'épices qu'il aurait pris là-bas et rapportés. Il fait rêver.

« Tu veux que je te dise, cette fois-ci, elle va être heureuse notre petite et elle n'a pas fini de rêver avec ce mari-là. Mais de rêver juste, ce ne sera pas comme avec l'autre. Je te fais une comparaison. Au Gaétan, tu lui aurais montré notre magnolia, il calculait tout de suite qu'en montant dedans il serait plus grand. L'Étienne, lui, il se mettra dessous l'arbre et il sentira les fleurs en rêvant. Mais ses rêves lui donnent mille idées. Imagine, il a inventé *la liqueur de magnolia**. Tu en dis quoi, de ça ?

« Et pour te faire rire encore un peu : au moment où le truffier nous saluait, avant d'aller se coucher à son hôtel, Caroline qui commençait à digérer et à respirer mieux, lui a dit : " A demain, monsieur le truffier. "

Alors on a entendu Poloche, professeur de français à Varsovie et future Mme Gaspard : " Il serait peut-être temps de dire enfin *trufficulteur* et non *truffier.* "

« Tu veux la vraie vérité ? Madame la future truffière n'a jamais aimé de Caroline que son garage. Elle nous a fait un peu de jalousie côté ex-taille-fine.

« Et à propos de garage, Drina a téléphoné à Carla, à Salzbourg, pour lui annoncer les nouvelles du jour de Brignoles. Et Carla a dit : " Que Poloche garde la Phantom III, en cadeau de mariage. "

---

1. Lewis Carroll.

« Tu veux mon avis sincère ? Notre Carla connaît sa Poloche, elle sait que le truffier c'est bien, et même très bien — c'est un grand coup de justice de Dieu qui veut tenter d'effacer des choses qu'il n'a pas pu empêcher —, mais qu'il y aurait eu comme un petit goût de tristesse à abandonner la Rolls. Alors, comme ça, elle s'est dit que notre brave amie aura son bon goût de truffe complet. »

...Et pendant ce temps, à Salzbourg, précisément, Carla et Bryan Forrester se promenaient dans les jardins du palais Mirabell.

Ils avaient longtemps marché et Carla avait parlé de Mathieu et de son œuvre.

Maintenant, ils venaient de s'asseoir sur l'un des bancs de fer d'une allée, non loin d'un bassin qu'encadraient quatre parterres de fleurs, toutes du même rouge orangé. Des tulipes, dont le jeune pianiste venait de dire, en souriant, qu'elles étaient dressées, droite, raides et comme étonnées d'entendre autour d'elles parler tant de langues diverses.

Par chance, ils étaient seuls sur leur banc, alors Bryan demanda, en baissant la voix :

— Je voudrais savoir comment *il* est mort.

Elle hésita un moment. Elle venait de l'évoquer avec tellement de bonheur, il était là, entre eux, si vivant... Elle se força à dire :

— C'était un début d'après-midi, aussi joyeux que celui-ci. Le coup de feu allait finir. Dans les cuisines le calme revenait, et un commis lui tendait l'eau glacée qu'il venait de demander. Sa main, qui aurait dû saisir le verre, il l'a portée à son cœur. La souffrance était si forte qu'il en était tout pâle. Mais il a dit au petit Marcel : « Ce n'est rien, une douleur... Je vais me reposer un peu. » Il a pu aller jusqu'à son bureau. On m'a appelée. J'ai vu tout de suite que c'était grave. Pourtant, il continuait à dire : « Ce n'est rien... Juste une douleur. — J'appelle le médecin. — Non, je vais déjà mieux. Donne-moi de l'eau... »

« Il a étendu le bras jusqu'à son pick-up... Ce *Concerto pour piano* de Mozart que vous avez donné l'an dernier ici...

« Il avait l'air de respirer sa musique comme de l'air frais. Il disait : " Ça va... ça va, ne t'inquiète pas. "

« Mais j'avais fait appeler le Samu. Ils ont mis dix minutes à arriver.

« Ces dix minutes, je les ai eues à moi, tout entières, seule avec lui.

« A un moment il m'a dit, avec un petit rire : " Je n'ai peut-être plus rien à donner... à personne... il doit bien arriver un moment où on se tarit... comme une source... "

« Et puis il n'a plus parlé. Il a tendu sa main, je l'ai prise, serrée... pas trop fort... La douleur est revenue et c'est son autre main qu'il a portée à son cœur, en même temps qu'il serrait la mienne... avec ce qui lui restait de vie...

« Quand le médecin est arrivé, c'était fini.

« On n'a pas pensé à arrêter la musique tout de suite...

« Dans les cuisines, tous pleuraient, tous ces hommes... comme des enfants... *ses enfants*, eux aussi. »

— Figure-toi, Caroline, disait Mérotte soucieuse, qu'Alexandre n'est pas raisonnable. Il s'emballe, il dit que cet Étienne on ne sait pas trop ce qu'il donnera et que Drina devrait attendre au moins six mois avant de faire des projets sérieux. Parce que ce miracle : *ce jeune homme a fait un restaurant de la maison du cantonnier*, il le remarque à peine. Sa fille, il la veut à Paris *chez lui*. Alors dis-moi, toi qui n'as jamais quitté le pays et qui connais tout d'ici, si c'était ta fille, tu la donnerais à Étienne ?

Caroline réfléchissait. Il aurait peut-être fallu penser à ça à tête reposée, mais déjà, comme ça, elle pouvait dire que oui, si elle avait une fille elle la lui donnerait. Par exemple, elle ne savait pas si, en tant que belle-mère, elle irait déjeuner chez son gendre tous les jours. Et elle disait :

— Tu comprends, moi, si je commande un lapin sauté à Angèle, je sais que ce sera un lapin sauté. Chez Étienne on ne peut pas savoir. Du lapin sauté, il te fera sûrement autre chose. Et moi, quand le matin du fond de mon lit, je fais mon menu avec Angèle, j'ai déjà plein la bouche, rien que d'en parler, du goût de ce qu'elle va me mijoter. Tandis qu'avec Étienne...

— Pour quelqu'un qui a révolutionné la ville avec son tour de taille, tu n'es pas restée très aventureuse ! Bon, mais de toute façon, c'est de l'homme que je te parle et pas de sa cuisine.

— Alors, je te dirai qu'à part le grand-père qui avait le porte-monnaie fermé comme une huître... et qui me serrait un peu trop la taille au bal du 14 Juillet, c'était tous des braves dans cette famille et que je ne vois pas pourquoi lui il ne serait pas aussi brave qu'eux. Et je sais qu'avant d'être dans la cuisine, il a fait des études, il a son baccalauréat et même quelque chose en plus... Et puis il est tout seul. Pas de parentes pauvres. Ça, ça a son prix. Parce que moi, je ne les compte plus les vieilles cousines qui m'en veulent encore parce que j'avais plus d'amoureux qu'elles dans notre jeune temps... Tu peux me croire, elles y pensent toujours... Et tu ne sais pas ce qu'elles disaient ces chipies, à l'époque ? Que je me nourrissais de persil et de vinaigre pour pas engraisser.

Ça, c'était tout Caroline, on lui parlait de l'avenir de Drina, et elle farfouillait dans son passé à elle. Alors, Mérotte décida de prendre la parole et de ne pas la lâcher. Aussi bien elle avait besoin de se monter un peu contre Alexandre qui l'avait énervée ce matin, au téléphone.

— Caroline, donne-moi encore ton avis. Voilà un homme, mon petit-fils Alexandre, qui nous a fait passer l'inquisition quand il a décidé d'épouser sa Viviane et qui, maintenant, a tout oublié de ce pastis et nous fait des manières pour le mariage de sa fille. Parce que tu ne le sais pas, mais ça en a été une affaire l'arrivée de cette petite chez nous ! Pour que tu comprennes, il faut que tu saches avant, nos histoires de guides gastronomiques. Être en bonne place là-dedans, c'est comme si on passait des examens toute la vie. Et quand tu l'as, la médaille, ils peuvent encore te la retirer et toi alors tu peux fermer boutique. Les gens qui les font, ces guides, ils décident de ton bonheur ou de ton malheur. Si tu as démérité, si tu t'es laissé aller, tant pis pour toi, ils ne pardonnent pas toujours.

— Ils ont le droit ?

— Ils ont. Donc, il y a le plus ancien, le rouge, le

Michelin. Et ceux qui là-dedans proposent de te les *prêter* les étoiles sont les plus secrets, les plus mystérieux, les plus...

— Incorruptibles ?

— Ça, j'en parle même pas. Ils sont la statue de l'incorruptible, et tu n'oserais jamais y déposer une fleur, même anonyme, au pied de cette statue-là de peur qu'ils croient que tu veux l'acheter...

— Tu m'en diras tant !

— Donc ces messieurs, ceux qui enquêtent, qui t'étudient, qui te goûtent, c'est des gens que tu ne peux pas repérer, on ne sait jamais s'ils en sont ou pas. Ils s'amènent comme ça, sans rien dire. Alors, imagine, et si ce jour-là, qu'ils ont choisi, ou que le diable leur a conseillé, si ce jour-là toi tu as tout de travers, la migraine, la grippe... ou le cancer.

— Oh ! On a eu le cancer chez toi ?

— Je te donne seulement des exemples. Bon, disons que ce jour-là tu es presque à l'agonie, et par malchance, ils arrivent. Et si à cause de tout ce que je t'ai dit, la béarnaise tourne, tu es foutu. Heureusement, chez nous les anges veillaient et on n'a pas eu trop d'anxiété. Mais voilà qu'Alexandre amène Viviane et... Tu ne devines pas ?

— Non.

— *Elle était la fille d'un de chez Michelin !*

— Seigneur !

— Tu nous vois : la consternation !... Mais toi tu pourrais me dire : « A la bonne heure ! Vous serez désormais bien notés par alliance avec ces messieurs. »

— Mais oui ! J'y avais pas pensé !

— Et tu as bien fait parce que ce serait, peut-être, bien pire. On ne connaissait pas leur règlement intérieur, mais on se doutait qu'*ils* ne devaient pas aimer qu'on ait l'air de forcer leurs portes verrouillées par des histoires de famille. Te dire si c'est sérieux chez eux : Tu peux pas arriver à savoir qui commande là-dedans. Le pape du guide Michelin, tu sais jamais qui c'est. Quand il est élu, celui-là, il n'y a même pas de fumée pour le faire savoir, comme au Vatican. *Tu ne sais rien.* Tu dois attendre que les étoiles te tombent du ciel en te mettant seulement en prière.

« Bref, nous voilà avec la fille de l'un de ces mystérieux sur le pas de notre porte qui attend d'entrer chez nous. Et nous, de nous demander si on devait ouvrir ou pas. Et Alexandre qui répétait : " On va tout de même pas se jouer Roméo et Juliette ! "

« Mon fils, mon Mathieu, assis dans sa gloire, je ne dis pas qu'il aurait pas préféré comme belle-fille une petite princesse Bocuse, Pic, Point, ou Oliver ou encore, parce qu'ils commençaient déjà à être célèbres, à l'époque, une jeune archiduchesse Chapel, Guérard, Senderens, Robuchon, Savoy ou Faugeron. Avec une alliance pareille, on devenait Louis XIV et c'était Versailles. Mais c'est Dieu qui décide et Il nous avait mis le Michelin entre ces belles familles-là et nous. Bon, il fallait faire avec. Et quand on l'a vue, la Viviane, si mignonne, si jolie, on a fondu, bien sûr.

« Mais c'était pas résolu pour ça. Parce que même si mon Mathieu décidait qu'elle pouvait entrer chez nous cette petite, il fallait que son père, le monsieur du guide rouge le veuille bien. Et on ne lui avait encore rien dit à cet incorruptible.

« C'est Carla, qui tout à coup, alors que nous ne parlions que de nous, a dit : " Et chez eux, dans la famille de Viviane, on en dit quoi de ces amours entre un *Villar et Leduc* et une Michelin ? "

« Oui, on en disait quoi ? Moi qui vois simple, je me répétais : et pourquoi il ne serait pas content cet homme que sa fille ait notre bel Alexandre pour mari ? Et j'ajoutais : " Et l'amour, qu'est-ce que vous en faites ? "

« Et puis voilà, parce que je te l'ai dit, les anges veillaient, que tout s'arrange enfin. Le père de Viviane avait dans l'idée, déjà depuis quelque temps, de passer du métier d'enquêteur à celui de représentant en champagne. Un cousin à lui en faisait un bon petit à Reims et lui demandait de l'aider à en arroser la France et même le monde. Bon, une affaire. Plus de problèmes avec Michelin. Tout le monde calmé et mariage arrosé avec le champagne du cousin dont Mathieu disait qu'il était de grande qualité. Et en plus, la marraine de Viviane était la dame de ce champagne et le parrain un collectionneur de beaux livres. (Et ça, on ne savait pas encore que ça servirait aussi un jour.)

« Bref, c'était presque une petite héritière qui nous arrivait. Et on se disait : Ouf !

« Eh bien, le ouf, pas encore !

« Parce que, dans ces années 1970-1972, c'était la montée de ce qu'ils appelaient la nouvelle cuisine et mon Alexandre en était l'un des premiers rois. Après avoir crié : " Du beurre, donnez-moi du beurre ! ", il se mettait à chanter : " Moins de beurre, moins de beurre " et à faire tout en légèreté, en goût du naturel et en désir de recherches et d'inventions. Et aussi parce que cette nouvelle cuisine-là, ces messieurs Gault et Millau y étaient en plein dedans, à la faire fleurir de partout. Ses parrains, en quelque sorte. Alors Mathieu commençait par dire à ce pauvre monsieur Henri, le père de Viviane : " Franchement, mon ami, maintenant que vous n'en êtes plus, dites-moi un peu comment ça fonctionne chez Michelin. Je ne sais rien de notre fameux 2e Bureau et du secret dont il doit s'entourer, mais les vôtres de bureaux, ils baignent dans le supersecret. Racontez-moi tout, Henri, puisque vous êtes dans le champagne vous pouvez parler : qui le dirige, et comment, votre guide rouge ? "

« Tu aurais vu M. Henri. Un tombeau ! Un tombeau souriant doucement, secouant la tête — c'est de lui que Viviane tient ses belles boucles brunes — mais ne disant rien. Du coup, mon Mathieu pas content : " Ma parole, vous leur prêtez serment de fidélité à vie à ces Messieurs Michelin ! " Et notre Henri, toujours souriant, disait : " Ces Messieurs, qu'il s'agisse de fabrication de pneumatiques ou de rédaction du guide, détestent, en effet, les indiscrétions. " Alors, Mathieu se mettait à chatouiller autrement. En traître, il demandait : " Dites-moi un peu, ces Gault et Millau, vous les avez eus un beau matin en plein dans le baba ? Ne me racontez pas le contraire. Parce que, ceux-là, ils font plus que vos étoiles et vos fourchettes, ceux-là, à leurs toques noires et rouges et à leurs belles notes, ils ont ajouté quelque chose de génial : *la personnalisation.* Tu vois ce que je veux dire Caroline ?

— Pas très bien.

— Eux, les Gault et Millau — ils sont deux — ne se sont pas contentés de citer et de noter, ils ont *commenté.* De Mathieu, ils disaient d'où il venait, et comment et ils décrivaient les plats en poésie et ils parlaient d'Albert le sommelier et de la belle Carla. C'était vivant. Tu saisis ?

Caroline saisissait ou du moins en avait l'air.

— Donc le pauvre Henri s'entendait répéter : « Pour eux — les Gault et Millau — nous sommes enfin des êtres humains, ils nous analysent, nous comprennent, en un mot : *ils nous aiment*. Chez vous, nous n'étions qu'une adresse... avec spécialité. »

« Bon, et alors, voilà Alexandre qui, à son tour, n'était pas content parce que Viviane entendait tout ça et que ça la contrariait, d'abord parce que le guide rouge c'est du grand sérieux et qu'il n'aimait pas trop ce qu'en disait son père. Et puis imagine, elle, la petite, devait avoir de la reconnaissance pour ces messieurs Michelin qui l'avaient nourrie, en quelque sorte, et en même temps, comme elle n'avait rien à reprocher aux autres, elle avait son cœur entre le marteau et l'enclume.

« Il faut dire que Mathieu exagérait, et, tout d'un coup, je me demande un peu pourquoi. Il était bien nerveux à cette époque... Je cherche ce qui le tracassait. Sa maison marchait bien... si je n'avais pas vu Carla toujours elle-même et calme et souriante, je me serais peut-être posé des questions sur le ménage. Tu vois ce que je veux dire ? »

Mais Caroline ne pouvait pas voir. Elle ronflait. La digestion de son petit déjeuner — il était dix heures du matin — comprenant trois croissants pur beurre l'avait endormie.

Et Alexandre continuait à dire : « Bon Dieu, qu'elle attende ! » et à supplier Mérotte de faire entendre raison à sa fille. Il avait tenté de trouver aussi de l'aide chez Poloche, mais vite conclu : « Celle-là est devenue folle aussi. » Et il avait mis tous ses espoirs en Ritzie dont il savait combien Drina l'écoutait.

Emmanuel et sa femme revenaient de Florence. Ritzie avec ses paires de chaussures et une croustillante histoire : son mari avait failli boxer ce pauvre Emilio — le bottier de génie ! — qu'il accusait, sous prétexte d'essayage, de caresser le pied de sa femme.

— Tu te rends compte, Alexandre, après vingt ans de mariage, être encore jaloux !

Alexandre voulait bien se rendre compte, mais enchaînait vite :

— Ta nièce est amoureuse et veut se marier... et dans les plus brefs délais !

— Non ! Quel bonheur ! Avec qui ?

— Le nommé Étienne Seguin.

— Le jeune chef ? Dutourd-Saint-Augustin ?

— Qu'est-ce que tu racontes ?

— Le petit Étienne a été commis chez nous et saucier ensuite. Tu ne le savais pas ? Nous l'avions logé au-dessus des écuries. Les murs de sa chambre n'avaient pas encore été repeints. Il nous a dit : « Je m'en charge. » Et il a peint ça, en effet, mais à sa façon. Sur fond blanc, on lisait, écrit en vert : « *Toute création artistique consiste à aller chercher en soi-même des choses dont on n'est pas sûr d'avance de les trouver.* » et « *Cherchons avec le désir de trouver et trouvons avec le désir de chercher encore.* » La première partie est de Jean Dutourd, la seconde de saint Augustin. Il était, il est toujours j'imagine, plein d'esprit ce garçon et tellement inventif, créatif, neuf pour tout dire. Il faisait notre joie. Nous l'aurions bien gardé, mais il est trop doué pour n'être qu'un second.

— ...

— Tu es toujours là ?

— J'y suis.

— Tu sais, je te le répète, il est épatant ce type. On nous a d'ailleurs dit qu'il réussissait supérieurement dans son Midi, je ne sais trop où.

— A Brignoles.

— Non ! *Notre* Brignoles ? Chez Mérotte ?

— Plus chez elle encore que tu ne crois. Dans *sa* maison même, qui s'appelle maintenant *La Maison cantonnière.* Parce qu'il a déjà changé au moins quatre fois — *quatre* — en un mois, le nom de son restaurant, ton surdoué ! Il est bien capable de vouloir changer de femme aussi souvent.

— Il était parfait, de ce côté-là, de notre temps. Jamais l'ombre d'une histoire de fille. Bon, ne me fais pas dire ce que je ne dis pas, c'est quand même à elles qu'il s'intéresse. Mais il était beaucoup dans ses livres, ou à la recherche de peinture moderne.

— Ah, il aime les abstraits ?

— Il économisait pour en acheter... Vraiment, Alexandre, cesse de prendre ce ton de tragédie, ce garçon est remarquable.

— Gaétan l'était aussi.

— Non. On aurait dû écouter Mérotte, elle faisait des réserves à son sujet. Un jour elle m'a dit : « Tout ce que tu voudras, c'est un joli cœur et seulement un semble-sommelier. »

— Pourquoi ce monsieur Seguin n'a-t-il pas dit tout de suite à Drina qu'il a travaillé chez toi ?

— Il n'y aura pas pensé... Ou peut-être n'aura pas fait immédiatement le rapprochement entre *la Table des dames* et *Villar et Leduc.*

— Tout ça n'est pas clair.

— Dis que tu veux ta fille chez toi et nulle part ailleurs... Passe-moi Viviane.

— Elle pense comme moi.

— Tu me dirais le contraire que je ne le croirais pas... Mais, vous deux, pensez donc un peu à cette petite, si elle l'aime son Étienne, donnez-le-lui.

— Est-il beau au moins ?

— Il te le faut beau, aussi ? Mon Emmanuel n'est pas un Adonis, mais je suis la femme la plus heureuse de France.

— Emmanuel est un grand chef.

— Étienne le sera aussi.

On en était là.

Alors Alexandre confia ses fourneaux à son second et descendit avec sa femme dans le Midi. Ils ne prirent pas l'avion. Alexandre voulait conduire pour se détendre en chemin et essayer d'aborder cette situation avec calme.

*

Étienne aimait, c'était vrai, la peinture moderne. Dans la salle à manger de son restaurant sur les murs de pierre

« grattés jusqu'à l'os », un seul tableau, immense, fait de tous les jaunes et tous les bleus. Œuvre d'un peintre ami et encore peu connu.

Drina y voyait une grande « brassée de soleil », comme dirait Mérotte, dans un infini de ciel bleu de mille beaux rêves bleus. Et là-bas, au loin, cette infime tache rouge : deux cœurs flamboyants et fous de joie, les leurs.

Étienne avait deux versions. Avant Drina : un grand champ de blé, une vaste étendue d'eau pure et claire, et les tentatives et les efforts de l'être humain marqués en rouge. Après Drina : toujours l'eau et les blés, mais parmi eux un petit coquelicot : l'amour. Et il disait : « Rien de plus. Je ne veux pas d'autre décoration, ma salle est parfaite ainsi, tu es d'accord ? »

Elle l'était, mais avec des réserves qu'elle se garda bien de formuler. Toutefois, elle prit ses dispositions. Elle demanda à Ritzie de lui envoyer d'urgence les deux cents pages rédigées par elle et intitulées : « Comment diriger et organiser ma maison » et à Lucie ses cours de Cornell au complet.

Lucie, mise au courant, avait cherché à laquelle de ses héroïnes dellyennes rattacher la nouvelle Drina. Elle avait dû y renoncer : aucune d'elles n'avait jamais été, dans leur éternelle position d'orphelines pauvres et méritantes, que demoiselles de compagnie, institutrices ou professeurs de piano ou de chant. Mais elles étaient si courageuses, si travailleuses, avant de devenir princesses ou duchesses ! De ce côté-là, Drina leur ressemblait quand même : elle allait montrer de quoi elle était capable, c'était sûr.

Viviane et Alexandre devaient s'installer pour quarante-huit heures — *Villar et Leduc* ne pouvait pas se passer d'eux plus longtemps — dans un *Relais de campagne* ami. Si Caroline était vexée, elle n'en laissa rien voir. Et de ce qui allait se passer elle saurait tout quand même : Mérotte aimait tant raconter !

Et Drina qui avait craint pour Gaétan, redoutant que son père n'en veuille pas chez lui, n'était pas inquiète. Elle disait à Poloche, dont le truffier était reparti confiant et donc encouragé : « Il ne pourra pas ne pas l'aimer et je ne donne pas vingt-quatre heures à ma mère pour voir que c'est le fils qu'il lui faut. Personne ne peut résister à Étienne ! »

Tout allait dépendre du jugement qu'Alexandre porterait sur le talent de son futur gendre, se disait Viviane. Et Mérotte se contentait de penser, perplexe : « Va savoir ce qui leur passera par la tête à ces deux-là et ce que ça donnera quand ils seront face à face ! »

Quant à Poloche et Caroline, elles avaient eu la délicatesse, pour « les laisser entre eux », de prétexter l'une des lettres à écrire, l'autre sa migraine saisonnière.

Et maintenant elles étaient trois femmes, à ouvrir tout grands leurs yeux et leurs oreilles pour assister à la confrontation Alexandre-Étienne. Le jugement de Dieu des preux de jadis, en quelque sorte.

Le premier avait cet air un peu hautain et distant que le costume blanc parvenait parfois à atténuer mais sur lequel l'ensemble pantalon de flanelle grise, blazer bleu marine, chemise blanche, cravate club et Légion d'honneur ne pouvait rien, au contraire. Et il y avait dans cette apparence impeccable d'Alexandre, dans ce que beaucoup appelaient « sa grande allure », quelque chose comme un reproche adressé à tout ce qui l'entourait. Aussi bien au temps, trop chaud pour la saison, qu'au paysage, de plus en plus saboté, qu'à sa femme exagérément sereine et trop souriante — ce qu'il savait n'être pourtant que le reflet de sa courtoisie et de sa délicatesse de cœur. Bref, comme se le disait Viviane, précisément, Alexandre était d'une humeur de chien.

Du second, tout en blanc, on eût pu dire que son regard pétillant, son sourire désarmant et sa toison rebelle étaient chargés à bloc d'un optimisme apte à abattre tout obstacle aussi énorme fût-il. Sa démarche aussi, décidée, mais gardant une souplesse à peine teintée de désinvolture, disait l'homme tranquille et prêt.

Il installa la femme qu'il aimait et ceux dont leur avenir dépendait en bonne place, avec vue sur la campagne à droite et sur le tableau ciel-soleil et coquelicot à gauche : de la lumière partout puisqu'il était à peine midi — on avait décidé de déjeuner tôt avant l'arrivée des clients — et... malheureusement pleine lumière sur ce qui choquait le plus dans cette salle : la pauvreté du mobilier, celle des tables au linge mal repassé, à la vaisselle quelconque et aux couverts de ruoltz de mauvaise qualité.

Quand elle eut laissé son père et sa mère s'apercevoir de la médiocrité du couvert, radieuse, Drina annonça :

— Je vais m'occuper de ces petites choses. Étienne n'en a pas encore eu le temps. Je vais follement m'amuser à améliorer tout ça.

« *Follement s'amuser !* »

« Comme elle est heureuse », se dit Mérotte, heureuse elle aussi.

« Elle est bien maladroite », pensait Viviane, désolée.

Alexandre préférait ne pas entendre et goûtait le pain.

— Qu'est-ce que tu en penses ? Il n'est pas formidable ce pain, papa ? Celui qui le fabrique, « le dernier boulanger du Bon Dieu », comme dit Mérotte, le fait avec une vieille machine, plus vieille que lui, une farine, de l'eau et du sel que lui seul sait dénicher il ne dit pas où... Sais-tu que lorsque Poloche l'a goûté elle en a eu les larmes aux yeux... et le pain, ça la connaît. Alors tu l'aimes ?

Alexandre aimait.

Viviane était sûre du cheminement de sa pensée : « Tiens, ce jeune funambule, qui invente dix plats nouveaux chaque jour et considère que ceux qui ont dépassé l'âge de trois semaines relèvent des oubliettes, *aime le pain fait à la manière d'autrefois* !

Les amuse-gueule arrivèrent. Par vaguelettes de trois... Trois, six, neuf, douze petites choses délicates, jolies, savoureuses. Et inattendues, comme cette *mini-ravigote de pied d'agneau au thon mariné**.

— Étienne dit que le premier contact avec les gens est très important, qu'il faut leur montrer qu'on est décidé à les traiter avec égards...

« Oh ! maladresse, pensait Viviane, comme si nous ne le savions pas ! Faites mon Dieu, faites qu'elle se taise. »

Mais Drina n'entendait pas... Et elle riait, et elle était heureuse. Et elle avait faim. Ces petites choses, elle les adorait... elles étaient... comme des petits baisers !

Alexandre regardait le grand tableau, paraissant ne pas entendre.

Et Étienne arrivait si gai, si chaleureux, la mèche blonde en bataille :

— Vous me laissez vous composer votre déjeuner moi-même ?

Alexandre le laissait...

Et Étienne ajoutait :

— Ce que je vais vous faire là, je ne le referai sans doute jamais, le temps d'émotion d'une création est bref — selon moi — mais une création née dans un climat aussi exceptionnel... l'émotion dans l'émotion, ça ne se répète pas.

Alexandre souriait. Par chance, se disait Viviane. Étienne ne connaissait pas tous les sourires de son mari et ignorait que celui-ci n'en était qu'un de commande... A moins que ce regard d'Étienne ne fût bien capable d'être plus perspicace qu'il ne voulait le paraître.

Quant à Mérotte, elle regardait, écoutait et, par miracle, ne disait rien.

Alors il y eut : *bettes nouvelles et radis noirs au foie gras* et *cœurs d'artichaut aux gousses d'ail confites*, avec *dominos de truites de mer moutardés* puis *salade de ris d'agneau safrané aux noisettes écrasées*, avec *purée d'aubergine*. Et encore *paillard de bœuf aux oignons doux*, avec *purée de pommes de terre à l'essence de vin rouge*. Enfin, comme dessert, un *feuilleté au fudge et miel de poire à l'estragon* *, précédant tant et tant de petits fours comme on n'en voyait nulle part, ruissellement d'une rivière de douceurs dans le jardin de dame Tartine...

Mérotte, Viviane et Drina regardaient Alexandre. Il avait goûté à tout. Plus que goûté. Mais il ne disait encore rien. Ou presque.

Et Étienne revenait, s'asseyait. On allait prendre le café ensemble et enfin parler. Alexandre, c'était sûr, voulait dire directement à Étienne ce qu'il pensait de sa cuisine et ne tenait pas à déflorer son verdict.

C'est alors qu'arriva aussi, soudain catapulté sur eux, un homme qui venait de quitter sa table, l'air radieux et qui disait se plantant là et décidé à y rester :

— La chance de ma vie ! C'est la chance de ma vie de trouver réunies les deux gloires actuelles de la grande cuisine française !

— Et qui c'est celui-là ? demanda Mérotte aussi doucement qu'elle le put.

Celui-là, c'était — elle ne comprit ni son nom ni de quel pays il arrivait, bien qu'il parlât français — un écrivain spécialisé dans la gastronomie. Un critique de la cuisine.

— Dieu garde ! dit-elle à Drina entre haut et bas, on en avait bien besoin de trouble-fête !

Les trois hommes parlèrent longtemps. Les trois femmes écoutèrent.

Et ce soir-là :

— Félicien, nous sommes perdus ! les anges nous ont abandonnés...

« Je te l'ai toujours dit, un restaurant c'est ouvert à tous les vents. Qui veut y entrer y entre et toi tu peux rien contre puisque le restaurant tu l'as créé pour ça, pour que tous y viennent. Les bons et les pas bons.

« Alors, il est venu celui qu'il ne nous fallait pas, juste aujourd'hui. Et c'en était un d'importance parce que Alexandre et Étienne le recevaient avec de la considération.

« Et qu'est-ce qu'il a dit, cet oiseau de malheur ? Tout ce qui ne fallait pas dire ? *Tout.* Et ça au moment où Alexandre, enfin, commençait à mollir et même à chavirer, au moment où Drina allait l'avoir son Étienne, des mains de son père... ou presque. Parce que je le connais bien notre petit-fils, sous ces airs un peu secs, comme ça, c'est le meilleur homme de la terre et honnête et loyal ! Et pour lui le métier, c'est sacré, et les talents des autres, il sait les reconnaître. Mais, mettons-nous à sa place, ce petit génie — parce qu'il le sait qu'il est génial, l'Étienne — donc ce petit génie ne se contente pas d'être ce qu'il est, il veut encore lui prendre sa merveille, sa fille ? Et puis, reconnais-le aussi, l'Étienne invente autant de plats à lui tout seul en une semaine, que la profession au complet en un mois. Bon, tout ça il fallait qu'il l'avale, Alexandre. Il commençait à l'avaler avec honnêteté, il était tout près de dire : « Tiens, je te la donne, ma fille ! » en s'écrasant un peu le cœur, quand le fada est venu embrouiller la situation en parlant et en parlant...

« Te dire les vrais mots, je ne peux pas. C'est trop compliqué, c'était scientifique. Je te raconte seulement le principal.

« Bon, d'abord le critique se mettait à nager dans sa joie d'être là, d'être venu à Brignoles faire un article sur Étienne juste le jour où le grand Alexandre Leduc visitait, lui, aussi, l'espoir de la nouvelle cuisine. (Si tu comptes combien de fois on aura dit *nouvelle cuisine* depuis que l'on a inventé la soupe aux choux, tu t'y perds.) Passons.

« Donc celui-là se met, en regardant notre petit-fils Alexandre et notre futur arrière-petit-fils Étienne, à parler pour le premier d'*hier* et pour le deuxième d'*aujourd'hui*.

« La catastrophe ! Exactement ce qu'il fallait enfouir au plus profond de la terre.

« Tu aurais vu le visage d'Alexandre : blanc et celui d'Étienne : rouge. Mais lui, le fada, il ne remarquait même pas ces changements de couleur. Il galopait toujours en pleine calamité.

« Parce qu'après, je te dis pas ! " Et vous, vous faites d'abord passer le produit, et vous en premier la technique " ou " Vous dans le savoir-faire, et vous dans le sentiment ", " Vous la recherche et la nouveauté tempérées, vous la création continue ", et allez ! et allez ! Et chaque fois c'était comme des petits coups de couteau qu'ils se donnaient, Alexandre et Étienne, par l'intermédiaire de leur tourmenteur. Et ça durait, tu peux me croire. Parce qu'il avait l'air de tout savoir sur la profession, celui-là.

« Deux qui étaient blanches de désespoir, elles aussi, c'était Viviane et Drina. Alors je leur ai dit, aussi doucement que j'ai pu : " Partons ou nous allons le tuer. " Et nous sommes parties.

« Devant la maison, des enfants jouaient avec une balle de

tennis. Comme elle est arrivée à un moment à mes pieds, et comme il ne restait que la voiture du fada, en renvoyant la balle aux enfants j'ai eu envie — par grande mégarde — de la faire passer par le pare-brise qui aurait volé en éclats. Dieu me pardonnera cette pensée parce que je sais qu'Il l'aurait eue lui-même, s'il l'avait pu. Mais dans sa position évidemment...

« Et maintenant, il faut tout tenter pour arranger nos affaires, parce que Alexandre est parti plus que raide avec un sourire glacé à te faire prendre froid et que le pauvre Étienne portait la désolation du monde sur la figure...

« Demain, on déjeune encore ensemble, c'est ce qui avait été prévu. Fais, je t'en supplie, que les anges me conseillent, parce que je ne vois que moi pour sauver la situation. »

Second déjeuner à *La Maison cantonnière*. On était dimanche, jour de fermeture, il n'y avait, grâce à Dieu, pas de possibilité d'arrivée de perturbateurs. Caroline et Poloche invitées mettraient peut-être du liant.

Mais Étienne était moins gai.

Drina savait qu'il ne donnait son meilleur que s'il se sentait bien dans sa peau, et on la voyait inquiète.

Viviane, elle, tentait de dégeler une atmosphère de chambre froide.

Caroline trouva au grand Alexandre, qu'elle voyait pour la première fois, l'air empesé du marquis de Férial. S'il avait porté le monocle lui aussi, ils se seraient ressemblé comme deux frères.

Poloche cherchait à comprendre ce qui se passait, comme elle aurait cherché des truffes, en reniflant de-ci de-là.

Et Mérotte attendait le moment propice pour intervenir. Comment? Elle ne le savait pas encore quand, par une intervention sans nul doute angélique, on servit les amuse-gueule et, parmi eux, des minicroustades aux crêtes de coq.

Des *crêtes de coq*! C'était vraiment les anges qui les apportaient là et Mérotte entrant en scène annonça :

— Il y a longtemps que je me dis qu'avant de mourir, il faudra bien que je l'avoue, cette faute qui me pèse sur la conscience. Et voilà, on dirait qu'Étienne a deviné que ce serait aujourd'hui que je devais me confesser, sans ça, pourquoi y aurait-il là, ces petites croustades aux *crêtes de coq* ?

« Alors, il faut, là devant tous, que je fasse un aveu que je n'ai jamais encore eu le courage de faire à personne. Même à mon Félicien. »

Voilà, c'était du temps où elle était jeune, et où elle faisait des extra en ville pour gagner dix francs par soirée. Du temps, qu'on pouvait, sans exagérer, appeler celui des vol-au-vent parce qu'il n'y avait pas un seul dîner fin à Paris sans eux. En avait-elle fait, à l'époque, de la pâte feuilletée pour la croûte — et légère comme une aile de libellule, sans se vanter — et de cette garniture *financière* ! Surtout chez une pratique qui disait qu'un repas ne pouvait être distingué qu'avec cette entrée-là et l'exigeait gonflée à en éclater de ses quenelles, cervelles, ris de veau et crêtes de coq.

— Une passion pour les crêtes de coq, elle avait celle-là. Si on l'écoutait, « et beaucoup, beaucoup de crêtes de coq », c'était pas des vol-au-vent qui seraient arrivés à sa table, mais des tours Eiffel.

« De ces crêtes de coq, cette femme-là en était si gourmande qu'elle venait à la cuisine pour un oui un non m'en chiper une ou deux à chaque coup. Aussi j'approvisionnais plus que nécessaire. C'était moi qui faisais le marché, j'avais exigé ça. Ou j'apportais tout ou je ne venais pas. Parce que dans ces maisons bourgeoises, une fois sur deux on était si regardant qu'on t'aurait toujours demandé de faire la bouillabaisse aux cailloux.

« Et voilà qu'un dimanche, à un dîner fin de ma folle de crêtes de coq, voilà que juste, je les oublie les crêtes ! Et, un dimanche soir, où vous voulez en trouver ? C'était la catastrophe !

« Je ne pouvais pas perdre ma cliente, déjà j'avais deux Américaines en moins, englouties dans le " *crache* " *de 1929*, et il y avait plus de cuisinières comme moi à chercher des bonnes maisons où servir que le contraire.

« Et, tout d'un coup, à regarder que j'étais une tête de veau rapportée aussi des Halles la veille — mon Mathieu aimait ça à la passion — tout à coup donc, il me saute dessus le souvenir d'un vieux fou, des Halles justement, qui me serinait qu'il avait inventé *la crête de coq artificielle*. Ne riez pas, c'était vrai. Il avait calculé que des quelque cinquante mille poulets qui arrivaient sur Paris, dix mille seulement étaient crêtés et que ça ne suffisait pas à la consommation. Alors, il avait cherché un remède à ça et décidé d'imiter la nature.

« Il avait taillé, découpé, fignolé dans plusieurs sortes d'abats, jusqu'à ce qu'il ait réussi. Dans la chair du palais des têtes de bœuf ou de veau, miracle, ça y était ! C'était si tout pareil qu'un coq s'y serait laissé prendre. Et je crois même que le vieux m'en avait montré, à l'époque et que ça m'avait paru bien ressemblant.

« Alors, vous auriez fait quoi, vous ? J'avais la tête de veau à portée de main d'un côté, et la catastrophe de l'autre. J'ai détaché la chair du palais et avec des petits ciseaux j'ai taillé dedans. Ça clochait juste par une chose, c'était pas grumeleux des deux faces comme les vraies crêtes. Bah ! dans la sauce ça passerait peut-être.

« J'avais amené ma garniture financière fin prête pour qu'on vienne pas me goûter les crêtes avant. Tout était parfait, une petite prière en plus, et ça y était. Bref, est arrivé le moment fatal : on apportait le vol-au-vent à table.

« Et en plus, je vous l'ai pas dit, c'était un dîner important. *Le dîner*, celui après quoi on espérait que le jeune monsieur qu'on guignait pour la demoiselle de la maison devait se déclarer. Derrière ma porte de cuisine, j'avais le cœur qui me battait, mais en même temps je m'intéressais bigrement à la chose. Parce que si j'arrivais à faire passer des lichettes de palais de veau pour des crêtes de coq à une *spécialiste*, eh bien, je serais pas peu fiérote !

« J'avais entrouvert la porte de la cuisine et dit au maître d'hôtel — un vieux qui m'aimait bien — que je voulais apercevoir le prétendant. Je me souviens qu'il était vilain et maigrichon le jeune homme, je comprenais pas ce qu'on lui trouvait et pourquoi on avait l'air de tant y tenir, mais, n'est-ce pas, on comprend jamais tout... Bref, ma pratique du dimanche je la surveillais comme le lait sur le feu. Première bouchée, rien. Deuxième, rien. Troisième, elle se l'avale aussi sans avoir l'air contrarié. Quatrième et cinquième, rien toujours, pas même un temps d'arrêt qui aurait voulu dire qu'elle s'interrogeait, trouvait que quelque chose n'était pas comme d'habitude? Cocagne! c'était gagné! Pour tout dire j'en avais de l'orgueil. Et alors... Eh bien alors *j'ai recommencé*, question de voir si je pouvais réussir ça deux fois.

— Mérotte!

— Vous allez comprendre, c'était pour l'expérience, pour savoir si vraiment on peut tromper les gens comme ça. Parce que je me suis dit, en arrivant chez moi et avec la réflexion, que si ma pauvre dame n'avait pas été tout le temps du dîner dans l'inquiétude à cause du maigrichot qu'elle voulait pour sa fille — se déclarerait? se déclarerait pas? peut être mes crêtes de coq n'auraient pas passé si bien. Alors le dimanche suivant j'ai ramené mes artificielles!

— Non!

— Si! Le maigrichon avait mis les gants blancs et demandé la demoiselle. Sans la tête en souci, le goût lui était-il revenu tout à fait, à ma pratique?

« Vous allez rire, elle ne s'était pas plus aperçue de ma supercherie la deuxième fois que la première! Vous allez me dire : Et alors?

« Et alors? Eh bien, c'était toujours la grande mode des vol-au-vent... avec crêtes de coq. Et j'approvisionnais toujours moi-même pour mes pratiques... et les fausses crêtes taillées dans le palais de veau — je me le faisais donner aux Halles — ça me laissait un bénéfice de deux francs cinquante à chaque dîner... C'est avec ça, économisé pendant deux ans, que j'ai montré la mer à Mathieu et à Carla en 1930, avant les congés payés... auxquels je n'ai jamais eu droit de toute façon. Vous savez, sans mes fausses crêtes de coq, nous n'aurions jamais pu y aller à Dieppe. Et c'était beau, cette mer, on criait de joie tous les trois, on chantait, on dansait... »

Tout à coup Mérotte se mit à pleurer. Mérotte qui n'avait jamais de sa vie montré ses chagrins. Mérotte pleurait!

Alors tous furent autour d'elle, on l'embrassait, on tentait de rire, de plaisanter, rien n'y faisait.

Ses larmes ne cessèrent de ruisseler sur ses joues qu'en entendant Alexandre dire gaiement :

— Étienne, mon fils, je me demande si tu veux, après avoir entendu ça, entrer encore dans une famille qui compte un faussaire ?

Étienne prit Mérotte dans ses bras et dit :

— Je crois qu'il faut qu'on ait l'œil sur elle. Je me demande si nous ne devrions pas la garder ici.

Et on sut qu'Étienne et Drina avaient l'intention d'agrandir *La Maison cantonnière* d'une grande aile, et que la chambre du premier étage, celle qui avait été la sienne autrefois, pourrait être rendue à Mérotte.

Alexandre et Étienne avaient passé une partie de l'après-midi dans la cuisine. Ils avaient parlé, ils avaient aussi préparé le dîner ensemble. On les avait entendus rire.

Plus tard, Étienne et Drina montèrent dire un petit bonsoir à leur vieille amie, la petite chapelle jaune, et quand ils revinrent tous étaient assis, sous le nouveau magnolia. Mérotte appela Étienne, elle le voulait près d'elle.

Il s'était assis à ses pieds et il levait son visage vers elle. Il se disait qu'il était déjà merveilleux d'avoir de nouveau une grand-mère, mais qu'elle fût *celle-là*, cette étonnante créature dont il découvrait, à chaque minute, une nouvelle facette de la personnalité, — mélange de tendresse bourrue, d'originalité pétillante, de perspicacité redoutable, de tyrannie joyeuse —, et qu'elle fût pétrie de tout cela, qu'il y eût tout cela dans son regard espiègle et que ce regard fût posé *sur lui* !

Quand elle avança sa main à la peau un peu rêche sur sa joue, à la caresse légèrement râpeuse qu'il ressentit, Étienne se dit, ému : « Elle est là tout entière, grincheuse et douce, bonne et autoritaire, elle est là celle dont je n'aurais jamais osé rêver être un jour un peu à elle. »

Comme si elle avait deviné tout cela, Mérotte souriait, elle avança le bras, et caressa la joue de cet Étienne que le ciel lui envoyait en bonne mesure à tout ce qu'il lui avait déjà donné et dit :

— Tu sais, je me suis rappelé, cette nuit, une histoire que j'étais tout estomaquée de n'avoir encore racontée à personne, comme si j'avais fait exprès de la garder pour toi. Pourquoi je l'avais oubliée jusqu'à maintenant ? Va savoir. La mémoire est comme le bon Dieu, elle n'intervient pas toujours quand on le lui demande, mais, parfois, c'est qu'elle se garde pour le moment propice et celui-là il me paraît être aujourd'hui...

« Imagine qu'à notre " daube du bon Dieu ", comme disait mon Félicien, ma mère avait ajouté sa petite fleur à elle. Elle trouvait qu'un quignon de pain bien rassis, caché au milieu des morceaux de viande et qui mijoterait tout doux dans la sauce pendant six heures au fond de la daubière, ça donnait, en l'écrasant au moment de servir, un liant de grande amitié, quelque chose comme une délicatesse de plus qui faisait — si on ajoute le zeste de bigarade et le petit secret d'une certaine herbe que je te dirai plus tard — de notre daube une sans pareille.

« Il fallait donc prendre garde de ne pas l'oublier ce quignon et on y veillait. Mais ce qu'elle oublia, une fois, ma mère, c'était de l'écraser, de le mêler en intimité à sa sauce. Alors, mon père le retrouva dans son assiette avec les morceaux de viande. Il dit : " Ah ! par exemple ! " et le goûta, et le mangea dans les délices.

« Ma mère le regardait se délecter. C'était son bonheur, elle n'aimait rien tant que de contenter son cantonnier ! Il faut que je te dise qu'elle était avaricieuse de ses mots — mais elle parlait par ses yeux —, et ses yeux, ce jour-là, c'étaient des étoiles joyeuses qu'on pouvait voir, par surprise, quand elle tirait trop tard ses paupières dessus.

« Dès ce moment, elle s'occupa du quignon comme on s'occupe du saint sacrement. Puisque mon père l'aimait, il fallait l'améliorer encore, en faire du plus que bon, du superbe. Alors elle " perla " comme elle perlait ses petits points. Avant, avant qu'elle ait connu ce plaisir de son homme, elle prenait n'importe quel morceau de pain rassis. Après, dans le bonheur de le lui faire, ce plaisir, elle traita ce morceau de pain comme un grand ami. Elle se le choisit, ni trop conséquent, ni trop petitou, et elle le mit à s'enrichir de parfums dans une boîte en fer-blanc, le couchant bien au chaud sur un matelas d'herbes de la garrigue. Quand il en sortait, pour plonger dans la marinade, il était aussi amignoté qu'une mariée. Et jamais pareil — ça dépendait des époques, des herbes, des humeurs de ma mère aussi. C'est imprégné de tant de choses, la cuisine ! — ce qui en faisait une surprise de quignon.

« Mon père se le servait, se le sentait, se le mangeait des yeux, disait à sa femme : " Ah ! quelle nouvelle malice, aujourd'hui ? " Elle souriait : " Mange donc, que ça refroidit. " mais elle était — je le savais — toute dans l'attente du goûter de la première bouchée de son homme. Il faisait : " Ah ! Celui-là, c'en est un ! Et un fameux de quignon ! " Et elle, elle était au paradis.

« Elle est morte avant lui. Mais il n'a pas duré après elle, il a essayé, il n'a pas pu... C'est ça l'amour. Et c'est ça la cuisine... »

Ce sourire, sur les lèvres de Mérotte, Étienne sentait qu'il n'était pas pour lui, mais pour « ses vieux », comme elle disait. D'ailleurs, elle ajoutait, encore là-bas, dans son autrefois :

— Parce que cette faim qu'il avait, lui, de son quignon à la sauce de daube au grand goût, et ce bonheur qu'elle avait, elle, de le lui pomponner, ça venait de plus loin que de la seule faim des hommes et du seul plaisir de la contenter, ça venait d'un besoin qu'ils avaient, elle et lui — peut-être sans trop le savoir, qui sait ! — de sentir leurs cœurs tout contre l'un de l'autre, comme deux oiseaux qui s'envolent ensemble dans le soleil. Une bénédiction ! Dans la vie du monde, ça ne devait pas peser, ce moment de lumière de ces deux-là, plus lourd qu'un petit pétale de fleur de thym, si petit..., mais pour eux, ça avait tout le poids de la plus haute des montagnes, le poids de la tendresse...

Elle souriait toujours. Elle lui dit encore, comme sortie de son rêve tout à coup :

— Viens que je t'embrasse, que je sente la vie sur tes joues, viens mon petit...

Le mardi était jour de fermeture à *La Maison cantonnière*. Étienne et Drina, dès l'aube, s'en allaient, en amoureux, au bord de la mer, quel que fût le temps, ils déjeunaient chez un confrère, entre Marseille et Menton. Le soir, ils revenaient gorgés d'iode et d'histoires.

Mérotte les écoutait raconter et, à un moment ou à un autre, posait toujours la même question : « Dites-moi la vérité, c'était vraiment bon chez celui d'aujourd'hui ? »

Ils discutaient alors des mérites divers des amis visités. Elle aimait qu'on lui rapporte, comme des fleurs cueillies au long du chemin, les noms des spécialités de chacun : *lièvre à la royale à la compote de coings** ou *écrevisses pattes rouges à la plancha entourées de pourpiers et de cèpes grillés** avec un dessert : *soufflé chaud au citron vert et madeleines aux épices**. Un *rôti de lapin froid à l'aubergine brûlée** la faisait réfléchir : « Oui, oui, disait-elle... mais il faudrait goûter. Et elle rêvait, un moment. Parfois, elle demandait : « C'était un *grand* celui d'aujourd'hui ? »

Souvent Étienne répondait :

« Il n'y a pas que ceux-là qui ont du génie !

— Tu as raison fils. »

Et elle montait se coucher en se répétant en souriant : Eh ! ça devait être bien savoureux tout ça ! Ce *tout ça* englobait la mer, les plages, les roches, les embruns — les jours d'hiver —, les saveurs des fines cuisines et aussi, et peut-être surtout, l'amour de ses deux enfants. Elle les devinait complices, jouissant de tout, et absorbant à grandes rasades leur bonheur.

Elle, pourtant, le mardi, malgré les armoires frigorifiques pleines de bonnes choses où elle pouvait puiser, n'avait voulu qu'une *roustide* de pain frottée d'ail, trempée dans l'huile d'olive et grillée au bout d'une pique au feu de la grande cheminée de la salle à manger. Elle la croquait souvent, sa rôtie, avec un jeune commis d'Étienne, qui habitait là et disait se régaler de la compagnie de la vieille dame, et des *roustides* qu'elle lui avait appris à faire.

Le jeune homme parlait de son chef. Elle aimait l'admiration fervente qu'elle sentait chez lui. Il lançait joyeusement des gerbes d'inventions de son maître qu'elle comparait aux gerbes d'étincelles du feu où se croustillait leur pain parfumé d'ail et luisant d'huile.

Ce commis était un beau garçon à l'œil vif et il l'amusait,

mais aussi la déroutait parfois. Ainsi il lui avait dit : « Il faut regarder avec attention les mouvements des mains de M. Seguin, ils sont superbes, si adroits, si nets... si autoritaires aussi... et je dirais même : poétiques. »

Autoritaires, poétiques ? Elle n'aurait pas su dire ça, elle. Elle lançait un coup d'œil au garçon et se rappelait qu'il était bachelier et même plus. C'était comme ça aujourd'hui..., ce qui n'empêchait pas ce jeunot diplômé de lui demander des histoires d'autrefois...

Ce matin-là, elle lui racontait :

— Figure-toi, petit, que dans notre Midi, quand j'étais toute jeune, on avait une habitude qui s'est perdue... Mais d'abord, il faut que je te dise que, le premier jour du Carnaval, mon père et ma mère m'emmenaient en ville passer la soirée.

« C'était notre seule distraction de l'année parce que pour être pauvres, ça, nous l'étions. On s'asseyait à la terrasse du Grand Café tout pomponnés, tout beaux. Mon père avait mis la lavallière, ma mère le chapeau et moi le nœud dans mes cheveux ; et on regardait défiler les masques. Mes parents se prenaient un verre de chartreuse verte qui était leur gourmandise. Moi, j'avais de la limonade. Mais imagine qu'à cette époque, quand les garçons servaient la liqueur à mes vieux — comme à tous les autres clients —, ils en versaient d'abord un tout petit doigt en disant : “ Dégustez ! ” C'était une habitude, comme je te disais.

« On dégustait donc. Et seulement alors, quand mon père et ma mère avaient goûté et savouré l'échantillon et hoché la tête de satisfaction, les serveurs versaient le reste ; un peu comme font les sommeliers avec le vin.

« Mais moi, ma limonade, on me la faisait couler d'un seul coup. Et ça, ça me paraissait de l'injustice. Elle était si bonne cette limonade, fraîche, piquante, parfumée, elle me chatouillait les narines de toute la senteur des citrons de chez nous... Et je rouspétais en dedans : “ Pourquoi on ne m'avait pas dit : Dégustez !, à moi aussi ? ” C'était comme si on m'avait ôté la moitié de ma gâterie annuelle. Tu me comprends ? »

Le commis comprenait et même, de là en arrivait à dire qu'en servant, en avant-garde, ces amuse-gueule qu'Étienne réussissait si bien, on aurait dû dire, tant ils préfiguraient les merveilles à venir : « Dégustez, mesdames et messsieurs. »

Ils riaient. Alors Mérotte lui disait :

— Va, sois heureux, profites-en, parce que du temps de ma limonade tu aurais eu plus de coups de pied au derrière que de roustides. Mon Mathieu, dans sa jeunesse, ne chantait pas tous les jours.

De cela le petit commis convenait aussi... et aussi qu'il avait eu bien de la chance d'avoir déjà lu les œuvres du cher M. de Saint-Exupéry...

Un mardi où il pleuvait trop, les amoureux n'allèrent pas explorer la côte. On fit des *roustides*. Elles étaient craquantes, superbes et Étienne paraissait prendre autant de plaisir à tendre sa pique au-dessus de la flamme qu'à œuvrer dans son laboratoire. Drina posait sa tête sur son épaule et ronronnait de bonheur. A les voir ainsi, Mérotte se disait que la maison du cantonnier était une maison bénie de Dieu... Et cette cheminée, combien de roustides aurait-elle eu la joie d'entendre croustiller dans ses feux depuis au moins deux siècles ?

Mais, cette nuit-là, éveillée par ses clochettes, Mérotte s'inquiéta. Elle se demanda combien de temps, face aux longs règnes des roustides, des farcis et des daubes, dureraient les innombrables créations d'Étienne. Jusqu'où irait-il ? Pourrait-il inventer, se renouveler pendant vingt ans à la même cadence ?

Elle en parla à Félicien et conclut qu'il pensait — avec son expérience de bon jardinier — que si la nature crée à l'infini, arbres, plantes et fleurs, pourquoi n'en serait-il pas de même d'Étienne ?

*

Mérotte avait dit : « Ça m'étonnerait bien que je remonte à Paris. »

Ce qui l'étonna ne fut pas tellement d'y aller encore une fois, mais le pourquoi de ce voyage : On l'attendait pour lui faire fête. Elle était élue présidente du Club des mères-cuisinières !

Quel honneur !

La lettre qui annonçait la nouvelle la fit pleurer. Ils étaient écrits avec le cœur, les compliments qui accompagnaient cette nomination.

— Si cela te fatigue, si tu veux refuser, téléphonait Alexandre, on te comprendra, et t'excusera.

— Et pourquoi tu voudrais que je sois fatiguée ? Je ne me suis jamais autant reposée de ma vie.

Viviane et Ritzie conseillaient de préparer un petit discours. Mais Étienne et Drina disaient : « Parle comme d'habitude, comme ça te vient. »

C'est ce qu'elle fit, quand elle fut, dans une grande salle pleine de monde, assise sur une estrade à une petite table, avec une carafe d'eau et un verre devant elle — exactement comme elle avait pensé que cela se passerait.

Elle leur raconta presque tout, des Halles à *Villar et Leduc, La Table des dames* et *La Maison cantonnière*. Puis elle voulut conclure, ce qui lui paraissait être aussi dans la tradition que l'estrade, la table, la chaise et le verre d'eau. Elle donnerait son avis sur l'avenir de la profession. D'ailleurs, si on l'avait nommée à ce poste de grand honneur, c'était plus, elle s'en doutait, parce qu'elle était mère, grand-mère et arrière-grand-mère de cuisiniers, supposée au courant de beaucoup de choses. Et elle allait faire un rassurant exposé fustigeant les pessimistes, ceux qui s'imaginent que l'avenir de la superbe cuisine de nos grands chefs pourrait, un jour, briller moins — comme si le soleil risquait de disparaître et le miel cesser de couler — et s'apprêtait à s'y élancer quand elle aperçut, au fond de la salle, un mouvement de choses blanches... paraissant flotter... ou voler... Seigneur, était-ce... était-ce des fleurs de magnolia qui dansaient là-bas, dans le plus sombre de la salle ?

Un joli miracle ici, en ce moment, ne l'aurait pas surprise.

— Petite, là au fond, tu vois quoi ? demanda-t-elle à Drina restée à ses côtés.

Drina, émue, répondit :

— Ce sont les toques des chefs qui sont venus t'écouter... et t'applaudir.

Le temps de surmonter son émotion, puis Mérotte murmura :

— C'est pas des fleurs de magnolia... peut-être..., mais c'est aussi beau !

Ce soir-là, elle dit à Félicien, pour terminer une longue conversation avec lui : « Pardonne-moi de ne pas venir encore te retrouver, mais c'est tellement intéressant ce qui se passe ! Pense, je ne vais pas partir sans voir encore un peu ce qu'ils vont devenir, *tous*. Puis ce sera, le mois prochain, la fermeture annuelle chez Étienne et les enfants m'emmènent avec eux en Bretagne. Ils vont voir un ami, là-bas. Un superbe. Il paraît qu'il faut absolument que je goûte à du *saint-pierre infusé dans du lait de coco, avec citronnelle, pétales de lis, benjoin et pas moins de quatorze épices* *. Tu comprends bien que je ne peux pas rater ça... en attendant le petit qui est en train. Note qu'on ne m'a rien dit, peut-être même que Drina n'est pas encore sûre, mais moi je le suis.

Le cantonnier *La lingère*
Jules Combarieu ∞ Amélie Blanchard

Charlotte (dite Mérotte) ∞ Félicien Leduc
1898 *1895 (†1921)*

Mathieu ∞ Carla Florac
1920 (†1984) *1921*

Emmanuel Donadieu ∞ Ritzie
1939 *1945*

Alexandre ∞ Viviane Mazurier
1947 *1950*

Alexandrine (dite Drina)
1970

L'auteur a attribué aux personnages de ce roman quelques-unes des créations culinaires de nos grands chefs, dont la liste suit.

En ce qui concerne l'intrigue et les caractères de ces personnages, toute ressemblance avec des personnes existant ou ayant existé ne serait qu'une coïncidence.

P. 30. MICHEL GUÉRARD.
Blanc-manger de pommes reinettes au caramel.
Eugénie-les-Bains. *Gault/Millau* 1993.

PIERRE VIGATO.
Crème brûlée à la cannelle et aux cerises confites.
Apicus, Paris. *Idem.*

GUY SAVOY.
Tarte gratinée de poires au vin rouge.
Paris. *Idem.*

P. 61. ALAIN SENDERENS.
Foie gras confit aux artichauts poivrades.
Aumônière au coulis d'abricot.
Lucas-Carton, Paris. *Idem.*

P. 135. Henri Faugeron.
Le parmentier de lapereau à l'aneth.
Paris. *Idem.*

P. 137. Joël Robuchon.
Turban de pommes à la cannelle.
Jamin, Paris. *Idem.*

P. 181. Édouard Nignon.
Vasque de foie gras en gelée d'or.
Éloge de la cuisine française. Éditions François Bourin.

P. 182. Escoffier.
Carpe farcie à la Chambord.
Le Guide culinaire. Flammarion.

P. 209. Bernard Ravet.
Buissonnière de grillons de ris de veau et grenouilles.
L'Ermitage, Genève. *Gault/Millau* 1993.

P. 213. Bernard Loiseau.
Cassolette d'écrevisses et de girolles au meursault.
L'Envolée des saveurs. Hachette-M. Lafon.

P. 214. Michel Bras.
Langouste grillée aux zestes d'orange, épinards et feuilles de coriandre sur bouillon d'artichauts.
Le Livre de Michel Bras. Éditions du Rouergue.

P. 223. Les Sœurs Scotto.
Gâteau chaud de poires fondantes.
Mousse au chocolat noir en tulipes.
Desserts de rêves. Éditions O. Orban.

P. 230. Michel Guérard.
Blanquette de veau à l'ancienne, Eugénie-les-Bains.

P. 234. ESCOFFIER.
Velouté d'œufs de mer en brioche.
Le Guide culinaire (op. cit.).

P. 247. MAGUELONNE TOUSSAINT-SAMAT.
Timbale de morilles châtelaine.
Lièvre à la royale.
Grande et Petite Histoire des cuisiniers,
Ouvrage publié sous la direction
de Claude Lebey. Robert Laffont.

P. 272. HAEBERLIN.
Terrine de filets mignons de lapereau.
Linzter Tarte aux oranges.
L'Auberge de l'Ill, Illhaeusern. *Gault/Millau* 1992.

P. 303. MICHEL BRAS.
Cane rôtie longuement dans son jus de cuisson, pommes au bouillon et feuilles de barbarée.
Le Livre de Michel Bras (op. cit.).

P. 306. BERNARD LOISEAU.
Jambonnettes de grenouilles au jus de persil.
Gâteau de pieds de cochon au foie gras.
La Côte d'Or, Saulieu. *Gault/Millau* 1994.

MARC VEYRAT.
Ravioles de légumes à la truffe de Seyssel.
Gelée de citron vert, beignet d'oranges confites.
Savarin à la vieille prune avec pêle-mêle de fruits.
Veyrier du Lac, Annecy. *Idem.*

DIDIER CLÉMENT.
Rouget barbet au potage de vinaigre, fenouil et citronnelle.
Flan de poires au curry et caramel au lait.
Grand Hôtel du Lion d'Or, Romorantin. *Idem.*

TROISGROS.
Effiloché de tourteau à la gelée de pamplemousse.

Roanne. *Idem.*

BOYER.
Cannellonis de mangue à la glace à la cannelle.
Raviolis de poires au praliné.

Reims. *Idem.*

JEAN BARDET.
Omble chevalier au beurre de verveine et aux carottes confites.
Râble de lièvre à la crème de champignons et à la purée de cerfeuil tubéreuse.
Gratin de coing au pélargonium.

Tours. *Idem.*

MICHEL ROSTANG.
Grosse sole braisée à la compote d'olives de Nice et aux bettes au jus.
Croquant de marrons confits.

Paris. *Idem.*

GUY SAVOY.
Brioche de truffe au gros sel, arrosée de jus de truffe.
Terrine de pamplemousse à la sauce au thé.

Paris. *Idem.*

P. 332. ROGER LAMAZÈRE.
La liqueur de magnolia.

Le Magicien de la cuisine. Éditions M. Lafon.

P. 344. PIERRE GAGNAIRE.
Mini-ravigote de pied d'agneau au thon mariné.

La Cuisine immédiate,
Collection « Les recettes originales de... »,
dirigée par Claude Lebey. Robert Laffont.

P. 345. PIERRE GAGNAIRE.
Bettes nouvelles et radis noirs au foie gras.

Cœurs d'artichaut aux gousses d'ail confites.
Dominos de truites de mer moutardés.
Salade de riz d'agneau safrané aux noisettes écrasées.
Purée d'aubergines.
Paillard de bœuf aux oignons doux.
Purée de pommes de terre à l'essence de vin rouge.
Un feuilleté au fudge et miel de poire à l'estragon.

La Cuisine immédiate (op. cit.).

P. 355. CLAUDE PEYROT.
Lièvre à la royale à la compote de coings.

Vivarois, Paris. *Gault/Millau* 1994.

ALAIN DUCASSE.
Écrevisses pattes rouges à la plancha entourées de pourpiers et de cèpes grillés.

Le Louis XV, Monaco. *Idem.*

PHILIPPE JOUSSE.
Soufflé chaud au citron vert et madeleines aux épices.

Alain Chapel, Mionnay. *Idem.*

LAURENT TARRIDEC.
Rôti de lapin froid à l'aubergine brûlée.

Les Roches, Aiguebelle. *Idem.*

P. 359. OLIVIER ROELLINGER.
Saint-pierre infusé dans du lait de coco avec citronnelle, pétales de lis, benjoin et quatorze épices.

Bricourt, Cancale. *Idem.*

L'auteur remercie tout particulièrement pour l'aide qu'ils lui ont apportée :

Dominique Ardiller – Anne Badzinski – Sophie et Jean Bardet – Geneviève Baudon – Mme Alain Chapel – Marion Cunningham – Henri et Guerlinde Faugeron – Pierre Gagnaire – Claude Grillon – Michel et Christine Guérard – Lydie Marshall – Christian Millau – Françoise Picard – Jacques Pépin – Gilles Pudlowski – M. et Mme Jacques Puisais – Joël Robuchon – Jane et Olivier Roellinger – Alain et Eventhia Senderens – Marc et Annick Veyrat – Patricia Wells.

Achevé d'imprimer en février 1994
sur presse CAMERON
dans les ateliers de B.C.A.
à Saint-Amand-Montrond (Cher)
pour le compte des éditions Robert Laffont
24, avenue Marceau, 75008 Paris

N° d'édition : 35220. N° d'impression : 2935-93/825.
Dépôt légal : février 1994.

Imprimé en France